KB115851

쏘련기행 · 중국기행 외

이태준 전집 6

지은이

이태준(李泰俊, Lee Tae-jun) 호는 상허(尙虛). 1904년 강원도 철원에서 태어났다. 1909년 부친 사망, 1912년 모친 사망으로 친척집에서 성장하였다. 1921년 휘문고등보통학교에 입학하였으나 동맹 휴교의 주모자로 지목되어 퇴학하였다. 일본으로 건너가 고학하면서 쓴 「오몽녀」로 1925년 등단하였다. 도쿄 조치대학 예과에 입학하여 수학하다가 1927년 귀국하였다. 개벽사,『중외일보』,『조선중앙일보』기자,『조선중앙일보』학예부장을 지냈고, 이화여자전문학교, 경성보육학교 등에서 작문을 가르쳤다. 1933년 정지용, 김기림, 박태원, 이상 등과 구인회활동을 하였고, 1939년『문장』지를 주재하였다. 해방이후 조선문학가동맹에서 활동하다가 1946년 월북하였다. 북조선문학예술총동맹 부위원장을 지내기도 하였으나, 구인회 활동과 사상성을 이유로 숙청되었다. 소설가, 수필가, 문장가로서 한국 문학의 발전에 기여하였다.

엮은이(가나다 순)

강진호(姜珍浩, Kang Jin-ho) 성신여자대학교 교수
김준현(金埈顯, Kim Jun-hyun) 고려대학교 강사
문혜윤(文惠允, Moon Hye-yoon) 고려대학교 강사
박진숙(朴眞淑, Park Jin-sook) 충북대학교 교수
배개화(裵開花, Bae Gae-hwa) 단국대학교 교수
안미영(安美永, Ahn Mi-young) 건국대학교 교수
유임하(柳壬夏, Yoo Im-ha) 한국체육대학교 교수
정종현(鄭鍾賢, Jeong Jong-hyun) 인하대학교 HK교수
조윤정(趙胤姃, Jo Yun-jeong) 서울대학교 강사

쏘련기행·중국기행 외 ─ 이태준 전집 6

초판 인쇄 2015년 6월 1일 **초판 발행** 2015년 6월 10일
지은이 이태준 **엮은이** 강진호·김준현·문혜윤·박진숙·배개화·안미영·유임하·정종현·조윤정
펴낸이 박성모 **펴낸곳** 소명출판 **출판등록** 제13-522호
주소 서울시 서초구 서초중앙로6길 15, 1층
전화 02-585-7840 **팩스** 02-585-7848 **전자우편** somyong@korea.com **홈페이지** www.somyong.co.kr

ISBN 979-11-86356-24-1 04810
      979-11-86356-18-0 (세트)

값 16,500원 ⓒ상허학회, 2015

이태준
전집

6

The Trip of the Union of Soviet Socialist Republics,
Travels in China and other works

쏘련기행
중국기행 외

상허학회 편

『이태준 전집』을 내며

상허(尙虛) 이태준(李泰俊)은 20세기 한국 문학의 상징적 지표이다. 이태준은, 1930년대에 순수 문학단체이자 모더니즘 운동의 중심지로 평가받는 구인회(九人會)를 결성하여 활약한 소설가로서, '시의 정지용, 소설의 이태준'이라는 평가를 받으며 한국 근대문학의 형태적 완성을 이끈 인물이다. 그가 창작한 빼어난 작품들은 한국의 소설을 한 단계 발전시켰을 뿐만 아니라 대중의 폭넓은 지지를 얻었다. 이태준이 가지고 있던 단편과 장편에 대한, 그리고 소설 창작에 대한 장르적 인식은 1930년대 후반 『문장(文章)』지의 편집자로서 신인작가들을 등단시키는 데 큰 영향력을 행사하였다.

이태준이 소설을 발표하던 당시부터 그의 소설에 대해 언급하는 논자들은 공통적으로 그가 어휘 선택이나 문장 쓰기에 예민한 감각을 소유하고 있다는 점을 인정하였고, 소설은 물론 수필에서도 단정하면서 현란한 수사를 구사하는 '스타일리스트'로 평가하였다.

그런데 이태준의 작가적 행보를 따라가다 보면 그가 제기했던 문학에 대한 인식에 모순되는 문제들과 마주치게 된다. 근대적인 언어관·문학관과 상충되는 의고주의(擬古主意)라든지, 문학의 순수성에 대한 발언과 어긋난, 사회 참여적인 작품 창작과 해방과 분단 이후로까지 이어지는 행적(조선문학가동맹 부위원장, 월북, 숙청) 등은, 이태준의 문학 경향을 일관성 있게 해명하는 데 여러 가지 난점을 제공한다. 이태준의 처음과 중간과 끝의 작가적 행보를 확인하는 일은 한국 소설, 나아가 한국 문학이 성립·유지되었던 근거를 탐색하는 일이라 할 수 있다.

1988년 해금 이후 이태준에 대한 연구가 활발하게 집적되었고 이태준 관련 서적들의 출판도 왕성하였다. 이태준 전집이 발간된 지도 20년이 지났다. 상허학회가 결성된 1992년 이후 전집 간행의 필요성이 본격적으로 제기되면서 총 17권의 전집이 기획되었고, 1994년부터 순차적으로 전집이 간행되기 시작하였다. 그렇지만 여러 요인들로 인해 전집은 완간을 보지 못한 채 현재 절판과 유실 등으로 작품을 구하기 힘든 상황에 이르렀다. 이런 현실에서 상허학회는 우선 상허의 문학적 특성을 잘 보여주는 작품들만이라도 묶어서 간행할 필요를 절감하였다. 작가의 생명력은 독자를 통해서 유지되기에 전집의 간행은 더 이상 지체할 수 없는 일이었다.

상허학회는 이런 문제의식을 바탕으로, 기간(旣刊) 『이태준 전집』(깊은샘)을 전면적으로 재검토하고 체제와 내용을 새롭게 구성하였다. 원본 검토와 여러 판본의 대조를 통해서 기간 전집의 문제점을 최소화하고자 했고, 또 새로 발굴된 작품들을 추가하여 한층 온전한 형태의 전집을 만들고자 하였다. 총 7권으로 기획된 『이태준 전집』은 이태준의 모든 단편소설, 중편소설, 수필, 기행, 문장론을 대상으로 삼았다. 『이태준 전집』1권과 2권은 이태준의 첫 번째, 두 번째 단편집인 『달밤』과 『가마귀』 및 그 시기 전후 발표한 모든 단편소설을 모았고, 3권과 4권은 해방 전후 발표한 「사상의 월야」, 「농토」 등 중편소설을 모았다. 5권과 6권은 『무서록』을 비롯한 수필과 소련기행 · 중국기행 등의 기행문을 묶었고, 마지막 7권은 『문장강화』와 여타 문장론들을 모두 실었다. 이 전집은 한국 문학을 연구하는 전문 연구자들뿐만 아니라 문학을 사랑하는 일반 독자들에게도 유용하고 의미 있는 텍스트가 될 것이다.

어려운 여건에도 불구하고 전집 간행에 뜻을 같이 해 준 상허학회 여러 선생님들께 감사의 말씀을 전한다. 특히 물심양면으로 도움을 주신 이태준 선생의 외종질 김명렬 선생님과 상허학회 안남연 이사께 감사의 말씀을 드린다. 그리고 작지 않은 규모의 전집 간행을 흔쾌히 수락해 준 소명출판 박성모 사장님과 전집 간행을 위해 정성을 쏟은 편집부 한사랑 님의 수고도 잊을 수 없다. 이분들의 정성과 노고가 헛되지 않도록 이 전집이 일반 독자들과 연구자들에게 널리 사랑 받기를 소망한다.

2015년 6월
『이태준 전집』 편집위원 일동

차례

일러두기

1. 『이태준 전집』은 이태준의 단편소설(1~2권), 중편소설(3~4권), 수필 및 기행(5~6권), 문장론(7권)으로 구성되어 있다. 새롭게 발굴된 이태준의 작품을 모두 수록하였다. 일문소설은 번역문을 실었다.

2. 이태준의 해방 전 최초 단행본을 원본으로 삼았고, 단행본에 수록되지 않은 작품은 잡지나 신문에 게재된 텍스트를 원본으로 하였다. 단행본에 수록되었음에도 검열 등의 이유로 삭제·수정되어 원본의 훼손이 심한 경우 잡지나 신문의 판본을 확인하여 각주에 표시하였다. 단행본에 수록되었던 작품은 단행본의 순서를 따랐고, 단행본에 게재되지 않았던 작품은 발표순으로 배열하였다. 작품마다 끝부분에 본 전집이 정본으로 삼은 판본의 출전을 밝혔다.

3. 띄어쓰기는 현대 표기법에 따라 교정하였다.

4. 맞춤법은 원문을 따르되, 원문의 의미가 훼손되지 않는 경우 현대 표기법으로 교정하였다. 그러나 대화에서는 당시의 말투를 최대한 전달하기 위해 원문을 따르는 것을 원칙으로 하였다. 북한식으로 두음법칙이 적용되지 않은 경우는 우리 표기법에 따라 교정하였다.

5. 한자어·사투리·토속어·외래어의 경우도 원문을 따르되, 오늘날 잘 쓰이지 않아 이해가 어려운 경우에는 각주로 설명을 붙였다. 일본어와 중국어 인명·지명의 경우·당시의 일반적인 상용어라는 점을 감안하여 원문의 표기를 따르되, 필요한 경우 현대의 표기 및 의미를 각주로 표시하였다.

6. 작가가 의도적으로 채택했다고 판단되는 사투리는 원문에 따르되, 오늘날 일반적으로 통용되는 낱말의 사투리 및 토속어는 현대 표기법에 따랐다.
   - 원문에 따른 경우: 이태준의 기행집 『蘇聯紀行』은 한자로 되어 있으나 본문에 '쏘련'이라는 표현이 등장하는데, 이는 당대 표기상황이라는 점에서 본문에서도 그대로 따랐다.
   - 현대 표기법에 따른 경우: 너머→너무/ 모다→모두/ 모쓰크바→모스크바/ 쓰딸린, 스딸린→스탈린/ 위드카→보드카/ 볼쉐위키→볼세비키/ 모새→모래/ 씨베리야→시베리아/ 쏘베뜨→소비에트/ 로씨야, 노서아→러시아/ 환히감→환희감/ 볼쉐위키당→볼세비키당/ 우라지오쓰또크→블라디보스토크/ 하바롭쓰크→하바롭스크/ 복쓰복스/ 찌따→치타/ 노보씨빌쓰크→노보시비르스크/ 빠이칼호→바이칼호/ 크레믈리→크레믈린/ 아세아→아시아/ 토이기→터키/ 아르메니야→아르메니아/ 꾸루지야→그루지야/ 뢴도겐→뢴트겐/ 제마끔→저마다/ 할빈→하얼빈/ 웽그리아/ 헝가리/ 오클로와→오를루와/ 맑스→마르크스

7. 한글 표기를 원칙으로 하여 원본의 한자는 모두 한글로 고쳤다. 필요한 경우에는 ( ) 안에 넣어 표기하였다. 본문에는 없으나 뜻이 통하지 않는 부분에 글자를 부기한 경우 [ ] 안에 넣었다.

8. 장음의 표기 구분을 하지 않는 현대 표기법에 따라 장음 기호 'ㅡ'는 생략하였다.

9. 책·잡지 부호는 『 』, 책 속 작품명은 「 」, 희곡, 영화명은 〈 〉, 대화·인용은 " ", 생각·강조는 ' '으로 표시하였다.

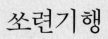

쏘련기행

쏘련기행

서

이제 우리도 대외관계가 정궤(正軌)에 오르면 어느 나라보다 중국과 쏘련은 한번 가보고 싶었다. 중국은 우리 문화의 과거와 연고 깊은 나라요 쏘련은 우리 문화의 오늘과 장래에 지대한 관계를 가질 사회이기 때문이다. 그런데 쏘련부터 가는 것이나 그 기회가 이처럼 속히 있을 줄은 뜻밖이었다. 평양 조소문화협회(朝蘇文化協會)에서 사절단이 가는 데 동행할 수 있다 하여 아무 준비도 없이 떠났던 것이다.

과거 많은 사회사상가들은 결함 많은 인류사회를 개조해보려 여러 가지 꿈들을 꾸어 왔다. 그러나 하나도 실현은 없이 꿈대로 사라지고 말았으나 이 모든 꿈들의 토대에서 솟은 마르크스와 레닌의 꿈은 이미 지구의 최대륙(最大陸) 위에 건설되었고 전 인류의 가장 밑바닥에 깊은 뿌리를 박아놓은 것이다. 낡은 세상에서 낡은 것 때문에 받던 오랜 동안의 노예생활에서 갓 풀린 나로서 이 쏘련에의 여행이란, 농(籠) 속에서 나온 새의 처음 날으는 천공(天空)이었다.

나는 참으로 황홀한 수개월이었다. 인간의 낡고 악한 모든 것은 사라졌고 새 사람들의 새 생활, 새 관습, 새 문화의 새 세계였다. 그리고도 쏘련은 날로 새로운 것에로, 마치 영원한 안정체, 바다로 향해 흐르는 대하(大河)처럼 끊임없이 나아가고 있었다.

이런 쏘련은 멀리 있는 것도 아니었다. 평양서도 공로(空路)로 세 시간 남짓하면 그곳 하늘로서, 울연(鬱然)한 고층 시가와 임립(林立)한 공장 굴뚝의 '블라디보스토크'를 기익(機翼) 밑으로 내려다볼 때, 저런 큰 현실이 우리 코 닿을 데 놓여 있다는 것은, 우리는 지도에서도 전혀 본 적이 없는 것처럼 놀라웠다. 일제(日帝)는 이 위대한 새 세계의 출현을 그 편린이라도 우리가 주목할까 보아 얼마나 악랄한 경계를 해왔던 것인가!

쏘련이란, 사회주의 16개 국가의 연방, 표준시간이 수십 처(數十處)나 다르고, 70여 이민족어(異民族語)의 출판이 쏟아지는 곳이다. 이 광대한 천지를 고루 다녀볼 수는 없었으나 모스크바 대외문화협회(對外文化協會)의 자세하고 친절한 인도로, 제도의 중요시설과 문화로 전후 부흥(戰後復興)으로 볼 만한 도시들은 일별(一瞥)한 셈이요, 역사 오랜 민족의 공화국도 두어 곳 가보았다. 여기 약간의 솔직한 감상은 나의 것으로 비판되려니와 먼저 나는 내 눈에 비친 것을 주로 묘사에 옮겨 현상을 현상대로 전하기에 명념(銘念)하였다. 이것이 저 위대한 새 인간사회의 실상과 과히 동뜨지 않아 우리의 민주조선 건설과 나아가 쏘련인민과 조선인민의 친선을 위해 얼마라도 이바지된다면 나로서 얼마나 분외의 영광이랴.

끝으로 쏘련의 원동군단(遠東軍團)과 조선주둔군의 여러분과 모스크바, 예레반, 트빌리시, 레닌그라드 대외 문협 여러분의 후의를 깊이 감사한다.

1946년 11월 귀로

구월산하(九月山下)에서 저자

첫 날

8월 10일. 감격, 새로운 8·15의 첫돌이 며칠 남지 않았다. 거리거리에 솔문이 서고 광장마다 기념탑이 서고 군데군데 사람들이 웅성거리고, 옛 고구려의 서울은 여러 세기 만에 이 시민들의 진정에서의 성장(盛裝)을 해보나 보다.

대동강 물은 그저 붉게 흐르나 비행장의 하늘은 여러 날 기다린 보람 있게 맑게 개어 있었다.

우리를 실어갈 쌍발대형기의 나래 아래서 주둔 쏘련군 사령장관 치스챠코프 대장은, 우리의 일로평안을 빌었고, 자기 나라에 가면 무엇보다 그동안 일본의 대소선전(對蘇宣傳)이 옳았는가, 옳지 못하였는가를 보아 달라 하였다. 떠나며 보내는 굳은 악수와 조소친선(朝蘇親善)을 위해 높이 부르는 만세소리를 뒤로 남기고, 우리는 비기(飛機) 두 대에 분승, 0시 25분에 이륙하였다.

비행장에 둘러선 수백 인사의 환호는 프로펠러 소리에 태극기와 적기(赤旗)를 휘두르는 모양들만 돋보기에 스치듯 어릿어릿 지나쳤다. 시선은 이내 수평이 소용없어진다. 솔개미의 신경으로 물상(物象)의 정수리만 내려 더듬어야 하니, 나는 이 눈에 선 수직 풍경에 우선 당황해졌다. 처음 보는 대동강을 지나 모란봉(牡丹峯)도 한 줌 흙만 한 것을 지나 큰 집이라야 골패짝만큼씩 한 시가가 한편 귀가 번쩍 들리며 회전한다. 평양에 익지 못한 나는 어디가 어디인지 한군데 알아볼 수 없다. 강이 또 하나 나오더니 이번엔 비행장이 손바닥만 하다. 평양을 한 바퀴 돈 것이었다. 저 좁은 비행장에서 어떻게 날았나 싶게 우리는 이미 고공에 떠 있었다. 다시 모란봉 위를 지나서야 기수는 동북간을 향하고 그린 듯한 균형 자세를 취한다.

높이 뜨니 가는 것 같지 않은데 잠깐 사이에 실개천같이 가늘어진 대동강 상류가 어느 산 갈피에 묻혀버리고 웅긋중긋 산봉우리들이 몰려들었다. 기체가 주춤거리며 때로 기우뚱거림은 양덕(陽德), 맹산(孟山) 우으로 조선의 척량(脊梁)을 넘는 것이었다.

구름들이 고왔다. 함박눈에 씌운 나무들이 정원에 둘러선 것 같았다. 어떤 것은 기익(機翼)에 부딪쳐 폭삭 꺼지는 것 같고 어떤 것은 우리가 한참씩 시야를 잃고 그 속을 빠져나가야 했다. 이 눈부시게 흰 구름 속을 나오면 하늘은 몇 배 푸르렀다.

아, 해방된 조선의 하늘! 이 아름다운 청자하늘을 우리는 지금 날고 있는 것이다! 농민, 노동자, 학자, 정치가, 예술가, 이렇게 인민 각 층에서 모인 우리가 농중(籠中)에서 나온 새의 실감으로 훨훨 날며 있는 것이다. 권력의 독점자(獨占者)들만이 날 수 있던 이 하늘을 오늘 우리 인민이 날으는 것은, 땅이 인민의 땅이 된 것처럼 하늘마저 우리 인민의 하늘이라는, 새 선언이기도 한 것이다.

나는 맞은편에 앉은 농민대표, 호미 그것처럼 흙을 풍기는 거친 손의 윤영감을 바라보고 이 여행, 이 비행의 감격이 다시금 새로웠다. 농민도 학자도 다 같이 비행기를 탈 수 있는 사회, 이 한 가지는 모든 조건에 있어 비약이요 그 약속이기 때문에 실로 아름답고 꿈인가 싶게 감격되지 않을 수 없었다.

"꿈꿀 힘이 없는 자는 살[生] 힘이 없는 자다!"

나치스독일과 가장 맹렬히 싸운 작가 에른스트 톨라가 어느 작품 서두에 써놓은 말이다. 지금 우리가 이런 꿈같은 화려한 양식으로 찾아가는 소비에트야말로 위대한 꿈이 실현되며 있는 나라가 아닌가!

어느덧 분수령을 넘은 듯 계곡은 모두 동으로만 뻗어나갔다. 군데군데 산등어리에 버짐 먹은 화전과 공중에서 우박 뿌려지듯한 무덤들이 자연의 두창(痘瘡)처럼 보기 싫었다. 기다리던 것보다 빠르게 바다가 나오는데 그는 기차에서보다 더 여성으로 보였다. '녹정불가타(綠淨不可唾)'[1]로 검불 한 오리 떨어뜨리어도 생채기 날 듯한 이 미인 바다는 버섯 돋듯 한 섬들을 보여주며 흥남(興南), 단천(端川)의 항만과 공장들을 보여주다가 그만 웅기만(雄基灣) 일대에 이르러서는 구름 속에 숨기 시작했다. 청진(淸津)인 듯한 항도의 일부가 슬쩍 지나치고는 기하(機下)는 완전히 구름바다로 바뀌고 말았다.

이내 국경일 것인데 국경이라도 두만강, 우리 민족이 피와 눈물이 가장 많이 흐른 두만강일 것인데 여기를 구름 때문에 우리는 분별없이 지날 수밖에 없었다. 생활을 찾아 간도로, 연해주로, 우리 선인들이 가장 많이 헤매인 국경이며, 3·1운동 이후 우리 민족의 영웅들이 가장 많이 그 피 흐르는 발로 넘나든 데가 이 국경일 것이다. 김일성장군이 그 반생을 동구서치(東驅西馳)하던 빨치산 무대의 일부가 지금 우리 발밑에 있을 것이요, 이번 우리 민족해방의 선구 붉은 군대도 이 두만강을 건너 들어왔던 것이다. 더구나 나 자신은 남몰래 다감(多感)한 바 있었다. 이(李) 왕조가 넘어질 무렵, 보수 세력에 밀린 개화사상의 일 청년(一靑年)이던 내 선친께서는 여섯 살 난 나를 이끌고 이 국경을 넘으셨

---

1 푸르고 깨끗하여 침 뱉을 수가 없음.

고, 간도 일대를 중심으로 개화운동을 재기시켜 보려던 꿈을 안은 채, 바로 합방되던 해, 연해주 해변 '아지미'인가 '시지미'인가 하는 일 고촌(一孤村)에서 그만 기세(棄世)하시고 말은 것이다. 내가 이조풍(李朝風)의 댕기 땋아 늘이었던 머리꼬리를 구라파식 니켈 가위로 잘라버린 곳도 이 국경 넘어 '블라디보스토크'에서였다. 감개무량한 국경 일대는 끝끝내 구름에 덮여 있었다.

"쏘련이다!"

누가 외치었다. 구름이 한편 트인 것이다. 우리는 그쪽으로 몰리었다. 큰 호수와 밍숭밍숭한 초원인데 전답(田畓)이 없이 계절만 살찌는 여유 있는 자연이 벌써 눈에 설은 풍경이었다. 흰 벽의 양관(洋館)들과 함선 많은 항만들이 온전히 이국적이다. 기수는 자주 방향을 바꾸더니 고층건물이 무더기로 드러나고 공장연기 자욱이 엉킨 '블라디보스토크'는 전 쏘련에서 '타슈켄트'와 제3위를 다투는 대도시라 한다.

무슨 밭인지 얼레로 빗긴 것 같은 것은 기계농장일 것, 무성한 임상(林床), 평화스러운 방목의 무리, 밭마다 누른 꽃이 해바라기인 것을 알아볼 수 있도록 낮아졌을 때, 한편으로 백색 양옥들의 시가가 보이며 비행장이 펼쳐졌다. 푸른 버스, 그 옆에 늘어선 군복과 위생복의 사람들, 쳐다보고 또렷하게 손들을 젓는다. 무슨 지붕엔지 스칠 듯 가라앉으며 우리 30호기는 33호기보다 앞서 쏘련의 첫 공항, '워로실로프'에 안착하였다. 오후 4시, 여기 시각으로 오후 5시에, 이제 조선과 모스크바 사이에는 일곱 시간의 차가 있어 가끔 한 시간씩 뛰어야 할 것이었다.

산이라기보다 둥글둥글한 풀언덕을 미끄러져오는 바람이 평양에서보다 훨씬 써늘하다. 33호기도 이내 뒤를 이어 착륙하였다. 우리의 긴 여정을 인도해줄 풀소프 소장과 강 소좌 두 분을 아울러 27명인 우리 일행은 함경도 사투리의 조선인 장교도 한 분 끼인 쏘련원동특립군단(蘇聯遠東特立軍團) 제씨의 뜨겁고 정중한 환영인사를 받았다.

조선에 호역(虎疫)이 도는 관계로 조선서 오는 사람은 누구나 먼저 격리촌으로 가서 5, 6일 묵어보는 절차였다. 조선서 가지고 온 음식은 죄다 처분해버려야 하는데 한자리에서 다 없앨 수 없을 뿐더러 가장 오래 두고 조선 입맛을 즐기려던 고추장을 버려야 하는 것을 가장 아까워들 했다. 입맛이란 것도 사상만치나 완고성 있는 것으로 외국 오는 사람들에게는 꽤 중요한 화제의 하나가 되는 것 같았다.

격리촌은 버스로 20분쯤 달리는 남쪽인데 '스이훈'이란 강변, 방목의 소떼만 오락가락하는 넓은 초원으로 2, 30명씩 수용하는 큰 천막들로 이루어졌다. 몸은 목욕하고 짐은 소독하고 일행은 세 천막에 나뉘어졌다. 모기장의 이중천막이었고 바닥은 널마루요 꽃병 놓인 테이블들과 순백의 침대들은 야영이 아니라 피서지 호텔 같았다. 임시발전소가 있어 전등이 있고 어미에 '나' '야'가 많아 정다운 어감인 모스크바 방송도 중간 기둥에 매달린 라디오에서 울리었다. 우리 천막에도 위생복을 입은 두 처녀가 나타나서 시중을 들었다. 그들의 건강한 뺨들은 말을 통하지 못하기 때문에 더 잘 웃었다. 한편에 걸린 고전 풍모의 초상을 물으니 '쿠트조프'[2]라 했다. 귀에 익은 이름이다. 톨스토이의 『전쟁과 평화』에도 나오는 인물로 나폴레옹이 모스크바까지 쳐들어왔을 때 그들

---

2   미하일 이라리오노비치 골레니시체프 쿠트조프(Mikhail Illarionovich Golenishchev-Kutuzov, 1745~1813). 러시아의 공작이자 야전 원수. 1812년 나폴레옹의 러시아 원정기간 중 프랑스 군대를 패퇴시켰다. 이 승리는 나폴레옹의 몰락을 불러왔다.

의 조국을 지켜준 명장이었다.

역시 천막인 식당에 가서, 나는 미리부터 목이 움츠러든 것은 세 개씩이나 놓인 술잔에서다. 아닌 게 아니라 열주 보드카로 축배가 잦았다. 나는 포도주를 받았으나 그것도 잔마다 내는 수는 없었다. 조선서 먹어보던 양식과 대차(大差) 없으나 스프가 대량인 것과 버터 이외에도 치즈가 놓였고 기름에 지진 것이 많아 지방 중점(脂肪重點)인 양식이었다.

저녁 후의 천막 밖은 상쾌하였다. 파도소리까지는 오지 않으나 바다에서 오는 안개가 낮게 흘렀고 어스름한 달빛에 우리가 처음 밟는 듯한 잔디와 클로버의 풀밭에서 십여 명의 세스트라 양들은 (간호학교를 나온 처녀들로 신변잡역까지 겸해 보살펴주는 여성들을 '세스트라'라 한다) 누가 청하기도 전에 소리를 높여 노래를 불렀다. 이내 저희끼리 춤도 추고 나중에는 우리더러도 노래도 부르고 춤도 추자 하였으나 우리 일행에는 사교춤 추는 사람도 없는 듯했다. 세스트라 양들뿐 아니라 군의도, 식당 감독도 그들은 이 마당을 그냥 지나지 않았다. 같이 노래 부르고 같이 어우러져 춤을 추었다. 자기네 노래를 모르면 조선노래라도 불러달라 했고 한 사람이[기]보다 여럿이 같이 부르는 노래와 같이 추는 춤을 보여달라 했으나, 우리는 여기 응할 노래도 춤도 생각나지 않았고 다만 '근년의 조선민족은 얼마나 불행하게 살았나!' 하는 것이 다시금 깨쳐졌을 뿐이다.

노래도 듣기만, 춤도 보기만 하던 우리는 다른 천막으로 들어가 스포츠영화인 〈세기의 개가〉를 보게 되었다. 붉은 광장(赤廣場)에 전개되는 16공화국의 대 체육축전으로 스탈린 대원수의 웃음 띤 '호호야(好好爺)'다운 얼굴도 볼 수 있었다. 약간 곡예적인 데도 있으나 동작의 쾌속과 군중의 기동미는 새 각도의 체육미였다.

자정이 훨씬 지나서야 우리들은 침소로 돌아왔다. 불빛을 가리고 누우니 아직 대패자국 새로운 마루와 테이블, 걸상들에서 오는 생나무 냄새가 싱그러웠다. 아직도 어느 천막에서인지 노랫소리가 흘러왔다. 일도 노래하듯 하고 쉬는 시간은 아이들처럼 더욱 단순해지는 여기 사람들은, 싱그러운 향기가 생나무에서만 아니라 그들에게서도 풍겨오는 것 같았다.

격리촌

쏘련에서의 첫 아침, 라디오에서 경음악이 가늘게 흘러[내]왔고 천막이 바람에 꽤 세차게 펄럭거렸다. 남녀 두 의사의 간단한 회진을 받고 밖에 나오니 안개가 깃발 날리듯 하는데 삼방협(三防峽)[3] 생각이 나게 이가 시리다. 마차가 날라오는 강물로 세수하고 조반 전에 나는 오락천막에 들리었다가 여기서 한 가지 놀랄 만한 사실을 발견하였다. 노어 신문잡지들 틈에 조선말 서적이 여러 권 놓여 있는 것이다. 조선에서 간행된 것이 아니요 모두 초면인 이곳 출판인 것이다.

　『전동맹공산당 강령과 규약』 1936년판
　『스탈린과 붉은 군대』 1936년 외국노동자출판부판
　『레닌의 유년 및 학생시대』 울리야노바 저 1937년 하바롭스크 원

3　강원도 명승지의 하나. 세포군에 있음.

동변강국립출판부판

　『농촌사업에 대하여』 스탈린 저 1933년판

　『파시즘에 반대하는 노동계급』 1935년판

　『레닌선집』 1934년판

　『1905년 혁명에 대한 보고』 레닌 저

　『당사업의 결점에 대하여서와 트로츠키파 및 기타 표리부동자들을 청산하는 방침에 대하여』 스탈린 저 1937년판

　『스탈린 동무의 연설』 1935년판

　체호프 동화 『까스딴까』 1937년판(정오표 부)

　카실[4] 동화 『별로모르 아저씨와 알료사 랴잔이야기』 1936년판

　파데예프 소설 『파궤』 김준 역 1934년판

　『고르키 단편집』 김춘성 역 1937년 외국노동자출판부판

　(내용, 「첼카스」, 「매의 노래」, 「해연(海燕)의 노래」, 「동무」, 「집행」 등)

　그중 오랜 것이 1933년, 그중 새것이 1937년판인데 여기 있는 것은 '워로실로프'에서 구할 수 있는 것만 우리 일행을 위해 내다놓은 것이요 1933년 이후 외국노동자출판부를 중심으로 출판된 조선어의 사상, 문예 서적은 6, 70종에 달하리라 한다. 조선 안으로 들여보낼 수가 없어 37년 이후는 중단되었다 하며 지질과 제본이 실질적이게 튼튼했고 백 페이지 넘는 것은 헝겊뚜껑을 썼다. 잠깐 주독(走讀)해보아, '매우 힘들었다'를 '모질게 바빳다'투의 함북 사투리가 많고 문맥이 유창치 못

4　레프 아브라모비치 카실(Лев Абрамович Кассиль, 1905~1970). 러시아의 작가이자 동화작가.

한 듯하나 태도만은 진실한 것이 느껴졌다. 물론 쏘련으로서 세계에 향한 중요 과업의 하나였겠지만, 백여 종의 번역이란 번역자들의 노력도 쉬운 것이 아니었을 것이다. 특히 조선과 같이 국내에서 노예생활을 하고 있는 동포들을 위해 이미 입에 서툴러진 모어(母語)로 한 마디 한 줄씩 뇌이고 다듬고 했을, 이 이역에서 고국을 향한 진실했던 침묵의 노력을 생각할 때 나는 가슴이 뜨거워졌다. 그리고 여기서 생각나는 것은, 이런 일에 응당 그분의 힘이 많았을 것 같은 포석(抱石) 조명희(趙明熙) 씨였다. 나는 씨를 안 적이 없다. 그러나 나뿐 아니라 우리 문단 전체가 씨의 귀국을 고대하는 중이라 나는 그 길로 강 소좌를 찾아 혹 씨의 소식을 아느냐 물어보았다.

포석 선생은 십여 년 전에 하바롭스크에 있는 쏘련의 극동작가동맹에 부위원장으로 추대되었고 특히 조선 문학도들을 지도해왔으며 조선인의 사범전문에서 교편도 잡은 일이 있었다는 것까지는 아나 그 후는 모른다 하였다. 이날 오전에는 어제 비행장에 마중 나왔던 박 장교까지 나타났기에 역시 씨의 거취를 물었으나 그도 그 이상 알지 못하였다. 앞으로 기회 있는 대로 더듬으려 하거니와 어려서부터 쏘련서 자랐다는, 이 박 장교란 참말 유쾌한 군인이었다.

누구에게나 옛날친구처럼 흉허물 없고 잠시도 재미있지 않고는 몸을 가만두지 못하였다. 춤은 자기가 워로실로프에서 제일 잘 춘다 했다. 그의 날씬한 체격은 사교댄스엔 교사의 면허가 있을 뿐 아니라 러시아의 여러 가지 복잡한 춤도 막히는 것이 없는 듯했다. 여러 세스트라 양들과 쉴 새 없이 춤을 추었고 그들을 웃기고 그들과 우리 사이에 통역을 재미있게 해주었다.

"어찌갱이, 조선서는 어째 춤으 앙이 추오?"

"보옵세, 어찌갱이 이 가시나들과 무슨 말이든지 하랑이, 내 어찌갱이 고대루 통역으 하갓당이……."

박 장교는 군소리 '어찌갱이'를 세 마디에 한 마디씩은 넣어가면서도 세스트라 양들과 우리 사이에 명통역이 되었다.

귀엽게 생긴 처녀 하나는 좀 애조를 띤 '카츄샤 노래'를 부르다 말고 우리 일행 중 한 청년에게, "당신 결혼하였느냐" 물었다. 오히려 우리 청년이 얼굴을 붉히었을 뿐, 그 처녀는 천연했다. 나는 그 뒤에 읽었지만, 오스트로프스키의 『어떻게 강철은 단련되었는가?』라는 혁명 후 가장 많이 읽힌 것이라는 소설에서 잠시 지나가버리는 인물이지만 '칼로츠카'라는 처녀의 성격에 흥미가 있었다. 그는 자기보다 훨씬 연소한 손풍금 잘 켜는 소년을 끌어안고 여럿이 노는 데서 이렇게 지껄이기를 천연스럽게 하는 것이었다.

"얘, 멋쟁이 손풍금쟁이야? 너 좀 더 자라지 못한 게 한이로구나! 그랬드면 갈데없이 내 신랑감인데! 난 손풍금 멋들게 켜는 사람만 보면 그만 가슴이 스르르 녹는다!"

이 귀염성스럽게 생긴 세스트라 양도 박 장교의 통역을 통해 나중에는 그가 마음에 든 듯한 우리 청년에게 "조선에 같이 가만 준다면 사랑하겠다" 하였고 "당신과 결혼해 아이를 낳는다면 이쁜 아이일 것이다" 했다.

그리고는 자기도 그제는 웃었지만 나는 여기서 웃음만이 아니라 좀 더 넌지시 생각해볼 가치 있는 무엇이 있다고 믿었다. 내 많이 읽지 못한 러시아문학에서 일견 말괄량이 같은 '깔로츠까'나 이 세스트라 양 같은 성격을 제정시대 문학에서는 그닥 본 기억이 없다. 이것은 러시아인의 젊은이뿐도 아니다. 조선인 박 장교도 여성이면 '깔로츠까'일 수 있고 이 세스트라 양일 수도 있는, 그런 구김살 없이 자라난 천진한 사람이요 감정에 솔직한 성격이다. 덮어놓고 무릎을 꿇리기만 하던 승려도 물러가고, 외식(外飾)만 가르치던 불란서인 '올드미스'의 가정교사들도 물러가고, 관헌의 억압도 지주의 횡포도 다 사라져버린 새 사회 새 환경에서 자라난 사람들, 지금 30년 되는 소비에트에서 30미만의 청년들이야말로 무엇이고 우리와는 다른 새것이 일상생활에서도 어느 한 모로나 보여야 할 것이다. 이 세스트라 양과 박 장교의 공통되는 일면, 그 일면이 우리들과는 공통적으로 다른 것, 나는 이것이 소비에트에서 환원되며 있는 인간의 잃어버리었던 고귀한 소질의 하나가 아닌가 싶어, 차츰 이곳 사람들에게 흥미와 기대가 커지었다.

박 장교는 자진해 우리에게 노어와 댄스를 배워주마 하였다. 일행의 거의 전부가 그를 따라 축음기 있는 천막으로 왔다. 라디오 체조도 몇 번 배우려다 동작이 굼떠 남들의 웃음을 산 나는, 댄스도 역시 힘든 공부여서 한 시간이 못 되어 흥미를 잃고 말았다.

해가 한낮이 되면 천막 속은 무더웠다. 더러는 불볕에 나서 세스트라 양들과 댄스 연습을 했고, 한 패는 무슨 나무인지 구슬열매가 상긋한 향취 풍기는 그늘 밑에서,

"다와리쉬 뿌디마이쩨(동지 일어나시오)."

"도브레 우드로(안녕히 주무셨습니까)."

하고 회화들을 배웠다.

오찬 뒤에는 나는 좀 무더운 듯하나 침대로 와 낮잠을 한 시간씩 자기로 했다. 잠이 깨어보면 흔히는 중앙에 놓인 큰 테이블을 중심으로

원기왕성한 축들이 세스트라 양들과 서투른 회화연습을 하거나 그렇지 않으면 카츄샤 노래를 배우고 있었다.

여기 사람들은 카츄샤를 조선 사람들이 춘향이나 심청이 이상으로 사랑한다. 그리고 어느 전쟁소설에서 읽은 듯한데, 결전을 앞두고 진지에 엎디어,

"조국이란 대체 무엇이란 말인가?"

"몰라! 다만 페료샤가 늘어선 평화스러운 언덕……."

하고 고향을 생각하는 구절을 읽은 법하거니와 쏘련 사람들은 카츄샤와 함께 페료샤[白樺]를 몹시 좋아하는 것 같았다.

'카츄샤'에 흥이 난 처녀에게 '페료샤'를 물으니 역시 반색을 해 천막 밖을 내다본다. 여기는 없다고 머리를 젓는다. 그리고 모스크바 가는 동안 많이 보리라는 형용을 했고, 우리도 형용으로 여기서 모스크바까지 며칠이나 걸리느냐 물으니 두 손뼉을 맞대어 보이고도 두 손가락을 펼쳐 보였다. 모두 하품을 했으나 어서 하루바삐 떠났으면 하는 조바심들이었다.

그러면서도 과히 심심치들은 않은 것이, 해 지는 것이 낙이었다. 어두우면 영화를 감상할 수 있는 때문인데 〈승리의 관병식〉〈복수〉〈소야〉〈스탈린그라드 방공전(防功戰)〉〈돌꽃〉〈일본패망기〉〈아들들〉 저녁마다 한두 가지씩 즐길 수가 있었다. 그중에도 〈소야〉와 천연색 〈돌꽃〉은 상당한 우수작으로 기억된다. 전시, 혹은 전란 직후에 이런 역작을 계속해 내인 것은, 이미 1922년대부터 '선전적인, 학술적인, 예술적인, 필름의 노동자, 적위군, 농민 각 지구에 광범한 공급'을 국력으로 실행키 위해 각 공화국에 영화만은 영화성(映畫省)과 대신(大臣)을 두어

온 쏘련다운 면목이 여실하다 하겠다.

어떤 날은 저녁은 영화 뒤에도 노래와 춤이 어우러지면 주인 측에서는, 얼마 안 남은 다녈밤[5]을 내쳐 새워버리자 하였다. 그러나 먼 여로가 앞에 있는 손들은 하룻밤도 내쳐 놀지는 못하였다. 더구나 나는 치통으로 며칠째 고생중이요 갑자기 지방 많은 음식은 소화까지 좋지 않아 기쁜 8월 15일도 나는 우울하게 지냈다.

이날은 이곳 원동군단으로부터 내빈도 맞아 오락천막에서 정중한 기념식이 있었다. 이기영(李箕永) 씨의 개회사, 허정숙(許貞淑) 씨의 8·15 기념보고, 풀소프 소장의 축사, 이찬(李燦) 씨의 기념시 낭독, 스탈린 대원수에게 메시지, 김일성 장군에게 축전, 그리고 조국 남쪽을 향한 만세로 마치었고, 식당에서는 샴페인 터뜨리는 소리 축포 같은 축하오찬으로, 다시 초원에서, 군단으로부터 나와 준 수풍금 명수(手風琴名手)의 주악으로 축하 무용회, 이런 환락은 5, 6일째 묵다가 내일 떠나갈 우리 일행의 다채(多彩)할 전도(前途)의 축복이기도 하였다.

그러나 나는 더 한층 우울하지 않을 수 없었다. 검변(檢便) 결과가 좋지 않다는 것이다. 호역(虎疫)은 아니나 좌우간 다시 한 번 검변할 필요가 있으니 같이 떠날 수 없다는 것이요, 또 나 자신도 배탈이 낫지 않아 그대로 떠나자 하여도 하루 이틀 길도 아니고 곤란하게 되었다.

16일 석양, 일행들은 떠나고 나만 그저 남아 있게 되었다. 내 짐작으로도 대단한 역질(疫疾)이 아닌 것만은 알 수 있고, 의사와 간호 양들도 나에게 접근하기를 조금도 꺼리지 않았다. 아무튼 안정하여 건강을 회

---

5   북한말로서 '짧은 여름밤'의 의미.

복하고 볼 일이어서 풀소프 소장이 있던 작은 천막으로 옮겨와 정말 입원환자로의 요양을 받게 되었다.

죽을 쑤어다 주면서 역시 육류를 가져왔다. 나는 오이지를 먹었으면 정신이 날 것 같은데 오이지란 말을 몰라 세스트라 양의 연필을 달래[서] 오이를 그려 보였더니 배 아픈데 생물을 먹으면 안 된다는 형용을 한다. 오이지는 절인 것이 되어 괜찮다는 뜻을 통하고 싶었으나 그것을 그림으로 설명할 도리는 내 재주로 없었다.

그러나 죽과 약이 들어 이튿날부터는 천막 밖을 거닐 기운을 얻었다. 산도 없는 하늘이라 해도 말벗 없는 나만치나 지루하고 답답해보였다.

그 다음날 저녁이다. 우리 일행들이 묵던 천막에는 새로 온 군인들이 들었는데 세스트라 양이 오더니 키노 구경을 가재[고] 했다. 따라가 보니, 오락천막에는 군인들도 그득 찼고 불은 껐으면서도 영사가 되지 않는 것은, 영사기가 고장인 듯했다. 거의 한 시간이나 기다려 비치기 시작했으나 일 분도 못 가 끊어진다. 이렇기를 4, 5차에 다시는 비쳐볼 염(念)도 없어 나는 내 천막으로 돌아오고 말았다. 자리에 누워서도 들노라니 어쩌다 한 번씩 확성기에서 녹음 풀리는 소리가 나군 하다가는 역시 오래지 못해 끊어지군 한다. 이렇기를 열 시가 되도록 하는 것을 듣고는 나는 잠이 오지 않기에 다시 일어나 영화천막으로 가보았다. 구경하려는 군인들도 그저 많이 있었고 기사도 그저 땀투성이가 되어 기계를 주무르고 있었다. 그러나 또 2, 30분 기다리다가는 나는 단념하고 돌아오고 말았는데, 한잠 실컷 들었다 깨인 때였다. 토키의 음악과 대화소리가 울려오는 것이다. 확실히 영화가 상연되고 있는 것이었다. 나는 정신을 차려 생각해보았다. 다녈밤에 고장난 기계를 세 시간 이상을 관중 앞에서 주물러 기어이 목적을 달하고 마는 이들의 성격을.

이런 감탄과 반성에서인지 다음날부터는 내 신경도 무위(無爲)의 하일장(夏日長)[6]이 그다지 답답치는 않아서, 스이훈 강변을 유유자적할 수 있었고, 또 시내로부터 두 군인이 나를 찾아와 주기도 하였다. 일어를 잘하는 베드로흐 중좌와 조선말이 능한 미하에로흐 소위로서, 베드로흐 중좌는 만주에서 일군의 항복을 통역한 이래 평양까지 나가 북조선 정계에도 널리 접면이 있는 요인의 한 사람이었다.

이들은 내가 심심할까보아 나왔노라 하였고, 어서 건강이 좋아져 모스크바로 떠날 수 있기를 바란다 하였다. 조선에 가보았다니, 조선 인상이 어떻더냐 물으니 생각했던 것보다 높은 문화였고, 다시 한번 놀란 것은, 그만한 문화사회에서 지난 봄 3·1기념식 날 애국자들을 향해 테러행동이 나타난 것이라 하였다.

이들은 다음날도 찾아주어 강변을 거닐었고 저희들은 수영을 하고, 그간 음식은 제대로 먹게 되었으나 아직 냉욕(冷浴)은 못하게 하는 나를 위해서는, 여기도 마침 강태공이 한 분 나와 있어, 그에게서 낚싯대를 한벌 빌려다 주었다. 흐르는 물이어서 고기는 잡지 못하였으나 삼공(三公) 부럽지 않은 청유(淸遊)의 반일(半日)이었는데, 바로 이날 밤, 나는 벌써 자리에 누었을 때, 베드로흐 중좌가 "오메데도"[7] 소리를 치며 다시 나타난 것이다. 내가 떠나도 좋게 결정되었고 더구나 비행기편으로 갈 것이니까 편히 가고 빠르게 갈 것이라 했다. 그리고 이 격리촌에선 한시가 답답할 것이니 자기와 함께 시내로 들어가자 하였다.

---

6   기나긴 여름 낮.
7   おめでとう(御目出度う). 축하합니다.

의사, 세스트라 양들, 다 모여들어 나를 위해 만세를 불러주는 기분들이다. 비올 듯한 무덥던 천막의 밤을 나서 경쾌한 소형차로 바람을 가르며 달리는 것이, 또한 베드로흐 중좌와의 새로 맺어지는 우정이 나는 좀처럼 잊을 수 없는 유쾌였었다.

'워로실로프'의 며칠

20분쯤 달리어 시가인데 어떤 데는 아스팔트요 어떤 데는 자갈바닥으로 집들도 어둠 속에서 자세히 볼 수는 없으나 4, 5층 집과 낡은 단층 집이 조화되지 않게 섞여 있어, 한낱 반농반상(半農半商)의 변방부락이던 것이 혁명 후 현대적 도시로 비약하며 있는 인상이었다. 더구나 전 소연방(全蘇聯邦)의 중요한 항도 '블라디보스토크'의 위성으로서도 장차 의의가 클 신흥도시였다.

중좌는 우선 자기 처소로 인도하는데 몹시 우람스런 문을 열면 또 한 번 들어서야 올라가는 계단이며 다섯째 층에 이르러 복도에 들어서면 한 편은 부엌, 부엌 옆방의 쇠를 열면 중좌의 방이었다. 넓이 두 칸, 길이 세 칸쯤의 방인데 한편으로 이중창, 침대 하나, 장의자 하나, 테이블과 책장과 양복장과 걸상들, 테이블 위에는 탁상전화, 라디오 등이 놓여 있었다. 자기는 혼자 와 있어 식사는 군대식당에 가 한다 하였다. 침대가 하나인데 어떻게 같이 있을 것이냐 한즉, 다 되는 수가 있으니 보기만 하라 하였다. 키는 나보다 작고 둥글둥글한 얼굴에 눈이 퍽 선량한 인상을 주는, 나이도 우리와 동년배인 이 침착한 정치부의 장교는 누구나 이내 신뢰와 우정을 느끼게 하였다. 장의자에다 자기 자리를 만들고 침대에다 내 자리를 펴주었다. 그리고 과히 피곤하지 않으면 거리로 나가보자 하였다. 벌써 열 시나 되었는데 갈 데가 있겠느냐 한즉, 우리나라에서 열 시란 초저녁이라 했다.

우리는 다시 자동차로 시내에 있는 공원으로 왔다. 차는 전속운전수인 군인에게 맡기고 불 밝은 공원 안에 들어서니, 사람들이 빼곡할 지경으로 거닐고 있는데 거의 남녀동반이요 남자에는 훈장으로 가슴을 장식한 군인이 많았다. 녹음은 짙지 않으나 줄기차게 뻗은 나무들이 머리 위를 덮었고, 얼마 안 걸어 레닌의 연설하는 모양의 큰 석고상이 보이었다. 노천무도장을 지나 우리는 영화관으로 왔는데 마침 초저녁회는 끝나고 두 번째 구경꾼들이 (一夜 2회 상연) 들어가기 시작한다. 영화관 차림이 재미있었다. 관내에 들어오기는 했는데 그저 바깥처럼 서늘한 이유를 살피니, 지붕은 있으나 장방형인 양편 벽이 하반뿐인 것이었다. 공간인 상반은 바깥과 통해 있었고 바닥도 그냥 땅인데다 걸상까지 통나무 벤치요 내부에 흰빛을 많이 써서 썰렁한 산장노대(山莊露臺)와 같은 공기다. 겨울에는 '스케이트링'으로 이용해도 좋겠다.

벽이 없는 상반부엔 중간마다 기둥뿐으로 꼭대기 석 자가량은 조선집 대청 위의 교창 모양으로 엇짠 창살을 둘렀고 회칠한 그 위에 푸시킨, 체호프, 고리키 등 십여 문학가들의 사진이 걸려 있었다.

영화는 칼리닌[8]의 장례식 실경과 최근 미국작품 〈무희〉, 끝까지 보기에 좀 피로하여 중간에 일어서고 말았다.

---

8 소련 정치가, 볼셰비키파로 소련 연방 성립 후 중앙집행위원회의장, 1937년 말 이후 최고회의 간부회 의장을 역임하였음.

이튿날 아침, 우리의 조반은 베드로흐 중좌의 운전수가 군대식당으로부터 날라왔다. 빵, 치즈, 감자와 토마토를 넣은 고깃국, 삶은 계란, 소의 내장을 고아 으깨인 것 같은 통조림 등.

비행기가 언제 떠날는지는 오늘 알아볼 터인데, 혼자 호텔에 가 있기보다 여기 같이 있는 것이 말동무도 되고 연락에도 편치 않겠느냐 하기에 나도 이 우방 현실(友邦現實)에 골고루 잠겨볼 좋은 기회이기도 하여 며칠이고 한데 폐를 끼치기로 하였다.

조반 뒤에 중좌는 사령부로 가고 나는 오전 중은 혼자 쉬기로 하였다. 방안을 거닐다가 문득 창밖을 내다보니 5층의 공동주택이 ㄷ자로 둘린 축구장만 한, 나무도 많은 후원이 내려다보이는데 웃통을 벗은 동양인들이 일을 하고 있었다. 아랫도리는 그저 각반을 친 군복인 채 일군 포로들이 백화장작을 패면서 도로공사에 쓸 것인 듯, 아스팔트를 가마에 녹이며 있었다.

착각 같은 실경이 아닌가? 한때 서슬 푸르던 자칭 일출국 천손신병(天孫神兵)들의 하마 감추지 못하는 새 세기의 풍모였다.

애국심에 등한한 것도 탈이거니와 지나치게 극성을 부려 신역(神域)이니, 신손(神孫)이니까지, 남은 어찌되었든 제 몸만 추키던 것은 결과에 있어 망신, 망국심이었던 것이다. 나는 빈 방을 어정거리며 요만치라도 지리적으로 떨어져 전망감(展望感)에서일까 지금 너무 여러 가지 애국심 때문에 볶이고 있는 조선을 바라보고 싶었다. 이제 일본식 그대로는 아니라 하더라도 단기(檀紀)[9]가 4천여 년이라는 것을 학문으로

---

9   단군 기원.

알아보려기보다 자랑거리부터 삼으며 단군을 신격화시키어 조선민족을 또한 신보(神譜)에 올리려는 속된 애국심이 일부에 부동(浮動)하고 있지나 않은가? 행여 일 서생(一書生)의 기우(杞憂)이기를 바라는 것은 물론이다. 그러나 기우 같은 일이 곧잘 기우 아닌 경우도 있어, 한때 구라파의 문화인들이 국제문화옹호대회를 열며, 영불(英佛)의 지식인들이 공동성명을 내는 등, 그중에도,

"어떤 국가주의든지 그것이 종교의 역(域)까지 앙양될 때는 그것은 어찌는 수 없이 평화와 문명을 위협할 것이라."

한, 그런 구절 같은 것은 그때 사람들 귀에는 기우 이상의 잠꼬대였을 것이다.

묵묵히 두엇은 톱으로 장작을 자르고, 두엇은 그것을 뻐개고, 두엇은 불을 지피고 있다. 저들에게는 '장고봉(張鼓峰)'을 제2의 '노구교(蘆溝橋)'로 삼으려던 나팔소리나, '바이칼' 호수로 군마의 목을 축이자던 황목대장(荒木大將)의 열변이 아직도 이타(耳朶)에 쟁쟁할지 모른다.

"이 세상 모든 문명은 우리 아리안민족이 창설했다! 아리안민족이야말로 인간의 원형이요 인간의 프로메테우스(희랍신화에 나오는 천계에서 하강한 신인)이다! 신(神)민족이 부스러기 민족을 지배하는 것은 천리(天理)이며 약자가 강자에게 복종해야 할 것도 자연의 법칙이다!"

히틀러도 이렇게 그『나의 투쟁』에서 저희들은 신손인 것을 주장했다. 애국심 '신형'이라 할까 무솔리니는 어떤 형이었는지 모르나, 그도 아마 대중의 이성이 눈뜰까보아 신비주의로 끌고 들어갔을 것이 틀리지 않을 것이다. 이것이 무지에서였건 음모에서였건, 아무튼 이런 단순한 애국심이 조선보다는 앞선 독일이나 일본이나 이태리의 민중들

을 곧잘 현혹시켜 나갔던 것이다. 이제 나는 쏘련에 깊이 들어가면서 저 일본 신손들과 함께 독일 신손들도 구경하게 될 것이다. 나는 오늘 여기서 저들의 서글픈 영자(影子)를 향해 비방하기 위해서가 아니다. 우리처럼 낙후된 민족일수록 그릇 달아나기 쉬운 단순한 애국의 위험성을 반성하려는 때문이다.

방 주인의 서가에 우리 눈에 익은 한자 표제의 책이 두어 권 보였다. 『일본안내(日本案內)』와 『노일사전(露日辭典)』 그리고 최근에 읽는 중인 듯 펼친 채 얹어둔 것은, '크레씨 막'이라는 여자의 영문으로 된 중국 연안(延安)기행이었다. 마침 읽을 수는 없으나 사진이 많은, 신문 반절형의 쏘련 잡지 여러 권이 있어 그것으로 시간을 보냈다. 나중에 알고 보니 쏘련 출판물의 중요한 것의 하나로 제호는 『오꼬뇩』(불에 대한 애칭)으로 순간(旬刊)이었다.

이 나라에는 두 가지 큰 신문이 있으니 정부기관지로 『이스베스챠』, 공산당기관지로 『프라우다』인데, 이 『오꼬뇩』은 프라우다사(社)에서 나오는 것으로, 건설면의 기사와 문예와 사진이 많이 소개된다. 최근 호 하나인데 4, 50명 남녀가 훈장을 찬 사진이 났다. 이 속에는 조선 사람도 한 분 있어 알아본즉, 그는 소연방 내인 중앙아시아 '우즈베키스탄' 공화국에 사는 김만삼(金萬三)이란 노인으로 벼농사를 개량하여 수확을 기록적으로 높이었기 때문에 전 쏘련적 명예인 스탈린상을 받은 것이라 한다. 학술, 예술은 물론, 어느 모로나 인민에게 공헌하는 사람에게는 전 소비에트적으로 표창되는 것이었다. 이 사진들 중의 하나인 알렉산드라 첼카스라는 여자는, 이번 전쟁에 가장 격전지인 스탈린그라드에서 허물어진 주택을 남자들이 귀환하기만 기다릴 것이 아니라 여자들의 손으로 지어보자고 시작하여 좋은 성적을 내었고 이것이 널리 모범되어 전 연방적으로, 여자들로 주택문제를 해결해나가는 '첼카스운동'이 전개되었다 한다. 이 운동의 주인공 첼카스 여사도 금별의 영웅장을 탄 것이다.

이 『오꼬뇩』은 편집 전체에 이채가 있는 것은, 원색판의 유화 소개도 있고 우미(優美)한 유리공예품(식기)의 사진도 있어 화려 잡지이면서 상품광고가 없는 것과 정물과 경치사진까지도 촬영책임자의 이름이 부기된 것 등이다.

○

베드로호 중좌는 정오가 되어 운전수와 함께 한 아름씩 보드카와 샴페인과 쌀까지 며칠치 식료를 타가지고 왔다. 그리고 비행기는 날만 좋아지면 모레로 떠날 날이 정해졌다 했다.

중좌는 쌀을 가지고 부엌으로 가 옆집 부인에게 밥을 지어달라는 눈치인데 그 부인 역시 물을 얼마나 두어야 할 지 경험이 없는 듯, 쌀 냄비를 나에게 가지고 왔었다. 쌀이 조선산보다 메졌으나 오래간만에 흰밥에 오이지만으로 지방질에 멀미를 내던 속을 훨씬 청신케 하였다.

여기서들도 오이지만은 약간 싱겁게 담궈 상식(常食)하였고 기후가 선선해 토마토를 여름내 기르면서 장기간 중요 야채로 삼고 있었다.

이날 오후는 거리로 나와 처음으로 밝은 낮에 쏘련의 현실 속을 거닐게 되었다. 여기가 조선서는 초입이나 서구 쪽에서는 쏘련의 가장 깊은 곳이기도 하므로 되도록 자세히 살펴보고 싶었다.

그러나 그전 '송학령' 위에 새 '워로실로프'의 건설이 시작중이라 시각(視覺)에 부딪치는 것은, 이 거리에는 어울리지[10] 않을 만치 혼자 큰 건물들이 군데군데 따로 솟은 것이다. 전차가 있어도 넓을 만치 큰길들이요 2, 3층집은 별로 없고, 새로 지은 것이면 으레 5, 6층이다. 그런 것은 관공청 아니면 공동주택들인 듯한데 여기 건물들은 벽돌로 짓고 겉도 흔히 내벽처럼 회벽을 하되 희게, 누르게, 붉게, 혹은 푸르게 색칠을 한다. 새로 칠한 것은 깨끗하나 아랫도리는 아무래도 흙이 튀고 부스러지고 한다. 석재(石材)가 드문 듯하다. 문은 이중, 우람스럽고, 창들도 튼튼한 이중들이다.

어쩌다 상품 놓인 진열창들이 보인다. 대부분 식료품이요 서점도 있다. 길 위엔 군인이 많고, 보자기나 실망태 속에 토마토, 감자, 오이지, 또는 검은 빵, 햄, 통조림 등을 사들고 가는 부인도 많았다. 대부분 직장을 통해 나오는 배급품들이요, 큰 도시엔 자유로 살 수 있는(배급가격보다는 비싼) 백화점이 있으나 여기는 아직 없다 하였다. 쏘련은 이것이 애초부터 트로츠키파와 대립된 방침의 하나이기도 했지만, 경공업은 생필품을 최소한도로 공급하는 데 그치고 전폭적으로 중공업에 치중한바, 이번 승리도 그 덕이었으며 이에 따라 경공업은 절로 기초가 확립되며 있는 것도 그 덕이라 했다. 별로 소비 면은 보이지 않는 시가를 한 바퀴 둘러 우리는 차를 시외로 몰았다. 다시 스이훈 강변을 산보하고 다시 그 격리촌에 들러 목욕을 하고, 거기서 베드로흐 중좌는 우연히 십여 년만이라는 동창을 한분 만났다. '안드레이'라는 항공소좌로 조선 함흥에서

---

10 원문에는 '올리지'로 표기됨.

들어오는데 내일 저녁이면 이 천막촌에서 놓여날 기한이라 했다.

그는 조선에 있다 와서 조선 사람을 만나니 고향사람을 만난 것 같다고 그 두툼한 손으로 내 손을 쥐고 흔들었다. 조선말을 배웠느냐 한즉, "술이 있소?" 한마디뿐이요 자기는 그 한마디가 가장 소중한 것이라 하고 웃었다. 몸이 부대하고 고불통으로 담배를 빠는 그는 술을 매우 즐긴다 했다.

그는 이튿날 저녁 때 시내에 들어오는 길로 우리를 찾아왔는데, 보드카를 컵으로 마시면서, "이 보드카 발명자를 알아낼 수 없어 그의 동상을 세워주지 못하는 것이 천추의 한사(恨事)라" 하고 웃었다. 유쾌한 사나이였다. 그는 40일 휴가를 얻어 우크라이나 키예프에 있는 집으로 가는데 격리촌에서 벌써 엿새를 잃었고 기차가 이제 상당한 날수를 집어먹으니 술을 안 먹고 어쩌느냐 하였다. 그는 대식가일 뿐 아니라 음식솜씨가 좋아서 이틀을 여기서 묵는 동안 끼니때면 우리에게로 와 자진해 쿡 노릇을 해주었다.

날마다 날씨가 좋지 않다. 밤이면 비가 쏟아졌고 밝아서도 하늘은 구름에 덮여 예정대로 비행기는 날지 못하고 있다. 항공군인인 안드레이 소좌는, "하늘 변덕은 여자와 같은 것, 전쟁에서는 착륙이 문제 외니까 언제든지 날지 당신네는 착륙이 목적 아니냐? 그러니까 진드근히 술이나 배우며 하늘양(孃) 성미에 인종(忍從)하라" 하였다.

이들은 군인이나 문학을 좋아들 하였다. 안드레이 소좌는 가끔 술예찬시를 읊었다. 베드로흐 중좌도 자기 서가에서 많은 러시아작가들의 책을 보여주었고, 고리키의 『눈이 창공 같은 여자』라는 단편 책을 나에게 기념으로 주었다.

나는 러시아작가들의 이름을 표음(表音)에 부정확한 일본문자로밖에

모르므로 베드로흐 소좌가 아는 범위에서 이름들을 정확히 발음해달라며 적어보기로 했다.[11]

쁘쉬킨, 에쎄닌, 뚤게네브, 톨스토이, 또스토에브스키, 체호브, 꼬르키, 레르트몬토[프],

그리고 현역작가들로,

마야꼽쓰끼(시), 숄로호브(소설), 에렌브룩(평), 레오노브(시), 씨모노브(소설), 파블렌꼬, 꼴네이쥬크, 네끄래소, 찌호노브(시), 세이플린스, 인쎽, 바실레브스까야(波蘭人 여류), 트발또브스키, 끄로스만, 파제어프(소설)

○

안드레이 소좌를 기차로 떠나보내고도 나는 그 다음날엔가 8월 27일에야 비행장으로 나오게 되었다. 그러나 비는 그저 찔끔거린다. 오늘 착륙할 비행장만은 날이 들었으니 떠나와도 좋다는 기별이 있다는 것이다.

공로 4일(空路四日)

원동군에서는 모스크바까지 나의 길동무로 조선말 할 줄 아는 미하에로흐 소위를 동행시켜 주었다. 베드로흐 중좌의 차로 비행장에 나오

---

11 이 부분에서 이태준이 소리나는 대로 적은 작가들의 이름은 그대로 두되, 나머지 부분에서는 현대식 표기로 고쳤다.

는데 개천마다 물이 넘치고 길도 패나간 데가 많다.

여러 날 기다리던 모스크바에의 발정(發程)이 만반 갖추어졌다. 육군 대령 한분, 항공 중좌 한분, 그들의 부관들과 두 묘령 여성들과 우리 일행 두 명과 서로 수인사하고 자리잡고 비행기도 발동을 일으켜 활주로로 달리던 길이었다. 활주로까지 겨우 백 미(百米)[12]나 남았을까 하는 데서 원체 여러 날 쏟아진 비에 바닥에 수렁이 생겨 비행기는 앞바퀴가 빠져가지고 꼼짝을 못하게 되었다. 장시간 애를 쓰다가 대형 군용트럭 네 대가 왔다. 그러나 비행기는 끌려나오지 않는다. 얼마 만에야 어디서인가 전차처럼 전체가 쇠요, 무한궤도로 생긴 '뜨락돌'[13]이란 것이 두 대가 왔다. 밭가는 기계와 추수하는 기계를 끄는 모체인데 생긴 것은 군용트럭의 반도 못 돼 보이는 것이 끄는 힘은 강대하여 단 두 대가 힘들이지 않고 우리의 불구에 빠졌던 비행기를 활주로까지 끌어내놓았다.

이러노라니 벌써 오후가 되었다. 그새 하늘양은 또 착륙할 저쪽 비행장의 하늘을 그냥두지 않은 것이었다. 오늘은 못 떠난다는 것이다.

베드로흐 중좌는 다시 차를 가지고 왔으나 내일은 이른 아침에 떠나리라 했고 시내에서 여기까지는 상당히 동안이 뜬데 밤사이에 홍수로 길이라도 막히면 큰일이다. 나도 대부분의 일행들과 함께 비행기 안에서 자기로 했다. 푹신한 의자라 앞에 가방을 놓고 다리를 얹으면 편히 잠들 수 있었다.

이날 밤에도 좍좍 쏟아지는 빗소리를 들으며 나는 불란서의 소설『야간비행』이 생각났다. 남미로 다니는 여객 정기항로인데 24시간의 반인

---

12 백 미터.
13 트랙터.

야간을 휴업상태에 빠지는 것과 더구나 우천에는 무기휴업 상태가 되는 것을 타개해 보려 귀중한 인명 희생을 내면서까지 인간의 의지와 자연의 위력과 싸우는, 문명에의 적극 주제(積極主題)인 작품이었다. 최근의 항공술은 이 밤과 비를 어느 정도로는 정복하고 있을 것이다. 그러나 아직 보편화, 실제화는 못 되어 안드레이 소좌의 말대로 이렇게 동화처럼 잠자리 뱃속에서 밤을 새우며 하늘양에게 인종하지 않을 수 없는 것이다.

애타던 심리는 오히려 빗소리가 그친 고요함에 놀라 깨었다. 조고만 플랙시 창(窓)에 새벽별들이 빤짝였다. 동틀머리에는 안개가 자욱했으나 이는 날이 개일 길조라 모두 일찍 일어나 활주로 도랑에서 세수하고 휴대한 식료들로 간소하나 유쾌한 조찬들이었다.

일찌감치 여섯 시에 떠난다던 것이 열 시가 되어도 안 떠난다. 미하에로흐 소위는 "공중(空中)이 와야 떠납니다" 한다. 무슨 말인지 몰랐는데 나중에 밖으로 내려가 보니 이번에는 비행기 뒷바퀴에 바람이 빠진 것이다. 바람을 넣을 생각은 않고 시계들을 꺼내들고 하늘만 쳐다보기에 나도 가끔 쳐다보았는데 이윽고 한편에서 소리부터 들리더니 걷히는 안개 속으로 복엽식(複葉式) 소형기 하나가 날아오는 것이다. 모두 손을 휘둘렀다.

가까이 착륙하기가 바쁘게 이쪽 기관수들이 달려가 큰 산소통 하나를 안고 왔다. 산소인지, 압축시킨 공기인지 가는 철관을 통해 잠깐 사이에 홀쭉했던 뒷바퀴를, 그 육중한 기체가 눌린 채 팽팽하도록 일으켜 놓는 것이었다. 그리고도 가장 중요한 절차가 남았으니 열 시 반이나 되어서야 오늘 중도에서 내려 기름 넣을 비행장으로부터 떠나와도 좋다는 기별이 온 것이다.

공중에 떠서 보니 '워로실로프' 일대는 처처에 창수(漲水)였다. '하바롭스크' 상공에서 보는 '아무르' 강도 널리 범람해 있었다. 여기까지 북쪽으로만 직상하던 기수는 여기서부터는 대체로 서향 일로(西向一路)다. 아직 삼림지대이나 평지가 많아, 물도 골을 못 찾아 하나같이 ㄹ자 모양으로 꼬불거리었다. 비행장만큼씩 한 밭들이 연이어 나온다. 농촌들은 흔히 장방형이다. 가운데로 직선 큰길이 나고 양측으로 장방형들이 가로 붙어나갔다. 그 작은 장방형들은 자가용 채전(自家用菜田)들이며 그 채전의 큰길 쪽 모퉁이마다 거의 균일한 집들이 놓였다. 집을 울타리가 아니라 채전을 목장식으로 두른 것은 마소를 금한 것이요, 농촌 가까이는 으레 밭 아닌 초원이 있고 그 초원에는 마치 곤충이 알 쓸어 붙인 것처럼 누릇누릇 희끗희끗한 것은 젖 짜는 소떼와 양떼인 것이다.

이런 평화스러운 초원의 둘레나 농촌의 뒷등성이에는 으레 연록(軟綠)이 아름답고 밑둥은 성냥개비처럼 조촐한 페료샤, 백화(白樺)의 숲이었다. 이 백화를 조선서 '짜장나무'라 하는 이도 있으나 백화는 '짜장나무'보다는 더 희고 꺼풀도 두텁다.

함북지방에서는 이 백화의 꺼풀로 구물 베리도 만들고 동고리 같은 그릇도 만드는데 그것을 '봇'이라 하며 백화를 '봇나무'라 한다. '봇나무'가 옳을 것이다.

비행장만큼씩, 축구장만큼씩, 연달아 나오는 장방형의 밭들, 그 중간, 중간에 장방형의 농촌들, 다시 장방형의 채전과 장방형의 집들, 장방형의 인류문화에 가장 많은 형태여서 '골든 카드'라 한다거니와 공중에서 보는 쏘련의 대륙이야말로 일대 '골든 카드'의 조각보다.

오후 세 시 반까지 날러 K시에 내렸다. 비행기도 기름을 먹고 사람도 점심을 먹었으나 오전 코스를 늦게 떠나서 오후 코스를 날을 시간이 없다는 것이다. 짐들은 기내에 두고 식당과 숙소가 있는 구락부인 듯한 곳으로 들어왔다.

여기도 땅 1, 2백 평쯤에는 조금도 구애되지 않는, 밭도 있다가, 공장도 있다가, 주택도 있다가, 그냥 공지이기도 한 소도시였다. 나는 차라리 거닐기 좋고 누워 하늘 쳐다보기 좋은 비행장으로 도로 나왔다. 아무튼 그 지루하던 우천 밑에서 고비원주(高飛遠走)해온 것만 해도 속이 시원하다. 지평선은 사방 돌아보아야 언덕 하나 솟은 데가 없어, 활주로 한 기장을 걷는 것으로도 대륙을 횡단하는 기분이다.

저녁 때 구락부식당으로 갔다. 미하에로흐 소위는 식권을 타가지고 있었고 식당에서 일 보는, 하나같이 혈색 좋은 처녀들은 나를 중국 사람이냐고 묻기도 했다. 한편 구석에는 한 길이 되는 고무나무 분(盆)이 섰고, 음식은 다른 군인이나 우리나 똑같은데 빵은 얼마든지 먹을 수 있게 큰 그릇째 테이블마다 중앙에 놓였고 저육(豬肉)과 감자와 흰밥 볶은 것을 한 접시, 스프 한 접시, 밀가루 전병 한 접시, 케이크 두 개, 홍차 한 잔이었다. 술 먹고 싶은 사람들은 따로 사 마실 수 있었다. 우리는 타가지고 오는 술도 있으나 미하에로흐 소위도 술을 즐기지는 않았다. 그리고 우리 침소는 식당에서 동안 뜬 3층집인데 한 방에서 미하에로흐 소위와만 자게 되었다.

누른 털 담요 위에 두터운 자릿보를 덧덮었으나 여기 기후는 벌써 발이 시리다.

"다와리쉬 미하에로흐?"

"네."

"당신은 춥지 않으시오?"

"아이고! 이까짓것 조곰도 아닙니다."

"또 소설 보시는군? 재미있습니까?"

"차츰 차츰 재미 좋습니다."

그는 오늘 비행기에서부터 노역(露譯)된 다니자키 준이치로의 『치인의 사랑』[14]을 읽고 있었다.

"조선소설도 보신 것 있소?"

"아직 아닙니다. 앞으로 읽으려 합니다. 이제 이 선생 작품 나에게 보내주십시오."

"보내드리고 말구요. 보낼 만한 좋은 것을 이제 쓰리다."

"꼭 기다리겠습니다."

"조선에 언제 가보셨습니까?"

"작년에 가보았습니다. 평강, 철원까지."

"아, 철원에요? 거기가 내 고향입니다."

"아, 그렇습니까?"

"인제 서울 오시면 우리 집을 꼭 찾어와 주십시오."

"물론입니다. 내가 주소 적어 두었습니다."

여기 있는 조선 사람들은 대개 함경도 말씨나 이 미하에로흐 소위는 글로 배운 말이어서 서울말이요, 한자어도 '반동(反動)'이니 '노선(路線)' '동향(動向)' 같은 것을 한자로 쓰기도 하는 실력이다. 앞으로 조선관계에 한몫 일꾼이 되어줄 것이다.

---

14 谷崎潤一郎의 『癡人の愛』.

○

　이튿날도 역시 다음 착륙 예정지로부터 떠나라는 기별을 기다려 오전 열 시 반에야 이륙되었다.

　2천 미터가량의 과히 높지 않은 고도인데 여기는 어제보다 추워져서 기내는 처음으로 난방이 시작되었다. 유리보다 두터운 플랙시 창이 가끔 흐린다. 창을 닦으면 맵도록 푸른 천공인데 솜 엷게 피인 것 같은 구름은 성냥불을 그어 대어보고 싶다.

　한참 가다가는 취우(驟雨) 속도 지나가는데 비행기창에 부딪는 빗발은 전혀 횡선(橫線), 나래는 도무지 젖지 않는다. 이런 변화도 없는 때는 나만 혼자 심심했다. 나는 삼팔선 관계로 책 한 권 못 가지고 떠났고, 평양서 잡지 몇 권 들고 온 것은 '워로실로프'에서 다 읽어버린 것이다. 묘령들은 소파에 앉아 축음기를 틀었고, 군인들은 하나 있는 테이블을 둘러싸고 트럼프[15]를 놀았다. 대장과 소위가 한데 섞여노는 것이다. 우리 미하에로흐 소위도 중장의 걸상, 팔 짚는 데 걸터앉아 한몫 들었을 뿐 아니라 나중엔 중장의 훈수(訓數)를 하였고, 중장이 실수하면 중장의 등을 탁 치며 웃었다. 늘 데리고 다니는 그들의 부관도 아니요 이번이 초면인 듯한 일개 소위로 장관과 이렇게 평교간(平交間)처럼 노는 것에는 일본군대만 보아온 나로는 적이 놀라지 않을 수 없었다. 그러다가 한번은 마주앉은 대령이 무엇인가 물으니까 미하에로흐 소위는 허리를 펴 정색을 하고 여태와는 다른 어조의 큰 소리로 대답하였고 다시

15　카드놀이.

여전히 자연스럽게 노는 것이었다. 나중 점심때, 내가 물어본즉, "대장께서 당신의 건강이 어떠하냐고 물었습니다" 했다. 그것쯤 자세를 고쳐 대답할 필요가 있느냐 한즉, "내가 당신을 모스크바까지 안내하는 것은 공무입니다" 하였다.

이것으로 보아 노는 데는 상하동락이요 일에는 질서엄격한 것을 엿보기에 넉넉하였다.

오후 두 시가 훨씬 지나 만주와 연락점에 가까이 있는 C시에 내려 기름을 넣고 이어 날아 양구(良久)에 '바이칼' 대호(大湖)가 나타나기 시작했다. 지도들을 펼치고 보는데 길다란 호형(湖形)의 남단으로 가장 좁은 허리를 횡단하나 30분 가까이 걸리었다. 맞은편은 산이 있고 급한 단애여서 맑은 물빛과 흰 모래까지 조선의 동해안을 연상시켰다.

기하(機下)에서 호광(湖光)이 사라진 뒤에는 이내 평양 대동강처럼 맑은 물의, 크기는 훨씬 더 큰, 이쁜 강이 나왔다. 바이칼로 들어가는 물은 큰 것만 30여 강인데 바이칼로부터 나오는 것은 이 물맑기로 전 연방 내에서 첫째인 '앙카라' 강뿐이란다. 화물선들을 끄는 증기선도 보인다. 지구상의 가장 큰 대륙에서 가장 크게 차지한 이 쏘련서는 하천이 운수(運輸)와 생산에 큰 역할을 하고 있으므로 따로 하선 대신(河船大臣)까지 있는 나라다. 대신 말이 나왔으니 생각나는 것은 건재 대신(建材大臣)인데 아마 이것도 아직 쏘련 이외에는 없는 대신인지 모른다. 건재성(建材省)이란 얼마나 건설 면에 치중하는 나라인가를 느끼게 한다.

이 앙카라 강을 좌우로 공장 굴뚝 많은 I시를 그냥 지나 역시 앙카라 강변인 소도시 '벨라야'에서 이날 행정(行程)은 마치었다.

공중에서 보기엔 강변이 지척 같았으나 비행장에 내리니 강은 보이지 않았다. 그러나 강색이 맑은 환경이라 비행장은 골프장처럼 아름다웠고, 가까이 둘러선 폐료샤숲은 뛰어가 보지 않고 견딜 수 없었다. 대장은 미하에로흐 소위를 통해 나에게 감상을 물었다. 풍광에 대한 소감일 것으로 그도 다시금 주변을 둘러보군 한다. 나는 "만일 격리촌이 이런 곳에 있었다면 혼자 한 달을 묵어도 좋았을 것이라" 대답하고 서로 웃었다.

해가 떨어지니 어제 K시보다도 추워진다. 비행장 식당도 하반(下半)은 지하건축으로서 들어서니 훈훈해 좋았다. 그러나 시내는 상당한 거리가 있기에 더러는 기내에서 자기로 했다.

비행기란 재미있는 기구다. 착륙할 때 좀 격동을 피치 못할 뿐, 언제나 몸을 아껴 의젓하다. 공중에 떠서도 나래 한번 경망히 구는 법 없고 내려서도 그리 손질을 요하거나 지저분히 배설이 있거나 하지 않다. 발동기 위에 커버를 덮고 나래와 꼬리 관절에 고정기(固定器)를 끼여놓으면 무슨 고고학품(考古學品)처럼 고요한 놈이다. 그리고 누구에게나 무게와 부피를 삼가게 하여 생활을 간소케 한다. 공기 청징(清澄)한 앙카라 강변 잔디밭에서 조그만 플랙시 창으로 시베리아의 별들을 바라보며 잠드는 것이 나는 반드시 아름다운 꿈을 꿀 것 같았다.

○

다음날, 8월 30일. 제3일의 행정은 어느 날보다도 일찍 서둘렀다. 아침 아홉 시에 떠서 일기(一氣)로 여섯 시간을 날아 신흥 공장 도시로 유명한 N시에 와 점심을 치렀다. 어느 비행장에서보다 큰 구락부요 큰 식당이요 풍성한 식단이었다.

지체 않고 다시 날아 낙조(落照)와 함께 우랄산 밑 S시에 내리니 여기는 사뭇 초동(初冬)이다. 평양서 빌려 가지고온 겨울 내의를 입었으나, 더욱 2층 침대가 빼곡히 들어찼고 상하 빈자리 없이 귀환 군인들인 듯 3, 40명이 자는 방이었으나 어찌 꼬부리고 잤던지 아침에 허리가 아팠다. 미하에로흐 소위는,

"이 도시는 우리나라에서 금과…… 유리 같은 것 무엇입니까? 참 옳습니다. 운모(雲母)가 아주 많이 발견됩니다."

하였다.

"여기가 이렇게 추우면 더 가면 얼마나 추우리까?"

한즉,

"이제 우랄 산을 넘으면 다시 춥지 않겠습니다."

하였다.

○

제4일, 8월 31일. 우랄 산을 넘어 구라파에 들어서는 마지막 날이다. 농무(濃霧)로 열 시 반이나 되어 떠났는데 이 광막한 시베리아 대륙 횡단행정 탁미(琢美)에 있어 한 가지 특기할 사실은 직로보다 약간 북상해야 하는 '고리키'시에 들리는 것이다. 동승한 선공 중장(船空中將)이 내리기 위해서인데 나로서는 의외의 수확이었다.

우랄산지대는 멀리서부터 높아온 때문일까 그리 산답지 않았고 거기를 넘어서부터는 바람방아와 방울지붕의 사원 풍경(寺院風景)들이 구

라파 풍치다웠다.

오후 두 시에 이르러 고색창연한 사원들과 현대적 고층건물들이 섞인 문호 고리키의 고향, 그가 1905년에 쓴 『어머니』에 나오는 공장이 그대로 있는, 그의 이름을 기념하는 도시에 내렸다.

'볼가' 강 상류를 끼고 발전된 도시인데 인구 70만, 강 건너 낮은 지대가 일견 공장지구였다. 『어머니』에 나오는 '스따로예쏠모보'라는 기차 공장, 이름만 '끄라스노예(赤)쏠모보'로 갈리었으나 아직 그대로 있고 그 소설의 주인공 직공 '빠욜'도 지금까지 생존해서 이 공장 일을 볼 뿐 아니라 그의 팔남매 자녀들까지 모두 이 공장에서 일하고 있다 한다.

우리가 다시 공중에 떴을 때, 특히 공장지구를 유심히 보았다. 딴은 녹슨 함석지붕의 늙은 공장들도 즐비하고 파철(破鐵)의 산더미가 처처에 쌓여 있다. 이번 전쟁에 다리 난간까지 뜯어가던 일본을 보아온 눈이어서 각처에 철물이 흔한 것은 전쟁한 나라 같지 않다.

자, 이번에 최종 코스다! 모스크바가 곧 보일 것처럼 기내는 수선거린다. 기하엔 공장지구가 연이어 지나간다. '앙카라'보다는 물빛 검은 '볼가'의 기슭 기슭에 교회당뿐 아니라 광대한 저택들도 나타난다. 『전쟁과 평화』에 나오는 안드레이 노 공작의 저택도 저런 것이었을까? 기관실에 다녀나오는 묘령 한분, 이제 30분 안에 모스크바에 내릴 것이라 작약(雀躍)한다. '워로실로프'에서부터 합계 3십4, 5시간이다. 만일 만주를 통과해 온다면, 경성에서부터도 그만 시간이면 올 듯한데 모스크바는 경성보다 해 뜨고 지는 시간이 일곱 시간 늦으니까 해가 경성서 여섯 시에 뜬다면 그 해가 만주, 시베리아, 동구를 지나 모스크바에서는 경성시간으로 자정을 넘어 새로 한 시나 두 시에 진다. 그러므로 장래 항공기의 속도가 더욱 발달되어 지금의 3십4, 5시간을 19시간 정도로 줄인다면, 해 뜰 때 경성에서 떠나 그날 그 해질 때 모스크바에 나릴 수 있을 것이다. 서울 조반을 먹고 모스크바의 저녁을 즐길 수 있는 날이 족히 먼 꿈은 아닐 것이다.

임간도시(林間都市)들이 나타난다. 우랄 산 저쪽에서 보던 붉은 소나무들도 곧기도 하려니와 곁가지가 적고 뱀장어처럼 살진 송림 속인데도 도시적 세련을 풍기는 주택들이 몰려나온다. 이런 임간도시가 그냥 계속되더니 붉은빛 많은 고층건물들이 일망무제로 벌어진다. 인구 7백여 만, 내년이면 8백 년의 역사를 갖는 '모스크바'인 것이다. 새까만 아스팔트길들이 알른거린다. 비행장이 여기저기 지나간다. 특별히 두드러져 솟는 것은 반드시 이름 있는 건물들일 것이다. 붉고 희고 누른 입체의 대집단이다. 기계기름으로 문채 영롱(紋彩玲瓏)한 모스크바 강과 자동차가 물매미 떼처럼 아물거리는 다리들, 동상 선 광장들, 시 한가운데 있는 듯한 풀 새파란 비행장에 우리는 오후 3시 20분에 내리었다.

모스크바

일정한 시각이 없이 뜨고 내리고 하며 온 우리와 때를 맞추어 마중 나온 사람은 어느 일행에도 없었다. 한편은 울창한 숲으로 둘렸는데 그 밑에는 수족관처럼 큰 고기 작은 고기 무수히 엎디듯 비행기의 횡렬(橫列)이다.

우리는 제 패만큼 흩어졌다. 비행장 사무소에서 준, 문간에서 웬 사람이냐 물으면 보일 표를 받아가지고 거리로 나섰다. 우리는 미하에로흐 소위도 모스크바엔 초행이라 어리둥절해 이 사람 저 사람에게 묻다가 택시 지나가는 것을 잡았다.

내 눈은 더 바빠졌다. 사람들의 옷빛, 전차, 버스, 자동차, 여러 가지 색채다. 전쟁을 치른 흔적이 도무지 보이지 않는데 어떤 큰 집 하나가 5, 6층의 전면 일폭에다 미채(迷彩)가 아니요 그럴듯한 전원풍경을 그린 것이 희한하다. 여자들이 못하는 일이 없나보다. 가슴 오뚝 솟고 지시봉을 율동적으로 놀리는 교통 순사도 모자를 빼뚜름히 쓴 여자요, 거리에서 가장 우미한 동작인 버스 모양의 무궤도전차도 여자운전수가 많다. 육중한 길 다지는 차도 여자가 부리고 있다. 맨 식료품점으로 진열창마다 가지가지의 빵, 가지가지의 과실, 그리고 저육(豬肉)과 정육(精肉)의 가지가지를 도시대(都市大)의 비례로 측정이나 한 것처럼 엄청나게 큰 모형들이 성관(盛觀)이다. 귀여운 것은 날씬한 다리로 날을 것처럼 집으로 돌아가는 길, 붉은 신호에 몰켜선 소학생들의 재재거림이다.

미하에로흐 소위는 군(軍)기관 두 군데를 들러서 이틀 전에 우리 일행들이 와 있는 호텔을 알았다. 크레믈린 궁에서 솟았을 붉은 별의 첨탑이 바라보이기 시작하더니 얼마 안 가서 영어로 '사보이'라 읽을 수 있는 호텔이 나왔다.

차를 세우고 미하에로흐 소위가 안으로 알아보러 들어간 새, 나는 출입문 앞에서 모자도 안 쓰고 손에 신문만 말아 들은 동양신사 한 분과 마주쳤다. 어쩐지 우리 사절단과 관계있어 보여 인사를 해보니 반갑게 "내 조선 사람이오" 한다. 하회를 기다릴 것 없이 이분을 따라 호텔 안으로 들어섰다.

먼저 온 일행들은 풀소프 소장만 남아 있고 모두 외출 중이었다. 발소리 안 나는 푸근한 화문 깔개들과 구석마다 깊숙한 의자들이며 대리석 인체(人體)들이 선 고풍스런 장식은 푸근한 안도감을 준다. 방이 정해지기까지 나는 이곳 외국출판부 조선부에서 활약하고 있는 이 김동식(金東植) 씨와 이야기하였다.

　　이분도 어려서 조선을 떠나 쏘련에서 자란 분이다. 조선에 어서 와 보고 싶다 하였고 일제시대 조선에서 어떻게들 견디었느냐 하였다. 이분은 마침 포석(砲石)에게 대한 여러 가지를 알고 있었다. 약 10년 전에 포석은 원동 "유성촌에서 신혼하여 유자(有子)하며 해삼위(海蔘威) 조선신문사에 있다가 하바롭스크 원동작가동맹에 부위원장으로 초빙되어 그곳에서 조선청년들에게 문학적 교양을 지도하였고, 조선어 문예지 『노력자의 고향』을 4호까지 주재했고, 저작으로는 조선탈출을 테마로 한 서간체의 「채옥(彩玉)에게」와 「5월 1일 행렬」 그리고 산문시 「짓밟힌 고려」는 노문(露文)으로도 번역되었다 한다. 1934년 원동작가대회에서 「조선작가들의 과업」을 보고하였고, 그 문하에는, 시에 강(姜)태수, 연(延)성룡, 평론과 소설에 김(金)기철, 극에 태장춘(太長春), 시 「사랑스러운 사랑」과 「뜨락돌 운전수」를 쓴 한병철(韓秉哲) 씨는 3년 전에 작고했고, 이외에 노문(露文)으로 「해산(解産)」을 쓴 김(金)와실리 씨 등인데 이들은 지금 중앙아시아에서 신문도 발간하며 있으나 조명희(趙明熙) 씨의 원동 이후의 소식은 모른다 했다.

　　미하에로흐 소위는 강 소좌 방으로, 나는 3층에 있는 우리 일행 중 침대 남는 방으로 오게 되었다.

　　이 방에 들어서니 나는 북국으로 총사냥 온 것 같다. 책상이며 걸상들이 금속조각의 산양과 사슴의 머리와 다리로 장식된 것이라든지, 잉크병, 전기스탠드, 모두가 수렵 취미의 도안들이다. 우선 목욕을 하고 한잠 쉬어보기로 했다.

비행기는 아니나 모스크바로 날으고 있는 것처럼 웅성거리는 소리다. 16공화국의 두뇌요 심장이라는 이 소비에트 수도의 맥 뛰는 소리요, 새 5개년계획의 추진하는 거대한 세기의 치차(齒車) 소리기도 한 것이다.

○

일행들은 내가 한잠 늘어지게 자고 난, 밤 열 시 가까운 때에야 돌아왔다. 식당에 내려가 반가이들 만났다. 그리고 복스(대외문화협회) 동양부에서 오꼬노브 씨가 찾아왔다. 시간을 몰라 마중 나오지 못한 것을 미안해했고, 일행이 이틀 동안 먼저 다닌 곳은 틈틈이 따로 안내하리라 했다.

이 오꼬노브 씨를 나는 처음에 조선분인가 했다. 그는 어느 민족인지 모르나 동양인으로서 일본말로 쉬운 의미를 통할 수가 있었다. 우선 외국출판부의 김 씨, 이 대외문화협회의 오꼬노브 씨, 이렇게 여러가지 민족들이 중요한 국가기관에서 일하고들 있는 것은 벌써 다민족국가 쏘련다운 일모라 느낄 수 있었다.

우리는 소(小)식당을 전용하는데 성대한 식탁이었고 열주(烈酒)를 계속해 들 수 없는 나는 맥주와 레모네이드 등이 있어 다행이었다. 옆의 대(大)식당에서는 음악과 함께 춤이 벌어지고 있었다. 이 호텔에는 우리 이외 영국에서 온 단체도 있었고 미국군인들도 보였다.

마침 우리 방 식구에 농민대표 윤영감이 있어, 여기 와 무엇이 제일 좋더냐 물으니, 오늘 스탈린 자동차공장에 가 라디오까지 듣는 호화형 승용차가 만들어져 나오는 것과 화물자동차는 4분에 하나씩 떨어지는 것을 본 것이라 했고, 첫날 참배한 레닌묘에서 조금도 상치 않은 레닌 선생의 잠든 듯한 얼굴을 본 것이라 했다.

○

9월 1일. 나의 모스크바 첫 외출은 크레믈린 궁, 외객을 위한 복스의 전용버스 두 대에 실려 큰길에 나서니 곧 모스크바 대극장이 있는 광장이다. 이 광장을 지나면 좌측에 현대식 고층의 모스크바호텔, 그 앞이 또 광장, 우측은 큰 책사(冊肆)가 많다는 고리키 거리, 이 두 번째 광장은 벌써 한편이 크레믈린의 붉은 궁단(宮壇)이다. 궁단 밑 녹지대를 잠깐 지나면 단정한 복장의 파수병들이 서 있는 크레믈린의 측문이 된다. 차에 앉은 채로 문을 통과한다. 시가(市街)보다 지대가 훨씬 높아지며 푸시킨의 동화 삽화 같은, 금색, 은색의 방울지붕들, 뾰족지붕들이 나온다. 차를 내리면 한편으로는 모스크바의 반쪽이 즐비하고, 문들은 높고 두터워 조심조심 열린다. 들어서면 집 속마다 따로 하늘을 가져 까맣게 높은 데서 보석광주리 같은 샹들리에가 처처에 드리웠다.

우리가 첫 번 들어선 곳은 역대 무구진열실(歷代武具陳列室), 그리고 피득대제(皮得大帝)[16] 이후 금을 물 쓰듯 한 갖은 궁정집기(宮廷什器)와 제왕 후빈들의 장신구들, 그중에도 회중(懷中), 탁상, 괘종 등의 시계가 무려

수천 종이어서 전 구라파적으로 시계 치장 유행시대가 있었음을 엿볼 수 있었고, 동서 각국으로부터 노 제실(露帝室)에 보내온 선사들이 각국의 공예 가치로 볼 만한 것이 많은데 조선서 간 것만은 어찌 빈약한 것인지 차라리 안 보니만 못하였다. 지금도 쏘련을 조선의 대부분이 모를 것처럼 그때도 러시아 현실에 대해 너무 모르고 있은 것이 아니었나 싶었다. 1896년에 온 것으로 필운이 조금도 없는 화원식의 〈태백대취도(太白大醉圖)〉와 〈노자출관도(老子出關圖)〉가 일대(一對)로 걸려 있고, 이것도 그 연대밖에 안 된 빈약한 자개의롱 한 짝이 놓여 있는 것이다. 보내는 사람들이 그 물건이 놓일 러시아의 궁전이나 그 물건을 감상할 안목들에 대해 아무런 관심도 지식도 없은 것이 사실이었을 것이다. 세계인의 안목이 빈번이 지나가는 이 자리에서, 저 촌스러운 한짝 자개농과 일 화원(一畵員)의 득의작도 아닌 것이 조선의 공예나 미술을 어떻게 선전하고 있을 것인가? 나는 그 자리에서 어떤 일본 호고가(好古家)의 말이 생각났다. "일본정부와 인사들은 국보급의 공예나 미술품이 간상(奸商)들 때문에 해외로 흘러나가는 것을 통탄만 해서는 안 된다. 차라리 지진 없고 방화에 안전한 외국미술관에서 영구히 일본문화를 선전하고 있을 것을 생각하라" 한. 고려자기의 명품이 일본이나 미국의 일류박물관에서 왕좌와 같은 케이스를 차지하고 앉았다는 말은 들었어도 쏘련이나 기타 국에는 그런 말을 듣지 못하였다. 차라리 국내에는 점수를 줄이더라도 상대국에서 환영만 한다면, 우리 민족의 공예품도 좀 더 세계적 진열창에 널리 놓여야 하겠다.

---

16 표도르 대제.

크레믈린 경내는 중세기 이후 건축전람회 같았다. 사원도 여러 가지가 있고, 궁실도 순 이태리식, 내부만 불란서식인 것, 초기의 순 러시아식 궁실, 중엽의 궁실, 전등사용 이후의 궁실, 고대로 보관되어 있는바, 초기 것에서 재미있는 것은, 왕의 기도실과, 언제나 구차하고 불행한 사람들의 편이었던 예수의 정신이 이 속에 머물러 있을까 싶지 않은, 일종 사치비품 같은, 보석투성이의 성경책들과, 형식상으로라도 '백성의 창'이란 것이 설계되어 있는 것이다. 2층 위인 왕의 침소에서 내려다보는 창인데 백성들은 그 밑에 와 엎드려 그들의 소장(訴狀)을 넣고 가는 궤가 있었다. 거기까지는 좋으나 소장을 받기만 할 뿐, 그 궤를 열어 처분하는 일은 극히 드물기 때문에 그 궤의 별명은 '똘기 야씨크(오랜 궤짝)'이며 지금도 무슨 긴급한 일을 맡고도 그냥 내버려두는 것을 "똘기 야시크에 들어갔다" 한다는 것이다.

쏘련의 국회의사당은 따로 있는 것이 아니라 이 크레믈린 속에, 그전 궁실에서 그냥 복도로 연락되게 증축의 일부로 되어 있다. 장방형인 것과 직선이 많고 백색이 주조인 것은 이성과 과학정신의 상징 같았다. 후반은 2층으로 뒷자리에서는 연단까지 상당한 거리다. 그러나 어느 좌석에도 연사의 말이 그대로 오고 이쪽의 말도 그대로 연단에 가는 통화 장치가 되어 있었다. 나는 커버를 거두어주는 의자에 잠시 기대어, 정면으로 레닌의 사자후의 거상을 바라보며 엄숙한 감정에 부딪쳤다.

생각하면 의의 깊은 전당이다. 단순히 소비에트연방의 의사장으로가 아니다. 인류가 가져본 사업 중에 가장 크고 옳은 사업의 기관실인 것이다.

우리 인류에게 혁명사나 건국사는 허다하되, 그 자유와 문화의 복리가 전 인류에게 미치며 전 인류의 영구한 평화 상태를 향해 나아가는 '계획사회'의 출현은 여기가 처음이기 때문이다.

만강(滿腔)의 경의를 표해 옳은 것이다. 아직까지 인류가 경륜하고 있는 국가나 사회 중에 여기처럼 근본적인 개혁에서, 이른바, '인간이 철저한 의식을 갖고 그의 역사를 자신이 만들어나가는 사회'는 다른 데 없으며 더욱 오늘 조선과 같은 민족이나 사회로서 옳은 국가건설을 하자면 어느 용도로 비춰 보나 운명적으로 결탁이 될 사회는 어디보다 여기이기 때문이다.

나는 오늘 크레믈린 구경이 아니라 이 최고 소비에트 의사실 구경이, 더욱 모스크바에 들어 첫날 이곳을 구경하는 것이 가장 감명 깊고 만족한 일이다. 이것은 소비에트에 대한 예의로가 아니다. '구라파의 양심'이라던 로망 롤랑이나 바르뷔스가 진작부터 소비에트를 지지한 것이나, 앙드레 지드가 바로 이 크레믈린 앞마당 붉은 광장에서 고리키의 영구 앞에서

"문화의 운명은 우리 정신 속에서 소비에트의 운명과 넌지시 결탁되어 있기 때문에 우리는 소비에트를 옹호하는 것이라."

고백한 것은, 이 말만은 가장 진실한 바를 외치였던 것으로, 이 소비에트에서 자라나는 자유와 문화의 복리는 조선 같은 약소민족에게는 물론이요 나아가서는 전 인류의 그것과 이미 뚜렷하게 결탁되어 있는 것이다.

○

우리는 오후 3시에나 호텔에 돌아와 오찬 뒤에는 대외문화협회에서 온 오를루와 여사로부터 쏘련 국가체제에 대해 들은 바 있었는데 그 대강을 초하면 다음과 같다.

여사의 말에 '쎄쎄쎄르'란 소리가 자주[17] 나왔다. 그것은 '소비에트 사회주의 공화국연방'이란 네 마디 노어의 첫 자를 C.C.C.P(에스 에스 에스 에르)인데 이것을 '쎄쎄쎄르'로 발음하는 것이었다. 총인구수 1억9천여 만, 민족 수를 엄밀하게 가리면 1백4십7족인데 그중에 자기 말과 자기네 문화가 어느 정도의 전통이 서서 자민족대로 발전할 가능성을 가진 민족은 60여 족이며 이 다수민족들에게 가장 합리적이게 조직된 국가기관이 51국가기관의 연합체인 최고 소비에트라 한다. 선거권은 농촌 필부나 최고기관의 스탈린 수상이나 마찬가지 1표의 권한이며 이렇게 51국가기관을 통해 뽑혀 올라온 최고 소비에트 대의원은 지금 1,339명인데 그중 공산당원이 1,085명, 비당원이 254명이라 한다. 민족들의 연맹에의 가맹과 탈퇴는 자유이며 민족들의 선진, 낙후의 차별이 없이 절대평등이 원칙으로, 자민족문화 중심으로의 발전의 자유, 그리고 이런 자유와 평등을 실제화 시키기 위해서는 낙후민족의 경제 상태를 비약시키지 않을 수 없으므로 농본지대를 농공지대화, 혹은 공농지대화의 중대한 과업이 생긴 것이라 한다. 전 연방 내에서 러시아공화국 같은 선진민족으로도 자기만 경공업에까지 손을 대어 인민의 일반 소비면을 윤택하게 해주지 못한 것은, 그래서 일부 외인들이, "소비에트 인민들의 생활이 무엇이 풍족하냐?"고 성급히 보아버릴 수도 있게 된 원

---

17 원문에는 '자조'라 표기됨.

인은, 실상은 16공화국이 다 잘살 수 있는 광범하고 평등한 공업기초에부터 전력을 집중해온 때문이었다. 그 결과 낙후된 민족들이 그동안 얼마나 자라고 있었는가는, 키르키스스탄 공화국이 혁명 전에는 제유공장 1, 치즈공장 1, 제혁공장 2 모두 수공업적인 4개 공장이던 것이 1945년에는 대소 5천의 공장이 생기었고, 그중 4백여 공장은 전 연방적으로 유력한 공장들이라 한다. 이 낙후된 농본지대였던 키르키스는 지금 국민경제의 70퍼센트가 공업생산에 의존되는 것이라 했고 이런 부력의 비약은 모든 문화의 조건을 또한 비약시켰을 것은 필연의 사실이었다. 소연방을 구성한 16공화국이란, 러시아, 우크라이나, 백러시아, 라트비아, 리투아니아, 에스토니아, 까레로 핀, 몰다비아, 그루지야, 아르메니아, 아제르바이잔, 투르크메니스탄, 우즈베키스탄, 키르키스스탄, 카자흐스탄, 타지크 등인데, 그루지야 공화국은 스탈린 수상의 고향이며 중부아시아에 놓인 우즈베키스탄 공화국은 조선 사람들이 많이 사는 나라다.

○

이날 석양에 나는 혼자 호텔 앞을 나서보았다. 여럿이 구경으로보다 혼자 걸어보고 싶었다. 그러나 멀리 갈 용기는 아직 없어 고작 대극장 근처를 한 바퀴 돌아왔는데 서점도 두어 군데 있었다. 모두 종업 후였고 길에는 유지에 싼 아이스크림과 캔디 파는 데가 많다. 은지에 싼 고급과자도 있고 이것과 호대조(好對照)이게 농촌 여자들이 자기 집에서 기른 것 같은 소박한 과실(배, 사과)을 팔기도 했다. 말쑥한 영양(令孃)들이 아이스크림을 아무렇지도 않게 먹으며 활보한다. 어떤 모퉁이에는 간결한 가설로 청홍의 소다와 냉수를 공급한다. 지방질을 많이 섭취하는 여기 시민들은 특히 찬 미각이 많이 필요되는 듯하다. 적신호에 막힐 때마다 여러 가지 교통기구가 몰리곤 하는데 두 대씩 연결한 구식전차, 새파란, 혹은 새빨간 버스형의 무궤전차 그것도 혹은 2층이며 택시에도 여러 사람을 실을 수 있게 무개(無蓋)로 된 것도 있고 그리고는 대소와 색채 잡다한 자동차들인데 전후에 새로 생산된다는 호화형이 저것이 아닌가 싶은, 이곳 시민들도 유심히 살펴보고 만족해하는 바퀴 흰 대형 유선(流線)도 가끔 보인다. 자전거는 드물다. 한편에 붉은 'M'자가 크게 뻔쩍이는 건물은 도무지 내포할 용적이 없어 보이는데 사람이 연달아 들어가고 또 한몫 대량으로 쏟아지는 것을 보아 요술이 아닌 바엔 지하철일 것이 분명하였다.

돈을 써보고 싶어졌다. 수십 일째 돈 쓰는 습관을 잊은 데다가 풀이도 제대로 모르는 돈이어서 아직 얼떨떨하다.

간판들이 대개 유리에 금자나 은자인데 '레스토랑'이니 '카페'니 하는 간판은 더러 보이나 홍차 한 잔이나 실과나 아이스크림 한 접시쯤 위해 들어앉는 경음식점(輕飮食店)은 보이지 않았다.

9월 2일. 천체지식보급소(天體知識普及所)라 할까 큰 궁륭관(穹窿館)을 만들어 놓고 환등과 망원경으로 천체현상을 설명해주는 기관이 있었다. 우리는 이날 여기서 중학졸업반의 여학생 2백여 명을 만난 것이 더 인상에 깊다.

모두 담수어(淡水魚)처럼 발랄했다. 제복이 아니요 양말도 긴 것 짧은 것 불일(不一)하고 구두도 벌써 많이는 굽이 높다. 이들도 아래층에서 잔돈을 꺼내 소다 마시기를 즐겨했다. 위층 궁륭실에서 우리와 함께 착석하였을 때, 이 참새 떼는 갑자기 조용해지며 약간 볼이 붉어지는 학생 하나가 일어서 우리 좌석을 향하였다. 그리고 탄력 있는 어감으로 우리에게 친절한 사연을 보내는 것이었다. 강 소좌는 이 소녀의 뜻을 이렇게 옮겨주었다.

"들으니까 여러분은 멀리 조선서 오셨다구요. 우리는 모스크바 제 206호 여자중학 졸업반 학생들입니다. 우리나라에 오신 여러분을 우리들은 뜨거운 마음으로 환영합니다."

짜르르 한참이나 박수가 울렸다. 불을 끄니 별 밝은 밤하늘이 된다. 들판에 앉아 여름밤 하늘을 쳐다보는 것 같다. 아무렇게나 뿌려진 별이 아니라 천체 그대로 줄여놓은 것이요 해도 떠 지나가고 달도 솟아 지나가고 일식, 월식, 그리고 화성, 혜성 다 지나가면서 설명이라기보다 강의인 듯하다. 각 학교에서 천문시간은 여기를 사용하는 것이라 한다.

우리는 얼마 보다가 일어섰지만, 우리 때문에 불이 켜졌을 때, 우리는, 왜 남학생들은 없느냐 물어보았다. 서너 학생이 몰려나서며 대답하는데 작년부터 남녀공학이 폐지되었다는 것이다.

나중에 오를루와 여사로부터 자세히 들었지만, 쏘련에서는 작년부터 공학제를 폐지했다는 것이다. 초등과 중학은 남녀 별교요 전문과 대학에서는 그대로 공학이라 한다. 소년기에는 생리적 특수조건에서 오는 성격상, 지능 진도상, 혼합 지도하는 것이 무리였다는 것이다. 체육, 지육(知育), 정육(情育)에 각이한 방침이 필요되기 때문에 소년기에 있어 남녀 무별 교육은 여러 가지 불합리가 따르는 것으로, 여사는, "나

자신 공학해 보았는데 사내아이들과 같이 배우니까 여성생리나 가사 과목 같은 데 충실하고 싶지 않았고, 따라세 성미가 거칠어지기 쉽고, 옷매무시 하나에도 잔신경을 쓰는 것이 여성으로는 옳은 일인데 그런 것을 수치로 아는 폐단이 있었노라" 하였다. 그리고 남녀의 사회적 연결은, 소, 중학교에서도 피오닐(아동궁전)과 콤소몰(공산청년회)을 통해 적의(適宜)히 사교되는 것이라 한다.

오후에는 혁명박물관을 보게 되었다. 쏘련에서 혁명박물관이라면 굉장할 것으로 상상했는데 기대에 어긋나는 것은, 이유가 있었다. 나는 아직 보지 못한 레닌박물관이 따로 있는데 레닌의 일생은 이곳 혁명의 일생으로 혁명에 관한 자료는 거의 전부가 레닌박물관에 우선적으로 진열되었을 것이었다.

이 혁명박물관의 특색은, 스탈린 대원수에게 온 각 민족공화국, 또는 다른 나라에서들 보내온 기념품의 진열이었으며 인상 깊이 남은 것은, 1919년 우크라이나 '키예프'에서 생긴 일인데, 어느 구역위원회(區役委員會) 사무실 사진이었다. 출입문을 널판으로 X자로 봉해버리고 그 옆에 "사무 못 봅니다. 모두 전선에 나가기 때문에"라 대서(大書)한 것이다. 행정책상과 총검의 제1선이 따로 없는 투쟁으로의 건설이었다. 오늘의 소비에트가 있게 한 싸움의 가장 실감나는 자료의 하나다. 그리고 각국 각 민족에게서 선사(해 온 것 중에 한 가지 이채 있는 것은, 아메리칸 인디언 추장들이 보낸 거대한 백우관(白羽冠)이다. 이것에는 까닭이 있었다. 추장들은 가끔 '뽈꼬뽀제스'라고 저희들이 존경하는 인물을 그들의 영장(領將)으로 추대하는 풍습이 있는데 최근에 스탈린 대원수를 추대한 것이라 한다. 그 밖에도 연방 아닌 나라들, 특히 그중에도 약소민족들로부터 온 것이 많다. 이것은 레닌과 스탈린의 사상, 또는 소비에트의 타고난 성격이 세계 약소민족과 깊이 연결되는 바 있음을 여실히 설명하는 것이었다. 그리고 스탈린 수상이 고불통을 애용하므로 각국 각색의 고불통 선사가 많은 것이다. 이 고불통들에서는 인간 스탈린 선생의 빙그레 웃었을 미소가 감촉되었다.

○

어제 저녁 내가 혼자 나가 본 붉은 'M'자는 지하철이 틀리지 않았다. 우리는 지하철을 타러 나선 것이다. 동경 지하철밖에 못 본 나는 먼저 깊이에 놀랐다. 지상에서 제일 깊은 데는 70척이라 한다. 70척을 계단으로 걸으려다는 큰일이므로 나려가는 것, 올라오는 것 모두 무시로 움직이고 있는 '에스컬레이터'다. 한 계단을 들어서 밟기만 하면 급경사로 내려간다. 정거장들은 대중의 지하궁전이란 느낌을 주도록 화려하다. 대리석의 기둥과 벽과 애국자들의 입체상, 혹은 부조로 제정시대 궁전 꾸미듯 했고, 상반은 창공색, 하반은 심록(深綠)의 차신(車身)도 고왔다. 불송이 같은 모자의 여차장, 여역원들이요 고촉(高燭)의 광선과 고속의 주행은 교통이라기보다 일종 오락 같았다. 더구나 이 심도로 물까지 나는 난공사를 전쟁 중에도 계속해냈고 거기엔 여자들의 힘이 절대했다 한다. 이 차는 등급이 없는데 어린이들과 어린애 달린 어머니들만 타는 딴 칸이 있었다. 요즘 우리 일행을 위해 날마다 와주는 김동식 씨도 이 지하철로 다닌다 한다. 이곳 시민들의 생활내용을 엿볼까 하여 우리는 김 씨에게 가정형편을 물었다. 김 씨[가] 즐거이 공개하였다.

김 씨는 2천 루블의 월급인데 내외분과 아기 하나 세 식구로서 공동주택에 들어 있으며 방이 둘, 목욕실과 부엌은 두 집이 같이 쓰고 집세는 매월 60루블이라 한다. 이 집세란 그 사람 수입비율로 정하는 것으로 4천 루블 수입자라면 같은 집에 120루블, 단 천 루블의 수입자라면 같은 집에 30루블을 낸다는 것이다. 부엌 같이 쓰는 것이 불편치 않으나 한즉, 난방을 부엌에서 하는 것이 아니요 오직 취사뿐이요 취사라도 순 조선식보다는 끓이는 것이 적은데다 화덕이 한 번에 대소 여러 냄비를 쓸 수 있음으로 한 집쯤 더 같이 쓴다 해도 부자유는 없으리라 했다. 난방은 스팀이며 스팀을 쓰는 동안은 그 경비 부담만 집세 비율로 집세에 첨가되는 것이라 한다. 내외가 다 나와 일을 본다 하더라도 여덟 시간 뒤에는 집에 돌아가는 것이요 부엌 설비가 간편하기 때문에 식후에는 곧 남녀 간 자기 시간을 가질 수 있다는 것이다. 도시민의 자연생활과 신선한 야채를 위해서 시외에 공동채전도 있다 한다. 관계기관에서 기계로 갈아놓은 땅에 자기 분량만큼 씨를 뿌렸다가 캐러 오라는 때 가서 캐기만 하면 되는데, 이 김 씨네는 해마다 감자를 심어 두어 포대 팔고도 1년 내[내] 먹는다 했다. 이분 부인께선 직업을 갖지 않았으나 만일 직업을 가지려면 아이는 아침에 나갈 때, 곧 이웃마다 있기도 하고 큰 직장이면 그 직장마다 있는 탁아소에 맡기고 가면 되고, 젖 먹이면 젖 시간엔 자유로 나와 먹이는 것이며 퇴근할 때 들리어 집으로 데리고 온다는 것이다.

주식품이나 의류는(담배도) 직장을 통해 배급이 있고 그것으로 부족하면 백화점이나 기타 자유 상점에 가 얼마든지 사는 것인데 담배의 예를 들면 배급보다 약 4배 비싸다 한다. 의료는 각 구에 국영병원이 있어 무료이며 산부(産婦)는 임신 중에 미리 등록되었다가 임기(臨期)하여 병원에서 자진해 데려가는 제도라 한다. 다산모에게는 다섯서부터 훈장, 열부터 '어머니 영웅'으로 최고명예를 받으며 양육에 국가보조가 많다. 학교에도 일반 신입생들에게 그 후원기관에서 학용품 일체를 당하고 입학금이니, 수업료니의 부담이 없으므로 어떤 가정이나 살다가 갑자기 큰돈 쓸 일이 생겨 낭패되는 일은 별로 없다 한다.

집은 개인소유도 할 수 있고 개인소유 집은 팔거나 그저 주거나 하되, 세놓는 것은 금한다 한다. 여자는 55세, 남자는 60세까지 자기 기능대로 일하고(그것도 가족의 수입으로 생활이 넉넉하면 자유다) 이상 연령이 지나면 최종월급 비례의 생활비를 매월 국가에서 준다 하며 무의(無依) 노인을 위해서는 양로원이 있다 한다.

9월 3일. 오늘을 우리는 크게 기다려왔다. 8·15는 조선뿐이요, 쏘련이나 미국에서는 이날이 일본에게서 정식으로 항복조인을 받은, 전승기념일이었다. 첫 기념이라 영화 〈승리의 관병식〉 같은 관병식을 기대했으나 밤에 붉은 광장에서 축포가 있을 뿐이라 한다. 그러나 시내 각 광장마다 무대가 가설되고, 대극장, 대관청 등에는 붉은 기와 레닌, 스탈린 초상들로 장식되어 있었다. 어느 기관이나 떠들썩한 날이어서 복스에서는 오늘 뱃놀이를 차린 것이다.

모스크바 강, 말이 강이지 항구와 같은 시설의 부두로서 며칠씩 걸리는 긴 여행을 떠나는 2, 3층의 열차식 증기선들이 즐비하다. 이 하선(河船)들은 동구라파 평원의 대부분을 세 바다에 연결시키는 원항(遠航)들이라 한다.

우리는 소형 한 척을 따로 타고 술이며 안주를 그득 싣고 이 모스크바 강과 서너 길이나 고저의 차가 있는 볼가 강과 연결시키는, 물 가두는 축항(築港)이 있는 데까지 목표로 강을 거슬러 올라간다. 마침 모스크바에 와서 처음 청명한 날씨다. 강상에는 남녀 학생들의 요트대, 보트대, 그리고 처처에 낚시질꾼들이 있는데 낚시꾼 중에는 훈장을 차고 나온 사람도 있다. 오늘이 전승기념일인 때문이리라.

강기슭 좌우에는 가끔 적송(赤松)과 백화(白樺)숲이 엇갈려 나오고 제정시대 별장들인 듯, 또는 최근에 지은 휴양소 같은, 노대(露臺)를 넓은 건물들이 지나간다. 인도와 철도의 다리들도 무지개처럼 우리 머리 위를 지나간다. 이 테이블 저 테이블에 술병들이 마개가 뽑힌다. 우리 호텔의 식당 사람들까지 같이 왔다. 말이 통하는 강 소좌, 김동식 씨, 미하에로흐 소위는 테이블마다에 찢긴다. 겨우 한 분 차례가 우리 좌석에 왔을 때, 나는 오를루와 여사에게, 지금 소비에트의 여류외교관으로 활약하는, 콜론타이 부인의 소설, 「붉은 사랑」을 화제로 꺼내었다.

"조선에서도 그 작품을 많이들 읽었습니까?"

"일어 역으로 널리 읽혔습니다."

"그 작품을 동양에선 어떻게들 비평하십니까?"

"한참 청년들은 연애와 결혼의 자유를 부르짖고 인습과 싸우던 때입니다. 단순히 인습타도에 과감한 것만으로는 통쾌히 보는 사람들도 있었으나 너무 지나쳤을 뿐 아니라 제호가 붉은 사랑인 만치 그것을 그대로 소비에트의 성도덕으로 아는 사람이 많았습니다."

"그랬을 줄 압니다. 여기서도 평이 나빴습니다. 레닌 선생 생존하셨을 때이므로 선생께서도 이 작자에게, 그 작품은 가정을 파괴시키는 것이라고 딴딴히 말씀하셨습니다."

"지금 그전 작품들로 누구의 것이 많이 읽힙니까?"

"고전으로 푸시킨이 많이 읽힙니다. 톨스토이도, 체호프도, 그리고 고리키가 가장 많이 읽힙니다."

"톨스토이의 사상은 여기서 어떻게 비평됩니까?"

"그 무저항주의는 좋지 않다고 봅니다. 고리키는 나쁜 것과는 용서 없이 싸우는 정신이어서 좋습니다."

하고 아직 30대의 총명한 여사는 동의를 구하는 웃음이었다.

"어서 여기 작가들과 만나도록 해주십시오."

"연락중입니다. 그러나 레닌그라드에 가있는 분도 많고 지금 여행 중인 분도 있고 아무래도 남방에 다녀와서야 기회가 될 것 같습니다."

우리 일행은 처음 올 때는 중앙아시아에 있는 우리 동포들의 농촌을 구경하고 싶어 했으나 와서 본즉 여기서도 기차로 내왕 십여 일이 걸리는 데요, 그런 시간의 부담이라면 앞으로 신조선 건설에 좀 더 다각적으로 참고될, 적은 나라들이나 조선과 유사점이 많은 민족공화국을 보기로 택하여, 흑해를 두고 '루마니아'와 '불가리아'의 대안(對岸)에 있는 '그루지야' 공화국과 거기 연접하여 '터키'와 접경인 '아르메니아' 공화국을 보기로 한 것이다.

"그루지야 민족은 지금 얼마나 됩니까?"

"3백 만가량입니다."

"아르메니아 민족은 얼마나 됩니까?"

"백만 좀 넘는다 합니다."

"자기 민족어로 발전하는 민족 중에 가장 수 적은 민족이 어떤 민족입니까?"

"아마 옌쓰 민족일 것입니다. 4천 명밖에 안 되니까요. 그러나 자기네 말과 문자가 있어 그것 정리를 하고 중요 출판을 자기네 말로 하고 있습니다."

"전 소연방 내에서 몇 가지 말의 서적이 출판되고 있습니까?"

"72종어라 합니다."

나는 쏘련의 문화가 '한 세계'를 이루는 기초가 이것이 아닌가 싶었다.

먼 지방에서들 사람을 꽃피듯 싣고 모스크바에 들어서는 여객선들이 자꾸 지나간다. 두 시간이나 착실히 올라와서야 두 강의 수평차이 점에 다달았다. 큰 강을 양쪽으로 잘라 막고 물을 윗강만치 더 넣기도 하고 아랫강만치 더 뽑기도 하는, 그래서 그 물과 함께 같이였던 배들이 윗강으로 올라가기도 하고 아랫강으로 내려오기도 하는, 큰 물장난 같은 장치였다.

독군(獨軍)들이 여기를 목표로 맹렬히 공륙(空陸)으로 이 근처에 침입했으나 피해는 없었다 한다. 총 멘 파수병들이 여자들이다. 우리들의 배도 여기서 장난감 노릇을 해보고 저녁 일곱 시에 돌아온 것이다.

○

승전기념 예포는 저녁 아홉 시였다. 여기 식당의 저녁 시각은 대개 열 시 이후라(점심도 일러야 세 시) 그동안 나는 붉은 광장에 갈 구두나 닦아보리라 생각했다. 그리고 느낀 것이 이 호텔에 일 보는 사람들이다. 자본주의 사회의 호텔 같으면 아침에 일어나기가 바쁘게 구두가 닦여져 있을 것이나 여기는 그렇지 않다. 층마다 층계 모퉁이에 책상을 놓고 앉은 여자들은 객실과 욕실의 소제와 열쇠를 맡는 것만 일이다. 밑에 출입문 안에도 노랑테 모자를 쓴 남자가 있다. 문도 잡아당겨 주고 짐도 부려들이나 오직 사무적이요 굽신거림은 없기 때문에 나도 아직 그들의 존재에 감촉됨이 없었다. 식당에도 남자노인들인데 재빠르지 못한 것은 연령의 소치만도 아니다. 차를 가져오고도 앞에 놓인 설탕 그릇이 비었음을 이쪽에서 눈짓하기 전에 먼저 알아내는 적이 적다. 이쪽의 지적으로 알았어도 당황하지 않는다. 서서히 무거운 걸음으로 가져온다. 미안했다는 것을 나타내려 덤빔으로써 도리어 이쪽을 미안케 하는 일은 조금도 없다. 손님의 비위를 맞추려 깝신거리고 희뚝거리어 도덕적으로 위선에 이르는 것은 고사하고 심리적으로 객을 도리어 마음 못 놓게 하고 부담을 느끼게 하는 것보담은, 차라리 이 사람들의 진실하기만 한 태도가 편하고 정이 든다.

호텔문 밖에서 신 닦는 사람을 본 듯하기에 나와 보았으나 시간이 늦어 가고 없다.

이런 것이 과연 불편한 것인가? 불편하다고 주장해야 하는가? 밤에도 상점들이 문을 열고, 늦도록 신 닦는 사람은 제 아내와 제 어린것들과 즐길 시간 없이 그 자리에만 붙박여 있어야 하는 사회가 정말 편한 사회일까?

○

다른 날 밤보다 불빛이 많아졌다. 부인 동반의 군복도 더 많아졌고 가슴에 찬 훈장들도 더 자랑스럽다. 붉은 광장 근처에는 벌써 차라는 것은 못 들어선다. 길들은 온통 빼곡하다. 광장집회에 세련된 시민들이라 곳을 찾아 날쌔게들 움직인다. 움직이는 곳을 따르면 어렵지 않게 레닌묘 맞은편까지 올 수 있었다. 일행 중 내 키가 제일이나 여기서는 가끔 발돋움을 하게 된다.

밤에 바라보는 레닌묘는 사각의 피라미드, 고구려시대 장군총(將軍塚)을 연상시키는 건축이다. 이 '사람의 모래밭'이 된 광장과 크레믈린을 둘레로 무수한 탐조등이 올려뻗친다. 비행대가 나른다. 이윽고 축포가 터지기 시작하는데, 바실리 대가람(大伽藍)의 훨씬 뒤쪽에서다. 크레믈린 한쪽이 들썩들썩 궁글른다. 대포들은 보이지 않으나 그 우렁찬 소리보다 줄기찬 불부터 먼저 내어 뿜는다. 아직도 세계 어느 구석에고 일제나 나치스의 잔재가 남았으면 나서라는 포효 같았다. 사방에서 꽃다발 같은 오색별의 화포들이 용솟음한다. 대포들의 포효는 점점 집단화한다. 감격하는 얼굴들! 어떤 얼굴은 침통하다.

만일에 이 전쟁을 이기지 못하였다면? 아, 상상만으로도 끔찍한 노릇이다! 그자들 마음대로 꾸며 전하는 뉴스만으로도 스탈린그라드에서, 레닌그라드 주변에서 전세가 일진일퇴할 때, 마레에서, 라바울에서 일진일퇴할 때, 우리는 빈 주먹으로라도 얼마나 땀을 흘리며 마음을 태웠던가! 중국에서는 우리 의용대들의 붉은 피가 흘렀거니와 국내에서는 일제의 임종적 발악(臨終的發惡) 밑에서 유구무언, 오직 정성과 단장(斷腸)의 원한으로 이 정의군들의 승리를 창천에 호소하고 애원했던 것이다. 작년 8월 15일, 우리 3천만은 처음 오는 자유에 얼마나 참아온 울음부터를 터뜨렸는가!

오, 위대한 승리여!

전사 있어온 이래 가장 존귀한 이 승리를 존귀한 승리로서 마치게 할 일이 아직 이 지구 위에 남아 있는 것이며 무기를 들고 같이 싸우지 못한 우리들은 오늘 이 남아 있는 일에 남보다 앞서 나서지 않으면 안 될 것이다.

○

저녁 뒤에 자정이나 가까워 우리는 이번에는 대극장 앞 광장으로 나와 보았다. 밀도는 붉은 광장에서만 못하나 여기도 모래밭 같은 사람들이다. 무대에서 손풍금이 울리고 지방 민족공화국에서 온 듯, 물색 찬란한 치마 입은 처녀의 일군이 나와 합창과 아울러 춤을 춘다. 차례로 한 명씩 전면에 나서서 소리를 먹이는데 희극적 내용인 듯 광장은 까르르 웃음판이 되고 춤추던 처녀들은 높은 소리로 멋지게 받아넘긴다.

모스크바 안에 있는 여러 광장들에서는 이날 밤 각 지방에서 온 축하 가무단들로 밤이 새워질 것이라 한다. 사람들은 좀체 흩어질 것 같지 않았다.

9월 4일. 여기 학교들은 전문 이하는 이름이 따로 없고 대개 호수(號數)뿐이다. 우리는 첫 학교 구경을 모스크바시 제106호 남자 소중학교로 오게 되었다. 소학과 중학이 한데 있는 학교다. 별로 크지 않은 벽돌 4층집, 운동장이 큰 마당 정도인데 여기도 꽃밭이 많아 조선에서 보는 것 같은 운동장은 아니다. 창마다 빛깔 고운 창장이 드리우고 재목(材木)에도 부드러운 빛깔을 칠한 데다 복도는 넓고 아늑하여 얌전스런 여학교 맛이다. 첫 층 복도에는 다채한 푸시킨 동화의 삽화들이 걸리었고 2층 복도부터는 이 나라 문인들의 설명 붙은 사진들이 걸리고 유명한 애국자들의 석고상들도 놓여 있다.

교장 한 분, 학감 두 분, 교육방침연구소 주임, 군사체육부 주임, 물리실험실 주임 등으로 전 교원 54명, 그중 남교원은 21명뿐, 소학 6학년까지는 사범출신 교원이요 중학인 7학년부터 10학년까지는 대학출신 교원들이다. 학생 총수 1천4백 명, 오전 오후로 갈라 오는데, 4학년까지 오전반이라 한다. 한 반 평균 42명, 학기는 3개월씩, 한 학년이 4학기이며 교내에는 학생자치회가 있고 교외에 '피오닐'과 '콤소몰'이 있는데 콤소몰(共青) 회원은 전교생의 약 반수가량이라 한다. 점심에 차를 그저 주는 식당이 있고 의료실이 있고 강당은 4층이요, 동식물원과 연결하는 박물연구회, 문예, 수학, 사회의 각 교육방법 위원회가 있고 교실 안은 시계와 국가적 위인의 사진과 벽신문이 있다. 벽신문은 그 반 학생들의 편집으로 중요한 것은 신문을 그대로 오려다 붙인 것도 있었다. 이곳 학교 후원회는 학부형들로 된 것이 아니라 그 지구 내에 있는 가장 경제력으로 유실한 산업기관이 되는 것인데, 이 학교는 가까이 있는 중공업 위원회에서 그 책임을 진 바 되어 매 학년 학용품 기타 교육자료 일체를 부담하며 그 기관 내에 있는 영화시설 같은 것도 이 학교에서 이용한다는 것이다. 얼른 조선과 다른 특색을 따지자면, 소·중학이 한데 있는 것, 학교가 이름이나 교훈이 따로 없고, 학기 시험문제도 교육성에서 일률적으로 나오는 것, 학생들이 교외에 있는 국가적 훈련기관을 통해 한 학교 학생으로보다 한 나라, 한 사회의 학생으로 연결되는 것, 한 학년기(學年期) 4학기인 것, 남자 중학에도 여선생이 많은 것, 후원회가 사회기관인 것,

그리고, 어느 방면으로나 특재가 있는 아이는 월반을 시키든지 그런 아이들을 위해 있는 아동 전문학교로 보내는 것이다.

이날 오후에 우리는 교육성에 가서, 쏘련의 교육제도는 혁명노선을 타고 문맹타파와 기회균등과 인민문화 건설에로 매진하는 적극성 있는 형식임을 더욱 느낄 수 있었다. 전에는 귀족 자제의 학교, 자본가 자제의 학교, 노농민(勞農民) 자제의 학교 등 3층으로 차별되어 있던 것을, 단일적 소비에트 학교로 개편하는 데서 비롯하여 문맹퇴치 비상위원회를 조직하고 전 지식인에게는 문맹퇴치에 일할 의무를 지웠으며 5분지 4나 되는 미취학 아동을 위해 학교 증설 교원 양성에 주력하여 제정시(帝政時)엔 취학아동이 백호당 58명이던 것이 지금은 백호당 208명이며 10월혁명 후 신설학교는 제정시대 200년간 세운 학교 수에 해당하게 되었다 한다. 전 소연방 내 소학교 수는, 4년제가 약 8만 5천 교, 7년제가 약 2만 교, 10년제가 약 6천 교인데 연제가 다른 것은 그 공화국마다 특수사정이라 하며 1938년부터 의무교육을 중학까지로 높이어 1946년까지는 성취할 예정이었으나 전쟁으로 지연되었다 한다. 문맹퇴치 운동에는 일반 지식인에게도 최소한 몇 명씩이란 의무가 지워진 것과 지방에는 소학교 교원들과 상급반 학생들의 활동이 컸고 각 노동단체들의 자진 궐기한 것도 효과가 컸다 한다.

○

이날은 호텔에 돌아오니 다섯 시 전에 시간이 좀 있었다. 우리는 3, 4인씩 작반되어 서점과 백화점으로 나섰다.

서점에 들어서니 이야말로 까막눈이다. 무슨 책인지 뜯어볼 수 있는 것은 호텔 매점에서도 볼 수 있는, 영어로 된 당사, 국내 전쟁사 등이요, 읽지 못하더라도 기념으로 노어책 몇 가지를 사려 현역작가들의 이름을 대니 하나도 없다는 것이다. 고리키의 이름을 대었을 때는 아홉 권으로 된 고리키 전집을 보이는데 전시판은 아니다. 정가가 650루블이며 도스토예프스키 전집도 있는데 열한 권으로 책은 좋았으나 3천 루블, 그때 조선 돈으로 4배이니 1만 2천 원 셈이다.

몇 서점에 둘러보았으나 현역작가들의 것은 소설이고 시집이고 모두 떨어졌고, 조선말로 된 오스트로프스키의 『어떻게 강철은 단련되었는가』가 보였고, 이것만은 최근간인 『스탈린선거연설』이란 팜플렛이 나와 있었다. 일어의 사회과학, 좌익 소설도 있었고, 처음 보는 자형인 여러 민족공화국들의 말로 된 책도 많았다.

대극장 옆에 있는 백화점은 사람이 빼곡히 차 있었다. 넥타이를 하나 골랐다. 20루블에서부터 60루블까지 있었다. 가을 중절모 하나를 샀는데 4백 루블이었다. 가만히 보니 비단이 가장 비싼 것 같았고 가죽장갑이 벌써 나왔는데 고급은 3백 루블이었다. 사진기부에는 '라이카'를 개조시킨 '페드'라는 것이 대량생산인 듯한데 1천8백 루블씩이요 군인까지 향수를 많이 쓰는데 향수 파는 부는 여러 군데 있었다. 물건은 풍성하게 들어차 있고 고객들의 구매력도 왕성했다. 매장마다 돈을 받는 것이 아니라 살 물건을 정하면 매장에선 정가를 가르쳐만 주었고 그 정가만큼 돈 받는 데로 가서 돈을 내고 영수증을 가져와야 물건을 찾는데, 돈을 미처 못 받아 줄을 지어 기다리게 되는 수가 많다.

9월 5일. 오전 중에는 보건성에 갔었으나 여기 사업은 너무나 전문적인 듯, 앞으로 병원이나 탁아소 같은 실물을 자세히 보기로 하고 숫자적인 기록은 생략한다.

오후에 종교위원회에 가서 쏘련의 종교정책의 진상을 듣고 조선서 듣던 풍설과는 많이 다름을 알았다.

종교위원회란 종교지도기관이 아니라 종교계와 정부와의 연락기관이라 하며 이 위원회 책임자는, 무엇보다 종교의 자유는 제정시대보다 지금 소비에트 사회에 더 있는 것을 알아 달라 하였다. 제정시대에는 나라가 허가하는 종교 이외에는 믿지 못하였고 교리나 성전의 해석도 국책에 맞도록 제한되고 왜곡되어 자유주석이 불가능했던 것이다. 그때는 종교가 국가에 매어 있은 것이다. 그러나 혁명 후 레닌 선생은, 종교를 국가와 학교에서 분리시키라 한 것이다. 그것은 국가나 학교가 종교 때문에 받는 구속에서 자유가 될 뿐 아니라 종교 자체도 국가나 학교 때문에 받던 구속에서 해방되는 것이었다. 이것을 종교가들이 반대한 것은 옳지 못했고, 더구나 민중에게 소비에트란 몽상이다, 며칠 아니 가 자멸할 것이라고 선동함에 이르러는, 소비에트는 그들을 종교가이기 때문에 누른 것이 아니라 반소비에트 운동자들이기 때문에 교회는 종교집회소이기보다 반소비에트 소굴이기 때문에 탄압한 것이다.[18] 그러나 이런 것이 소비에트의 대 반소정책이지 대 종교정책이 아님을 차츰 종교 측에서도 이해하게 되어 이번 전쟁을 계기로 종교가들은 국가에 적극 협력하였고, 1943년에는 종교계 지도자들이 스탈린 수

---

18 이 문장에는 본래 쉼표가 없으나, 문맥상 세 군데에 쉼표를 붙였다.

상에게, 종교 발전의 원조를 청한바, 수상은 이를 쾌락하였고, 그해 9월 4일에는 종교 측 대표 세 명이 수상과 면담까지 있어, 국가와 종교계의 관계는 더욱 호전되었다. 반적으로 나갈 때 제외되었던 종교가들의 선거권도 다시 부여하고 종교기관 건물들도 국유였던 것을 전부 무상 반환하였다 한다.

"그러나 국가보조 없이 종교단체들이 기능을 발휘할 수 있겠습니까?" 하는 질문에 위원회로부터는,

"소연방 내에는 천주교도 있지만 대부분 희랍교인데 러시아의 희랍교는 세계에 가장 부교(富敎)입니다. 이번 전쟁에 국가에 협찬한 것이 현금만 3억이 넘습니다."

하였다.

"연방 내에 예배당이 얼마나 됩니까?"

"예배당이 2만 2천가량이고 수도원이 8천여 처입니다."

"종교 발전이 사회주의 국가 발전에 있어 상충될 경우는 없겠습니까?"

"사회주의적 건설에 열성적 참가인 한 상충될 리 없다고 생각합니다."

"낙후민족들 사회엔 종교라고까지 할 수 없는 미신습속이 있을 터인데 그런 것에는 정부는 어떤 정책을 취합니까?"

"구속하지 않습니다. 다만 그런 낙후된 사회일수록 과학생활의 향상을 더 치중시킵니다."

"반종교적 언론에 자유가 있습니까?"

"종교 선전에 자유가 있듯이, 종교를 비판하는 언론에도 물론 자유가 있습니다."

나중에 오를루와 여사에게서 들은 바이지만, 부활제 때는 여러 가지

물들인 달걀을 먹는 종교적 풍습이 있는데 소비조합에서들은 이날 색
달걀을 준비했다가 배급한다고 한다.

○

　여기서 좀 시간이 늦어, 잔뜩 벼르고 간 '모스크바 예술좌(藝術座)' 구
경이 첫 막은 시작되어 있었다.
　과히 크도 적도 않은, 붉은 벽돌로 아로새긴 것이 많아 러시아 맛이
나는 외관이다. 그리고 내용을 대강 짐작하는 체호프의 「앵화원(櫻花園,
벚꽃동산)」임이 얼마나 기뻤는지 모른다. 밑층에서 모자, 외투 다 맡긴
다. 어느 기관이나 이런 절차다. 윗 층으로 올라가면 옆으로 매점, 바깥
을 향해 정면으로는 쉬는 낭하(廊下), 폭신한 장의자(長椅子)들이 둘려놓
이고 푸시킨, 체호프, 고리키, 그리고 이 예술좌 창설자 스타니슬라브
스키를 비롯해 명우(名優)들의 사진이 걸려 있고 문을 꼭 여미고 섰는
안내양들은 누구에게서 기침소리 하나 날세라, 침묵을 유지시키기에
눈들이 날카롭다. 만도(晩到)한 것은 우리 일행뿐도 아니다. 나는 적은
지폐 한 장을 꺼내 안내양에게로 가 프로그램 한 장을 샀다. 프로그램
은 필요한 사람에게만 실비(實費)로 파는 것이라 한다. 펴보나 읽을 수
는 없는데 이 예술좌 마크가 우미하다. 해면으로 폭이 넓은 사각형 안
에 몇 줄 물결을 긋고 그 위에 갈매기 한 마리가 뜬 것이다. 체호프의
작품 〈갈매기〉를 상연하여 첫 성공을 거둔 이 예술좌의 유래 깊은 마
크였다. 체호프의 예술답게 가벼운 선으로 갈매기소리와 파도소리 한
데 애연(哀然)히 들리는 듯한 도안이다.

이윽고 박수소리가 와르르 울려나왔다. 고요히 벨의 금속성의 소리도 울려왔다. 몇 군데서 문이 버그러지며 사람들이 밀려 나온다. 우리는 새로 들어가 무대에서 꽤 가까운 자리에 앉게 되었다.

아늑한 극장이다. 드리워진 부드러운 장막에도 갈매기다. 평화스럽고 고요하고 애연한 맛, 체호프의 예술을 좋아하는 사람들, 이 모스크바 예술좌를 자주 찾아오는 이 사람들은 다 저 갈매기 마크를 마음속에 찾을 것이다.

낭하에서 종이 운다. 다시 착석되는 관객들은 반 이상이 여성들, 어린애는 하나도 없는 체호프의 가벼운 유머를 하나도 놓치지 않을 세련된 팬들뿐이다.

고요히 불빛 낮아지며 막이 들린다. 여기는 징 두드리는 소리는 없다. 무대에서보다 관객들이 정신을 바짝 차리는 옷자락소리가 난다. 퇴락해진 별장 경내에서 꺼져가는 귀족사회의 운명이 한 사람 몸짓에서, 한 사람 말소리에서 자꾸 점철되기 시작한다. 새로 올 사회에는 도저히 있을 수 없는, 이미 그들로서의 난숙된 인물들이다. 막을 거듭해 이들이 무르익어 갈수록 새 시대의 싹 대학생이 쑥쑥 자란다. 모두 영절스럽다. 몸짓 하나까지라도 행하니 외워 있는 배우들이요 우리는 듣지 못하는 말맛에까지 반하는 여기 관객들은 하득하득 숨차지다가 막이 끝나면 우루루 일어서 무대 앞으로 밀려 나오며까지 박수를 한다. 막이 들린다. 배우들이 답례한다. 막은 내렸으나 박수는 그치지 않는다. 배우들은 아무리 다음 준비가 바빠도 두세 번은 박수에 답례를 하게 된다. 그중에도 충복역(忠僕役)을 하는 노배우에게 가장 뜨거운 경의들을 표하였다. 그는 정부의 훈장을 탄 '인민의 배우'라 한다.

참말 연극들을 즐긴다. 관객과 함께 되는 예술, 이 연극은 이렇듯 열광하는 팬들이 없이 저 혼자 발달되었을 리 없다. 전에 이 모스크바 어떤 극장에서, 구경꾼 하나가 불쑥 일어서 한참 열연 중의 배우를 향해,

"참 자네 연극 잘하네! 자네 나헌테 갚을 고기값 그만두게."
하였다는 말이 생각났다.

학생 때 동경에서도 쓰키지 소극장(築地小劇場)에서 하는 서양 극을 몇 번 보았다. 서울서도 '극연(劇研)'에서 하는 바로 이 〈앵화원〉도 본 적이 있다. 그러나 그 작품의 본국 사람들이 하는 것은 처음 본다. 얼굴, 키, 목소리, 몸짓, 모두 꾸밀 것 없이 옷만 바꾸어 입으면 바로 그 작품 속의 사람들일 수 있는 것이다. 이런 자연스러운 조건에서, 이 예술좌 사람들이 전통적으로 가장 몸에 맞을 체호프 작품의 상연이란 가장 득의의 공연일 것이다. 도취의 밤이었다.

9월 6일. 시립병원의 하나를 구경 갔다.

최초에는 개인병원이란 것이 시영으로 자라 지금은 큰 동네 하나로 고층병실들이 들어찼다. 독군(獨軍) 폭탄에 여러 번 목표가 되었으나 다행히 주변의 몇 건물이 파손되었을 뿐이며 전쟁 중에는 병원 전체가 전선에서 들어오는 부상병으로 차 있었다 한다.

여기 병원으로 특기할 것은, 입원환자는 몸만 들어오는 것이다. 몸도 먼저 욕실을 통해 들어오는데 의복, 침구, 음식 식기 어느 것이나 집에서는 못 가져오고 아무리 가족이라도 환자가 꼭 보아야 할 경우 이외에는 함부로 드나들지 못한다. 우리 일행들도 전부 소독복, 소독모를 쓰고 병실들을 구경하였다. 환자들이 동일한 의복, 동일한 기구들이므

로 예민한 환자 신경에도 하등 차별감이라거나 물질고(物質苦)의 불안이 없어진다. 더욱 치료비 때문에 근심되거나 치료는 하더라도 그것 때문에 앞으로 몇 달씩 생활비에 타격을 받을 불안이 없는 사회니 환자들은 오직 병의 아픔만 견디면 된다. 심리적으로 2중의 아픔이 없는, 가장 합리적인 치료가 시행되고 있다.

○

오늘 저녁은 대극장 구경이다. 연극은 반드시 기쁜 구경만은 아니다. 그러나 가극이란 먼저 구경스러워야 쓴다. 구경스럽자면 극장부터 찬란해야 하고 찬란한 것에 더 어쩔 도리가 없으면 이번엔 굉장한 것에로 내달을 길밖에 없다. 이렇게 찬란과 굉장을 겸하여서 들어가기만 해도 기쁘고 흐뭇한 데가 이런 대극장이다.

정문을 들어서면 초행엔 혼자 찾아 나올 수 없는 복잡한 골목들을 지난다. 군데군데 막간에 나와 쉬는 데와 매점, 식당들이 있다.

우리 자리는 무대에서 좌측으로 첫 층에 정해졌다. 방처럼 되었는데 네 사람이 앉으면 알맞겠다. 참말 황홀하다. 황금과 진홍 비로드로 전부다. 조각은 모두 금박이요 손닿는 데는 모두 푸근푸근한 붉은 빌로드다. 관객석은 여섯층으로 둘리었고 중앙은 텅 비인 사뭇 고공으로 천녀(天女)들이 나는 천정에선, 휘황한 샹들리에가 큰 나무에 무더기로 꽃피듯 했다.

이런 찬란과 굉장으로 된 대극장에선 연극도 그런 가극이라야 올린다. 마침 얼마든지 화려할 수 있는 고전으로 푸시킨의 '오네긴'[19]이었다. 일본에서도 대학문과에서들 노문학의 고전으로 많이 가르치던 작품이다. 백여 명의 대관현악과 함께 막이 들리는 무대는, 넌지시 꺼져버린 대 샹들리에가 그리로 옮겨진 듯, 화려하다. 원체 넓고 높은 무대라 동리면 그냥 동리만 한 것이 나오고 산속이면 백화 숲 그대로의 산골짜기가 나온다. 수백 명의 라린가(家) 무도회가 화려했다. 노래는 모두 명수들, 푸시킨의 동화에서부터 자랐고 푸시킨의 불행한 최후를 기억하는 이 국민들은 이 가극에서 더욱 감격됨이 클 것이다.

푸시킨 자신처럼 이 작품 속에도 미모의 연인 때문에 결투하는 장면이 나오고 그 결투로 인해 '올리가'의 애인 '렌스키'는 애처롭게 죽고 마는 것이었다. 사교계의 명화(名花)로 아내를 삼았던 푸시킨도 아내 때문에 결투로써 죽는 것이니, 이 '오네긴'은 작자 자신의 슬픈 운명을 연상시킨다. 냉무(冷霧) 자옥한 황야에서 연적은 살고 성실한 사랑의 주인공은 가슴을 안고 넘어질 때, 만당 관중(滿堂觀衆)은 숙연해 하였다.

우리는 이제 신극에 대한 기대가 더욱 크거니와 아직 러시아 예술의 전통 속에서 자라는 이곳 무대들에서 가치 있는 고전들부터 감상할 수 있음은 너무나 우리의 소망대로였다.

9월 7일. 모스크바에는 대학이 대소 60여 교가 있다 한다. 그중의 하나인, 창설된 지 191년이 되는 '노모노숍' 대학은 당시의 철인(哲人) '노모노숍'을 기념하는 모스크바에서 저명한 종합대학이다. 고리키 거리를 지나쳐 잠깐 걸으면 외관은 역시 그리 커 보이지 않으나 동리 하나에

---

19 『예브게니 오네긴』. 푸시킨의 장편소설.

그득 차 있는 설비로도 내실한 대학이다.

총장 깔긴 박사 외 부총장이 두 분, 각과 주임(63과) 교수, 조수의 기구로 총 교수진 천3백여 명, 학사원 연구생 5백 명, 백여 민족에서 온 학생 수 8천여 명, 4년과 5년제이며 중학에서 우등졸업생은 무시험, 졸업 후에는 직업에나 연구에나 학교에서 알선하며 교외강의도 있다 한다. 물리 실험실에는 여학생이 더 많았다. 잠깐 가서 구경으로는 박물 표본실이 굉장한데 그 수집 종량(種量)으로 세계적인 것이라 한다.

이날 우리는 이 노모노숩대학 외에 직업동맹과 농림성을 방문하였는데 직업동맹이 방문은 어디보다도 의의가 컸었다.

내가 내린 중앙비행장을 지나서도 한참이나 달리어 시가가 끝나가는 주변인데 자주 빛에 백색으로 장식된, 전체가 W자형으로 지어진 방대(尨大)한 모던 건물이다.

4층에 있는 소 집회실에서 우리는 총무 이외 각부 책임자들과 회견한바, 어느 기관에서보다도 조선의 국제적 사정에 통효(通曉)해 있었다. 쏘련의 전 노동자와 사무원의 85퍼센트, 2천만 명 이상이 회원이며 이 쏘련직업동맹이 중심되어 창설된 국제노동조합연맹은 맹원이 7천만에 달하는 것이다. 우리 조선의 노동조합 '전평(全評)'도 이 국제노련에 가맹되어 있는 것이다.

얼른 생각하면 노동자를 착취하는 자산계급이 없어진 쏘련에서 노동자의 단결행동이 무슨 필요가 있을까 의문이기도 하다. 이 점에 관해서는 이곳 책임자는,

"우리는 무슨 이해 상반되는 대상이 있어 충돌 조정이 아니라 계획 산업에의 협력, 사회주의 건설 사업에 이해시키는 일과, 노동자의 논

공, 기술향상운동 연방 내 각 직장마다 있는 50만의 구락부를 통해 문화사업 등이 과업이라."

하였고, 나아가 세계적 과업으로,

"전 세계 노동자의 단결이라."

했다. 우리 노동자들만 (육체노동뿐 아니라 정신노동자도) 완전히 민주정신에서 단결된다면,

"아무리 어느 한 나라가 다시 제국주의적 전쟁을 일으킬래야 우선 그 나라 안에 있는 직업동맹의 힘으로 거부되고 말 것이라."

했다. 이미 세계 각국에 걸쳐 7천만의 공고한 단결을 가졌고 날로 가맹이 늘어간다 한다.

참으로 축복할 일이다. 세계인민의 밑으로부터 뭉쳐 솟는 힘으로써 세계의 평화와 문화의 안전보장을 위해 투쟁하는 기관인 것이다. 이 국제노련이야말로 인류 전체 이익의 참된 보장자로서 굳게 뭉치고 튼튼히 자랄지어다.

○

아직까지 어느 관청보다도 외관이 장중한 농림성에 가서는 쏘련의 농업 정황을 자세히 들었다.

토지가 광대한 이 나라는 농업을 공업적이게 하는 데서만 발전할 수가 있었다. 대규모의 관개나 개착이 개인들로는 불가능하므로 국가에서 국영으로 농업경영을 시작한바, 그것이 '쏩호즈' 국영농장이요, 이것을 농민들이 집단적으로 모방한 것이 '콜호즈' 집단농장이다. 그리고 산간

지대로서 독자의 경영법이 필요한 데는 그저 개인농장들이라 한다.

솝호즈는 지리적으로 포도면 포도만, 면화면 면화만 나는 지방에서 국가적 대량생산을 목표로 농부들은 임금노동이며, 콜호즈는 어떤 한 가지 생산에만 치중되지 않는 지대라 한다. 전지(田地)는 전부 한 콜호즈마다 (평균 50호가량) 공동소유요, 집과 그 집 있는 채전(菜田) 1헥타르 (약 3천 평)는 개인소유로 자기가 필요한 대로 이용하는 것이며 유우(乳牛)는 5두, 도야지 3두, 양 40두, 밀봉(蜜蜂) 20통까지, 그리고 닭은 무제한으로 칠 수 있는 것이다. 이 콜호즈가 경작지가 많은 지대엔, 5, 6콜호즈를 둘레로 1처씩, 적은 콜호즈들이면 20콜호즈에 1처씩 '엔데쓰'라는 것이 있다. 밭을 갈고 추수하고 타곡까지 하는 기계들과 그것들의 동력인 '뜨락돌'[20]의 정류소로서, 이 한 '엔데쓰'에는 70여의 뜨락돌이 있고 이 기관수들은 이것만 전문인 임금노동인데 계약한 콜호즈들의 전지를 갈아주고 추수와 타곡을 해주는 것이 일이다.

콜호즈에는 자치기관인 위원회가 있어 회장, 서기, 집행부가 있으며 이들은 농사를 독려하고 농민들이 일한 것을 계산하며 일한 비례로 수확을 분배하는 것이며 상무 1인은 일한 농부의 한 몫을 받는다 한다. 솝호즈의 농민들도 물론 주택과 채전과 목축이 보장되는 것이며 뜨락돌 사용이 불가능한 산간지대의 개인농들을 위해서는 정부로부터 우마(牛馬)의 엔데쓰가 준비되어 있다 한다.

지금 쏘련의 농민은 콜호즈가 84퍼센트, 솝호즈가 12퍼센트, 개인농이 4퍼센트인바, 이번 새 5개년계획이 완수되는 날은 전 경작 가능지

---

20 트랙터.

90퍼센트가 경작될 것이며 이것의[21] 준비로는 뜨락돌 증산이 요청되는 바, 1928년에 뜨락돌은 2만 7천이던 것이 1940년에는 52만 4천에 달했으나 1950년까지는 72만이 목표라 한다. 그리고 농민의 전업(轉業)은 그 콜호즈 총회를 거치어 자유라 했다. 전 소연방의 농장수는 콜호즈가 22만 4천(1천8백만 호) 숍호즈가 4천이었는데 이번 독군에게 피해되기를 콜호즈가 9만 8천, 숍호즈가 1천8백가량이라 한다.

농촌들의 문화시설은, 소학교, 극장, 탁아소, 병원, 라디오는 반드시 있고, 소학교에 중학을 겸유한 곳도 많다 한다.

생각건대, 이 앞으로 콜호즈의 실황을 보려니와 쏘련서는 어떻게 해야 한 사람이 땅을 많이 갈겠느냐가 문제이므로 적은 면적에서 어떻게 해야 많은 수확을 내겠느냐가 문제인 조선과는 농업사정이 서로 다를 것 같았다.

○

저녁 후에 몇이서 공원 구경을 나섰다. 열한 시나 되었으나 여기선 그때가 저녁 먹고 나서는 때였다. 영화나 연극도 대개는 구경하고 와서 저녁을 먹는다. 우리는 고리키공원을 찾아갔다. 쏘련에는 예술가들의 이름으로 기념되는 것이 많은 중에도 고리키 이름이 가장 많은 것 같다. 여기서는 일하는 시간 이외에는 누구나 예술에 부딪치게 되어 있다. 직장에도 문화부가 있어 문학, 영화, 음악, 연극을 구경뿐 아니라

---

21 원문에는 '이것을'로 표기됨.

저희들도 만들어보고 출연해보고 한다. 웬만한 농촌이나 무슨 기관에는 손풍금가수나 합창단쯤은 다 있다. 군대가 행진할 때도 키대로 서기보다 합창하기 좋게 목소리대로 서기도 한다. 자기들이 배운 독본이나 가장 감격해 읽은 문학, 영화, 연극의 원작자라면 그들이 마음으로 따르고 의지하려는 것이 자연으로서 스탈린 수상도 이 국민에게 '작가는 인민의 마음의 기사라' 가르친 것이다.

이 고리키공원은 밤에만은 1루블의 유료 입원이다. 초입은 평범하나 들어가도록 문화시설이 많다. 영화관, 도서관, 극장이 있고 프로펠러까지 소리를 내며 공중을 한 바퀴 거꾸로 도는 장난 비행기들이 있는데 역시 오락을 통해 비행체질의 단련이 되게 되었다. 여기서 한 가지 재미있게 본 것은, 광장 한편에 무대를 만들고, 유행가를 써 붙이고 남녀혼성 합창단이 나와서 유행가 지도를 하는 것이다. 수천 명이 모여서 따라 불렀다. 입원료를 받는 것은 이런 것의 비용인 듯하였다. 한편에선 춤도 그런 식으로 가르친다. 어떤 벤치에서는 한 청년이 손풍금을 하면 그 앞에는 지나가던 사람들도 한데 어울려 춤을 추었다. 즐겁게들 살고 있다.

나는 작년 8월 해방이 되자, 육체가 먹은 나이는 할 수 없지만, 정신 나이만은 부쩍 줄이고 나서노라 했는데 이번 모스크바에 와서 더 줄이고 싶어진다.

9월 8일. 지난 3일, 이 전승기념식이 간략했음은, 앞에 이날이 있는 때문인 듯했다. 쏘련의 전차기념일인 것이다. 붉은 광장에서 전차관병식이 있는데 복스를 통해 우리 일행에 초대권이 왔다.

오후 다섯 시, 우리는 30분 전에 나섰다. 광장으로 통하는 길은 모조리 막히었다. 초대권이 없는 사람은 못 들어간다. 초대권도 전부 기명(記名)으로 엄중하다. 붉은 광장에 들어서기까지 근위병들이 가로막은 다섯 경계선을 지나야 되었다. 목침덩이 같은 검은 돌을 깐 광장의 큰길은 물을 끼얹은 듯 비었고 좌우 측도(左右側道) 위에만 입추의 여지가 없이 몰렸다. 측도라 하여도 크레믈린 성벽 밑으로는 층계까지 만든 넓은 관람석인데 거기도 그뜩 찼다. 우리는 스탈린 수상을 정면으로 바라볼 수 있는, 레닌묘에서 약 2백 미터쯤 거리 되는 건너편에 안내되었다.

바야흐로 스파스카야 탑의 시계가 다섯 점으로 들어갈 무렵, 박수가 울리기 시작한다. 레닌묘 검붉은 대리석 노대에 군모를 쓴 스탈린 대원수를 따라 최고 소비에트 대신들이 나타나는 것이다. 사람들의 눈은 하나같이 그리로 향해 정밀한 사진기 렌즈들이 된다. 불타는 렌즈들이다. 첨탑의 시계는 악기 같은 유량(瀏亮)[22]한 다섯 점 종소리를 울렸고 그 종소리의 여운이 끝나기 전에 예포가 터지며 군악이 울리기 시작했다. 새까만 오리 떼 같은 비행편대가 광장상공에 먼저 나타났고 군악소리도 삼켜버리는 요란한 무한궤도들의 진동 소리가 역사박물관 쪽에서 쏟아지면서 4열종대의 전차군이 맥진(驀進)해오기 시작한다.

스탈린 대원수는 몸을 기웃거려 가누더니 선두에 선 전차대 기(旗)를 향해 모자 가까이 손을 든다. 혁명박물관에서 본 젊었을 때 얼굴은 하관이 빠르고 눈도 날카로웠으나 빈발(鬢髮)이 반백을 넘은 오늘의 대원수는 얼굴뿐 아니라 전신에 부드러운 덕윤(德潤)이 흐른다. 일일이 경례

---

22 맑고 밝은 모양.

에 답할 수가 없다. 새 대기가 나타날 때마다 넌지시 모자 가까이 손을 올리곤 한다.

전차는 점점 굵어진다. 카츄샤 포전차도 나온다. 나중에는 돌 깐 길이 못 견딜 것 같은 거형(巨型)들이 내닫는다. 앞으로, 앞으로 무한전개의 무한궤도, 그 위에 화성이나 목성을 향한 듯 원대한 포신들, 간악한 나치스와 일제의 마구(魔具)들을 초개같이 짓밟아버린 질주하는 철옹성들이다.

꼭 60분 동안, 여섯 시 정각이 되자 군악이 뒤를 따르고 이 세기의 철의 행진은 끝이 났다. 정중한 박수 속에 대신들은 레닌묘 노대를 내려 크레믈린 안으로 사라져갔다.

스탈린 수상을 틀림없이 보았는데 그저 영화에서만 본 것 같다.

남방으로

9월 9일. 우리가 모스크바에만 다녀간다면 소연방을 보았다는 의미는 희박해진다. 될 수 있는 대로 소연방을 구성한 여러 공화국들을 보고 싶은데 소비에트 연방은 고루 보기엔 너무 넓다. 도시로 가보고 싶은 데는, 그전 이름으로 '페테스부르크' 지금 이름으로 '레닌그라드'가 전 소연방 내에서, 아니 전 세계에서 붉은 기가 제일 먼저 꽂히었다는, 혁명 당시 가장 주동적 역할을 한 도시인 것으로나, 제정시대 서울로서 가장 우미한 도시라는 것으로나, 독군에게 29개월 동안이나 포위되어 그 전황이 세계의 이목을 가장 장기간을 두고 끌어오던 것으로나 이 레닌그라드는 꼭들 보고 싶어 했고, 그래서 레닌그라드는 모스크바에서 그리 멀지도 않으니, 나중에 다녀가기로 하고, 다음으로는 그 지긋지긋하게 빼앗고 빼앗기고 하기를 되풀이하던 대체 얼마나 부서졌으며 남았다면 무엇이 남았나 싶은, 또 그런 자리에서 어떻게 수습을 해가지고 건설해내는가 싶은 '스탈린그라드'가 보기 소원들이었다.

그런데 스탈린그라드에 들릴 수도 있으면서 가장 참고될 공화국을 둘씩 볼 수 있는 데는, 다민족 지대로도 세계 일(一)인 코사크 지대인 것이다. 기차로 가려면 내왕 행정(來往行程)만 십수 일이 걸릴 것인데 쏘련에서 특히 우리 일행을 위해 비기(飛機) 두 대를 전용으로 날려주었음은 더욱 감사한 일이었다.

공로(空路)로 가면 아침에 일찍 떠나 해 지기 전에 최남단에 있는 아르메니아공화국과 수부(首府) '예레반'에 닿을 수 있다 하여 우리는 이른 조반으로 나섰다.

구라파 방면으로 가는 서(西) 비행장은 자동차로 40분이나 걸리는 교외인데 여기는 여객이 많아 마치 기차정거장 같았다. 그런데 '예레반'으로부터 이날 아침에 우리를 마중 온 분이 있었으니 우리는 놀라지 않을 수 없었다. 사진에서 본 콜론타이 여사와 방불한 풍모로 아르메니아 대외문화협회장 페루샨 여사였다. 우리는 더욱 든든하고 화제에 꽃이 피었다.

남구, 서구, 각지로 나는 선이 철도망 같아, 얼굴과 몸차림이 서로 특색 있는 여객들은 지도 앞에서, 시간표 밑에서 저마다 바빴다. 복스에서 나온 분들과 오늘 원동으로 돌아갈, 나와 인연 깊은 미하에로흐 소위를 작별하고, 전용기여서 우리 준비대로 떠나기를 오전 여덟 시 40분.

기계는 사람보다 참말 정확하다. 이 기계를 몇 번 타보면 사람이란 모든 기관이 불규칙, 부정직한 것을 깨닫게 된다. 비행장마다 활주로 란 거의 기장이 일정할 것이다. 그러나 어떤 때는 떴거니 하고 내다보 면 그저 활주로를 달리고 있다. 어떤 때는 어째 활주가 신통치 않다 하 고 내다보면 어느덧 공중에 떠 있었다. 어떤 때는 도무지 이 육중한 것 이 좀처럼 뜰 것 같지 않아 걱정된다. 활주만 하는 것 같아, 이러다가 활주로가 끝나버리도록 못 뜨면 어쩌나 해서 내다보면 새하얀 활주로 끝이 살짝 꼬리 밑으로 사라지는 순간, 육중한 기체는 반듯이 떠 있었 다. 활주의 속도란 아직 지상의 것으로는 최속(最速)일 것이다. 그 속도 하에서 활주로의 기장이란 아주 반지빠르다. 조금만 더 길었으면 마음 이 안 조릴 걸 싶다. 그러나 여러 번째 보아야 나 같은 사람의 신경이면 '요 기장 내에서 꼭 떠야 한다는 조건' 때문에 주눅이 들려 몇 번에 한 번쯤은 뜨기 전에 그만 활주로가 끝나버려 허둥거릴 것 같은데 비행기 는 영락없이 활주로가 끝날 만하면 난딱 떠버리는 것이다.

기하(機下)는 또 푸르고 누른 '골드 카드'의 연속이다. 공중에서는 그 저 지리하게 평평하다. 너무 변화가 없어 잠들어버린 사람도 많았다.

지금 우리는 두 민족공화국으로 가는 길이다. 비록 수는 적은 민족 이나 그 역사와 지역으로 보아 소비에트에서 민족정책을 세울 때, 상 당히 말썽이 되었던 듯한 아르메니아와 그루지야로 가는 길이다.

불행한 민족에게 있어 민족주의는 가장 자연스러운 정의(正義)정신 이었다. 우리 조선에 있어서도 해방 전에는 직업적 혁명가는 말할 것 도 없이, 일제에 불(不)협력하던 인사들은 막연하나마 모두 이러한 민 족애의 정의정신을 지켜온 것이다. 피압박민족의 이 자기옹호 정신을 누가 가혹하게 비판할 여지가 있었으랴. 그러나 협박에서 풀려나 민족

자체의 노선이 세계와 역사에 통하는 새 현실 속에서는, 이 거룩하기만 하던 민족의 자기옹호 정신도 감상적인 모든 것은 준열한 비판의 대상이 안 될 수 없는 것이다. 그만치 민족이나 국가는 소박한 자연발생적 감정이나 의분만으로는 그의 자유와 발전이 보장될 수 없을 만치 오늘의 민족들의 진로는 단순하지 않기 때문이다. 여기서 애국자간에 의견 상위가 생기고 정세판단에 명확한 원칙이 없는 사람들은 흔히는 최초의 애국심까지 지탱 못하리만치 불순한 편당에 기운다. 민중은 공연히 이리 끌리고 저리 끌리고 한다.

이런 '민족의 딱한 사정'을 이곳 아르메니아와 그루지야는 진작 겪었던 것이다. 그때 이들과 지금 조선이 실정에 있어 완전히 일치되는 것은 아니나 민족문제에 있어 전혀 타산지석이 못 될 바는 아니다.

소비에트에서 민족문제가 가장 신중히 논의되었던 제12회 당대회(1923년 4월)는 다음과 같은 기록을 남기었다 한다.

"대회는 민족문제에 관한 신중한 토의를 거치었다. 본 문제에 관한 보고연설자는 동지 스탈린으로, 동지는, 민족문제에 관한 우리 정책의 국제적 의의를 역설하였고, 서구 급 동양의 피압박민족들은 민족문제의 해결과 민족 억압 절멸(民族抑壓絶滅)의 표본을 소비에트 동맹에서 발견할 것이라 했다. 동지 스탈린은 소비에트 동맹의 제(諸) 민족 간의 경제적 문화적 불평등을 없애기 위해서는 정력적 활동의 필요를 지적했고, 그는 민족문제에 있어 편향 — 대러시아 배외주의(大露西亞排外主義) 급(及) 지방 부르주아 민족주의 — 과 결정적으로 투쟁할 것을 당 전체에 외치었다.

대회에서 민족주의적 편향자와 소수민족에 대한 저들의 대강국 주의 정책이 폭로되었다. 그때 그루지야의 민족주의적 편향자 므네 바니, 기타가 당에 반대한 것이다. 민족주의적 편향자는 남(南) 코카 서스 연방 창설에 반대하였고 남 코카서스 제 민족의 우호강화를 반 대하였다. 편향지는 그루지야에 있어서 타민족에 대한 뚜렷한 대강 국 배외주의자로서 나덤비게 되었다. 그들은 트빌리시(그루지야 首府) 로부터 그루지야인 아닌 전부를, 특히 아르메니아인을 추방하였고 그루지야 부인으로 비 그루지야인과 결혼하면 시민권을 상실한다 는 법률을 발표하였다, 트로츠키, 라뎃꾸, 부하린, 스끄립니끄, 라꼽 스끼 등은 그루지야의 민족주의 편향자를 지지했다."

이제 가보면 알려니와 아르메니아나 그루지야는 역사 오랜 민족으 로는 백만 또는 3백만밖에 안 되는 적은 민족들이요 나라다. 그들이 만 일 편향된 배타적 부르주아 민족주의의 입국(立國)이었다면, 그 자신의 오늘 같은 문화 발전으로 세계사적 수평에 떠올랐을 수도 없었을 뿐더 러, 그루지야가 자기보다 적은 아르메니아는 위협했을는지 모르나 그 대신 자기보다 몇백 배 강대한 대러시아나 기타 인접대국들의 위협에 서는 벗어날 도리가 없었을 것이다.

소비에트는 적은 민족과 나라끼리의 배타와 침략만을 금제한 것이 아니라 어떤 강대한 민족이나 국가도 배타와 침략을 못하게 민족 간, 국가 간, 절대평등을 원칙으로 한 것이며 이 원칙을 소비에트 연맹에 가맹한 민족이나 국가에만 한해 적용하는 것도 아니다. 그것은 '소비 에트에 가맹하는 것이나 탈퇴하는 것이 그 민족, 그 국가의 자유'라는 소비에트 연방헌법으로 석연(釋然)한 것이니, 소비에트는 어느 민족이나 국가에게 가맹을 강요하는 것도 아니요 가맹해야만 평등과 우호관계를 맺는다는 것도 아닌 것이다. 그러므로 소비에트의 민족정책은 곧 그의 국제정책의 바탕일 것이며 이 바탕이 민족들의 절대평등과 인류의 상호협조로써 보다 나은 세계의 건설이 목표이기 때문에 가맹국 아닌 우리도 소비에트의 민족정책과 국제정책을 지지하는 것이며 어느 지역에서나 소수의 권력 독점자들을 제외하고는, 전 인민, 전 민족들이 이를 신뢰하는 것이다.

○

오후 한 시가 지나서다. 점심들을 먹으며 내다보는데 동편으로 그야말로 연봉 제설(連峰霽雪)의 때 아닌 엄동풍경이 내닫는다. 코카서스 산악지대, '가스베크' 군봉인 것이다. 좀 더 설봉 가까이 지나보았으면 싶으나 방향은 도리어 서편으로 기울면서 이것도 준봉(峻峰)들인 산을 넘는다. 고도가 3천 미터까지 올라가면서 산을 넘더니 산 너머는 갑자기 바다가 된다. 감벽(紺碧)[23]이다. 저렇듯 파란 바다를 흑해라 한다. 당황해 고도를 낮추는 우리 비행기는 해면에 활촉 박히듯 할 것 같았는데 역시 정직한 기계는 해협에 경쾌한 커브를 그리며 다시 육지로 올랐다. 해변 조고마한 비행장이었다. 여기서 기름을 넣어야 계속해 날을 것이었다.

바깥은 몹시 더웠다. 비행장에서 눈 덮인 가스베크연봉이 그저 쳐다

---

23 검은빛이 도는 짙은 청색.

보이는데 바닥은 보통 더위가 아니다. 그리고 아직껏 보아온 쏘련의 자연과는 딴판이다. 삼복 때 조선 남부의 어느 곳 같다. 동북으로 중첩한 산이 둘리고 남향해 바다에 임한 전원의 아늑함도 조선 어디 같은데 다만 다른 것은 설봉이 솟은 것, 모양 이상한 나무들이 어둡도록 그늘 짙게 우거진 것이다.

길에서 과실들을 판다. 무화과와 포도와 멜론이 많고 조선서 동화에 많이 나오는 개암을 보는 것은 반가웠다. 우리는 대뜸 실과 추렴이 벌어졌다.

알고 보니 여기는 그루지야공화국 '아들리에르'라는 곳인데, 여기부터 아열대지방이라는 것이다.

우기(友機)는 그저 나타나지 않는 것이 아마 다른 비행장에서 보유(補油)를 하는 듯했다.

어느 비행장이든 착륙하기가 바쁘게 보유차가 내달아 기름부터 넣고 보는 것이 통례인데 여기는 도무지 소식이 없다. 그러나 눈에 새로운 평정에 지루한 줄 모르다가 두 시간이 착실히 지난 뒤에야 기름을 넣고 떠났다.

처처에 미경(美景)이다. 비행기는 관광이 목적인 듯이 바다 위를 나즈막이 떠, 감벽의 해안, 흰 벽 많은 휴양촌들, 뒷산에 우거진 녹음, 순백 유선의 전기열차가 철교를 달리는 계곡들, 그리고 창공에 솟은 애애(皚皚)한[24] 설봉을 한눈에 넣어주며 나는 것이다.

이 수채화의 해협이 아직 끝나지 않아서다. 비행기는 다시 어느 해

---

24 희디 흰.

변에 놓인 비행장에 내려버린다. '아들리에르'에서 너무 지체되어 해지기 전에 '예레반'에 대일 시간이 없으니 여기서 자고 내일 식전에 떠나자는 것이다.

우리는 차라리 기뻤다. '아들리에르'보다 남방 정취는 여기가 더 무르녹기 때문이다. 파초와 종려가 길에서 크고 백화보다는 푸르고 벽오동보다 는 흰 '키니네' 거목들과 유도화(柳桃花)가 자연생으로 홍백이 집채처럼 어우러져 만발이다. 조선서는 온실에서 분에나 심고 보는 유도가 그의 고향이 여기든가!

먼저 갈매기와 파도 소리에 유혹을 받아 바다로들 나갔다. 모세가 아니라 바둑돌로 쭉 깔리었는데 멀리 여기서 대안은 전진만장(戰塵萬丈)이었을 '루마니아'와 '불가리아'라 한다. 철 아닌 해수욕들을 즐기었다. 목욕 나온 여기 사람들에게 들으니 12월에도 해수욕을 한다 하며 가장 추운 정월이라야 평균 5도라 했다.

'스흠'이라는 여기 항도(港都)는 우리네 이수(里數)로 20리는 실하였다. 지나가는 빈 화물자동차를 잡아타서 좌우 경개를 둘러보기는 제격인데 전원이 상시 무성한데다 농가들은 더욱 깊숙하고 평화스러워 보인다. 주택들은 될 수 있는 대로 땅에서 높으려고 애를 썼다. 어떤 집은 3, 4척씩, 어떤 집은 아주 한 층을 띄워 수각(水閣) 짓듯 했고 어떤 집은 층계가 마당에서 대뜸 2층에 닿은 것을 보면 아래층은 창고로 쓰는 것 같다. 무화과나무가 지붕을 덮은 집이 많다.

시내에 들어설 때는 해가 흑해에 잠겨버린 뒤다. 특히 흰 건물이 많고 녹지가 많은데 공원도 큰 것을 하나 휘돌아시 바닷기에 흘립(屹立)한, 층층이 바다를 향해 노대 넓은 백악의 '아파제'란 호텔에 닿았다.

들어서니 스탈린 수상의 유화 초상이 특별히 큰 것이 걸린 것은 수상의 고향이 이 그루지야공화국임을 일깨워주는 것 같고 쏘련에 와 처음 보는 고풍스러운 모자를 쓴 상반신의 석고상이 있는데 이 분은, 7백 년 전 그루지야 민족의 문호 '쇼따, 루스따벨리'라 한다.

방을 정하고 매점으로 가니 굉장히 큰 수박이 있다. 쏘련에 와 제일 단 수박으로 배들이 불러 저녁도 먹는 이가 없었다.

바깥은 낮처럼 밝았다. 내일이 추석이라 한다. 이곳 풍습엔 달의 명절이 없다 하나 우리들은 다른 때 월명(月明)과 달리 문득 집 생각들을 하며 해변으로 나왔다. 구름 한 점 없다. 바다로 넓은 다리가 내처 나갔다. 진작부터 울려오던 음악이 이 다리 끝에서인데 거기는 식당이 있고 그 다음에는 무도장, 사람들은 그쪽을 향해 자꾸 붙었다. 반월형으로 된 아득히 긴 방파제가 모두 걸어앉을 수 있게 되었고 그 뒤는 보도요, 그 다음은 '키니네'나무와 향기 코를 찌르는 홍백의 유도화요 그 나무들 밑은 벤치들이요, 그 저편은 아이스크림, 소다, 과실들의 노점들이요 녹지를 훨씬 건너서는 차도와 시가가 시작된다.

노점 앞 벤치와 제방 위엔 사람들이 그득 찼다. 보트도 배면에 고기떼처럼 떴다. 노래들이 사방에서 일어난다. 월하에 보아서가 아니라 그루지야나 아르메니아는 다 세계적 미인향(美人鄉)이다. 명모(明眸)들이 많이 지나친다. 강 소좌가 벤치에 걸터앉은 한 묘령에게 무엇을 물었다. 독군이 여기 왔었느냐 물었다 한다. 묘령은 친절히 설명해준다. 함포사격까지는 없었으나 공폭(空爆)은 여러 번 있어서 허물어진 집이 꽤 많이 있다는 것이다. 말만 통하면 곧 익숙해질 수 있어 새악시는 강 소좌에게 자리를 권한다. 그리고 우리가 어디서 온 사람들이냐 묻는다 했다.

말을 몰라도 벌써 곧잘 친해진 친구가 있었다. 키니네나무 밑에 테이블을 놓고 그 위에 잔돈과 지전을 수북이 쏟아놓고 두 처녀가 돈을 가리고 있는데 우리 일행의 한 청년은 그것을 동사한 사람처럼 같이 앉아 가려주고 있는 것이다. 종일 두 처녀가 아이스크림 판 돈을 가리는 판에 우리 청년이 나타나 아이스크림을 달랬다 한다. 바쁘니 좀 기다리라는 말인 듯하기에 그러면 나도 돈을 좀 가려주랴 하는 형용을 했더니, 그래달라고 하는 형용이어서 같이 가리는 중이라 한다.

이것도 인상 깊은 것의 하나다. 돈 다루는 것을 알지도 못하는 이국 청년에게 맡기는 신뢰, 다른 사회에선 보기 어려울 것이다. 돈 가림이 끝나기를 기다려 우리는 그들의 남은 아이스크림을 사먹으며 그들의 키니네 그늘 테이블에서 오래 남국의 달밤을 완상할 수 있었다.

밤이 꽤 으쓱하였는데 사람들은 줄지 않는다. 바다로 내달은 다리 끝에서는 그저 춤추는 곡조의 음악소리다. 대체로 무엇보다 시간 여유들이 있어 보인다. 나는 김동식 씨네 가정이 생각났다. 부엌은 간편하고 방은 둘뿐, 조선 살림들에 비기어 주부가 무슨 일거리가 있으랴 싶다. 밥 해 먹고 집안 하나만 치이랴[25] 해도 그날 하루는 다 없어지는 것은, 사회제도이기보다 한 가정이나 그 집 가풍문제일는지 모르나, 아무튼 '한가(閑暇)'라는 데 좀 더 고려할 필요가 있다. 조선에야 아무리 남녀평등법령이 나고 공원과 극장이 쏟아지기로 이를 이용할 부녀들이 몇 퍼센트나 될 것인가? 그도 나쁜 의미의 유한자가 대부분일 것이다. 사람의 생활 더구나 문화생활이란, 그 문화적 설비를 지키는 것만으로

---

25 치우려.

행복이며 문화라 할 수 있을까? 일찍[이] 어떤 서구인은, 쏘련 사람들이 공원이나 극장으로 많이 나오는 것은 그 가정 내의 오락이나 정원설비가 부족한 때문일 것이라 보기도 했다. 사실 공동주택 속에 저마다의 오락실이나 정원이 있기 어려울 것이다. 있기 어렵다기보다 인간과 '한가'의 중요한 관계를 생각한다면 저마다 오락실과 정원을 따로 주어서도 곤란할 것이다. '내 집', '내 정원'을 경쟁하는 습관이 배인 우리들은 때로는 공동오락실과 공동정원이 불만(不滿)할지 모르나 그런 경쟁자가 없는 데서는 혼자 창덕궁을 차지한댓자 하인을 수십 명 두기 전에는 일의 노예가 될 것뿐이다. '내 것'에 시간으로 노예가 되어 신문 한 장 못 보고 지내는 것보다 가정은 간편해서 되도록 일거리를 적게 하고 보다 많은 시간을 몸도 가꾸고 독서도 하고 거리로 나와 예술과 자연을 사귀고 사회화 호흡을 맞추어 사는 것이 더 행복이요 더 문화가 아닐까? 여기 사람들은 공원이 내 정원이요 극장이 내 오락실이란 기분들이다. 귀중한, '인간과 한가'에 신중히 고려된 제도라 아니할 수 없다.

인류가 만일 전쟁을 하지 않고 평화건설만 하고 또 이내 파경(破綻)이 생기고 마는 자본주의적 생산이 아니라 합리적인 사회주의적 생산만 해나간다면, 얼마 안 가, 인류의 생활은 풍족할 것이요 풍족해지는 비례로 인류의 노동시간은 7시간으로, 6시간, 5시간으로 자꾸 줄어갈 것이다. 사람은 사회제도 여하에 따라서 얼마나 바쁘고도 구차하게 살며, 얼마나 한가하고도 풍족하게 살 수 있는 것인가.

9월 10일. 먼저 간 일행들이 궁금해 할 것이므로 우리는 미명부터 서둘렀다. 비행장에 나와 이륙할 때에야 해가 솟았다.

여기서부터는 얼마 안 가서 바다는 사라지고 산지대에 들어서는데 산은 차츰 붉어지기 시작한다. 산협을 내려다보아도 윤습한 맛은 조금도 없다. 남쪽으로 후지산(富士山) 비슷한 설봉이 보이는데 이미 아르메니아에 들어선 것이며 이 설봉까지 못다 가서 '예레반'이라 한다. 터키식 뒷박지붕과 문은 유리창이나, 평면으로 흙을 덮은 지붕이 많다. 비스듬한 산기슭에 굴처럼 따고 지은 집도 많다. 어디서 오는 물인지 바삭바삭해 보이는 땅에 급류로 시내로 들어가는 것도 보인다. 큰 공장들도 보이고 흙 지붕들과는 딴판인 현대적 고층이 즐비한 거리도 나온다. 시가를 지나나가 비행장이 있었다.

오전 여덟 시 반에 도착 한 바 어제 예정대로 온 페루샨 여사는 이곳 복스의 다른 여러분들과 같이 탐스런 달리아를 한 아름 안고 다시 우리를 마중 나와 있었다.

아르메니아공화국

아르메니아의 첫인상은 건조한 더위 속에서 눈덮인 산을 쳐다보는 것이다. 그 후지산 같은 산이 비행장에서 빤히 쳐다보이는데 바로 구약에 나오는 '아라라트', '노아'가 올라가 방주를 지어 홍수 난을 면했다는 명산이다. 이 해발 5천5백 미터나 되어 남방임에 불구하고 만년설을 실은 아라라트는 아르메니아민족과, 마치 백두산과 조선민족처럼 오래고 깊은 연고가 있는 산이다. 그러나 비행장에서 얼마 안 가 국경이기 때문에 산적(山籍)은 터키에 속해 있다 한다.

비가 1년이면 어쩌다 두어 번밖에 없어 풀이 별로 없고 비행장에서도 보면, 비행기가 뜨는 때나 내리는 때는 먼지가 폭탄 터지듯 한다. 그러나 공중에서 본 것처럼 어디선지 끌어오는 물들이 도랑마다 흐르고 그 도랑들은 전포(田圃)에 속해 있다. 먼지 안 나는 길에 들어 얼마 안 달려 도심지대다. 아직 완성되지 않은 대극장 앞이 광장이요 큰길과 광장 모퉁이에 호텔이 있다.

세수를 하는데 물이 몹시 차고 맛도 달다. 나중에 들으니 깊이 지하수를 끌어올리는 것인데 세계에서 수돗물 좋기로 '제네바'가 첫째요 이 '예레반'이 둘째라 한다. 아침 식탁에는 이곳 명산 포도가 향기로웠다.

아르메니아는 면적 2만 9천 평방미터, 인구 1백3만 3천, 도시인이 23.9퍼센트, 농촌인이 76.1퍼센트, 농민이 많은 비례로 조선과 비슷하다. 면화, 호마(胡麻), 포도, 그중에도 포도주의 대량생산은 전 연방적으로 의의가 크다. 1512년부터 인쇄출판을 시작하였고 종교문화로 오랜 역사를 가진 민족이다. 파사(波斯), 터키, 몽고, 러시아 등 강대국들의 봉건세력 밑에 고달픈 운명을 걸어왔다. 1870년, 제정시대의 일 노인(一露人) 장교 빠스께위치가 이 예레반을 찾아왔을 때는 인구 2만(지금은 25만)에 불과했고 그때부터 다시 제정러시아의 주목이 새롭게 되어 더욱 심각한 식민지적 착취대상이 되어왔다 한다.

우리는 먼저 '몰로토프' 이름을 기념하는 종합대학을 찾았다. 총장은 우리를 반겨 맞았다. 조선민족이 3·1운동 이후 맹렬히 반일투쟁을 해오는 데는 부단한 관심과 경의를 가져왔노라고 하였고 해방된 지금 민주주의적 건국과 자유스러운 민족문화 발전을 크게 기대한다 하였다.

이 대학은 그리 크지 않으나 모든 부면(部面)에서 알뜰히 자라며 있다는 것이 느껴졌다. 1921년에 창설하였고 당시에는 2과, 학생 2백 명이던 것이 오늘은, 수리, 물리, 화학, 생물, 지리, 지질연구, 역사, 어문학, 법학, 국제외교 등 10과에 학생 1천6백5십 명, 교수단 2백 명, 특히 어문학과에서는 자민족어와 민족고전에 힘쓰며 민족의 신문학 건설에 있어서는 대학은 여러 면으로 아르메니아의 작가들과 협조해나간다 한다. 놀란 것은 이 대학도서관이나 다름없는 국립도서관에 이 민족고전으로서 귀중본만 만여 권이 정리 보관되어 있는 것이다. 이 속에는 대부분이 종교서적으로 최고 서기 887년의 성경이 있었고 외국 것을 아르메니아 말로 번역한 것으로는 1817년에 된 『로빈슨 크루소』와 1843년에 된 『일리아드』가 있었다. 총 장서 2백만 권, 그중 아르메니아어가 10만 권이라 했다. 이날 국립도서관은 '아르메니아 고서적전람회' 준비로 바쁘고들 있었는데 며칠 뒤에 열릴 아르메니아작가대회의 기념축하전이라 했다.

이 예레반에 종합대학은 하나, 단과대학(전문학교급)은 8, 중학이 60이며 극장이 3, 아동궁전이 1, 가극대극장이 1, 인형극장이 1, 영화관이 5, 박물관(미술관도 포함)이 3, 공원이 2처(二處)인데 이 쏘련에서는 오락기관이 개인영리로가 아니요 민중의 교화와 예술의 생활화와 건전한 오락을 위해 국가적 사업으로 경영하므로 언제나 학교와 마찬가지 중요한 문화기관으로 치는 것이다. 이 25만에 불과한 시민으로 중학이 60인 것을 보아 교육의 보편을 알 수 있고, 영화관과 극장이 11처나 되는 것을 보아, 인민을 쓸데없는 잡무와 고역에서 풀어 '한가'를 주어놓고 그 '한가'에 인생을 예술과 의의 있는 오락으로 지낼 수 있게 국가는 시설을 준비하고 있음을 알 수 있다. 우리는 이날 저녁, 공원 안에 있는

모스크바에서 예술좌가 하는 일을 여기서 하고 있는 소극장을 가보았
다. 조용하고 깨끗하고 여유 있는, 알맞은 극장이었다. 들어가면 극장
이 아니라 무슨 사교실 같다. 관람석과 무대는 그 사교실 한 옆으로 넌
지시 붙어있었다.

이날 저녁 연극은 아르메니아 작품 희극으로, 내용은 못난 딸로 잘
난 사위를 얻으려다 실패하는, 희극 그것에 그치고 마는 것이다. 연기
는 모두 우수하였다. 배우들이 안심하고 기술을 닦기 위해서나, 극장
이 민중에게 좋은 연극을 보일 수 있기 위해서는 그 극단이나 극장이
개인 이해상관으로 운영되어서는 절대 불가능한 것이다. 이 극장도 매
년 정부로부터 백만 루블의 보조로서 발전한다는 것이다.

연극이나 소설이나 영화는 흥미 속에서 되는 인생 공부다. 정서를
순화시키고 생활 각 방면에 대한 견해가 풍부해짐으로다. 영화나 극장
이 이해타산에 의해 좌우되거나 한둘[26] 모리(謀利) 개인의 손으로 운영
될 성질의 것은, 현대에 있어서는 결코 아니다. 극장이 국가적 기관으
로 운영되고 있고 영화엔 성(省)이 있고 대신(大臣)이 있다는 것은, 전쟁
을 위한 육군, 해군, 공군의 성과 대신들만 많은 것보다 얼마나 문화적
이고 평화적인가? 어느 나라나 어서 무력면의 성이나 대신은 줄고, 영
화뿐 아니라 연극 대신, 음악 대신, 미술 대신, 이렇게 진화된다면 세계
는 얼마나 명랑할 것인가?

어린이 궁전도 보았으나 이제 레닌그라드에서 나올 그것과 아울러
말하기로 하고, 이날 오찬을 포도주공장에 초대되었던 것은, 나는 술

---

26 원문에는 '1, 2'로 표기됨.

에 멀미를 대었지만 한마디 감사하지 않을 수 없다. 83종의 포도주가 늙기를 기다리고 하세월을 보내는, 서늘해 좋았던 지하 저장실에서 우리는 70년 된 것과 45년 된 고(古)포도주에 도연(陶然)할 수 있었다. 술은 늙을수록 좋다 하여 70년, 80년 뒤에 올 사람을 위해 먹지 않고 간직한다 하니 대체 이런 적덕(積德)이 어디 있는가!

9월 11일. '아카데미'라거나 '한림원(翰林院)'이라거나 다 그전 청각으로는 관료적인 것이지만 이 나라들엔 그럴 리 없다. 아르메니아 아카데미는 대극장 광장에 선 시인 '아보비앤' 동상이 엇비슷이 보이는 길옆에 있었다. 이 한림원 원장도 같은 슬픈 역사의 민족을 만나 감개무량해 하였다. 자기 조국도 근동에선 문화선진국이었고 3천 년의 역사를 가진 민족이나 야만대국들의 침략으로 흥망이 무수하다가 130년 전 제로(帝露)[27]에 합방되어 어두운 길을 걸어왔으며 아르메니아 지도자들은 러시아의 민주주의자들과 악수하여 10월혁명의 성취로써 오늘 자유 아르메니아가 있다 하였다. 아르메니아는 극도의 피폐로 민족의 반은 터키에게 학살되었고 경제시설이란 아무것도 없는데다 자연조건도 좋지 못한 것이다. 우리는 완전한 폐허에서 단 26년간에 이만치 자란 것은 오직 전 소비에트 경제체제에 의한 것이며 실낱같은 민족어문의 맥도 다시 건지어 오늘엔 이미 아르메니아 민족문화의 기초가 공고히 선 것도 우리 소비에트의 민족정책이 진리인 때문이라 했다.

이 한림원은 25개소의 과학기관과 연구소를 지도하고 있는데, 특히

---

27 제정러시아.

집중적으로 연구에 몰두하고 있는 것은, 농촌경리부에서 신 종곡(新種穀), 신 농구, 지질, 관개사업 등의 연구였고, 연구보고는 노어와 영문으로도 발간되고 있었으며 문학연구부에서 아르메니아 문학사도 첫 권이 나온 것을 우리에게 기증해 주었다. 앞으로 연구보고서 교환을 서로 약속하였다.

국민교육 용어는 아르메니아어(語)이며 어학으로 제1외국에 노어, 다음에 영어이며 대학 어학 과에는 동양어의 연구도 있다 한다.

○

이날 오후 한 시경이다. 포도 재배의 숍호즈(국영농장)를 구경 가는 길, 우리 일행엔 뜻밖에 사고가 생기었다. 먼저 한 차가 떠나고 나중 떠난 우리 차더랬는데, 시내에서 얼마 안 나가 언덕이 있었다. 막 넘어서니 길 반측은 막아놓고 독군포로들이 아스팔트를 고치었고, 통행하는 반측도 새로 바른 아스팔트가 미처 마르지 않고 번지르르해 있었다. 이 미끄러운 반측도(道)를 상당한 속력으로 들어섰는데, 저쪽에서 어찌된 셈인지 철근을 실은 마차가 들어섰다. 내리막인데 바닥은 미끄러워, 속력은 빨라서, 우리 버스는 마차를 휩쓸며 두 길이 넘는 길 아래로 굴러버린 것이다.

이 부서진 자동차의 틈바귀로 그래도 한 사람도 남지 않고 어떻게든 기어 나올 수 있는 것은 모두 기적이라 했다. 복스의 한 분이 쇄골이 상하고 저쪽 마부와 박영신(朴永信) 양과 필자가 10여 일 치료 정도로 타박상을 받았을 뿐이다. 말은 아마 치명상이었을 것이다. 나는 가슴을 측면으로 두 사람의 무게에 맞아 한참은 숨이 막히었었다. 늑골이 상했을까보아 염려되었으나 곧 구급차에 실려 병원으로 와 진찰한 결과, 박 양도 나도 뼈가 다친 데는 없으니 안정만 하라 하였다. 내출혈로 열은 있을 것이라 했는데 딴은 밤이 되니 열이 있고 꼼짝 몸을 움직일 수가 없다. 손을 대일 수도 없게 아픈 것이 꼭 늑골이 어찌된 것만 같았다. 방 동무가 마침 의사 최창석(崔昌錫) 씨여서 열도 보아주고 붕대도 고쳐주었으나 그분마저 잠들었을 때, 그 눈에 설은 터키식 병원 지붕 우으로 추석 이튿날 달이 슬그머니 엿보아줌에는 불현듯 집 생각이 났고, 10여 년 전에 불란서작가 바르뷔스가 쏘련에 왔다가 병으로 불귀객이 된 생각도 났다. 불란서는 조선에 대이면 여기서 지척이다. 몸이 부자유하고 보니 더욱 조선은 여기서 아득한 거리다. 거리란 사람에게 이처럼 애달플 수 있기 때문에 주검에도 시간의식이기보다는 공간의식으로 더 작용하나보다. 저승에 갔느니, 천당에 갔느니 하고.

9월 12일. 복스에서 의사와 함께 다녀갔다. 나는 쏘련에 처음부터 별스럽게 폐를 더 끼치게 되니 내 고의는 아니나 미안하다. 어제 우리가 병원에 실려 갔을 때, 의사가 우리를 진찰하는 옆에서 페루샨 여사는 어찌 할 줄 몰라 자꾸 울고 서 있었다. 운전수가 속력을 놓은 것은 먼저 떠나버린 앞차를 되도록 빨리 따라 우리 일행을 기쁘게 해주려던 호의에서였다. 그에게 책벌 갈 것이 미안했다. 그의 큰 과실이 아님을 우리들은 주장했으나 주인 측에서들은 우리에게 미안한 만치 전혀 그런 변호는 전해주려 하지 않았다.

○

　이날 일행들은 해발 1천 미터 고지대에 있는 '세반'호를 구경하고 왔
다. 경치는 없고 주위 180킬로, 수심 1천2백 미터라는 무섭게 깊은 호
수인데 이 호수야말로 아르메니아의 생명수이니까 꼭 보여주는 것이
었다 한다. 비 구경을 못하는 이 나라는 이 세반호가 비의 창고인 셈이
다. 물은 여기서 얼마든지 끌어오고 해는 얼마든지 비춰주니[28] 포도가
달밖에. 대개 청포도인데 가장 꺼풀이 얇고 씨 있는 둥 만 둥 하고 갸름
까지 해서 '처녀의 손톱'이란 포도도 있다. 구경 못 나가는 대신에 과실
은 티를 냈다. '처녀의 손톱'은 참 감향(甘香)했다.

　그런데 이찬(李燦) 시인은 세반호에 가서 거기 조고만 섬에서, 작가대
회 준비를 구상하고 있는 아르메니아 작가동맹 서기장을 만났다는 것
이다. 통역으로라 긴 말은 교환치 못했으나 이곳 문단의 소식 일반을
들은 대로 전해주었다.

　작가동맹원이 3백 명 된다 한다. 혁명 직후엔 농민문학동맹이 별립
(別立)해 있었으나 이내 합동되었고 써클 조직은 없고 작가가 농촌에 나
가 '문예야회(文藝夜會)'라 하여 이것은 문예적 계몽운동으로 문법, 시사
(時事), 예술에 대한 것을 그 지방사정에 맞추어 이틀이고 닷새고 강담
을 하고 다음 회합은 그들의 요구대로 정하고 온다는 것이다. 작가 브
리가드, 이것은 작가들의 부대(部隊) 행동으로서 몇 사람씩 국가적 대사
업장에 나가 그 사업을 체득하는 한편, 그 사업진행이 원활하면 그중

28　원문에는 '비처주니'로 표기됨.

열성자를 영웅화시키고, 부진하면 원인을 찾아 지적하며 진작시키는 작품을 써 낭독해 들리는 것인데, 이것은 좋은 성과의 실례도 있다 한다. 모든 문화건설에 있어 근본정신은 한결같이 '사회주의적 내용을 민족적 형식으로'이며 영화는 국영이거니와 작가동맹, 연극동맹 다 국가의 보조로 자라고 있는바, 아르메니아 정부의 매년 예산의 40퍼센트는 문화예술 방면에 씌우는 것이라 한다. 아르메니아 작가들도 반동적이던 사람들은 대부분 불(佛), 미(美), 이(伊), 이란 등지로 망명 갔었는데 이번 전후에는 많이 귀환 중으로 작가동맹은 물론, 정부에서도 환영하며 그들의 각국어로 자라난 자제들이 이미 5천 가까이 들어왔다 한다. 그들을 갑자기 아르메니아 말로 교육을 시킬 수 없으므로 우선은 그들의 아는 말대로 가르치는 학교까지 준비 중에 있다는 것이다.

　'사회주의적인 내용을 민족적인 형식으로?' 우리 조선에 있어서는 어떨 것인가?

　조선 실정으로는 '민주주의적 내용을 민족적 형식으로'일 것이다. 그러나 작품에 있어 프로파간다와 예술성의 결합이란 지난한 것으로 우리는 이런 것을 은근히 이번 쏘련에서 모색 중이나 문학작품들은 갑자기 읽을 수 없고 연극에서 기대가 큰데 아직은 모스크바에서는 고전, 예레반에서는 고전은 아니나 민족적 형식일 뿐, 프로파간다적인 것은 아니었다. 아르메니아까지 와준 오를루와 여사의 말에 의하면, 여름이면 쉬었다가 전 극단들의 공연이 9월 초부터 시작되는데 화려한 고전들부터 올리는 것이 일종 통례이기도 하며 최근에 전 연방적으로 민족인 것과 고전만에 무비판적으로 치우는 것이 현저하여 당에서도 극단들의 반성을 구하는 결정서까지 나왔다 한다. 그리고 나는, 지난봄 서울서 열린 조선문학가대회 때 메시지를 받은 일이 있는 티호노프 씨를 만나보았으면 좋겠다는 화제에서 알게 된 바, 지난 5, 6월에 레닌그라드에서 발간되는 문예지 『별』과 『레닌그라드』에 난 시 한 편과 소설 한 편이, 하나는 염세적인 것이요 하나는 반소비에트적인 것이 판명되어 상당히 말썽중이라 한다. 염세시의 작가는 옛날 귀족 출신의 '아흐마토바' 여사이며 「원숭이의 모험」이란 반소적인 소설의 작가는 '조쉬엔코'라는 노작가라 한다. 이에 대해서 작가동맹위원장 티호노프 씨는 인책한 모양이어서 지금은 위원장이, 조선독립군과도 같이 지내본 일이 있다는, 최근엔 '젊은 전위대'로 가장 많이 읽히고 있는 '파제에프' 씨라 한다. 더욱 나중에 모스크바에 돌아와 안 것이지만, 이 문제에 대해서 당중앙책임비서 '로스따노브' 씨의 연설이 프라우다지에서 실린 바, 다음과 같은 요지라 한다.

레닌 선생과 워로실로프 장군이 진작부터

"물질건설과 아울러 사상투쟁도 끝까지 병행되어야 한다."

는 교훈과 다른 선배들의,

"작가는 개인이익을 공익에 복종시켜야 한다."

또는,

"문예는 전체사업에 유기적 부분이 되어야 한다."

한 지시를 일깨웠고,

"조쉬엔코 씨와 아흐마토바 여사는 자기의 선진하는 문화를 잊어버리고 뒤떨어진 서구문화에 굴복한 작가다. 우리 러시아 사람은 10월혁명 이전 러시아 사람은 아니다. 인민들로 하여금 현대 사업에 참가케는 못할망정, 후퇴시켜서는 안 된다. 이런, 그 자신이, 뒤떨어진 문화에 굴복되고 인민을 후퇴시킨 작가를 내인 레닌그라드 당에서는 그간 전쟁에만 몰두했고 사상투쟁에 게을렀던 소치다. 더욱 전후에는 우리 청년들이 서구로부터 대량으로 귀환 중이며 동서 각국에서 단체들도 많이 오고 있다. 국내 국외 정세로 보아 더욱 사상투쟁에 태만해서는 안될 시기다. 한 문예의 승리는 한 전쟁의 승리와 한 공장의 건설과 같다. 그 실패도 마찬가지다. 레닌 동지의 말씀대로, 우리의 주점(主點)은 정치다. 문예도 정치와 결부해서 정치면을 반영해야 한다. 사회건설은 많이 달라졌지만, 인간의 인식이란 오래가는 것이다. 지금 30년이 못다되는 우리 속에 아직 낡은 사람이 있었다는 것은 그리 놀라운 불명예는 아니다. 불란서혁명을 보라. 귀족문화사조가 혁명 후에도 백 년을 계속하지 않았는가? 오직 이런 낡은 사람을 최후의 한 사람까지 발견하기에 노력하자."

이번에 열리는 아르메니아 작가대회에서도, 이 문제가 으레 등장될 것이요, 연극도 같은 예술운동의 분야와 고전과 민족적인 것에 치우친 문제며, 5개년계획에 있어 문단의 과업인 민족전설, 민요 등의 채집과 아울러 산업부면에 협조문제와 귀환 망명 작가들의 포섭 등이 중요한 보고와 토의내용이 아닐까 싶다.

이날 밤 우리 일행을 위한 야회가 호텔 식당에서 열리었다. 음악과 박수 소리가 새벽녘까지 울려왔다.

9월 13일. 오늘 오후에는 그루지야로 떠나리라 한다. 누워만 있을 수 없어 일어나 보았다. 어떻게든지 일어만 나면 누워서처럼 결리지는 않는다. 박 양도 움직이는 연습으로 낭하로, 식당으로, 매점으로 거닐고 있었다. 낭하엔 풍경화가 많이 걸려 있다. 여기 온 첫날인가 이튿날인 가 미술관에도 갔던 것은 깜빡 잊고 있었다. 10세기 때 채필(彩筆)로 성 경 삽화를 그리기 시작한 것부터 발전한 벽화와 성모 성자의 초상이며 18, 19세기는 왕공(王公), 승려들의 초상이 많은데 풍경화에는 달이 많 이 나왔다. 달을 사랑한 다감한 민족이었다. 회화로 가장 인상에 남는 것은 최근 파리에서 돌아온 작가들의 포비즘 계통의 작품들이었고 민 족생활의 내용을 보이는 작품으로 한 승정(僧正)이 창백해지는 얼굴로 손에 들었던 편지를 마룻바닥에 떨어뜨리고 있는 것은 노왕(露王)으로 부터 아르메니아 국토를 몰수한다는 통고를 받은 것이라 하며 하나는, 어떤 사원 경내인 듯한데 귀중품 상자들이 모두 뚜껑이 열려 텅빈 것이 뒤집히고 짓밟혀 부스러지고 한 광경이다. 이는 한때 터키 군들에게 약탈당한 것을 보이는 것이라 했다. 나는 절로 생각나지 않을 수 없었 다. 이제 우리 민족에게도 저런 기록 제작도 할 수 있는 자유가 왔으니 그런 것을 그리려들면 얼마나 많으랴!

이날 오후 두 시에 우리는 예레반을 떠났다.

그루지야공화국

어제 못 와본 세반호를 나는 공중에서 내려다볼 수 있었다. 해발 천 미터 산상의 호수가 천2백 미터나 깊다 하니 해면에서도 2백 미터의 깊 이다. 백두산 천지 생각이 난다. 이 세반호도 아마 태초엔 화산구였을 것이다.

그루지야와 아르메니아는 의좋게 가깝다. 한 시간 남짓해 우리는 이쪽의 수부(首府) '트빌리시'에 당도하였다. 여기도 바삭바삭 마른 풀이 좀 있을 뿐이다. 이 그루지야 대외문화협회에서도 몇 분 나와 맞아주었다. 시외가 한 20리 되게 멀다. 자동차를 주의시켜 주나 기우뚱할 때마다 결리고 결리는 것 이상으로 심리는 놀란다. 자동차가 도무지 싫어졌다.

한쪽은 산이요 한쪽은 비행장에서 연결된 고원, 그 사이에 강이 흐르고 이 강을 품고 도시는 전개된다. 산에는 고성(古城)과 고사(古寺)들이 보이고 '케이블카'가 벌레 기어 올라가듯 하는 것이 보인다. 산정에 백악관이 서고, 반드시 그 위에 유원지가 있는 듯하다. 강물은 맑지 못하나 수량이 대동강의 3분의 1쯤 되는데 층류 급단(層流急湍)이어서 이 메마르고 뜨거운 트빌리시의 훌륭한 청량제가 된다.

이 나라 국민의 거의 4분지 1이 모인 70만의 당당한 현대적 도시다. 전나무처럼 생기고 가지 늘어진 상록수를 삼림처럼 높게 기른 가로수들인데 그 밑은 보도와 차도 사이에 화원을 만들었다. 우리가 인도된 호텔 '오리엔탈'은 가장 번화한 거리에 있었다.

나는 역시 병객 구실을 면할 도리가 없어 방을 정하고 누워 있노라니 이내 여의(女醫) 한 분과 여기서 권위(權威)시라는 노 박사 한 분이 왔다. 퍽 세밀한 진찰이 끝난 결과, 역시 늑골이 상하지는 않았으나 혹시 금이라도 갔을는지는 모른다. 오늘은 피로했으니 다음날 병원으로 가 뢴트겐 진찰을 해보자 하였고 만일 내가 원한다면 바로 비행기로 모스크바 크레믈린 병원에 보내주마 하였다. 밤이면 38도나 열이 있는 것이, 혹시 늑막염이 되는 것이나 아닌가 물었더니 그럴 리는 없다 할 뿐 아니라 딴 증세가 생긴다 하더라도 여기서 대가들의 치료를 받을 수가 있고 더욱 주인 측에 미안만 해지므로 마음을 늦꾸는[29] 수밖에 없었다.

의사가 눕히는 대로 한 번 반듯하게 자리 잡히면 바늘에 꽂힌 나비처럼 사지를 어쩌는 수가 없다. 한 시간에 한 번씩 들여다 보아주는 복스에서 온 듯한 여자도 실과를 집어달라면 그것은 말을 들어도 일으켜 달라는 것은 웃기만 하고 어린아이에게처럼 달래기만 위주다. 일행들은 아침에 나가면 세 시 네 시에나 들어왔고 점심 먹고 나가면 밤 열 시에나 들어온다. 거리엔 전차도 무궤도뿐이라 타이어 달리는 소리만 쨔르르 쨔르르 하는데 그것이 내 신경엔 어느 하나의 핸들이 삐끗해서 꼭 충돌이 될 것만 같다. 그러나 와지끈 소리는 없이 이틀이 지나고 다음 날은 일요일인 듯 여러 군데서 종소리가 울려왔다. 쏘련에 와서 일요일 날 조용히 예배당 종소리를 들어보기도 처음이다.

크레믈린 스파스카야 탑에서 울리는 종소리도 좋았지만 종이란 참말 훌륭한 악기다. 예배당에서 아마 종 대신 싸이렌을 분다면 예배당에 가지 않을 사람이 많을 것이다.

이렇게 일으켜 주는 사람이 없어 꼼짝 못하고 누워 있은 덕에 사실은 열도 내리고 결리는 것도 빨리 나아진 것이다. 사흘 뒤에 병원에 가서 X광선에 비쳐본바, 박 양도 나도 뼈는 상한 데가 없다 하여 더욱 안심되었고 안심이 되니 몸도 갑자기 쓰기 편해진 것 같았다. 그래 중요한 구경이면 따라나서게 되었다.

9월 17일. 일행들은 그새, 이곳 한림원, 조직(組織)공장, 학교들, 여기

---

[29] 누그러뜨리는.

서 자동차로 두 시간 이상 가는 시골에 있는, 스탈린 수상의 살던 집(조그마한 촌가인 것을 그대로 보존하기 위해 이 집을 속에 두고 대리석으로 크게 겉집을 지었더라 한다) 또 레닌그라드 축구팀이 와서 트빌리시팀과 경기하는 것도 보았다 한다.

오늘 박 양과 나도 함께 끼어가는 데는 영화성(映畵省)이었다. 처음에는 창고 하나를 수리해 가지고 시작한 것이 지금은 동리 하나로 벌어졌다. 1921년부터 작품이 나왔고 초기에는 시나리오와 감독, 모두 노인(露人)의 기술을 힘입었고 지금도 대자본의 문제는 전 동맹적 경제체제로서 극복하는 것이라 했다. 금년까지 156개의 작품을 내였고 지금은 천연색에 주력하며 전 쏘련에 돌릴 만한 뉴스나 작품은 노어로도 녹음하는데 그런 작품에 의한 수입이 크다 한다. 감독 10명, 배우 45명, 전원 700명, 때로는 무대배우들의 동원도 있다 한다. 최근에 찍은 〈그루지야의 자연〉이란 천연색 작품을 시사실에서 보았는데, 여기도 포도와 귤의 과원(果園)이 많이 나왔고 우리가 불시착으로 구경한 '스홈'의 경치도 나왔다.

이 촬영소 경내에서 보랏빛 무궁화를 본 것은 반가웠다. 별로 가꾼 것은 아니나 한 길쯤 된 것이 다른 나무들 틈에 끼여 있었다. "이게 우리 국화라" 소리칠 만치 신선하거나 화려치 못했고, 역시 터분하고[30] 시들은 꽃이 떨어도 못 지어 한번 가서 흔들어주고 싶은 고달픈 꽃나무였다. 이 꽃을 사랑했다기보다 선택한 그전 영감님들의 감각이란 참말 이해키 곤란하다.

---

30 입맛이 개운하지 않다.

여기는 온천이 유명하다고 꼭 가자고 안내한다. 바로 시내였다. 온천을 이용한 요양소로서 온천이 필요한 환자나 허약자는 누구나 올 수 있었고 특별한 치료비가 난다 하여도 며칠이고 몇 달이고 최고 50루블만 내게 되는 제도였다. 한 사람씩 들어가는 욕실이나 나는 아직 허리가 옷도 혼자 못 입는 정도라 이찬(李燦) 형과 같이 들어갔다. 혼자 눕는 대리석 욕조나 그 미하에로흐 소위 말대로 우리는 둘이 다 '두껍지 않은' 사람들이어서 함께 누울 수가 있었다.

이날 밤 어느 레스토랑 대 식당에서 복스 주최의 우리를 위한 야회가 있었다. 최고 소비에트위원, 정부요인, 대학총장, 문인, 음악가, 배우, 주객 2백여 명 운집, 더 생각해낼 수 없도록 가지가지 의미의 무수한 축배를 들었고, 이곳 음악가들의 노래와 민족무용을 구경하였다. 손바닥으로 치는 장구인데 전고(戰鼓) 같은 급조(急調), 피리도 두 사람이나 부는데, 여기 맞추어 여자와 남자가 같이 추는 춤으로, 여자는 요즘 신식혼인에 쓰는 너울 같은 것을 쓰고 검은머리를 치렁치렁 땋아 늘였다. 인형처럼 잔주름으로 걸으며 원을 그리며 돌아가면 단도까지 차고 코사크 기병식 치장을 한 남자는 맹렬한 율동으로 이를 에워싸며 나중에는 포옹에까지 이루곤 하는 춤이다. 이 춤 한 가지로도 이 민족의 상무기질(尙武氣質)이 짐작되거니와 나는 워로실로프에서 베드로흐 중좌로부터 들은 이 민족의 전설 한 가지가 여기서 생각났다. 한 무인이 적에게 잡혀갔다. (몽고인이 와서 백여 년이나 압정을 하는 등, 대국의 침해가 한두 번이 아닌 나라다) 적왕은 무인의 간담을 서늘케 하려 그의 부모 잡아다 죽인 것을 알려주었다. 그러나 무인은 아무런 기색도 변하지 않았다. 다음날은 네 아내를 죽였노라 알리었다. 그래도 심상했고 그 다음날은 네 자식들을 죽였노라 해보아도 역시 태연했다. 마지막 날은 네 친구 아무를 죽였노라 하였더니, 그 말에는 눈물을 흘렸다는 것이다. 수는 적은 민족이나 도량이 커 호연지기(浩然之氣)가 있다. 이런 전통이 으레 새 그루지야 문화 속에 마르지 않고 흘러나갈 것이다.

음식에도 독특한 습속이 있다. 불을 끄고 내오는 음식이 있다. 긴 모판처럼 튼 접시에 가녁으로 생화(生花)를 펴고 양육(羊肉)인 듯한 요리를 고운 촛불을 켜놓아서 한편 어깨에 받들고 나오는 것이었다. 천어(川魚)를 백숙(白熟)하여 담박하게 먹는 것은 일본요리 같았고 계육(鷄肉)은 조선 찜 비슷한 것도 있었다. 새로 두 시나 되어 파석(罷席)이 될 때, 자작시를 낭독해 들려준 훈장을 여섯이나 찬 에카테리나 소하체 여사에게 경의를 표하러 갔더니 여사는 내 손을 잡은 채 춤추는 속으로 뛰어들었다. 출 줄 모르는 데다가 옆구리까지 결리어 아마 여사의 발등을 착실히 밟았을 것이다.

이날 야회에서 그루지야의 명사들은 여러 번 새 조선의 민주건설을 위해 축배를 들어주었다. 이것이 형식화한 예의 같으나 이들도 같은 쓰라린 과거를 가진 민족들이라 주인도 일어서 말이 나오면 엄숙해졌고 객도 정금(正襟) 않고 잔을 들 수 없었다. 아르메니아와 그루지야의 형제들이 멀리 우리 조선민족에게 보내는 뜨거운 우정과 진정에서의 축복을 우리는 소리 높여 우리 동포들에게 전해야 할 것이다.

9월 18일. 오늘 아침엔 그루지야를 떠난다 하여 나는 트빌리시에 와 처음 일찍 일어나 이른 아침의 트빌리시를 내다보았다. 거리는 해 돋기 전에 냉수욕을 하고 있었다. 비 올 줄 모르는 여기서 가로수들이 우거지고 노변화계(路邊花階)에 천자만홍(千紫萬紅)이 난만(爛漫)한 것은 아침마다의 이 인공취우 때문이었다. 군데군데서 수돗물은 분수처럼 올려뿜어 나무와 꽃을 적시고 길을 닦고 있었다.

이 트빌리시는 일찍이 스탈린 수상이 젊어서 첫 사회운동을 일으킨 도시다. 먼 뒷날 오늘의 트빌리시는 그의 꿈의 화원이 무성하게 전개되어 있다. 소비에트의 민족정책이 확립되기 전에 민족주의 편향자들의 타민족 추방운동이 일어나는 등 한때는 반동세력의 발호하던 도시로도 유명하다. 그때 이 트빌리시는 아마 스탈린을 비애국자란 공격도 응당 있었을 것이다. 여기서는 이미 지나가버린 풍우다. 이제 아르메니아, 그루지야, 모두 평화한 국경들이며 서로 협조하고 서로 자민족 발전에 합리적 관계를 맺고 나가는 것은, 오직 이들의 자유연맹인 소비에트가 가장 옳고 가장 타당한 민족정책을 파악한 때문인 것이다. 나는 공교히 몸을 다치어 이 두 공화국의 현실을 충분히 구경하지 못한 것은 유감이나, 이들은 낙후되었던 농본지대였음에 불구하고, 자본주의적 계단을 완전히 밟지 못한 채, 사회주의 체제에 돌입하여 무리가 없을 뿐 아니라 이로 인해 시대 하나를 넘어뛰어 비약 발전하는 것은 무슨 까닭인가? 나는 어제 이곳 영화성에서도 들었지만, '대자본의 문제는 전 동맹적 경제체제로서 극복한다'는 그것이 중요한 일례로서, 한 연맹 내에 가장 크고 가장 영도적인 러시아공화국이, 자본주의 계단의 충분한 기초를 가지고 사회주의 체제로 넘어간 때문에 그 힘이 이들 소공화국의 비근대적 경제기구의 결함을 넉넉히 메꾸어주고도 남는 것이었다.

이 소비에트의 민족 무차별과 경제평등주의는 위대한 새 세계의 도덕일 것이다. 이것은 이미 소비에트의 대소 16공화국의 현실인 것이다. 아르메니아의 예레반에서도 보았지만 25만밖에 안 되는 도시에 전문, 대학이 아홉, 중학교가 60, 영화관과 극장이 열, 이런 고도의 문화시설은 그만한 경제력의 배경 없이는 불가능할 것으로 아르메니아의 단독실력으로는 이런 비약적 건설을 도저히 해낼 수 없었을 것이다. 공장이라고는 넷밖에 없던 키르키스스탄공화국이 공장 5천을 가진 것이나, 이것은 1940년에 미국 '트라이셀'이란 평론가가 지적한 것이지만, 1913년대에 아메리칸 인디언들과 소비에트의 타지키스탄공화국이 문맹비율이 동일했었는데, 17년 후 1930년에 이르러, 아메리칸 인디언은 문맹이 2퍼센트가 줄었고 소비에트의 타지크는 문맹이 60퍼센트가 줄었다는 것이 우리는 어떤 감상을 가질 수 있는 것인가? 주의의 이름은 무엇이든 좋다. 백일하에 다못 정의를 실행하라!

낙후민족에게 무엇을 팔아먹고 무엇을 뽑아 갈까가 아니라 근본적으로 평등한 경제기초부터 세워주며 단 7천밖에 안 되는 소민족을 위해서도, 그 언어와 문자를 보장시키는 정책은, 확실히 양심적이요 의로운 지도인 것이다.

여기서는 모든 사람이 배운다. 길을 펴고 성장한다. 모든 민족이 그들의 가능성을 유감없이 발전시키며 있다. 그 훌륭한 새 세계요 한 평화향이다!

스탈린그라드

예레반이나 이 트빌리시는 날이 별로 궂은 때가 없어 언제든지 항공은 자유인 것 같다. 오전 아홉 시, 우리는 예정대로 트빌리시를 날았다.

여기서 모스크바와 직선을 그으면 스탈린그라드는 중간쯤에서 차편으로 훨씬 선외에 나선다. 그래서 침로(針路)는 어쩌는 수 없이 이번엔 가스베크 군봉을 바짝 붙어 지나게 된다. 최고 '엘브르즈'봉은 5천6백29미터(백두산 2,744미터)가 된다니까 6천 미만 뜨면 될 것인데 비행기는 조심조심 고도 3천6백 미터를 가리키며 옆을 돌아나간다.

이는 차라리 적호(適好)한 조건이었다. 산의 위용은 안계에 빼어 솟음에 있으니 수직으로 지도 보듯 하기보다 역시 우러러보아야 산일 것이다. 게다가 기하에는 구름이 자욱 끼였으니, 회색바다에 뜬 빙산들이다. 외연(巍然)한[31] 빙산들은 함대처럼 동쪽으로 애애(皚皚)히 흘렀다. 앞봉(峰)이 큰가 하면 다가서는 뒷 봉이 다시 높다. 어느 하나가 주봉으로 떡 버티고 뒤로 제꼈으면 좌우 군봉들은 그 앞에 조읍(朝揖)하는 자세기도 하다. 이 봉 저 봉이 에워 막아 산성 안처럼 호젓한 동구(洞口)가 엿보이기도 하고 멀찍이 물러서 건너편 주봉과 세(勢)를 겨는, 골격 험상한 객봉(客峰)도 솟아 있다.

평지에 혼자 솟은 아라라트는 기관(奇觀)일 뿐이었는데 여기는 일대 집단으로 청정과 신비의 한 세계를 이루었다. 이 날짐승 하나 올라 못 오는, 죽음과 같이 고요하면서도 무궁한 생명체처럼 빛나고 있는, 이 도무지 지상엣것 같지 않은 경역(境域)은 혼자 본다면 너무 엄숙해 무서울 것 같다. 전에 불란서 어떤 신비극작가는 여기를 보고 가서 썼는지 상상만으로 썼는지 그것은 몰라도, 인간이 신의 의지와 싸우는 극에서,

---

31 산 따위가 매우 높고 우뚝한.

이 코카서스 어느 산정에 와 환상의 십자기 앞에 인간을 굴복시켜 놓거니와, 오늘 우리는 무릎까지 꿇을 것은 없어도 이 호한(浩瀚)한 빙설세계에 무한청정과 일종 경건한 감격에 부딪치지 않을 수는 없다.

이 신비경을 우리는 40분 걸려 벗어나 다시 낯익은 '골든 카드'의 평야를 몇 시간 날아, 긴 파충류처럼 동구대륙을 완연히 흐르는 '볼가'가 보일 때는 오후 두 시나 되었다.

아닌 게 아니라 여기는 정지된 전원 이외에는, 불끈 땅속에서 무엇이 튀어나온 것처럼 둘레둘레 송두리째 빠진 데가 무수하다. 지붕 없는 집들이 나온다. 폭삭 부스러진 것보다 둘레는 서 있는 집이 더 많다. 강변으로 끝없이 전개되는데 스탈린그라드는 차츰 벽돌로 된 만물상 풍경이다. 지붕은 날아간 말속 같은 공장, 벌(蜂) 둥지 같은 구멍만 숭숭 뚫린 빌딩, 중동이 꺾어진 굴뚝, 밑만 솎이어 엉거주춤하게 버티고 섰는 원주(圓柱)들, 뻐개지다 그만둔 7, 8층 벽의 절벽들, 그 밑에는 진저리 치고 몸부림친 벽돌의 슬픈 역사가 난만하다. 이 속에서 길들만은 찾아내었다. 공지(空地)를 얻은 길녘에, 혹은 주변으로 새로 지은 성냥갑만큼씩 한 바라크들의 창도 있고 빨래도 널리어, 이것들이 마치 장래 일어설 새 스탈린그라드를 위해 뿌려진 '집의 씨앗'들 같았다.

강류가 굽은 대로 끝없이 뻗었던 도시는 끝없이 뻗은 잔해였다. 공장지대에 이르러서야 새 지붕들이 덮이고 임립(林立)한 굴뚝에서 부러지고 구멍 나고 한 것들 이외에서 더러 연기도 난다. 이 연기야말로 뿜어 내인다는 것보다도 불타버린 재 속에서 식었던 가슴에 새 숨을 들이켜는 불사조의 첫 숨처럼 비장해 보였다.

이것은 비행사들의 호의로 비행장을 지나와서 스탈린그라드의 참상을 공중에서 한 바퀴 보여줌이었다. 다시 물러가 비행장에 내리니 여기도 다른 비행장과는 달리 비행기 잔해의 산이 처처에 솟아 있었다. 독군이 절망에 빠졌을 때, 연락이나 탈출할 길이 공로밖에 없었으므로 이 비행장의 쟁탈전도 처절한 것이었다 한다.

공중에서는 고개 같았는데 도심까지 자동차로 40분이나 걸린다. 다리 새로 놓는 것, 허물어진 집 치는 것, 푸른빛 해어진 군복의 독일포로들이다. 이제야 어디서부터 손을 대어야 할지 눈 어름이 설 정도로 길만 대강 치워졌다. 첫째 공장, 다음에 병원과 탁아소, 그 다음에 학교, 그리고 주택이며 시가 전체는 근본적 개조로서 이제 구급(救急) 재건으로 힘이 학교까지 미친 것이라 하니, 이것도 와서 보면 이들의 단결된 애국심과 끈기찬 정력의 표현이려니와 이 벽돌 무더기들만, 아니 허물어지다 남은 벽들을 처분하는 것만도 까마득한 일일 것 같다. 일본이 한참 폭격당할 때, 저희들은 호르르 타버리면 깨끗해지니 전쟁도시로는 이상적이라 자랑삼아 하던 말이 생각났다. 가까이 이르러 보니 남아 있는 벽들이 넘어진 벽보다 더 처참했다. 대소 탄환에 성한 벽돌이 별로 없다. 전찻길 중간에 서곤 한 쇠기둥이 이모저모로 큰 것은 주먹만큼, 적은 것은 밤톨만큼 구멍이 사방 꿰뚫려나갔다. 이만치 부피 적은 쇠기둥 하나가 만신창이니 이 시가 공간에 얼마나 많은 탄환이 오고 가고 했을 것인가! 불타버린 전차, 자동차의 뼈대, 동체 끊어진 비행기의 무더기, 찌그러진 대소 전차들, 시내에도 아직 구석구석 무더기로 있다. 이번 전쟁의 자취와 부스러기는 이 스탈린그라드에만 쏟아놓은 것 같다.

호텔은 시내에서 벽이 기중[32] 덜 허물어진 2층집 하나를 임시로 수리한 것이었다. 식당 가는 복도와 층계는 아직 독군 목수와 미장이들이 고치고 있었다. 우리를 외국에서 구경온 사람들로 알아보는 독일포로들은 기색이 어두워지는 얼굴을 들지 않았다.

우리는 이내 거리로 나왔다. 기중 큰 거리일수록 기중 쓸쓸했다. 무슨 기이한 자연계 같았다. 어떤 허물어지다 말은 벽은 까만 꼭대기에 스팀만 당금허니[33] 한 틀 달려 있고, 어떤 건물은 좌우는 다 허물어지고 올라가는 층계만 5, 6층 남아 있어, 시퍼런 하늘에 제단처럼 솟아 있었다. 엿가래처럼 녹은 철근들, 튀고 갈라진 석재들, 이런 무더기 속에 어떤 데는 전등선이 지하실을 찾아 들어갔다. 일광을 향해 문과 창이 만들어진 것이니 무너지지 않은 지하실들은 우선 주택들로 쓰고 있는 것이었다.

여기 기후는 벌써 서울의 이맘때보다 훨씬 선들거리어 꽤 두터운 옷을 입은 시민들은 바쁘게들 일터에서 돌아오고 있었다. 그리고 바라크 짓는 일에 여자들끼리만 한 군데서 벽돌을 쌓는 것과 한 군데서는 창틀에 페인트칠 하는 것을 볼 수 있었다.

이날 저녁 볼가 강 잉어가 오른 만찬은 호텔에서 빼갈료브 시장의 초대로였다. 도시계획 기사도 참석해 있었는데, 시장은

"이 스탈린그라드는 무척 길었던 도시로 강안을 따라 전장 60킬로나 되었었고, 공장 '붉은 10월'로부터 농업대학 사이가 가장 심한 폭격을 받았다. 모든 건물은 99퍼센트까지 허물어졌고 쟁탈은 집 하나, 집 속에서 다시 층 하나 가지고 서로 며칠씩 싸운 예가 많다. 이 시에서 섬멸된 독군 33만 명, 붉은 군이 그 6분지 1인 5만 5천, 모두

---

32 其中. 그중.
33 덩그라니.

38만 5천의 인명이 희생되었다. 독군의 차량만 6만, 떨어진 비행기 천여 대, 1943년 1월 31일, 이 호텔 이웃인 우니베르막 백화점 지하실에서 독군 파울루스 사령관이 잡히고 가장 오래 저항하던 폰 클라우스 중장 부대까지 항복하여 스탈린그라드 싸움이 끝난 2월 2일 이후에는, 우리 시는 먼저 산적한 적의 시체와 차량, 비행기 등을 청소하는 것이 큰 과업이었고, 이 시의 구명(舊名)은 싸이리츠느, 남방과 모스크바를 하선(河船)으로 연락시키는 식량의 요항(要港)이기 때문에 혁명 당시에도 가장 격전이 벌어졌던 곳, 싸이리츠느를 확보하느냐 못하느냐가 승리를 좌우할 문제였으므로 스탈린 동지가 친히 와서 혁명군위원회를 조직했고, 기관지 『혁명군』을 발간했고 백파(白派)와 그때도 독일의 세력이 육박한 속에서 모스크바와 레닌그라드로 3천7백 푸드의 식료를 보냈고, 처음으로 철갑 차 10대를 만들어 철갑 군대를 조직했고, 그래도 적이 우수함으로 고전을 거듭하다가 나중에 유명한 워로실로프와 뿌존느이 두 장군의 원군을 받아 적세를 완멸시킨 것이다. 이번 싸움에도 우리 붉은 군대는 이 싸이리츠느 때 방어전의 정신으로 이긴 것이다."

하였다. 그리고 도시계획기사의 새 스탈린그라드의 구상을 들은 바, 요점은 '미끄로 제(制)'라 하여 전 도시가 필요한 문화, 경제의 시설을 각 구마다 구 본위(區本位)로 두어서 도서관이나 극장이나 백화점이나 공원에 가기 위해 먼 길을 걸어 딴 구로 다닐 필요가 없게 함이며 직장과 생활 처소와의 거리도 최근 한도로 해결할 방침이며 녹지는 1인당 26평방미터, 그리고 고층건축만은 역시 도시미를 위해 중앙에 집중시킬 것이라 했다.

9월 19일. 일찍부터 전적(戰跡) 구경을 나섰다. 먼저 옆에 있는 전사광장, 여기는 이번 싸움보다 10월혁명 때 혁명군 54명이 사형 받은 광장으로 기념되는데 광장 중앙에는 공원처럼 된 그들의 묘가 화원과 화환과 기념비로 장식되어 있다. 광장 주위는 모두 속은 타버린 거죽만 5, 6층의 대 건물들로 둘리웠는데 그 독군사령관이 잡힌 백화점, 혁명 때 『혁명군』이란 신문이 발간되던 집, 이런 유서 깊은 집들이 지하에서 발굴된 고대의 유적들처럼 잔해들과 침묵으로 둘려 있었다.

다음으로는 강변에 가까이 있는 침입하는 독군을 향해 최초의 공격을 개시한 '정월 9일 광장' 그리고 바로 그 옆인 '파블로프 군조관(軍曹館)'을 구경하였다. 과히 크지 않은 벽돌 4층의 건물인데 독군에게 포위되어 우군과 연락이 끊어진 곳에서 하졸 8명을 데리고 파블로프 군조가 57일간 싸워 네 명은 죽고 군조와 다른 네 명은 지하도를 뚫고 생환하여 영웅 파블로프는 지금 독일점령지에 가 있다는 것이다. 지금은 공동주택으로 쓰고 있으나, 이 집을 기념키 위해 먼저 나선 것이 '첼카스운동'의 주인공 알렉산드라 첼카스 여사로서 가장 맹렬한 사격을 받아 허물어진 한편을 서투른 솜씨로나마 고쳐 쌓아서 집 면목을 유지시킨 것이 이 여사였다. 이것을 시작으로 '여자들도 벽돌 일을 할 수 있다'는 자신에서 '첼카스운동'이 일어난 것이니 이 집에서 영웅 두 사람이 난 것이었다. 전후좌우 할 것 없이 용케 무너지지 않았고 벽돌 한 장 한 장 성한 장이 별로 없다. 창마다 문마다에는 더욱 사격이 집중되어 창틀, 문틀은 모두 새로 고쳐 쌓았다.

여기서부터 10리나 되게 공장지대만을 지니보는데, 공장이 무너지고 불타고 한 것은 철근의 난마(亂麻) 무더기요, 큰 빌딩만큼 한 석유탱크, 가스탱크가 무수한데 모두 불에 녹아 바람 빠진 고무주머니가 되어 어떤 것은 아주 주저앉아 버렸다. 이런 공장지대엔 큰 건물들이 벌써 많이 새로 서 있었다. 우리는 공장 구경은 오다 하기로 하고 그길로 '마마애브' 구릉으로 왔다.

이 언덕은 스탈린그라드의 유일한 고지로서 여기를 차지하고 못하는 것이 서로 승패의 운명을 결하는 것이 되었다. 주위 10리는 넘을까 고도도 시가에서 4, 5척 될지 한 정도다. 나무도 별로 없다. 잔 숲이 군데군데 있으나 그 뒤에 자란 것들일 것이다. 큰 전차 한 대가 보인다. 이것은 기념으로 남겨둔 것으로 우군 응원전차대가 가장 깊이 들어왔던 선봉전차였다 한다. 탄피는 걸음마다 밟히고 가장 모골이 송연해지는 것은 여기저기 해변에 조개껍질 나부끼듯 하는 임자 없는 쇠 전투모들이다. 산적했던 전차, 트럭, 대포, 비행기, 기관총 등의 잔해를 기계로 긁어가고 철모, 혹은 벌써 자루가 썩고 녹투성이가 된 총신들은 다시 부스러기로 떨어진 것이라 한다. 뒹구는 철모는 탄환에 구멍 뚫린 것도 많았다. 독군 시체만 14만이 넘었다니 이 임자 없는 전투모들인들 얼마나 많았으랴! 장비 좋은 독군으로도 가장 중장비와 중포(重砲), 중전차(重戰車)로 들어왔던 곳이 여기라 한다. 이 언덕에서만 독군의 시체 14만 7천, 포로가 9만 1천, 그중에 장관만 25명, 장교 2천5백, 대포 4천, 자동차 6만, 비행기 3천여 대였다 한다. 적시(敵屍)만 14만 7천! 얼마나 많은 피였을까! 여기저기 피 묻은 군복자락 썩는 것이 그냥 나부낀다. 푹신푹신한 이 불그레한 황사언덕, 얼음마다 아직도 신바닥에 피가 배일 것 같다. 더욱 언덕 밑에서 독군포로들이 수도공사로 땅을 파고 있는 것과 건너편 마을 가까이서 꽝 소리가 나더니 검은 연기가, 영화에서 보던 폭탄처럼 올려솟는 것이 실감을 준다. 전적을 설명해주던 장교의 말에 의하면 아직도 지뢰가 가끔 저렇게 터지기 때문에 길 이외에는 들어서기 위험하다는 것이다.

○

모스크바에서 자동차공장과 트빌리시에서 직조공장을 못 본 것은 유감이나 쏘련다운 특색이 있는 뜨락돌공장을, 쏘련서 최초의 뜨락돌공장이었고 이번 전란 때 가장 심하게 파괴되었던 데서 재건된 '드제르신즈키' 공장을 보는 것은 의의가 크다. 공장 앞에는 광장이 있고 이 공장 설립자의 동상이 서 있었다. 사무건물들은 벽은 그냥 남아 있는 것을 수축(修築)한 것이나 공장은 낡은 자재를 이용하여 신축 같지는 않으나 전부 새로 세웠고 아직도 한편으로 세우며 있다.

직공들의 구락부 같은 건물의 긴 2층 낭하를 지나 학교처럼 수채(水彩)와 유화가 많이 진열된 처소에서 잠깐 기다리게 되었다. 파괴된 스탈린그라드의 풍경이 많은데 직공들의 작품이라 한다. 공장마다 문화부가 있고, 그 문화부는 모스크바에 있는 직업동맹 문화부의 지도로 문예, 미술, 음악, 무용 등 소질 있는 대로 전문가의 지도를 작업여가에 받는 것이며 장족 진보로 그 방면 전문이 필요하다고 인정되면 그 사람은 직공에서 화가로, 혹은 작가로 전출된다는 것이다. 모스크바 스탈린자동차공장에는 작가 소질이 있는 사람끼리의 창작공부반인 문예야회라는 것이 있어 토요일 밤마다 두 사람의 작가가 와서 지도하는데 이 두 작가 중 한 사람은 바로 그 공장 문예야회에서 나온 사람이더라는 것이다. 어느 구석에서 무슨 일을 하든, 특출한 소질만 있으면 그것을 썩히지 않고 길러나갈 길이 열려 있는 것이다.

양구(良久)에 공장책임자는 모스크바에 가고 없다 하여 차석 되는 이를 만나게 되었다. 30대의 청년으로 이 공장 직공출신이 많음을 느끼게 된다. 그루지야의 영화 대신도 40대 청년이었고 모스크바에서 농림성에 갔을 때도 부 대신의 한 분은 어느 지방 콜호즈 회장으로 오래 있던 농부출신이었던 것이다. 인테리 출신보다 형식적인 것이 적고 담화에도 복선이 없어 이내 솔직하게 서로 신뢰가 가지는 것이 이들의 좋은 특색이다. 우리 인테리들이 대인접물(待人接物)에 단순치 못함을 여기서는 가끔 반성하게 된다. 이번 전란에 얻은 것인 듯한 이마에 험집이 있는 이 청년간부는 우리에게 차례로 악수를 하고 간단히 공장내력을 말해 주었다.

"1930년 7월부터 생산이 되었습니다. 처음에는 하루에 142대가 예정이었으나 전쟁 전까지 하루에 210대까지 나왔습니다. 처음에는 미국서 기사도 왔으나 이내 우리 손으로 다 만들 수 있게 배웠고 더 기술이 발전되어 점점 더 좋은 신형으로 개량되드랬는데 그만 1942년 8월 23일에 독군이 공격해오자 할 수 없이 일이 중단되었고 전 공원들은 직장에서 작업복 그대로 총을 잡고 싸우게 되었습니다. 이 공장에서도 처참한 싸움이 벌어졌고 독군의 공폭(空爆)은 이 공장지대에 가장 심했습니다. 이 사진들을 보십시오."

파괴된 공장을 부문마다 자세히 찍은 앨범이 있었다. 깨어진 공작기계들과 녹아 감겨버린 건물의 철골들은 발 하나 들여놓을 수 없는 난마의 무더기였다. 이것을 가려낸다는 것은 지혜와 노력보다도 첫째 튼튼한 신경이 아니고는 차라리 다른 땅에 신설하는 편이 빠를 것 같았다. 굳이 그 자리에다 재건한다는 것은 사람의 신경이란 얼마나 견딜 수 있는가를 시험해본 것 같았다.

"독군들은 공중에서 폭격한 것만 아닙니다. 이 공장을 차지하고 오래 있어 저희 마음껏 부셔 놓았습니다. 더구나 퇴각할 때는 여기를 완전한 폐허라고 만족할 만치 화약장난을 하고 가서 대형공작기만 1,800틀이 부서졌습니다. 그래서 저희가 간 지 석 달 안에 이 공장에서 고친 전차가 '스탈린그라드의 대답'이란 이름을 써 붙이고 일선에 내달렸는데 그들은 곧이듣지 않았다 합니다. 그러나 우리 공장은 사실에 있어 전차수선공장으로 활약하였고 전후에는 그전 뜨락돌공장으로 개편된 것입니다."

전전(戰前)에는 만 명 가까운 직공이었으나 지금은 그 전수의 65퍼센트 정도라 했다.

뜨락돌의 자료 전부가 이 공장 내에서 생산되고 있었다. 공장 안에 여공들이 많았고 부속품이 생산되는 대로 깎는 데로 나르는 것, 깎은 것을 맞추는 데로 나르는 것 모두 소형동력차들인데 소녀들이 차장 장난하는 것처럼 유쾌하게 했고, 공장 천정에서 기관차 같은 것도 달아올려 옮기는 기중기의 운전도 소녀들이 콧노래를 부르며 핸들을 놀렸다. 이 소녀들은 소학교는 물론이요 좀 기술적인 일을 하는 처녀들은 중학이나 기술학교 출신들이다. 십장이나 감독 밑에서 풀이 죽은 창백한 여공들은 하나도 아니다. 학생들이 저희를 아끼는 교사 밑에서 학과연습을 하는 것 같은, 가끔 저희끼리 명랑한 웃음도 주고받는, 유쾌한 노동들이다. 이들은 유쾌치 않을 이유가 없는 때문이었다. 일본이나 조선의 좌익소설에 흔히 나오는 여공들처럼 저희 집은 어두운 골목 속에나 있고, 병든 어머니가 아버지가 콜록거리고 누웠고, 배고파 떼 쓰는 동생들이 누더기 이불 속에서 울부짖고, 사내동생이 월사금을 못 내어 학교에서 쫓겨 오고, 이런 암담한 근심 걱정이라고는 그들의 가슴속에 한 가지도 없는 때문이다. 자기들의 노동에서 나오는 소득은 곧 자기들에게 그만치 혜택이 공동으로 미치는 것이요 그것으로 어떤 특별한 사람들만이 놀고먹는 것은 아니다. 저주하려야 저주할 대상이 없는 내 일, 내가 하는 명랑한 노동인 것이다. 게다가 노동이란 문화의 창조이지 노예적 복무라는 관념도 있을 수 없는 제도다. 일을 되도록 잘하면 정부는 인민의 이름으로 칭찬해준다. 아무리 구석진 공장 속에서라도 인류에 공헌만 하면 문사나 음악가가 대작을 내인 것과 똑같이 급별의 영웅이 된다. 이들이 일에 창의적 충동과 희망과 자긍이 없을래야 없을 수 없는 것이었다. 일찍이 카벤터는 "창조적 노동에서의 노작은 모두가 예술이다. 나무가 꽃을 피우고 열매를 맺듯, 즐거운 창조적 충동에서 되는 일은 어떤 노동자의 일도 예술이며 모든 사람은 일종의 예술가가 안 되면 안 된다" 하였다. 함마 소리, 선반 갈리는 소리, 범형(範型) 떠내는, 육중한 타압기(打壓機) 내려치는 소리, 모두가 그 주위에서 일하는 사람들의 즐거운 기분과 경쾌한 율동적인 행동 때문에 일종 거대한 음악적 환경 같았다. 이 부분품의 공장, 저 부분품의 공장, 여러 과정에 공장들을 지나 최후로 한 대의 뜨락돌이 되어 운전수가 올라앉아 경적을 울리며 공장 밖으로 내닫는 것을 볼 때, 우리는 이 한 개 문명의 아들의 탄생에 절로 박수가 나오지 않을 수 없었다. 30분의 사이를 두고 연이어 나오는 탄생이었다.

물론 이보다 더 굉장한 것이 더 굉장하게 쏟아지는 공장이 다른 나라에도 있을 것을 보지 않았다고 모르는 바가 아니다. 다만 공원의 노력이 매매되는 속에서가 아니라 어느 나사못 하나에, 어느 치차(齒車) 잇새김 한 틈에 원망이라고는 조금도 들지 않은, 내일부터는 파업을 일으킬까 말까 하는, 그런 이해상반의 타산과 번념(煩念) 속에서 된 것이 아니라 오직 이해일치 되는 성실과 축복에서 생산되는 예술적 탄생이기 때문에 나는 여기서 우리의 박수를 편파하거나 무의미한 것이 아니라 정당한 감격이었다고 생각한다.

○

공장 밖에는 가까운 곳에 학교가 있고 그 다음으로는 새로 지은 탁아소가 있었다. 2층 해 잘 드는 방으로 들어서니, 젖먹이만 20여 아(兒)가 누워 있었고 그 다음 방은 그 웃길, 또 그 웃길, 모두 위생복 입은 간호원들이 시간을 맞추어 먹이고 놀리고 있었다. 젖먹이들은 어머니들이 작업 중이라도 젖 시간엔 나와 먹이는 것이요 그 시간은 결근으로 치지 않는다. 공장 일이 끝나면 어머니들이 집에 가는 길에 모두 찾아가는 것이었다.

인습관계에 있어 불합리한 것은 모조리 잘라버리었다. 완전한 자유에서 이것저것 시험해보았다. 처음에는 지나친 바도 있어, 저희도 이렇게 되면 낭패될 소수들이 지배하는 국가에서는, 그런 것을 왜곡 과장하여 악선전했다. 아이를 낳으면 국가가 빼앗아가느니, 어미 애비도 모르느니. 그러나 불합리한 것이면 무엇이나 마음대로 시험해보고 고칠 수 있는 사회는 침체도 퇴보도 아니요 오직 전진이었다. 이것은 누구나 수긍해야 될 공식이요 진리다. 이보다 더 좋은 제도가 달리 있다면 그 또한 인류의 승리요 후진들의 모범일 것이다. 어느 나라의 것이든 내 나라 실정에 비추어 보다 더 효과적일 것은 배울 것이다. 급진, 직역식(直譯式)도 못쓰고 허턱 경원(敬遠)도 수가 아니다.

나는 오늘 처음 구경하는 쏘련의 한 공장에서 뜨락돌의 생산과정을 본 것이 참말 기쁘고 깊은 감명을 받았다. 공장이란, 구차한 사람들이 할 수 없이 끌려가 고통스러운 노력을 자본주에게 팔고 있는, 그런 어둡고 슬픈 장소가 아니라 자유스러운 사람들의 창조적 기능이 오직 협조되는, 일대 공동 '아틀리에'임을 느끼었기 때문이다.

이날 밤 우리는 주(州)위원회 강당에서 스탈린그라드 전황 실사(戰況實寫) 구경이 있었는데 독군사령관이 손을 들고 백화점 지하실에서 나오는 것을 보았다.

○

9월 20일. 공중에서만 보던 콜호즈(집단농장)도 나는 여기 와서 처음 본다.

우리는 강변까지 버스로 나와 두 대의 버스 채 배에 올랐다. 여기 '볼가'는 모스크바 강보다 훨씬 넓어 한강의 3배 이상 되어 보인다. 버스 다섯도 더 오를 목선나룻배를 적은 발동선이 이끌어 건너는 것이다. 강 건너는 곧 동리인데 이채 있는 것은, 집집마다 마당에 수직은 아니나 배의 돛대처럼 장대들이 선 것이요, 다음에는 두 집에 한 집씩은 면

젓젓보다는 짧으나, 처마보다는 높은 장대 위에 편지통만 한 새둥지가 달린 것이다. 어떤 것은 새가 나와 놀 수 있는, 잔가지 많은 나뭇가지도 하나씩 꽂아놓았다. 멧새들이 절로 와서 산다 하며 아침이면 노래가 들을 만하다 한다. 어떤 새인지 한번 대면을 하고 싶으나 다 외출들로 아니 계신 듯하다. 강 소좌의 말을 들으면 어떤 전선에서는 집은 허물어지고 새둥지만 남아 새들만 들락날락하는 것도 볼 수 있었노라 한다. 돛대 같은 장대는 우물에서 두레박 달아 올리는 장치였다.

이 동리는 채원(菜園)도 있고 농토도 있으나 이르는 바 콜호즈는 아니요 강 건너 스탈린그라드를 상대로 채소생산이 주업인 듯 보였다. 채마 밭으로 강물을 끌어올리는 발동기 소리가 가까이서 들려왔고 조그마한 교회당도 있었다.

여기서 10리쯤 벌판길을 버스로 달리면 농촌 기분의 촌락이 나왔다. 버드나무 노목들이 우거지고 강이 넘치면 들어오는 물인지 편주가 뜬 연못 같은 웅덩이도 있는데 여기서도 발동기로 물을 푸고 있다. 말이 4, 5필 선 큰 마구간과 창고로 둘린, 5, 6백 명쯤 모일, 풀 난 마당이 있고 이 마당 집회의 무대가 될 4간쯤의 마루를 반 길 높이로 앞에 달아지은 방틀집(통나무로 짠 집)의 사무실이 있다. 주객 30여 명으로 꼭 차는 방인데 벽에는 스탈린 수상 사진과 통계표 같은 것이 붙고 사무테이블이 그 밑에 있었다.

이 콜호즈는 '승리의 농장'이란 이름으로, 40대의 작달막하고 훈장을 찬 회장 보베다 씨의 말을 들으면,

"퍽 부유한 농촌이었는데 독군의 공격으로 전 동(全洞)이 움직여 5, 60킬로 이북으로 피난 갔었고 독군이 항복하여 돌아왔을 때는 완전

히 폐허였었다. 군과 정부의 식량원조로 다음해 추수기까지 살아왔고, 금년 농작도 아직 만족할 정도로 회복되지 못하였으나 1헥타르(약 3천 평) 최고 6백 톤의 곡물을 거두었다. 호수는 70, 농사일꾼은 140명, 수확물 처분은 3할 5부는 본인에게 주고 6할 5부는 그 속에서 종곡을 제하고는 국가에 파는데 대금은 은행에 넣어주면 콜호즈에서 그것을 찾아다 농사지은 경비(뜨락돌 사용료 등)를 제하고 분배하며 세금은 개인 개인이 돈으로 문다."

하였다.

우리는 이내 밭 구경을 나왔다. 여기도 도시가 가까워 채전이 많은데 감자, 캐베쓰, 붉은 무(당근), 토마토, 지금은 덩굴 걷은 지가 오래나 참외와 수박도 많이 심는다 한다. 조선 논 비슷한 것이 한 자리 있다. 돌피와 풀밭이 되고 말았다. 그렇지 않아도 벼농사에 관한 설명을 청할 작정이었노라 하며, 벼를 금년에 처음 심어보았는데 무엇보다 벼와 돌피를 구별할 수 없어 실패했노라 한다. 밤나무나 감나무 같은 것은 없고 도토리나무가 많은데 조선 도토리보다 3배는 길게 생겨 얼마 안 주워도 부피가 많다. 아이들이 그릇을 가지고 나와 줍는데 도야지를 먹인다 한다.

공중에서 보기처럼 고르고 얌전한 밭들은 아니다. 손으로는 일일이 보살필 수 없는 기계화한 광농(廣農)이라 선이 크고 거칠다. 웬만한 집장 농사 지을 만한 땅쯤은 뜨락돌이 커브로 돌아나간 모퉁이에 그대로 방치되어 있다. 거칠더라도 되도록 많은 지면을 갈아내는 것만 전체로 보아 수확을 높이는 것이니 이 점이 대륙농사의 특색이었다.

주택들은 아직 정상상태의 복구는 아니라 하나 농촌가정 또한(亦) 간단 명료에 주점(主點)을 둔 것이 엿보였다. 소학교가 하나, 중학교는 아까 10리쯤 떨어진 큰 동리로 다닌다 했고, 의료도 아직 큰 동리엣것을 이용한다 했다.

다시 우리는 사무실로 돌아오니 새 옷 입은 동리 처녀들이 우리를 위해 점심을 차려놓고 기다렸다. 그들은 하나같이, 왜 한 달쯤 전에 오지 않았느냐 한다. 그때는 밭에 볼 것도 많고, 참외와 수박이 많았노라 한다. 보드카와 그들이 기른 양고기 찜과 신선한 토마토무침과 집집마다에서 들고 오는 수박으로 우리는 취차포(醉且飽)하였고, 농촌에서 간 분들은 벼농사 이야기로, 서투른 춤이라도 배운 분들은 이 순진한 처녀들과, 그도 전선에서 돌아왔다는 훈장 찬 청년의 손풍금에 맞추어 춤들을 추었다. 농촌청년들도 남녀가 다 춤의 명수들이다. 못 추는 처녀가 없고 빗새거나 태부리거나[34] 하지 않는다. 손님의 술잔에만 퍼붓는 것이 아니라 저희 회장의 잔에도 강권한다. 나중에는 처녀들이 달려들어 회장 보베다 씨를 헹가래를 쳐주었다. 보베다 씨는 공산당원이었다. 당원들은 어디서나 인민들의 앞에 닥치는 물불에 먼저 들어선다. 그 키예프구역소(區役所) 사람들처럼. 그런 전통이 여기 당원들의 자랑일 것이다. 잔소리나 하고 윗사람 노릇하기나 좋아하는 회장일진댄 저들이 저렇게 무관하게 매어달리는, 존경이기보다 애무와 신뢰의 대상일 리 없을 것이다. '강철 같은 조직의 힘'도 힘이려니와 그 이면에 대중을 향한 풀솜 같은 부드러운 애정의 힘이 아니고는 저렇게 인민들이 따르는, 인민에의 승리가 없었을 것이라 느껴진다. 나는 워로실로프에서 그 베드로흐 중좌가 운전수 군조에게 한잔 술이라도 꼭 같이 마

---

34 어긋나거나 교태를 부리거나.

시고 담배가 떨어진 듯하면 자기 먹던 갑을 넌지시 그의 포켓에 넣어주는 것을 본 생각이 여기서 새삼스러웠다. 민중운동에 애정을 감상으로만 아는 것은 잘못일 것이다.

황혼의 '볼가'를 건너오면서 까치가 날으는 것을 보고 조선노래들을 불렀고 특히 강 소좌의 조선독립군 노래, 바로 이 강의 노래인 〈볼가 보트맨의 노래〉는 일행들 머릿속에 오래 기억될 것이다.

강 이쪽에는 농촌으로 돌아갈 화물자동차들이 7, 8대 늘어서 기다리고 있었다. 아침에 캐베쓰를 싣고 건너왔던 이 콜호즈차들엔 두레박, 바께쓰 같은 것이 실려 가는 것을 볼 수 있었다.

다시 모스크바

9월 21일. 오전 9시에 스탈린그라드 비행장 이륙. 오후 한 시경부터 날이 흐리고 비가 뿌리기 시작하나 다행히 언덕 하나 없는 평야만이라 구름 밑으로 내려와 저공으로 날른다.

백화(白樺)들이 곱게 단풍들었다. 지붕 날려간 공장들도 전적(戰跡)이 완연한 소도시들이 자주 나오고 농촌들도 근년에 된 콜호즈 아닌, 정원에 고목 우거진 농가들도 더러 나온다. 비 맞아 알른거리는 아스팔트길에 자동차 떼가 늘어가면서 오후 두 시에 모스크바 서(西) 비행장에 귀착되었다.

모스크바도 소조한 가을비에 젖고 있었다. 낯익은 호텔 '사보이'에 다시 여장을 끄르자 이날 저녁에는 별로 밖에 나가는 사람이 없었다.

9월 22일. 오늘 쏘련의 현실이 나오는 재미있는 연극을 보았다. 정오부터 '아카데미' 소극장에서인데, 꼬르네아주끄 작(作) 〈우크라이나 초원에서〉라는 작품으로, 갑을(甲乙) 두 콜호즈가 나오는데 갑 콜호즈 회장은 쏘련 정부의 노선대로 이 사회주의 사회에서 완전공산주의 사회를 목표로 나가는 사람이요 을 콜호즈 회장은, 지금 이런 정도로 만족한다는 늦꾸어진[35] 정신이어서 벌써 재무에 부정인물이 틈을 타고 나선다. 갑촌에서 을촌으로 마초를 사러왔는데 공정가격 이상을 달라는데서 싸움이 벌어지고, 이 싸움 밑에는 갑촌 회장에게는 을촌 회장의 딸을 사랑하는 아들이 있어 이것으로 구경거리가 전개되는 희극인데 을촌 회장은 자기를 과신하고 호언장담을 즐기어 제가 말하고도 으레 '아카!(암! 그렇지!)'를 연발하는 완고 덩어리나 조금도 악인은 아니다. 지금 조선에서도 흔히 그런 것처럼 이 인물 밑에는 악질분자가 붙어서 모리행동을 할 뿐 아니라 갑촌 회장의 아들이 사랑하는 그 딸까지 유인하는 것이었다. 이런 을촌의 과오, 갑을 양촌의 대립 등의 진상을 알기 위해 구당(區黨)으로부터 책임비서가 나타나는데 아무도 그를 당에서 온 사람인 줄 모른다. 지나가던 과객 노릇을 하면서 완고(頑) 회장을 정부 노선에 이해시키며 갑을 양가 자녀의 순진한 사랑을 옹호하기에 성공하여 이 극에서도 이곳 당원들의, 자기가 행여나 권력을 쓸까보아 조심하고 양보하며 그러나 사리엔 엄격한 언행을 여러 장면에서 느낄 수 있었다.

---

[35] 누그러진.

이날 저녁 우리 일행은 국영백화점에 안내되었다. 실비에 가까운 가격으로 배급표가 있어야 사는 백화점이나 우리에게 특별히 표 없이 파는 것으로 일반백화점보다 평균 3분지 1 가격에 나도 춘추복 한 벌을 4백5십 루블, 얇은 외투 8백 루블에 사 입었다. 그리고 일반백화점도 전후에 가끔 물가를 떨구는데 이 무렵에도 한 번 약 1할 정도로 떨구고 있었다.

9월 23일. 오전에 건축전람회에 가보았다. 대규모의 상설로서 도시, 농촌의 주택과 극장, 공장에 이르기까지 모형과 설계도와 건축자료, 가구자료, 난방, 조명 모든 도구의 연구와 비판과 실습설비가 있어 전부 보려면 4, 5시간이 걸리게 되었다. 두 시간을 보고 우리는 피로해졌다.

오후에는 서점 많은 고리키 거리를 혼자 거닐었다. 최근 문예연감이나 작가대회보고 같은 것을 사려 했으나 겨우 단어만의 영어로 통하는 데는 모두 떨어졌다 하였고, 영어 아는 점원이 없는 데서는 대부분 외인에게 불어를 쓰는데 나와 통치 못하기는 노어나 마찬가지다. 불어책만 따로 꽂아놓은 서점이 있어 쿠랑[36]의 『조선문화사』를 구해보려 했으나 발견하지 못하였다. 어떤 서점은 들어서면 상품의 대부분은 뒷방에 두고 종류대로 몇 권씩만 내어 놓고 역대 저술가들의 흉상으로 벽을 둘러, 마치 큰 도서관의 낭하 같은 인상을 준다. 영어로 된 『국제문학』 최근에는 『소비에트문학』으로 개제(改題)된 것은 구호(舊號)를 더러 구

---

36 모리스 쿠랑.

할 수가 있었다.

이 고리키 거리를 한참 걸으면 다시 광장이 나오는데 이 광장은 푸시킨 거리와 합치는 푸시킨 광장으로 머리에 계관(桂冠)을 얹은 입상이나 로댕의 〈생각하는 사나이〉처럼 침통해 보이는 푸시킨의 동상이 좌측에 있다. 한 노파가 소녀를 데리고 그 밑 벤치에 앉아 있었다. 나도 그 옆에 가 검은 4층집인 '이스베스챠' 신문사를 건너다보며 다리를 쉬었다. 한 젊은 부부가 내 맞은편에 와 앉는다. 지나가는 사람들도 흔히는 푸시킨을 쳐다본다. 시민이 가장 많이 다니는 거리거나 공원이 예술가들의 이름으로 불리어지고 그들의 박물관이 있고 그들의 작품이 상연되는 극장이 처처에 있는 것은 모스크바가 소비에트 이후에 가해진 품격의 하나일 것이다.

최근 모스크바에는 화제에 많이 오르는 두 가지 뉴스가 있었다. 하나는 미국에 관한 것으로, 고 루스벨트대통령의 친소정책 직계인 상무장관 웰레스가 파면된 것과 다른 하나는 영국 『선데이 타임스』의 기자가 서면으로 스탈린 수상에게 몇 가지 질문한 것에 대한 대답으로였다. 웰레스가 자유스러운 입장이 된 만치 그의 이 앞으로의 활동을 더들[37] 기대하는 것 같았고, 스탈린 수상의 대답 중에서 소영친선(蘇英親善)이 가능하다는 것, 원자탄이 세계의 전쟁이나 평화를 좌우하지 못한다는 것, 쏘련이 자기완성에는 반드시 다른 나라에 마찰을 주어야 가능한 것이 아니라는 것, 이런 것을 여기 인사들은 쾌(快)히 생각하는 것 같았다. 모두 평화에 대한 기대들이었다.

---

37 더욱.

9월 24일. 오늘 저녁에 레닌그라드로 떠나는 것밖에 아무 예정도 없었다. 나는 예레반에서 다친 것이 그저 완쾌치는 않아 되도록 호텔 안에서 하루 쉬기로 했다.

정문 밖에 나가 신을 닦았다. 신 닦는 사람은 처음 한 번 힐끗 쳐다보고는 양말에 구두약이 묻지 않도록 가죽오리를 구두와 양말 사이에 끼워 돌리고 끝까지 구두만 닦았다. 10루블짜리를 주면 어디서나 5루블을 거슬러내었다. 다시 호텔로 들어서면 우편 취급하는 테이블이 늘 눈을 이끈다. 그림엽서를 가끔 새것으로 갈아놓는 때문이다. 흔히 모스크바 풍경이요 아이들에게 선물될 푸시킨의 동화 삽화도 있다. 이 우편취급 양(孃)은 조선으로 영문전보가 된다 하기에 "남조선에도?" 물었더니 고개를 젓는다. 고리키 얼굴의 우표도 있었다. 다른 한편에는 모스크바를 안내하는 테이블이 있다. 이 색시는 영·불어가 능하다. 우편색시가 틈틈이 편물(編物)을 하는 대신 이 색시는 틈틈이 신문 아니면 책을 읽고 있었다. 무슨 물건은 어디 가면 살 수 있느냐? 어느 극장에서 요즘 무엇을 하느냐? 그는 다 적확한 대답을 해주는 것이 일일 뿐 아니라 필름 현상 같은 것은 자기가 맡아 해주기까지 하는 친절이다. 나는 그림과 영문으로 된 모스크바 안내지도를 한 장 얻었다.

층계 중턱에 있는 매점은 신문과 잡지, 그리고는 영문으로 된 쏘련 소개 책들인데 오전만 지키고 오후는 물건만 놓여 있는 때가 많다. 나는 여러 날 벼르던 이발을 이날 결심하였다.

마침 두 자리뿐인 이발실에 한 자리가 비어 있었다. 이마에 돋보기를 걸치고 고불통을 문 늙수그레한 이발사는 앞치마를 둘러놓더니 어떻게 깎으려느냐 묻는 눈치다. 잠자코 웃기만 하니까 이번에 이러이렇게 깎아 좋겠느냐 묻는 눈치다. 그것이 어떻게 깎는 것을 의미하는 것인지는 모르나 내 머리를 전혀 변모를 시킬 우려는 없다. 믿어 "하라쇼"했더니, 재가 날을까보아 뚜껑장치가 있는 고불통은 그저 문 채 빗으로 머리를 가리기부터 시작하였다. 이발요금은 우리 일행은 단체로 계산하는 것이라 하여 얼마인지 알 수 없었다.

저녁 일곱 시에 우리는 두 번째 사보이호텔을 떠났다.

레닌그라드

9월 25일. 모스크바에서 레닌그라드까지는 643킬로, 우리 이수(里數)로 약 1천6백 리, 밤 여덟 시에 떠나 이튿날 아침 열 시에 닿았다. 나는 쏘련 와 처음 타보는 기차였는데, 우리가 탄 것은 1등인 듯했다. 한 칸에 두 사람씩의 침대로 부산서 북경 다니던 '대륙'보다 내부는 더 화려했다. 이 나라에 이런 등급이 있다는 것을 흔히 이상히 알고 어떤 서구인의 말처럼 '신 계급의 발생'이란 인상을 받을는지도 모른다. 나 역(亦)[38] 밤에 이 등급 있는 차에 누워 한 칸 동무와 이것을 화제로 삼아보기로 했다. 그러나 이것은 실제라거나 사리를 더듬어서는 곧 이해할 수 있는 일이었다. '쏘련은 모두가 무차별이다' 이렇게 단순한 기대로 왔다가 이런 등급을 보며 딴은 의아할 수 있는 것이다. 그런데 쏘련은 지금 한참 '모두가 무차별한 사회'로 개조되며 있는, 우선 근본적이요

---

38 또한.

요급(要急)한 것부터 무차별이 되어 있는, 장래는 모두가 무차별의 가능성이 자라며 있는 사회라고 생각하면 이내 이해된다. 준비 다 되기 전에 기계적으로 이런 등급을 없애기부터 해보라. 실제에 있어 이는 문화의 후퇴요 질서의 혼란일 것이다. 일등차를 두고 모든 인민이 일등차에 합리적이도록 생활문화를 끌어올리고 그리고 [나서] 2, 3등차를 없애고 일등차급만을 만드는 것이 실제에 있어 합리적인 순서일 것이다. 그리고 여기서 일등차를 타는 그 사람이 어떤 사람인가 생각해볼 필요가 있다. 남을 착취해 저만 호강하는 자가 아닌 것이다. 제 힘과 제 기술로 벌어 여유만 있으면 또 필요만 하면 노동자건 농민이건 사무원이건 누구나 타는 그런 일등이요 그런 일등객들인 것이다. 그리고 어느 나라에 있어서나 3등차 민중문화를 일등차 문화까지 끌어올리기란 그리 단시일에 성취될 수 없을 것이다. 그러나 이 시일을 가장 단축시키는 조건에 있는 것이 쏘련이며 이것을 목표로 강행하기 때문에 자본주의 사회에서 소비생활에만 습성이 박힌 사람은 구속을 느낄 만치 이 사회의 목표가 달성될 때까지는 사회적 제재가 있을 것도 이해할 수 있는 일이다. 또 지드[39] 같은 사람으로도 소비에트 사회의 물품들이 조야(粗野)하고 일률적임에 실망했다고 한다. 1936년도 파리에 있다 와보면 으레 그랬을 것이다. 지금도 중공업만 힘써온 쏘련은 3등차가 그대로 있듯이 약간의 특수한 고급상품을 제하고는 모두 실질본위의 물품뿐이다. 쏘련은 이것을 모르지도 않거니와 자기결점으로도 알지 않을 것이다. 쏘련인민 중에 발 벗은 사람이 신발이 없어 벗은 것이라면 지나가

---

39 앙드레 지드.

는 외인보다도 그 발에 어서 좋은 신발을 신기고 싶기는 이곳 책임자들의 심정이 더 간절할 것이다. 혁명 후 러시아는 자기네만 잘살기 위해 주력했다면 지금쯤 러시아는 어느 자본주의사회 자산계급만 못지않은 풍성한 물질을 가졌을 것이다. 변방 낙후민족들에게 경제적 기초를 평등히 세워주기 위해(키르기스 공화국의 공업화나 아르메니아나 그루지야 등이 대자본문제는 전연맹적으로 극복한다는 것 같은 일례) 오직 민족평등의 최초의 소신만을 관철해나가는 이 정의의 노력에는 물품의 조야(粗野)를 탄(嘆)키는커녕, 그렇기 때문에 아직 조야한 물품에 도리어 만강(滿腔)의 경의를 표해 옳은 것이다. 완전 공산사회로 넘어가는 위대한 건설과정에서 파쇼침략자와 장기간 미증유의 대전을 치루고 그 큰 소모와 파괴로 인해 귀중한 계획들이 지연되고 있는 것엔(1946년까지 완성하려던 중학까지 의무교육제의 일례) 의분까지 금할 수 없다. 그러나 계급과 착취가 없어진 이 사회에선 전후에도 실업을 모르고 공황을 모르고 오직 강력한 계획 실천에 매진하고 있다. 지금 집을 짓고 내부를 꾸미는 중에 있는 집을 찾아왔으면, 앉을 자리 좀 불편한 것이나 그 집 사람들이 풀 묻은 손으로 바쁘게 돌아가는 그것을 볼 것이 아니라 그 집의 설계 여하와 완전히 준공된 뒷날 어떨 것을 생각해 비판함이 정당하고 의의 있는 관찰일 것이다.

이제 우리 조선도 '해방이 되었으니 모든 것이 일제 때보다 나으리라' 혹은 '우리 정부만 서면 모든 게 마음대로 되리라' 이런 생각이 이념에서라면 옳은 것이나 현실에서 곧 바란다면 그건 철없고 염치없는 수작일 것이다. 한 새로운 이념에 합치되는 현실이란 허다하게 있을 수 있는 모순당(矛盾撞)을 극복해내는 실제라는 고해(苦海)의 피안일 것이다.

레닌그라드는 구라파에서 아름답고 품위 있는 도시의 하나라는 말은 들었지만 처음 오는 사람에게도 안도감을 주는 도시다. 혼자 솟은 집이 없고 혼자 낮은 집이 없다. 5, 6층이 갓진한 것과 애초에 계획도시로 길들이 곧은 것과 강물이 시내 처처에 그득 차 있는 것과 속에는 사람이 살고 겉에는 조각품들이 사는, 인간과 예술의 공동주택이 많아 품위와 관상(觀賞)의 도시라는 것이 곧 느껴진다.

　이곳 대외문화협회에서도 사구르신, 사블린 양씨의 출영(出迎)으로 우리는 유명한 '이사겝스키'[40] 예배당이 있는 광장 국제 호텔에 안내되었다. '사보이'호텔과는 반대로 섬세하고 명랑해서 남구적(南歐的) 풍치의 호텔이다. 조반은 기차에서 치렀으므로 방들을 정하는 대로 곧 구경부터 나섰다.

　기차에서는 레닌그라드 주변으로 무너진 참호들, 부서진 토치카들, 불탄 촌락, 몽둥바리가 된 거목들, 파 헐려진 땅들, 격전의 자취가 판연했는데 시내에 들어오니 29개월 동안이나 탄우(彈雨) 속에 포위되었던 자취가 별로 없다. 광장마다 동상들은 흙으로 올려 묻었드랬으니까 고대로 있었다 하더라도 무너진 집이 그리 눈에 뜨이지 않았고 훌륭한 건축으로 유명한 이사겝스키 예배당도 금색 지붕들의 칠만 고치고 있을 뿐 상한 데는 없었으며 '네바' 강의 큰 철교들도 모두 성하다. 이런 우미한 도시가 더욱 도시지대가 거의 완전한 면모로 보존된 것은 다행한 일이다.

40　이삭.

우리는 먼저 '레닌그라드 방위전 기념관'을 구경하였다. 제정 때 서울로서 240년 전에 건설되었고, 문무 양반에 거인이 많이 난 곳으로 표도르 대제, 스보로브 장군, 꾸뜨쏘브 장군, 그리고 철학자 노모노솝, 문호 푸시킨, 고골, 레르몬토프들도 이곳 출생들이라는 기록에서부터 붉은 기가 제일 먼저 꽂힌 혁명도시로서의 가지가지 귀중한 자료전시를 거쳐, 이번 독군의 완강한 포위를 끝끝내 물리쳐낸 처절참절한 주변의 제일전선과 후방시민들의 기아와 공습과 싸워온 끔찍끔찍한 자료들이 산적해 있었다. 그때 실사(實寫)를 영화로 보여주는 방까지 있는데 시민들이 굶어서 얼굴들이 부은 것, 굶어죽은 사람들의 쓸쓸한 장송(葬送)이 열을 이루어 나가는 것, 한 집에서는 아홉 식구가 굶어죽는데 기중 오래 견딘 끝엣딸이, "오늘은 아버지가 돌아가셨다, 오늘은 큰언니가 죽었다" 이렇게 끝까지 써나가다가 나중에는 "이젠 우리 집엔 나 하나만 남았다!" 이렇게 써놓고는 그도 죽은 것이 발견된 애끓는 일기도 실물이 진열되어 있었다. 당시 레닌그라드 시에 붙은 포스터가 한 장 걸려 있는데 아주 충동적인 것이었다. 귀엽게 생긴 계집애가 붕대로 머리를 감고 팔도 감았는데 속에는 피가 벌겋게 배어 나왔고 그 맑은 눈이 눈물이 글썽해서 엄마를 찾는 얼굴이었다. 자식 가져본 사람의 마음으로는 뼛속에 찔림을 견딜 수 없는 그림인데 그 밑에는 거친 글씨로 두어 줄 글이 있었다. 강 소좌에게 읽어달라 하니, "우리 자식들의 피와 눈물을 위해 싸우자!"라는 것이었다.

이 레닌그라드 시민들은 독군의 폭탄보다도 무형의 기아내습이 더 무서웠다 한다. 그러나 이들은 29개월, 나이 두 살 반을 먹는 동안이나 굶주림 속에서 끝끝내 결정적 입성으로 알고 있던 독군을 물리쳐내었다. 이것은 이들의 무력도 무력이려니와 성격의 힘이 컸을 것을 느끼지 않을 수 없었다. 그리고 야음을 이용하는 '라도가' 호의 실낱 같은 식량선(食糧線)으로도 정부로부터는 '학자와 예술가들의 식량'이란 것이 따로 전달되었고, 하루 120그램의 배급 빵을 가지고도 이를 먹지 않고 '쇼스타코비치'라는 작곡가의 방전체험(防戰體驗)의 작품, 그의 제7번 연주회에 들어가려는 입장권과 바꾼 사람이 있다는 미담도 있었다. 이 기념관 어느 한 방에는 독군의 전투모로 쌓은 피라미드가 있었다. 그 앞에 레닌그라드 주변에서의 독군 피해 숫자가 있는데 군명(軍命) 백만 이상, 전차 2천 대, 비행기 9천 대라 하였다.

여기를 나와 우리는 네바 강의 어느 한 다리를 건넜다. 무슨 기념탑이 선 공원이었다. 모스크바에서 모스크바 강보다 레닌그라드에서 네바 강은 훨씬 더 도시를 미화시키며 있다. 일정한 수량으로 뿌듯이 차흐르는 하면(河面)에는 각 궁(宮)의 즐비한 청, 황, 백색의 갖은 양식의 건축들이 그림처럼 고요하고 상류를 보나 하류를 보나 역시 평균한 높이의 건물 병풍으로 아득히 둘려 있다. 지도에서 보면 모스크바보다 북방인데 공기가 윤화(潤和)하고 햇볕이 따스하다.

처처에 조각 그것으로 훌륭한 동상들이 많았다. 1812년 나폴레옹과의 전승기념광장은 직경 반 부분이 한 건물로 둘려 있고, 한쪽은 동궁 일부(冬宮一部)로 막혀 있어 조각들과 건축미의 전람회장 같은 광장이었고 피득대제(被得大帝)[41] 때의 고적이 많은 '여름공원'도 짙은 녹음 속이 거닐기 일취(一趣) 있었다. 여러 가지를 자꾸 보기보다 한 군데서 고요

---

[41] 표도르 대제.

히 쉬고 싶은 도시다.

그러나 우리를 태운 관광용 버스는 어떤 원림(園林) 그윽한 속에 태고 연한 사원이 있고 그 이웃에 흰 원주에 누른 벽을 가진 전아장중(典雅莊重)한 건물을 깊숙이 들여다볼 수 있는 광장으로 달려왔다. 선홍 붉은 기가 지붕 위에 한가히 나부낀다. 바로 저 기 꽂힌 저 지붕이 쏘련에서도 최초로 붉은 기가 꽂힌 지붕으로 10월 당시 레닌과 스탈린이 지도하던 프롤레타리아혁명군 총사령부였다 한다. 지금은 당 중앙기관으로 있다. 네바 강 건너에는 당시 혁명노동자들의 전당이었던 피로 물들은 혁명사상에 찬연히 빛나는 대공장들이 많고, 이 레닌그라드는, 노동자들이 사회주의적 노동형태를 창조한, 레닌의 꿈을 최초로 실현한, 인류사에 신 성격으로 나타난 노동자들의 도성(都城)으로 의의 깊은 곳이었다. 전 연방적으로 기계제조의 공업중심지이며 전 주(州)의 노동자 80퍼센트가 그들의 도성에 집중되어 있다 한다. 신구 양 시대의 사적과 문물이 함께 찬연한 도시다.

밤에는 '알렉산드르' 대극장을 구경하였다. 모스크바 대극장과 같은 양식의 성장(盛裝)이나 크기는 약간 그보다 손색이 있어 보였다. 연극은 〈바다용사들을 위하여〉라는 전시에서 취재한, 개인의 영예보다 인민의 영예를 고무시키는 신극인데 바다가 많이 나와야 할 이 희곡은 영화이었으면 더 효과를 내일 것 같았고, 가극과 달리 극장 자체의 호화 때문에 무대가 작고 압박을 당하고 있었다. 나는 이 극장에서 생각나는 것이 있어 막간에는 자주 좌우를 둘러보았다. 학생 때 독일어독본에서 배운, 그전 이름으로 '페트로그라드'에서 생긴 일인데, 어떤 몹시 추운 겨울밤, 큰 극장에 문관들과 귀부인들이 그득 차 있었다. 홀 안은 너무

더워 한 부인이 기색(氣塞)이 되었다. 옆에 있던 무관이 기사도를 발휘하여 이 부인에게 신선한 공기를 헌상하려 의자를 들어 유리창을 부수었다. 밖에서는 몹시 찬 공기가 들어와 뜨거운 공기로 찼던 대 궁륭 천정에서는 갑자기 구름이 생기며 함박눈이 쏟아졌다는 이야기다. 그 집 속에서 눈 온 극장이 아마 이 알렉산드르 대극장이 틀리지 않을 것이다.

9월 26일. 미트라스 박물관, 1766년에 '에카테리나' 여왕이 개인 취미에서 시작한 것으로 지금은 쏘련에서 제일 큰 박물관이다. 관장 오르벨리 박사는 동양학의 태두로 아르메니아 학자이며 이분 말씀에 의하면, 혁명 후는 동궁(冬宮)까지 편입시키어 학문연구자료 수집에 주력한다 하여 이란 문화와 조선 문화가 상이점이 많은데 조선 것은 참고품이 없어 유감이라 하였고, 앞으로 수집예정이니 많이 도와주기를 바란다 하였다. 특히 이란미술과 중국과 관계가 깊은데 말을 들으면 중국과 조선이 미술에 있어 또 다르다 하니, 그것도 이곳 연구가들이 알고 싶어 하는 것이라 했다. 총 장품(藏品) 160만 점, 대부분 동쪽 지방에 피난시켰다가 요즘 돌려왔기 때문에 아직 3분지 1 정도밖에 진열되지 않은 것이 유감이라 했다.

대부분 이태리와 불란서의 이름 있는 건축가들과 화가들의 손으로 된 궁실들은 실내구조와 장치 그것이 장시간 볼 만한 공예인데 우리는 먼저 화랑들에서 눈이 피곤해지고 말았다. 다빈치, 라파엘, 루벤스, 렘브란트의 종교화들, 고대 희랍 출토와 미켈란젤로의 조각들, 그리고 관람에 가장 신중한 절차를 밟게 되는, (혹시 다칠 염려가 있어 손에 든 물건은 맡기고, 한 일행이라도 복잡치 않을 수효로 나누어 들어간다) 보물부는 구석진 아래층인데 순금과 금강석의 공예품과 역대 제왕, 승정(僧正)들의 왕관, 면류관들이 그득 차 있었다. 고대 순금 장신구에는 우리 경주 금관과 수법이 근사(近似)한 것이 많았다. 이 박물관을 제대로 자세히 보자면 4, 5일 걸려야 될 것 같았고, 진열이 끝나지 않아 조선 문화와 상이점이 많다는 이란 참고품을 보지 못한 것이 유감이다.

전란 중에 포탄 30, 폭탄 2발을 맞았으나 장품은 상한 것이 없고 파괴된 부분은 수축되어 칠을 다시 하는 중에 있는 방이 많았다.

이날 오후에는 일행이 몇 파로 나뉘어졌다. 분과적으로 볼 필요에서 한 파는 공장방면, 한 파는 보건방면, 한 파는 대학인데 나는 대학파에 끼여 종합대학 내에 있는 동양학부를 구경 갔다.

네바 강 서쪽 강변으로 여러 채의 벽돌집이 동네를 이룬 학원, 경내에는 여학생들이 더 많이 보였다. 천정 나직한 5층을 타박타박 걸어올라 이곳도 공습에 상한 데가 있어 지금도 내부는 목수 일들이 그저 버려진 복도들을 지나 백수홍안(白首紅顔)에 근시안경을 쓴 동양학부 까제미뚜루이 주임을 만날 수가 있었다. 공교롭게 조선어가 능한 교수는 출타하였고 일어가 통하는 두 여교수가 있었다. 그 여교수 중 한 분은 역시 이 대학동양학부 출신으로 책상 위에 『만엽집(萬葉集)』을 놓고 보고 있었다. 동양 각국의 어학, 문학, 사학, 경제학부 등이 있으며 연한 5년, 현재 학생 650명, 학사원 내(學士院內) 연구생 25명, 어학부에는 희랍어, 이란어, 투르크어, 인도어, 몽고어, 일본어, 중국어 등인데 앞으로 조선학부도 계획 중에 있다 하였다. 노중사전(露中辭典), 노일사전(露日辭典), 노몽사전(露蒙辭典) 등이 편찬, 혹은 인쇄 중에 있는 것이 있었고 '홀로다비치'라는 교수는 일제통치시대의 조선사를 집필중이라 했다.

도서실에는 조선관계의 서적도 꽤 많이 있었다. 1874년판의 노문(露文)의 조선어 회화책이 있었고, 쿠랑의 불문(佛文)의 『조선문화사』가 있었고, 조선고본들로 전주판 『춘향전』, 『맹자언해』 등, 그리고 쏘련 내에서 출판된 조선어역 사상서적 전부와 원동에 있던 조선인학교에서들 편찬한 『조선역사』, 『조선어독본』 등이 3, 40종 있었는데 내용을 일별할 시간은 얻지 못하였다. 앞으로 조선 문학, 어학의 출판물을 구하는 데 협력해 달라 하였다.

9월 27일. 네바 강 건너, 10월 당시 가진 데모와 직접전투에 이르기까지 전 노동자들의 책원지(策源地)였던 공장지구 '우볼스카야'구를 한 바퀴 둘러 우리는 '미꼬냐' 과자공장에 안내되었다. 감향(甘香)의 체재(體裁) 고운 상품이 나오는 곳인 만큼 밝고 깨끗한 공장이며 위생복의 명랑한 여공들이었다. 1908년에 개인이 창설한 것이나 지금은 3천 명의 직공들이 주인이며 1일 생산 백 톤이라 한다. 품종 150여 종, 실질적인 것은 포장도 되도록 간략히 하며 실비 이하로 소비조합을 통해 인민대중에 분배되며 여기서 밑지는 것은 도시에서 소비되는 고급품에서남는 이익으로 충당한다 하였다. 여기서도 기계론적으로 본다면 상품의 등급생산을 지적할 수 있을 것이다. 설탕과 코코아는 국산만으로부족하기 때문에 아직은 외국에서 수입한다 하며 이 설탕의 증산도 이번 5개년계획의 하나로써 1950년까지 설탕 연산(年産) 250만 톤의 목표가 달성되면 전전(戰前)에 비겨 25만 톤이 증가되는 것이라 했다. 우리는 이 공장에서 전신이 달아져가지고 나왔다.

다시 네바 강을 건너 '말소버' 광장이라는 데 이르렀는데, 길 반쯤 높이로 정구장 넷쯤 될 만한 주위를 큰 암석을 다듬어 정방형으로 둘러쌓았다. 성처럼 두터운데 정방형 사방 중간마다 3간쯤 넓이로 터놓아서 그것이 길이 되었고 그 터진 성(城)의 단면에는 붉은 대리석에 금자(金字)의 기념문들이 쓰여 있었다. 10월혁명 때 희생자들의 묘로서 중앙엔 화원을 만들고 희생자들의 낮으막직한 비명(碑銘)들이 마치 식물원에서 꽃 이름 표시한 것처럼, 도둑하게 장방형으로 만든 묘 머리마다 꽂혀 있었다.

그 단면 대리석에 크게 새긴 기념문은 소비에트의 첫 문상(文相) 루나찰스키의 글들로서 그중에 두엇을 김동식 씨는 이렇게 새겨 읽어주었다.

"그대들은 희생자가 아니라 영웅들이다.

그대들은 처참한 붉은 날에

영예롭게 살았으며 영예롭게 죽었다."

또,

"그대 프롤레타리아는

암흑과 빈곤 속에서 궐기하여

네 자유와 행복을 전취(戰取)하며

나아가 전 인류의 그것을 전취함으로써 전 인류를 노예에서 구출한다."

시중(市中)에 있어 공원 같은 지대이나 여기를 거니는 사람들은 경건하였고 어떤 묘석 앞에는 이슬 머금은 생화묶음도 놓여 있어 아직도 조석으로 찾는 애틋한 유족이나 동지들이 가까이 사는 듯하였다. 그리고 이 묘지에서는 알렉산드르 2세가 민의사원(民意社員)에게 암살당한 자리에 지은 '피 위의 사원'[42]이 대조적으로 바라보이어 지나는 사람의 감회를 더욱 찔렀다.

이날 오후에는 고아원 하나를 구경하게 되었다. 레닌그라드 제53호 고아원이었다. 고아에 대해서는 일일이 국가에서 양육책임을 지는 데다가, 이번 독군에게 점령되었던 지대에는 어머니까지 잃어버린 고아들이 대량으로 나게 되어 고아원이 놀랄 수효로 많다.

　　이 고아원엔 2층 건물에 150명이 수용되어 있는데 소학교에 다닐 수 있는 연령 이상의 아이들만 모인 곳이었다. 구제기관에서 흔히 느끼는 음산한 공기가 없고 학교기숙사 같았다. 지도원 30명이 있어 우리가 갔을 때는 이미 오후 4시쯤인데 학교에서 돌아온 아이들을 학년별로 따로 모으고 복습을 시키고 있었다. 마침 해군대좌 한 분이 보였는데 이 53호 고아원의 후원은 이곳 어느 함대에서 맡았기 때문에 가끔 연락이 있는 것이라 했다. 학교나 고아원이나 근본부담은 국가가 하나 이를 더 실정에 비추어 향상 발전시키기 위해서는 사회나 국가의 어떤 단체가 후원을 책임지는 것은, 이미 모스크바 114호 소학교에서도 보았지만 소비에트 사회의 특색의 하나일 것 같다.

　　대규모이기보다 될 수 있는 대로 적고 단락하여[43] 가정적이기를 계획하며 아이들의 의복도 빛깔이나 모양에 그 애 의견을 존중하고 그 애 생일날도 잊지 않고 채려준다 하였다. 일곱 살이나 되었을까 두 귀여운 소녀는 우리를 낯설어하지 않고 끝내 따라다니었고 올 때는 꽃묶음을 우리 일행에 선사하였다.

42　'피의 사원' 혹은 '그리스도 부활 교회'라고 함.
43　'단란하여'의 오식.

○

이날 저녁에는 시장으로부터 초대야회가 있었다. 호텔에서 지척인 시청사에서 열리는데 외관은 평범하나 내부는 벌써 2층으로 올라가는 계단의 구조부터 격이 달라 알고 보니 어느 제왕의 별궁이었다 한다.

시장실에서 40대 젊은 시장으로부터 레닌그라드 시에 관한 계획, 네바 강의 범람 때문에 동서남 3방면 고지(高地)[를] 발전시킨다는 것, 1935년부터 확장계획도로가 시작되었다는 것, 이 도로에 의해 시의 전장(全長)이 38킬로 전광(全廣)이 36킬로 확장된다는 것, 근교 교통을 전화중인 것과 지하철계획과 새로 짓는 대형 공동주택 속에는 병원, 우편국, 도서관 기타의 문화기관까지 설치하리라는 것과 외국인들이 와보고 대개 상상하던 것보다는 전쟁 피해가 적다고들 하나 통계로 나타난 것을 보면 인구 70만의 고리키시만 한 것이 파괴되었다는 이야기를 들었다.

이날 밤 야회에서는 종합대학총장, 오트벨리 박물관장, 시인 프로코피에프 씨 외 여러 문화인들과 특히 악단에서 그루지나 양, 샤쁘스니꼬프 씨, 류브린스키 씨 외 제씨가 나타나 만찬 후의 음악회가 대성황이었고 이 레닌그라드가 배경에 나오는 영화 〈음악사(音樂師)〉까지 구경하고 새벽 두 시 반에 헤어졌다.

9월 28일. 구경과 대접에도 고단하여 나는 레닌그라드에서 유명하다는 아동연구소 구경에 늦잠으로 따라나서지 못하였다. 이 연구소는 특히 조산아를 연구하고 양육하는 것으로 세계적으로 공헌하는 기관이라 한다. 보고 온 일행의 말을 들으면 조산아를 태내에서 자라듯 기

르는 과학적 시설과 보육원들의 지성인 점에 감탄되더라 했고, 조산아
로서 훌륭히 된 인물들을 써 붙였는데, 다윈, 위고, 루소, 투르게네프,
나폴레옹 등이 팔삭동이었다는 것이다. 한 보육원은 "이 조산아들 속
에도 인류에 공헌할 위인이 있으리란 희망 때문에 일에 재미가 나고 피
로를 느끼지 않는다" 하더라 한다.

　나는 늦게 조반을 먹고 혼자 시내를 잠시 거닐었다. 내가 약간 감기
기운이 있어 그런지 바람이 제법 차다. 모두들 양지쪽을 타 걸었다. 한
참 가다 한 군데씩 찾으면 눈에 뜨일 정도로 편지통만 한 양사기그릇이
아이들 키에도 닿을 만치 아무 벽에고 달려 있는데 이것은 지나가는 사
람들의 휴지통이었다. 그리고 말만 듣던 유료변소인 듯한 것이 눈에
띄었다. 위는 상점이나 지나는 길에 곧 내려설 수 있는 지하실은 남녀
가 양편으로 따로 들어가게 되었고 들어가면 돈도 받고 든 물건을 맡길
수도 있는 지키는 사람이 있었다. 얼마를 받는지 나는 말도 통치 못하
고 잔돈도 없어 적은 지폐 한 장을 주고 나왔거니와 학교나 병원은 돈
을 안 받되, 공동변소에는 돈 받는 변소가 따로 있는 사회, 생각해볼 재
미있는 현실이다. 사실 우리 서울서도 공동변소란 들어서기 곤란한 데
가 많다. 우리 남자들보다 여자들은 더욱 그럴 것이다. 전 인민의 문화
수준이 평등점에 달하기까지는 기계적 평균 실천이 곤란한 것은 공동
변소의 현실 하나로도 짐작되고 남는다. 그러므로 평등 무차별을 원칙
으로 하되 문화의 어떤 지엽적 부면에 있어서는 조급한 실천으로 지금
의 수준을 떨구기보다 지금의 낮은 수준의 사람들을 기초로부터 끌어
올리는 데 치중하는 것이 사리에 온당할 것이다. 미신도 엄벌주의가
아니라 그런 인민에게일수록 과학생활의 향상을 중점적으로 지도한다

는 것은 한 걸음 나아간 방법일 것이다.

나는 쿠드소프 동상이 선, 이것도 나폴레옹과의 전승기념인 듯한 대원주 낭하(大圓柱廊下)로 둘린 길녘공원에 이르렀다. 많은 시민들이 햇볕 쪼이는 벤치에서 다리들을 쉬고 있었다. 어떤 여자들은 화초 씨를 받고 있는데 내쳐 여름처럼 습기가 많다가 갑자기 겨울이 되는 듯한 이곳 기후에서 화초들은 쨍쨍한 단풍드는 가을은 살아보지 못하는 듯, 잎들이 검푸른 채 무겁게 늘어졌고 꽃도 여문 씨를 물고 있지 못했다.

둘러보아야 모두 모르는 사람, 더구나 모색(毛色)이 나와 다른 사람들, 만일 여기가 인종이나 민족을 차별하는 사회라면 나는 이런 환경에서 응당 얼마의 고독과 불안이 없을 수 없을 것이다. 여기도 제정시대에는 인종과 민족의 차별은 물론, 변방에 있는 약소민족들이나 인종들은 문화적으로나 경제적으로 자주 발전이 있을까보아 이를 공연히 저지(阻止)하는 정책을 써왔던 곳이다. 생각하면 10월혁명은 계급혁명만이 아닌 것이다. '각 인민의 평등자주와 소수민족과 인종적 그룹의 발전'을 법령으로 옹호하여 구체적으로는 각 민족, 각 인종은 자주적 독립국가로서 분리 발전까지를 실현해내인, 레닌과 스탈린의 인종(人種) 급(及) 민족정책은 인류평화를 위한 가장 기초적이요 가장 진보된 정책이라 예찬하지 않을 수 없는 것이다.

유색인종이요 약소민족의 하나인 조선 사람인 나는 이 점에 대한 감격이 결코 우연한 것이 아니요 또 결코 적은 것도 아니다. 아직도 어떤 사회에서는 해수욕장에 유색인종은 금한다 하며 10년밖에 안 되었으니 누구나 아직 기억이 새로우려니와 한참 이태리의 파시즘이 수공업적 장비도 제대로 못한 흑인국 '에티오피아'를 온갖 과학무기로 폭격

진공할 때 세계는 이에 대해 먼저 어떤 표정을 하였던가? 무솔리니를 꾸짖기보다 전화(戰禍)의 불티가 자기들의 발등에 튀어 올까보아 그것만 걱정되어, 야만 파시스트에게 아첨부터 하기를,

"그까짓 아프리카 야만국 하나쯤 우등인종에게 정복되어 마땅하니 미개민족과 문명민족을 평등시하는 쓸데없는 세계주의로서 서구의 존엄을 훼손치 말고 모른 채 내버려두는 것이 옳다."

이런 몰염치한 성명(聲明)부터가 '불란서 혁명'의 수도 파리에서 나타났던 것이 아닌가? 그 뒤 이를 이어 양심 있는 지식인들이 이를 반박하는 성명도 나와, 겨우 세계는 불란서와 서구의 체면을 유지하였거니와 약육강식은 자연의 법칙이라고 내세우던 파시즘이 거꾸러진 지 아직 일천하고 문명국으로 자처하는 나라 중에도 인종차별의 습관이 그저 방임된 상태인 오늘, 쏘련이 진작부터 인종과 민족의 차별을 솔선 철폐했을 뿐 아니라 이를 엄격한 법률과 교화로서 보장, 융화시킨 것은, 그래서 유색장벽을 분쇄하고 세계만민의 형제적 친화의 수범(垂範)을 보이는 것은 쏘련이 인류평화에 기여하는 것 중 위대한 것의 하나라 생각하지 않을 수 없는 것이다.

○

오후에는 일행들과 함께 레닌그라드의 피오닐(아동궁전)을 구경하게 되었다.

정말 궁전이었던 집이어서 들어갈수록[44] 웅성깊다. 클락[45]에 모자와 외투들을 맡기고 우리가 처음 들어선 방은, 8, 9세짜리 소년들이 장난

감을 만드는 목공실이었다. 아이들 손에 맞는 목공도구들이 가초가초 설치되어 있는데 제개끔 골똘해서 보트, 자동차 따위 장난감을 만들고 있었다. 그 다음 방은 성냥가치[46]처럼 가는 철근으로 조성(組成) 실습하면서 그것으로 무엇이고 만들어보는 철공실인데, 이 방의 소년들은 한번은, 집에 돌아가는 길에 가스회사 공원들이 가스관을 맨손으로 힘들여 나르는 것을 보고 저희끼리 고안하여, 이 반에서 이 세공철근으로 '가스관 다루는 기구'를 발명하였고 그것이 전문가들의 실험에서 가치가 인정되어 지금 어느 공장에서 실물을 생산하게 되었다 한다.

아홉 살, 열 살서부터는 벌써 모형으로 자동차의 해부와 조성을 하고 있었고, 철도, 항해, 항공 등 모든 교통기관이 모형과 소규모의 부분시설을 통해 기초지식에서부터 실지활용 기술에까지 취미를 통해 습득하게 되어 있다. 무전(無電)에는 모형으로나마 발포까지 하는 무인전차의 조종까지 있었고, 장래 등대도 육지에서 무전으로 조정할 연구도 하고 있었다. 이런 전기부에는 상당한 전문가들이 지도하고 있으므로 피오닐에서 전기부를 나오면 초급기사의 자격은 얻는다 하였다. 물리, 화학, 천문, 과학 만반에 걸쳐 모두 취미를 통해 전문에 유도하는 설비였고 체육, 음악, 문학, 미술, 무용, 오락에도 전문적으로 지도가 있는데 우리는 어느 한 방에 들어선즉, 12, 3세 소년 4, 50명이 러시아 장기판들을 놓고 장기를 두는데 여기서도 명수 한 분이 가르치고 있었고, 영화는 물론, 사진도 기술을 지도하는 방이 있었다. 환등실, 영화실, 대

---

44 원문에는 '가도록'으로 표기됨.
45 clerk. 점원. 판매원.
46 성냥개비.

강당, 도서실, 그리고 웅변부도 있다 하였다.

여기는 어떤 아이들이 오는 곳인가? 학교에서 학과를 감당하고 지력으로나 체력으로 여유가 있어 담임선생과 부형의 허락을 받으면, 소학, 중학 동안 누구나 오는데 일주일에 이틀, 하교 후에 바로 와서 그날 늦도록 있는 것이란다.

이 피오닐은 레닌그라드 안에도 각 구마다 있으며 모두 다 이처럼 대규모의 설비는 아니나 대체로 이런 내용과 제도로써 아이들의 소질과 의취를 따라 가장 자연스럽게 학문과 예술과 기술에 접근시키며 그에 타고난 천질을 남김없이 발현시키게 되어 있다. 아르메니아공화국 수부(首府) 예레반에서 본 것도 상당한 대규모로써 우리 갔을 때 소녀들이 합창 연습을 하고 있는 것과 소년들이 목공, 그리고 아르메니아 민족무용을 배우고 있는 것을 보았다.

이 아동궁전은 학교와 꼭 같이 중요한 교육기관으로 이 레닌그라드 피오닐은 1년에 국가로부터 1천만 루블의 경비를 받는다 했다. 피오닐에 오는 아이들은 전 학생의 24퍼센트, 이 피오닐의 아동 수 1만 2천 명, 지도원수 320명, 그중에는 대학교수들도 많다 한다.

학교에 이름도 없어, 교훈 같은 것도 따로 없어 학기 시험문제도 교육성에서 나와, 이런 너무나 일률적임에 혹은 이 일면만 보고 쏘련의 교육방침은 획일주의라 속단하기 쉽다. 그러나 학생들의 개성이 학교만으로는 무시되는 것 같으나 사실에 있어선 그와 반대임을 이해할 수 있다. 학교에서부터 실력만 월등하면 월반을 시킨다. 어느 전문적인 소질이 있으면 중급에서 아동전문학교로 간다. 그 외에도 지능이 보통 이상만 되면 피오닐로 다니며 제 개성을 얼마든지 독자적으로 연마시켜 나갈 수가 있다. 학생들뿐 아니라 공장에서나 농촌에서 일하는 사람들도 타고난 소질만 있으면 그 문화부를 통해 음악에 소질이 있는 사람은 음악을, 글재주 좋은 사람은 문학을, 전문으로 전출 성공할 길이 있다. 쏘련에서는 그 광대한 토지의 개간을 큰 과업으로 하는 이상, 광대한 인민의 개성토양도 한 평 남김없이 개척 발현하기에 노력하고 있는 것을 전체제도에서 명료히 느낄 수 있다. 타고난 인간의 한 소질을, 그것이 인류에 기여할 수 있는 무한가능성인 것을 가정이 구차해서, 혹은 사회제도가 불비(不備)해서 어쩔 수 없이 썩혀버린다면, 이야말로 민족과 세계의 손실이며 국가는 무엇보다 크게 책임감을 느껴야 할 것이다.

아이들이 흥미 있어 하는 것, 그것은 어른들도, 경세가들도 반드시 흥미를 가지고 관심해야 옳을 것이다. 나는 잠깐 비행장에만 내리어 구경은 못하였지만, 고리키 시에는 공원을 일주하는 아동철도가 있다 한다. 아이들이 기차 장난을 몹시 좋아하는 것을 보고 아이들도 운전할 수 있는 소형철도가 국가의 관심으로 부설되었다는 것이다.

아이들에게 있어 저희들의 꿈이 실현된다는 것, 그것은 인생의 꿈의 실현이며 희망에 대한 정열과 신념을 부어주는 것이었다.

○

이날 저녁 호텔에는 중앙아시아에서 공부 온 이곳 의과대학생 조 군이 찾아와 주었다. 그는 쏘련 태생으로 조선에 대한 여러 가지를 알고 싶어 하였고 우리도 그를 통해 동포들이 중아(中亞)에서 우수한 농업기술로 윤택한 생활들을 하고 있다는 말을 들었다. 더운 지대라 처음에는 체질들이 기후에 맞지 않았으나 그것은 자연히 극복되는 문제였고 전부 관개농업이기 때문에 흉풍이 없고 지금은 전등, 전화와 조선인의 학교, 극장, 극단신문 등 문화시설도 충분하며 자기 집에서는 30킬로만 나오면 인구 3백만의 대도시 '타슈켄트'가 있다 하였다. 조선농촌들은 '레닌콜호즈', '아방가르드' 이것은 '선봉'이란 뜻이며, '씨베리나마야크' 이것은 '북쪽 성'이란 뜻, 이런 촌명들이며 아이들 이름에도 조선 이름대로 짓기도 하지만 '수라' '마리아' '니꼴라이' '아실리' 등 서양식 이름도 많다 하였다. 이분에게도 나는 조명희(趙明熙) 씨 소식을 물었으나 그의 가족이 '타슈켄트'에서 기차로 나흘 걸리는 '기슬로르다'란 농촌에 있다는 말은 들었어도 조 씨에 대해서는 아는 것이 없노라 하였다.

조선학생으로 이곳에 여학생도 있다는 말은 들었으나 아직 자기는 만난 적은 없고 자기는 우리 일행이 자기 학교에 나타난 것을 보고 꿈인가 싶어 찾아왔노라 하였다. 소아과를 전공하는 착실한 학도였다.

9월 29일. 레닌그라드의 명소, '페테르고프'[47] 분수공원은 레시(市) 주변의 전적(戰跡)을 구경하는 것으로 더 흥미 있었다. 핀만(灣)을 향해 우리 이수(里數)로 한 50리 남쪽으로 나간다. 폭탄과 포탄에 허물어진 건물들이 아직 그냥 있는 것도 많다. 공장지대에 바로 네거리에 선 고층건물이 명중된 것도 많아 그때의 초연 신산(硝煙辛酸)했을 광경이 눈에 떠오른다. 이윽고 시가를 벗어나서는 벌판인데 포탄들에 맞아 부러지고 불나고 해서 모지랑비[48]처럼 된 수목들이 어떤 가지들은 잎이 피었

---

47 표도르 대제의 여름궁전.
48 모지랑이 비, 몽당비, 오래 써서 끝이 닳아버린 빗자루.

으나 대체로는 말라죽고 말았다. 전차궤도까지 깔린 다리들이 성한 것이 별로 없어 우리 버스도 가교를 많이 건넌다.

이 분수공원은 1716년 표도르 1세 때 서전(瑞典)과의 전승기념으로 세운 왕족휴양소였다. 지금은 노동자휴양소인 바 이번에 독군의 레닌그라드를 향한 대포진지로 되어 있었고 좋은 동상은 가져간 것도 많고 분수시설에 파괴된 것도 많았다. 바다를 향한 언덕을 이용하여 불란서식 궁실들이 있고 그 밑으로 바다와 통하는 운하, 그 운하 좌우에 먼 고지대로부터 호수를 끌어오는 분수가 임립(林立)해 있다. 지금도 수축중인데 60여 분수가 뿜고 있었으나 완전히 복구되면 2천여 분수가 솟으리라 했다. 소슬한 원림 속에 처처에 분수와 '아담' '이브' 등의 우미한 대리석상들이 창연히 서 있었다.

이날 저녁 여덟 시에 우리는 이 제정 때 서울이며 붉은 10월의 서울인 레닌그라드를 떠났다.

세 번째 모스크바

올 때 모스크바에서도 저녁 여덟 시에 왔는데 레닌그라드에서도 그 시각에 떠나는 똑같은 차다. 어느 쪽에서나 저녁 여덟 시에 떠나 이튿날 아침 열 시에 내리는, 아주 인상적인 차요 시간이다. 내가 첫 번 모스크바에 내리던 날은 8월 말일, 세 번째 오는 오늘은 9월 말일.

호텔 '사보이'로 가 방들만 다시 정하고는 바로 붉은 광장 어귀에 있는 역사박물관으로 왔다. 단체행동으로 박물관 구경이 가장 곤란하거니와 여기도 전란 중 소개(疏開)시켰던 장품(藏品)이 지금부터야 재 진열이 시작되는 중이어서 19세기 이전 것은 볼 수 없게 되었다. 주마관산 격(走馬觀山格)으로 지나치는 속에서 인상에 들어왔던 것은 '니콜라이' 1세 때 농노들의 농노제도 반대운동의 자료들과 그중에도 쇠못을 K, A, T자형들로 솔 매듯하여 불에 달구어 민중운동자들의 살에 찍던 낙인, 그리고 푸시킨의 원고와 그의 그림, 고골이 쓰던 철필, 이번 독군폭탄에 부서져[49] 약간의 잔존품(殘存品)을 이곳으로 옮겨다 놓은 톨스토이 박물관의 장품들. 가장 많은 것은 나폴레옹과의 전쟁 때 자료들이었다.

오후에는 외국출판부, 그전 '외국노동자출판부'가 바로 여기로 15년 전에 창립되어 오늘까지 46개 국어로 6천7백여 종의 책을 5천5백만 부나 발간한 세계적 출판기관이다. 내가 '워로실로프'에서 본 것, 레닌그라드 종합대학 동양학부 도서실에서 본 조선어 책들은 모두 여기서 나온 것이며 지금도 김동식 씨 이외 두 분의 조선 분이 여기서 조선어 역을 하고 있다.

총무 야꼴레브 씨는 이분도 40대의 원기왕성해 보이는 분으로, 이번 전후에 독립되는 나라가 많아서 자기만은 곤경에 빠졌노라 하며 웃었다. 그것은, 번역 일을 보던 약소민족 사람들이 저희 나라가 독립되는 바람에 모두 가버린 때문이었다. 그래서 46개국부가 지금은 35개국부로 줄었노라 하며 조선어 역은 1938년까지 67종이 나왔으며 그 후는 조선 안에 들여보낼 재주가 없어 중지했던 것을 이번에 부활시켜 현재 스탈린 저『조국전쟁』『당사(黨史)』, 파데예프의「젊은 전위대」를 번역

---

49 원문에서는 '부서지어'로 표기됨.

중이라 했고 의역에는 충분하다 믿으나 조선어 문장에는 이곳에서 자신이 없으니 일후 그런 것으로 조선에 청할 경우가 있으면 협력해주기를 바란다 하였다.

각국어로 출판한 것 속에는 사상내용이 대부분으로 레닌 저서가 각국어로 507종, 스탈린 저서가 각국어로 880종, 당사는 그간 11개 국어로 70판에 백만 부가 나갔다 한다. 『국제문학』이란 잡지도 (전후에는『소비에트문학』으로 개제) 여기서 나가는바, 영·불·독·파 4개 국어로 출판되는 것이며 이 앞으로는 외국 것을 노어(露語)로 하는 번역기관도 고려중이라 했다. 우리가 갔을 때는 다섯 시 이후여서 조선어부에 있는 다른 두 분들과 만나지 못한 것이 유감이다.

10월 1일. 복스 예술부장 볼로비꼬바 여사의 안내로 몇 사람만으로서 모스크바 예술좌에서 하는 연극연습 구경을 갔다. 이 예술좌는 두 극장을 가지고 있어, 요전 〈버찌동산〉[50]을 본 극장보다는 호텔에서 가까이 있었다.

여기도 요소마다 갈매기마크의 아늑한 극장인데 공연 때나 다름없이 문들을 지키었고 연습장이 가까워질수록 발소리 하나라도 크게 날까 신경들을 쓰는 것은, 무슨 신비한 산실을 엿보러가는 것 같았다. 〈위대한 전환〉이란 작품의 연습으로 실무대보다 훨씬 적은 데서, 출연자는 원고와 진행되는 장면을 음미하며 조수는 대화, 행동 등을 실제로 고쳐주면서 실연 이상 긴장들 해 있었다. 극 속에서도 더욱 고조되

---

50 벚꽃 동산, 체호프의 희곡.

는 극적인 장면은 불과 1분간의 내용이나 그 말의 억양, 행동의 과장 등으로 7, 8차씩 되풀이하곤 하였다. 아는 작품이거나 말을 알아듣는다면 좀 더 오래 보고 싶었다.

오찬 뒤에는 일행 전체로 공산당기관지 프라우다 신문사에 안내되었다. 대규모의 현대식 건물, 길 건너 마주 있는 구락부만 하여도 극장을 중심으로 일체 문화시설이 웬만치 큰 신문사만하다.

편집국장실은 5층인 6층인가 위에 있었다. 주필 1인, (사장, 주간, 이런 직함은 없다) 편집국장 1인, 선전부, 당 생활부, 과학기술부, 외국부, 농촌경제부, 지방부, 문학부, 군사부, 평론부, 기자부, 사진부 등 가부에는 기부 주필(其部主筆), 혹은 부장이 있다.

이 프라우다지(紙)는 '이스크라'의 후신으로 역시 레닌의 지도하에서 1912년 5월 5일 레닌그라드에서 창간, 1917년부터 지상발간, 지금 부수 2백만, 조간뿐으로 월요일부 휴간, 4페이지인데 광고는 극장광고뿐이나 기사가 밀려 앞으로 6페이지 예정이라 하며 임무는 마르크스주의와 공산주의의 정당한 해석과 선전이라 했다. 편집국장과 함께 외국부 부장도 미목청수(眉目淸秀)한 40대 신사들이었다. 외국부 부장은 특히 우리에게, 어서 3상회담의 실현으로 조선정부가 서서 조선의 통일된 주체의 역할이 나타나기를 바란다 했다. 연방 내외에 70여 기자가 특파되어 있고 그들이 본사를 향해 치는 전문은 언제든지 자동으로 타자가 되어 받는 장치가 있었다. 지역이 광대한 만치 레닌그라드, 꾸이브셮, 로스토브, 바쿠, 노보시비르스크, 타슈겐트 등 도시에는 신문을 찍어 보내는 것이 아니라 판만 지형을 떠서 항공으로 보내면 그곳마다 신문을 찍어 그 지방에 돌리는 것이라 했다. 독립해 사업하는 출판부도 있어 월 2회의 『볼세비키』, 월 3회간(刊) 『오꼬녹』, 월간 『피오닐』, 기타 만화 잡지 등이 나오는데 공장설비는 전체가 일대 기계부대란 인상을 주었다.

밤 여덟 시, 오래 기다리던 소비에트 작가동맹에 찾게 되었다. 복스의 오를루와 여사의 안내로 민촌(民村), 이찬(李燦), 허정숙(許貞淑), 강 소좌(姜少佐) 제씨와 필자, 차에서 내려 개인 저택풍의 회관으로 들어가기 전 바로 그 옆에 톨스토이 옹이 『전쟁과 평화』를 쓰던 집이 있다 하여 기웃거려 보았다. 넓은 마당이 있고 멀찍이 어스름한 어둠 속에 2층쯤의 나직한 저택이 보였다. 이 근처는 상류저택들이 많았는 듯, 작가동맹도 외관은 나직하나 내부엔 중후한 나뭇조각이 많은 품위 있는 사저였던 건물로서 우리는 부위원장 시모노프 씨와 작가 아까포브 씨 외 두세 분, 여류도 몇 분, 문예신문 편집국장, 이런 분들을 그분들 사저에서 만나는 것 같은 기분이었다.

레닌그라드 방어전의 체험으로 된 『밤과 낮으로』의 작가, 전후에는 미국과 일본을 다녀온 시모노프 씨는 스포츠맨다운 건장한 분이었다. 서로 인사가 끝나고 담배를 피우며 우리의 이야기는 주인 측으로부터 시모노프 씨가 시작하였다.

자기들은 작가동맹을 말할 때나 쓸 때, 반드시 '소비에트'란 관사를 붙일 것을 잊지 않는다 하였다. 소비에트가 해나가는 일을 작가들이 잊지 않으려는 노력이란 뜻일 것이다. 소비에트작가동맹은,

　　1. 작가들은 창조적 노력으로 사회주의적 건설에 협력하자.
　　2. 어린 문사, 특히 노농출신 신인들에게 교양사업을 책임적으로 실행하자.

3. 문사의 창작은 개인적인 것이나 작품은 사회주의적 소유임을 본의로 한다.

이런 주되는 강령을 소개해주었고 공화국마다 있는 작가동맹의 맹원은 곧 소비에트작가동맹 맹원이며 이 모스크바의 소비에트작가동맹은 각공화국 작가동맹들의 총 연맹격이었다. 이번 전쟁에 제1선에 나간 작가가 960명, 그중에 240명의 다수가 희생되었고, 3명의 영웅장(英雄章)과 450명의 특훈자가 났다 한다.

여기 작가들은 대개 노동출신이요 그렇지 않은 작가들도 산업부면에 자주 접촉하기 때문에 그 실지체험들이 작가로서 국가 생산면에 연결되는 근원이라 한다. 숄로호프 씨는 남방 자기고향 농촌에서, 크로스만은 이번 스탈린그라드 전선의 체험으로 모두 집필 중에 있다 했고, 작가로서 다른 직업을 가진 사람은 그 직업기관을 통해 직업동맹에 가입하나, 글만 쓰는 작가들은 작가들의 따로 직업동맹 셈인 '문예펀드'에 든다 한다. 문예펀드는 각 출판기관들로부터 한 출판물이 나올 때마다 저자에게 내는 인세의 비율로 문예펀드에도 내게 되는데 그것을 기금으로 작가들을 위해 금융, 또는 작가들의 가정, 자녀들을 위한 문화 사업을 하는 것이라 한다. 각 직장에 서클 조직은 없고, 각 직장에 있는, 그 직업동맹문화부와 관련 있는 문화부에서들 그들이 필요한 대로 작가동맹을 이용하는 것이며 작가들은 가끔 소집단으로 그 생산, 건설사업장에 자기들의 체험과 사업고무(事業鼓舞)를 위해 다닌다는 것이다. 정부나 당의 예술위원회나 문화부와 연락은 있으나 소비에트작가동맹은 순전한 사회단체라 했다. 아무래도 한 분의 통역만으로 우리는 충분한 담화를 삭일 수 없었다. 가정적인 따스한 다과의 식탁에서 그분들은 조선 사람들의 구 러시아문학이나 새 소비에트 문학에의 관심 정도를 물었고, 화제에 창작방법론이 나왔을 때, 소비에트 문학에서는 일관해 사회주의적 리얼리즘인데 그 원천은 고리키에 있노라 했으며 주제의 적극성 문제에 미쳤을 때, 문예신문 편집국장은, 그것은 그다지 큰 문제가 아닐 것이라 했다. 아무리 주제가 크기로 예술성이 없으면 문학작품일 수 없고, 아무리 예술성에 노력했어도 그 시대가 요구하는 문제를 반영하지 못했다면 무가치한 것이 아니냐 하고 웃었다. 고전으로서, '전체로 보아 지금 시대에도 좋으나 일부분에 첨삭했으면 좋을 경우'의 문제가 나왔을 때, 이것은 보다 더 상연할 수 있는 고전을 가지고 논의된 것인데 대체로 고전엔 일자일구 손대지 않는 것이 원칙이요, 부분적으로는 시대에 맞지 않더라도 대체의 정신을 크게 평가하여 옹호할 것이라 하였다.

흔히는 쏘련은 문화에 있어서도 고전을 경시하리라 속단하는 사람이 많다. 사회생활에 있어 인습적인 많은 것이 제거된 나라이기 때문에 그런 선입견이 생길 법도 하나, 사실인즉 그와 반대로서 나는 이번에, 더욱 전란 중에서 로진스키라는 학자는 적국인 이태리의 고전 단테의 『신곡』을 정역(精譯)하여 스탈린상까지 받았다는 말을 오를루와 여사로부터 듣고 소비에트 문화정책에 심대한 경의를 가졌던 것이다.

제1차 대전 때 연합국 측에서 괴테나 하이네를 읽는 것을 꺼려한 것은 미국작가 마이클 콜드가 일찍이 세계적 공석에서 지적한 바 있었고, 이번 대전 중에도 일본이나 독일은 적대국의 것이라면 역사고 예술이고 모든 것과 접근치 못하게 국민을 강제한 것이다. 쏘련은 이 점에 그와 반대였다. 학교에서들도 세익스피어나 발자크와 함께 괴테도 가르치고 있었다. 비록 내 속에 있는 것일지라도 인류 전체에 해로울 것이면 이를 적으로서 용서치 않고, 비록 남의 속에 있는 것일지라도 인류 전체에 이로울 것이면 이를 힘써 보전하고 가꾸는 것은, 쉽게 관대라거나 대승적이라기보다 철저히 옳은 문화정신이요 가장 진보된 정치라 아니할 수 없다.

이날 밤, 이 화기애애한 자리에는 김 씨라고 하는 우리 동포도 한 분 합석되어 있었다. 이분은 조선말을 못하고 노어 외에 일어가 유창한데 시모노프 씨의 친구로, 일어로 말참례하기 무엇하여 듣고만 있었으나 내일 우리를 호텔로 찾아오마 하였다. 이튿날 우리가 단체로 출타하였다가 늦어서 그분과 다시 만나지 못한 것은 매우 섭섭하다.

10월 2일. 우리의 모스크바의 날도 며칠 남지 못하였다. 나는 오늘은 꼭 레닌묘에 참배하리라 아침부터 서둘렀으나 일반 참배는 오후 세 시부터라 한다.

요전 단체참배에 빠진 이양과 함께 우리는 30분쯤 미리 호텔을 나섰다. 이 '사보이' 호텔에서 붉은 광장은 가까웠다. 역사박물관 쪽으로 광장에 올라 크레믈린의 스파스카야 종탑(鐘塔)을 쳐다보니 아직 3시 25분 전이었다. 그러나 레닌묘 정문으로부터 늘어선 참배자들은 두 줄로 선 것이 벌써 백 미터가 훨씬 넘는 길이다. 우리 뒤로도 자꾸 달린다. 귀환군인이 많고 지방공화국에서들 온 듯한 얼굴 모양과 옷차림이 다른 민족들의 단체도 많고 학교에서 남녀학생들도 많이 섞인다.

레닌 선생이 묘소를 이 붉은 광장에 모신 것은 자못 의의가 클 것이다. 지난 9월 3일 전승기념일의 예포와 불놀이가 이 붉은 광장이 중심이었고 9월 8일 전차기념일에 축승(祝勝)의 전차관병식도 이 붉은 광장에서였다. 영화에서 본 〈세기의 개가〉〈승리의 관병식〉들이 또한 이 붉은 광장에서였고, 바실리 대가람 옆에 있는 농노들이 이마를 조아리던 '이맛자리'를 비롯해 봉건과 자본 두 시대를 거쳐 소비에트에 이르기까지 무수한 극적 사실이 피로 물들어진 이 붉은 광장은 과거에 있어서뿐 아니라 현재에도 소비에트의 모든 역사적 장면의 무대가 되고 있는 것이다.

이 역사적 장면들은 이 붉은 광장에서이기 때문에 더욱 극적으로 진행되는 것이다. 그것은 달래[51] 아니라 웅변보다 힘찬 침묵의 저 레닌 선생 묘가 여기 있기 때문이요, 때로는 세계사적 위대한 장면들의 연출자들인 소비에트에서 성취되는 모든 위대한 장면에 침묵의 레닌 선생은 영원히 참렬하고 있는 것이다.

5분쯤 남겨놓고 줄을 정리했다. 두 줄로만 바닥에 그어진 금을 따라서게 했고 핸드백이나 손가방쯤은 관계찮으나 짐이 될 만한 큰 것은 미리 맡기고 들어갈 준비를 시키었다.

이윽고 종탑에서 세 시가 울리자, 열은 앞으로 움직이기 시작했다. 뒤를 둘러보니 박물관과 크레믈린 성벽 사이로 끝이 보이지 않게 뻗어나갔다. 행렬은 천천히 앞으로 움직인다.

레닌묘는 우리 앞에 가까워졌다. 상당히 큰 건축으로 전체가 품(品)자형, 전신 홍(紅) 대리석의 거대한 양감(量感)과 층첩미(層疊美)라 할까 무한안정으로 쌓아올렸고 꼭대기는 직선으로 단순화되었으나 고대 희

---

51 달리.

랍의 신전감(神殿感)이 난다. 정면은 검은 대리석에 고딕체로 '레닌'이란 노문의 다섯 자가 붉은 대리석으로 상감(象嵌)되었고 바로 거기가 노대인데 요전 전차 관병식 날 스탈린 수상이 나섰던 곳이다.

정문으로 들어서면 좌편으로 내려가는 자개 반문(班紋)의 대리석으로 둘린 통로가 있다. 한 층쯤 깊이로 내려가면 광선은 도리어 밝아지면서 고인의 머리부터 측면으로 보이는 큰 유리관이 나타난다. 유리가 아니라 수정이란 말도 있다. 무일진(無一塵)으로 투명할 뿐 아니라 광선 반사도 없기 때문이다. 어디서인가 불그스럼한 광선이 얼굴에 쪼여 그런지, 그분의 성해(聲咳) 아직 이 방에 사라지지 않은, 고대[52] 눈감은 얼굴 같다. 뺨에 솜털까지 그대로, 입술의 고요함도 잠시 쉬는 것 같은 가벼움이다. 입술 빛깔도 조금도 어둡지 않다. 귀가 약간 야윈 것이 병석을 느끼게 할 뿐, 얼굴 정면에는 조금도 병고의 그림자가 비껴있지 않다. 기적이다!

반듯한 얼굴과 두 손이 드러나 있다. 손도 과히 야위지 않았다. 다만 '대 레닌 선생'으로는 작아 보이는 것이다. 사실인즉 보통 사람보다는 머리가 뛰어나게 큰 선생이나 사진들로 동상들로 성세로 우리 머릿속에 존재한 레닌 선생은 보통 사람의 천배대(千倍大), 만배대(萬倍大)의 거인이었는데 지금 우리 시각 앞에 계신 레닌 선생은 보통 인간의 일배대도 아닌, 인간으로의 실재인 것이다. 저 고요한 입이, 저 자그마한 손이 그처럼 위대한 것을 외치고 써내고 하셨던가! 인간은 위대하다! 실재는 적으나 인간은 무한히 클 수 있도다!

---

52 이제 막.

먼저 얼굴의 바른편으로부터 발 앞을 돌아 다시 얼굴의 왼편을 살피며 나갈 수 있는데 행렬이라 나만 걸음을 멈출 수가 없다. 이런 때문에 모스크바 사람들은 한 번은 와서 얼굴만, 얼굴에도 어느 한 편만 자세히 보고, 다시 와선 다른 한 편을 마저 보고 또다시 와서 손을 자세히 보고, 그래서 자꾸 온다는 것이다. 아무튼 돌아가신 지 스물두 해 되는 위인의 얼굴을 재세(在世)하셨을 때 모습 그대로 오늘 우리 눈에 보여주는 과학의 힘이야말로 절로 감탄되지 않을 수 없다. 과학은 레닌 선생이 주위에서 시간이란 것을 영원히 추방하고 말은 것이다.

다시 한 층 올라와 측문으로 나서면 크레믈린 담 밑이 되는데 여기는 여러 고명한 혁명가들의 무덤이 있다. 그리고 그분들의 영명이 크레믈린 성벽에 대리석에 금자로 새겨 박혀있었다.

10월 3일. 혼자 세우(細雨)에 젖으며 레닌박물관으로 왔다. 역시 붉은 광장 가까이 역사박물관과 이웃해 있는, 붉은 벽돌의 아로새김이 많은 장대한 건물이다.

들어서는 길로 모자와 외투를 맡기면 입장권을 파는 데가 아니라 그냥 주는 여자가 테이블을 놓고 앉아 있었다.

방들은 연대순이었다. 방마다 하반(下半)벽은 문헌을 붙이고 혹은 문헌의 진열창이 놓이고, 상반 벽은 확대된 레닌의 또는 그 당시 관련 있는 혁명가들의 사진이나 유화초상들이 걸리었고, 실내 중앙에는 레닌의 그 시대마다 극적 장면의 조각이 마치 미술전람회 조각부처럼 보기 좋게 놓여 있었다. 문헌들을 읽을 수 없는 것이 유감이다. 보기만 하는 것으로도 좀 더 이해되는 무슨 진열방법은 없을까? 아무튼 삽화가 많은

'국내전쟁사'에 나오는 실물들이 많이 있다. 『이스크라』의 창간호도 있고 1917년의 대 시위행렬의 실사진도 있다. 우물 속으로 통로가 있는 비밀 출판하던 지하인쇄실의 모형, 선생이 변장하고 다니던 가발, 그 변장사진으로의 신분증명서며 당시 선생의 의복, 1918년에 저격 받은 탄환자리 있는 외투, 목에는 빌로드를 대인 검은 외투였다. 잡힌 여자범인의 권총도 있었고, 10월 이후의 적위군의 군복도 있는데 그 소박함에 놀랐다. 더구나 선생의 누른 '쓰메에리'[53] 저고리 하나는 단추도 제대로 달리지 못하였다. 큰 것은 위로 두 개뿐, 다음 세 개는 소매 끝에서 떼여다 단 듯 적은 것들이었다. 선생이 지하생활 때 입던 것인지 몰라도 아무튼 레닌 선생의 입던 것으로, 그 군복들의 질이나 체재의 소박함과 함께 그때가 유명한 기근뿐 아니라 물자궁핍의 정도가 어떠했다는 것을 넉넉히 엿볼 만하다. 나는 여기서 펀득 생각이 난 것이 있다. 바로 우리가 해방 후에 발간한 『문학』 창간호에서 읽은 것인데 알렉산드라 브루스타인 여사의 「쏘련의 아동」이란 역재(譯載)의 한 구절이다.

  "국내에는 주림과 추위와 티푸스와 파멸이 있었다. 주민들에겐 대팻밥과 풀과 겨를 섞어 만든 빵이라도 그것 한 조각이 금덩이보다 더 귀했다. 옷에다는 단추 하나도 멀리 사라진 문명의 부스러기 같아보였다. 이런 가혹한 시기에……."

이 말은 결코 과장이 아니었다. 이런 극도로 궁핍한 시기에도 레닌 선생은 조선에서 반일운동이 일어났다는 말을 듣고(3·1운동) 누구보다도 감탄했고 적극 후원할 것을 주장하여 자기들의 건설에 한 푼이 어려

---

53 일본어 つめえり(詰襟)의 음독. 목을 둘러 바싹 여미게 지은 양복. 학생복으로 많이 지어 착용했음.

운 그때 40만 원의 거금을, 순 금화로 우리 반일운동자들에게 운동자금으로 보냈다는 것이다. 이것 하나만으로도 소비에트의 혁명은 전 인류에 통하는 것과 오늘 와서 세계 약소인민의 해방과 그들의 세계적 평등 건설에 소비에트가 자기 일로 나서주는 것은 결코 우연한 일이 아님을 알 수 있는 것이다. 이러하던 레닌 선생께서 오늘까지 생존하시어 오늘 조선민족의 해방과 민주조선이 건설되며 있는 것을 스탈린 선생과 함께 보실 수 있었던들 얼마나 좋았으랴!

선생의 서재를 고대로[54] 보여주는 방이 있었다. 푸른 천을 깐 누른 책상, 두 대의 탁상전화, 수박빛 갓을 쓴 전등, 초 두 대씩 꽂은 촉대 한 쌍, 목제 문서꽂이, 중앙엔 두터운 유리를 깔고, 그 밑에 문서들, 그 뒤에 대리석 압지틀, 걸상은 등 닿는 데만 등(藤)으로 짠 것, 좌우 손 미칠 만한 자리에 3층 4면의 두 책장, 배후로는 유리 낀 6층의 책장들이 둘리었고, 한편은 흰 타일이 붙은 페치카, 남은 벽면에 지도들, (하나는 모스크바 중심의) 그리고 반 길쯤 되는 종려나무분도 모형으로 놓여 있었다. 그리고 5, 6인 접대할 수 있는 붉은 천을 덮은 테이블과 율색(栗色) 가죽걸상들이 앞으로 놓여 있었다. 비어 있는 모든 궁실을 마음대로 쓰련만 조그만 방에 채려진 간소한 서재였다.

나는 다시 몇 방 거슬러 올라가며 선생이, 인민에게 점령된 화려한 궁실에서 수천 겹 둘린 민중에게 연설하는 그림과, 어느 공장지대 가설 연단 위에서 모자를 한 손에 움켜쥐고 수십만 노동자에게 외치는 대폭유화 앞에 다시 머물곤 하였다. 선생의 일생은 외침의 일생이었다!

---

54 그대로.

끝으로는 선생의 '데드마스크'의 봉안실이 있었다. 선생의 기세(棄世)를 슬퍼하는 세계 모든 개인과 단체와 국가들의 조문들과 당시 신문호외들까지도 진열된 수천 점 속에서 나는, 순 한문의 "애호 아열령선생 하시 재현어차세호(哀呼 我列寧先生 何時 再現於此世乎)"[55]로 끝을 맺은 '1924년 3월 27일 대한민국 농민 연병호(延秉昊) 읍고(泣叩)'의 인찰지에 쓴 글월을 발견하였다.

이 방 옆에는 선생의 유저(遺著)와 선생사상에 관한 다른 이들의 저서들 각국어판의 진열실이 있었다. 조선어로도 『레닌선집』을 비롯해 『청년 후진에 대하여』『1905년 혁명에 대한 보고』, 스탈린 저로『레닌주의 제 문제에 대하야』『레닌의 유언』『두 연설』『마르크스주의와 민족문제』, 그리고 께르센제브 저『레닌 생애』등이 꽂혀 있었다.

선생의 기록영화를 보는 방이 있었으나 여러 사람이 웅성거리어 나는 물러나고 말았다. 이 위인의 파란 많은 생애에 깊이 침윤된 나의 감격을 나는 되도록 고요한 처소에서 오래 지니고 싶었다.

○

저녁에는 아동극장 구경이 재미있었다. 아이들끼리 연극을 하는 극장이 아니라 아이들끼리 구경하는 극장이요 아이들만을 위해 연극하는 극장이다. 극장 문밖에서부터 소년소녀들의 열중해 재껄이는[56] 축에, 어른이란 멋없이 큰 것을 느끼며 따라 들어가야 한다. 2층으로 올

---

55 '슬프구나! 내 언제 레닌 선생을 이 세상에서 다시 뵐 수 있으랴.'
56 재잘대며 지껄이는.

라오면 먼저 매점과 넓은 휴게실이 있다. 이 휴게실은 일견 소학교 학예회의 일실 같고 옆으로 따로 들어가서 있는 관극좌석은 무대를 향한 적당한 경사의 단층, 4, 5백 명 정도로 차버리게 아늑하다.

이날 상연되는 작품은 〈끄라치〉, 콩새를 가리킨 말인데 여기서 콩새는 봄이 되면 오는 새로, 우리 조선에서 '제비'처럼 봄새로 기다리는 듯하다. 혁명 당시 영웅적으로 지하운동을 하다가 투옥이 되나 결국은 혁명군의 승리로 군중들이 〈최후의 결전〉을 노래 부르며 감옥으로 달려들어 주인공을 맞아내는, 정의는 이기고 만다는 신념의 극인데 무대장치의 훌륭함이나 배우들의 연기가 성실함이나 관객이 아이들이라고 해서 소홀히 넘기는 것 같음은 조금도 없다.

참말 귀엽고 천진한 관객들이다. 눈들이 빤짝빤짝 무대를 쏘면서 이들은 무대 위의 현실에서 살고 있는 호흡들이다. 비밀문서를 둘 데가 없어 장(長)의자 밑에 넣었는데 수염부터 위엄스러운 제로(帝露)의 경관들이 몰려든다. 샛별눈의 관객들은 주먹을 쥐면서 숨소리가 가빠지더니, 경관이 집안을 여기저기 뒤지다가 나중에 날카로운 눈초리로 그 장의자 앞으로 다가설 때는, 그만 관객들은 가슴의 두근거림을 견디지 못해 "아휴!" "어쩌나!" 이런 탄식들이 터져 나온다. 어른들 극장에서 볼 수 없는 진실성이다. 착한 주인공이 악한이 숨은 곳에 모르고 가까이 갈 때는 "거기 가면 안 돼요" 소리가 사방에서 일어나기도 한다는 것이다.

이 관객들은 모두 자기반 동무끼리다. 선생님 한 분씩 따라오시기는 하나 저희들 눈에 비치는 대로 인생을, 사회를 저희끼리 맘대로 비판해본다. 옆에 어른들이 많아 저건 저렇다, 이건 이렇다, 일러주지 않는 환경이니 우선 제 정신으로 보아내려 노력하게 되고 보아내면 구경거리이기보다 인생 그것이요, 인생이라도 가장 극적인 인생실상인 것이라 절로 저희끼리 인생과 사회를 생각하고 비판하게 된다. 훌륭한 인생 공부요 사회공부다. 보고 가면 으레 부모님이나 선생님이 감상들을 물을 것이다.

감상을 글로 지은 것들, 어떤 장면을 수공지(手工紙)로 장치를 모방한 것, 휴게실에 많이 진열되어 있었다. 이런 아동극장이 모스크바에 두 곳, 인형극장도 두 곳이 있어서 각 소학교에서 한 달에 한 번씩 차례로 오게 되었고 배우들이 학교로 가서 관극감상을 듣기도 하고 무대경험을 들려주기도 한다는 것이다. 어느 점으로 보나 어른 극장에 따라가 구경하는 것보다 의미가 크다. 막간마다 휴게실로 나와 끼리끼리 둘러서 이야기가 많다. 그리고 이 속에는 그들 자신이 보낸 것도 있을 관극감상문, 무대 모형들과 구경하면서 그것도 비평한다.

극이 끝난 뒤에 우리는 연출자와 출연자들을 만났다. 극계의 권위들로 20여 년간 이 아동극장에서만 연출을 담당해온 분도 있다. 전란 중에는 아동들의 소개처(疏開處)로 극장 전체가 따라갔다가 45년도에 돌아왔다 하며 교육성과도 연락은 있으나 문화위원회 소속으로 매년 350만 루블의 보조를 받는다 한다. 관극료는 매 아동에 2루블씩이었다.

초기에는 각본난이어서 고전에 치중했었고, 고전엔 외국 것으로도 세익스피어, 몰리에르, 골도니, 실러 등의 작품으로 지혜 계발과 선이 악에게 필연적으로 승리한다는 신념을 보이는 작품이면 다 취급했고, 동화극으로는 〈꼬니녹 골브녹〉〈짜레뷔치 이반〉〈착한 뷔씰리 씨〉, 우크라이나 것으로 〈이반 식〉, 아르메니아 것으로 〈허풍선이 나자르〉, 기타 서구 것으로는 안데르센, 그림 형제의 작품들과 메테를링크의

〈파랑새〉, 까블로 끗지의 〈초록새〉 등이 상연되었고, 외국소설을 극화시켜 상연한 것은, 해리엇 비처 스토의 〈엉클 톰스 캐빈〉, 디킨스의 〈두 도시 이야기〉, 세르반테스의 〈돈키호테〉, 빅토르 위고의 〈가브트슈〉 등인데, 〈엉클 톰스 캐빈〉이 가장 호평이었다 한다. 조선에서도 아동극장이 생기면 최선껏 후원하겠노라 하며 아동극장이 생기는 대로 즉시 전보로 알려달라고까지 하였다. 이야말로 성인극장을 하나씩 줄여서라도 어서 실현시키고 싶은 것이다. 독본에서 문장으로 배우는 것을 무대에서 현실로 보는 기쁜, 음악과 미술과 문학의 혼성예술 속에서 심미세련을 다각적으로 받는 것, 주제가 사회적이요 국가적이요, 인간적임에서 절로 도덕과 사상 면에 구체적 영향을 주는 점으로 이 아동극장의 필요한 절대한 것이라 하겠다.

10월 4일. 오늘부터 짐들을 꾸리기 시작한다. 아직도 조선은 가을이겠지만 여기는 벌써 겨울옷이어서 벗은 옷들도 새 짐이 된데다 책들을 많이 샀다. 어떤 분들은 지도도 샀다. 세계지도에 벌써 조선과 일본을 구별해 칠한 것이 나와 있었다. 지도 위에서 소비에트 연방을 보던 눈으로 조선을 찾으면 우리 3천 리 강산이란 너무나 현미경적 존재다. 일행 중에, 평양에 나와 있는 쏘련군인으로부터 "자기 집이 모스크바에서 얼마 안 되니 틈이 있으면 찾아보고 오라"는 부탁을 받은 일이 있는데 여기 와서 알아본즉, 놀라지 말지어다! 기차로 이틀이나 가는 먼 곳이라는 것이다. 모스크바에서 블라디보스토크까지 20주야 걸리는 데를 우리가 서울서 부산쯤 다니듯 하는 이곳 사람들의 공간개념으로는 사실 2, 3천 리쯤 고대[57] 같을 것으로, 이번 우리 여행에서도, 예레반에서 세반 호까지, 트빌리시에서 스탈린 수상의 고향까지 모두 내왕 4백 리가 넘는 거리인데 별로 서두를 것도 없이, 마치 서울서 우이동쯤 나가는 기분이어서 다녀와서(자동차로) 점심을 먹는 것이었다.

우리도 조선에 돌아가 다시 좁은 환경에 갇혀버리면 어떨지 모르나 '3천 리 강산'이란 말은 제발 쓰지 말자 하고 웃은 일이 있다.

아무튼 우리 조선은 적은 대신 알뜰한 땅이요 좁은 만치 단일문화, 단일민족의 사회다. 새로 저 혼자의 빛깔로 지구 위에 그려진 것을 보니 감개무량하다. 40 평생에 이런 심기 석연(釋然)한 풍경화를 본 기억이 있는가! 이제부터는 지구 위에서 영원히 네 독자의 빛깔을 변치 말아다오!

○

밤에는 대외문화협회에서 우리의 송별회가 있었다.

여기도 가정적인 객실과 가정적인 식당이었다. 지금 파리평화회의에 가 있는 몰로토프 외상의 대리 말레크 부수상, 포스코노브 부재정대신, 붉은 군 총사령부대표, 그리고 문화계에서 10여 분, 또 여기서도 우리 동포 한 분을 만날 수 있었으니 그분은 어느 대학에 교수로 계신 김막심 박사였다.

이번에 우리가 받은 이 대외문화협회의 후의(厚意)란 무어라 감사할 수 없이 크다. 그러나 그렇기 때문에 하는 덕담은 아니다. 나는 이 복스에 대해서 한마디로 내 감격을 말한다면, 조선민족의 해방을 이처럼

57 　바로 가까운 곳에.

즐거워하고, 조선의 자주독립을 이처럼 바라고, 나아가서는 세계 각국의 우호와 평등과 평화를 위해 이처럼 구체적인 활동을 하고 있는 기관이 세계에 또 있을까? 함이다. 이 앞으로 국가와 국가 사이는 외무성을 통해 군사적인 것 이상으로 이런 문화협회를 통해 문화적인 것으로 더 연결되어야 할 것을 절실히 느끼었다.

주인 측에서들은 우리의 송별을 단순히 귀국으로보다 일터로 나가는 사람들을 위한 장행회(壯行會)와 같은 격려와 축복이었다. 김막심 박사도 국외에서나마 조국의 민주건설을 위해 힘껏 이바지할 결심이라 하였고, 자기는 두만강변에 유리하던 한개 빈농의 자손으로 현대학문의 전공의 한 길을 밟을 수 있는 것은 오직 소비에트의 사회제도의 덕이라 하였다. 나는 이 점을 김 박사의 말에서 더욱 분명히 깨치었다. 나는 이미 평양에서부터, 쏘련서 생장한 조선 사람들 [중]에 지식인[이] 많음에[58] 놀란 것이다. 그들은 할 수 없어 국경을 넘어 연해주에 흩어졌던 적빈(赤貧)한 가정의 자녀들이다. 그러나 그들은 중학 이상은 대개 마치었고 전문, 대학 출신이 상당히 많아 이미 북조선에 나와 각 기관에서 지도적 역할을 하는 인물도 적은 수가 아니다. 조선에서 살 수 없어 손만 들고 해외로 나간 동포는 여기뿐이 아니다. 일본으로도 많이 갔고, 만주, 중국, 하와이 등지에도 많이 퍼졌다. 그러나 다른 데서는 어쩌다 일확천금했다는 사람은 있어도 자제들이 차별 없는 교육으로 우수한 문화인이 배출하였다는 소식은 듣지 못하였다. 김막심 박사의 술회에 우리는 뜨거운 박수를 보내지 않을 수 없었다.

---

58 원문에는 '많음을'로 표기됨.

주객은 밤이 훨씬 깊어서야 굳게 반 포옹의 악수로 헤어졌다.

10월 5일. 나만 못 본 곳으로, 꼭 보고 싶은 데가 고리키 박물관이 남았다. 복스에서 따로 안내해주었다. 가로에서 약간 정원을 두고 들어앉은 2층 백악관, 마침 어느 여중학교 학생들이 단체로 보고 있었다. 상당히 넓은 집이어서 아래층은 '클락'만 있고 위층만 진열실들인데 문호의 부모님, 난 집, 살던 집들의 사진과 모형들에서부터 비롯하여 문호의 저작 초판 등, 외국판들, 가지가지 수택품들, 의복들, 검은 임바네쓰와 챙이 몹시 넓은 검은 중절모와 손잡이에 구리 배암이 감겨있는 단장이 그중에도 실감을 준다. 시 「해연(海燕)」의 삽화, 1905년 '피의 일요일'의 항의운동으로 투옥되었던 감방의 모형, 권총에 맞았으나 그것 때문에 구명된, 은으로 꽃장식이 있는 담뱃갑, 해연 배경의 대폭 유화초상, 레닌과 같이 앉은 장면의 유화, 1927년 이후의 호화한 서재의 사진, 그 서재에 놓였던 책상이 그대로 옮겨와 있었다. 길이 한 자나 될 가위가 얹혀 있어도 그것이 따로 커 보이지 않도록 큰 테이블이다. 푸른 천이 깔리고 공들여 만든 가죽케이스에 원고용지가 두툼히 들어있었다. 펜, 색연필들, 대모테 안경, 희고 붉은 두 가지 봉투들, 청(靑)동아뱀의 문진, 흑백 두 개의 물뿌리, 그리고 애용하던 권련이 놓였는데 애급 산(埃及産)의 포장 고운 갑이었다. 선생은 이 테이블에서 저 담배를 피우며 대작 『40년』을 쓰다 미완성인 채 세상을 떠나신 것이다.

엽총도 외열짜리 한 자루가 놓여 있었고 1899년의 명(銘)이 있는 회중은시계며 생황 비슷한 고대 악기도 하나 수택품 중에 끼어 있었다. 구리 배암이 감긴 단장이 재미있었다. 구수한 잡목이어서 배암 장식이 있으나 일점 속기가 없고 탄환 맞은 담배 갑도 은장식이나 누르스름한 나무가 역시 아취 있는 물건이었다. 선생은 신변 모든 것에 범연한 신경이 아니신 듯하다. 때로는 어두운 밤에 옥외에 통나무 불을 놓고 거기 둘러앉아 이야기하는 순박한 고풍을 즐기셨다 한다.

'데드마스크'가 봉안된 방에는 역시 그때 신문들과 조문들과 스탈린 수상과 몰로토프 외상이 선생의 관을 메인 영예의 장례식사진이 걸려 있었다.

선생은 돌아가시어 비로소 영달이 아니었다. 이미 재세 시에 문단생활 40년 축하식이 소비에트 전 연방으로의 국가적 의전이 있었다. 가장 크고 화려한 오페라 대극장에서 최고 소비에트 수뇌자들과 당중위원들과 각국 외교관들과 예술인, 문화인, 그리고 수많은 인민대중들 회참(會參) 아래, 최고명예의 레닌장이 수여되었고, 선생의 출생지는 '막심 고리키 시'로 명명되었다. 일찍이 자기 생전에 이렇듯 축복과 예찬을 받은 예술가가 없다. 열아홉 살 때, 너무나 생활에 쪼들려 자살까지 하려던, 그의 대학이란, 인생의 모든 고역을 경험한 것뿐인, 극히 한미한 데서 일으킨 몸으로 이렇듯 광휘 있는 말년이란, 입지전 중(立志傳中) 인물로도 뛰어날 것이다. 그러나 고리키 선생은 입지전의 인물로 회자되는 것은 아니다. 나는 여기서 선생의 위대성을 지적하기엔 일찍이 로망 롤랑이 선생에게 보내었던 서간의 일절을 회상하면 족하리라.

"지금이야말로 우리는 동지로서 구라파의 양단에서 피의 교류를 하고 있다. 우리는 우리들의 정력과 우리들의 지식을 하나로 모으자. 인간의 이지는 눈에 보이진 않을망정 차차로 전 세계에 삼투되어갈 것이다."

저 고리키로 하여 전 인류의 새로운 5월의 수액, 새로운 5월의 힘이 되게 하라! 구라파의 양단만이 아니라 고리키 정신의 피의 교류는 로망 롤랑의 예언대로 이미 전 세계에 삼투되며 있는 것이다.

"아시아사상은 구라파 사람들로 하여금 자본주의 기구 밑에 달게 예속케 하는 비굴한 정신을 길러준다."

바로 이 고리키 선생의 말이었다. 신비와 공상의 동방적 정신과 과학과 현실의 서구적 정신인 두 체계의 사상, 이른바 '두 마음' 때문에 전번(轉煩)하던 러시아문학에 선생은 결정적 진로를 열었고, 그것은 나아가 소비에트의 현실과 함께 부합되어 전 세계 문학의 새 기원을 지었다.

아시아사상은 "구라파 사람들로 하여금 자본주의 기구 밑에 달게 예속케" 한 것보다 아시아사상은 그의 노복들 '아시아 사람들로 하여 봉건체제 속에 깊이 마비된 꿈을 깨지 못하게' 한 악덕이 몇백 배 클 것이다. 노신(魯迅)이 일찍이, 청년들에게 '동양 책을 가까이 말라' 경계한 것은, 후진들로 하여 다시금 봉건노예가 되지 않게 하기 위함이었을 것이다. 그러나 일종 아편과 같은 이 아시아감정의 신비경은 때때로 우리에게 향수를 짜내게 하여 내 자신의 머리부터 시대와 모순되는 불투명한 속에 즐겨 깃들어오곤 하였다. 그러면서도 일제 밑에서는 이런 고고(孤高)와 독선의 정신이 추하지는 않게 용신할 도원경(桃源境)일 수도 있었던 것이다. 그러나 이제는 우리에게도 현실을 호흡할 자유는 왔다.

더구나 우리 조선은 처음으로 세계사적 전환을 하고 있다. 조금도 불순한 것이 섞이어선 안 될 엄숙한 현실인 것이다.

나는 오늘 이 고리키 선생의 전당 속에서 한낱 미미한 후학이나마 일편의 솔직한 술회는 행여 내 자신을 위해 무의미하지 않기를 수시로 바라는 바다.

선생의 저작 연표며 저서들과 외어 역본(外語譯本)들이 수집 진열된 방이 있었고 끝으로는 1, 2백 명쯤 모일 아담한 소 집회실이 있었다. 참 관자들에게 소 강연, 혹은 문단적 회석으로도 이용될 듯하다.

붉은 광장에서

늦은 점심 뒤에 거리를 나서니 흐린 하늘은 벌써 어둠침침하였다. 나는 오늘밤 모스크바를 떠나기 전, 고요히 모스크바를 소요하고 싶었고 고요히 한번 붉은 광장에 서보고 싶어서다.

대극장의 우람스런 원주 낭하는 큰길처럼 넓고, 극장에 애착하는 시민들은 한두 계단쯤 올라서서라도 이 낭하 지나다니기를 즐긴다. 나도 그 밑을 지나 안 걸어본 길이면 어디라도 들어섰다. 어디 가서나 찾아보면 크레믈린 붉은 별은 나타나 주는 것이요 그 별 밑으로만 톺아나오면 어느 어귀로나 붉은 광장에 들어선다. 모스크바의 모든 길은 붉은 광장에 통한다.

벌써 집으로 돌아가는 바쁜 걸음의 시민들은 외투 깃을 일으켜 세웠다. 모든 건물들이 2층서부터는 가정들인가보다. 불 밝은 창마다 드리운, 색 고운 창장(窓帳)들과 한두 가장이⁵⁹ 밖을 향해 뻗은 종려(棕櫚)⁶⁰나 고무나무의 푸른 손길은 차라리 함박눈이 쏟아지기를 기다리는 것 같다. 고요히

---

59 원문에는 '가장기'로 표기됨. '가장이'의 오식. 나뭇가지의 몸체 부분.
60 원문에는 '관려(棺櫚)'로 표기됨.

커피나 마실 수 있는 데가 혹은 없을까? 가끔 진열장엔 여러 가지 술병이 놓이고 속에서는 서서도 마시고 나오는 간이주점은 더러 보인다.

극장으로 가는 아가씨들 같다. 돌아와 저녁을 먹을 열한 시나 혹은 그보다 더 늦은 시각까지는 시장한가보다. 무엇이 입속에 든 채, 이야기도 바쁘게 지나간다. "다 다다……" 많이 들을 수 있는 말이다. "옳지" 혹은 "그래서……"로 쓰이는 듯한 '다'는 노어의 애교다. 상대편의 말을 호흡의 조절도 시키면서 자꾸 추켜 점점 신나게 해주는 듯하다. 지나가는 말소리는 노어만도 아닌 것 같다. 더 거세기도 하고 더 유창하기도 한 언어들이 그 복색도 가지가지인 주인공들과 함께 지나가는 것이다. 이 모스크바는 여러 공화국들의 모스크바인 것이다.

점포들은 거의 닫기었다. 향수 상점만은 늦게도 열려 있다. 사각모 쓴 파란(波蘭)군인들도 지나간다. 목도리 시킨 발발이를 그 키에서는 에펠탑처럼 높은 서구풍의 부인이 가느다란 고삐를 늘여 앞세우고 지나가기도 한다. 일터에서 돌아가는 듯 손가방 든 신사들과 간소한 포장의 식료를 사는 건실해 뵈는 부인들이 더 많이 지나간다.

물론 자본주의사회라면 이만큼 번화한 거리엔 더 다채한 진열창들과 더 포장 고운 상품들일 것이다. 그러나 그런 외양 찬란한 도시엔 슬픈 이면이 있다. 이 도시엔 저녁먹이를 위해 인륜을 판다거나 병든 부모가 창백한 여공 딸의 품삯이나 기다리고 누운 그런 불행한 식구나 암담한 가정은 없다. 단순한 영양적 시각으로 상품진열창을 비교할 것이 아니라 우리의 관심사는, 어느 사회가 그 원칙에 있어, 그 제도에 있어 더 정의요, 더 진보요, 인류의 문화와 평화를 위해 더 위대한 가능성을 가졌는가 그것일 것이다.

나는 어디로해서인지 다리 아픈 푼수로 꽤 멀리 걸어, 여러 길을 둘러 붉은 광장을 바실리가람 쪽으로 해서 올라섰다. 땅거미 질 무렵, 스파스카야탑의 시계는 여섯 점 반을 울린다.

자동차 떼만 뒤를 이어 달린다. 크레믈린의 동화세계 같은 지붕들, 치상총안(齒狀銃眼) 있는 성벽, 그 밑에 레닌묘, 신월(新月)이 빗긴 바실리가람, 모두 묵묵할 뿐, 북극에 연한 듯, 납덩이같은 구름장이 무겁게 드리웠는데, 첨탑의 붉은 별들은 거대한 심장에서 새로 뛰어나온 듯 임리(淋漓)하다.[61] 모스크바 강으로 기운 이 광장 한편 머리, 농노들이 머리털로 땅을 쓸던 이 경사진 '이맛자리'를 혁명군들의 뜨거운 피는 농사, 프롤레타리아트 두 시대의 원한을 물결쳐 씻으며 흘렀을 것이다.

오늘 오찬회에서 복스의 오를루와 여사는 마야코프스키의 시 한 편을 읊어주었다. 시인이 파리를 떠나 모스크바로 돌아올 때 지은 것으로,

"파리야 나는 너를 사랑한다. 나는 너에게서 살고 너에게서 죽었을 것이다. 만일 나에게 모스크바가 없었더라면!"

이런 내용이라 한다. "모스크바가 내게 귀중한 것은 내가 러시아인이기 때문 아니라 모스크바는 승리의 깃발이기 때문이라" 한 이 시인의 모스크바 송(頌)을 누가 편파하다 생각하랴.

파리는 아름다운 도시였기보다 아직까지는 그곳이 세계의 지식인들의 전망의 도시였기 때문에 마야코프스키도 사랑했을 것이다. 불란서혁명 이후 자유와 평등을 위한 허다한 사회 사상가들의 서울이었으며 일맥의 반동세력은 품은 채 도리어 그것 때문에 어느 곳보다도 정의

---

61 힘이 넘치는 듯하다.

와 문명의 정신이 가장 기민하게 작용하고 있었던 것이다. 세계를 향해 소비에트를 가장 앞서 옹호한 것도 파리 사람들이었다.

그러나 파리는 과거 18세기의 '승리의 깃발'이긴 하였으나 오늘 20세기의 '승리의 깃발'은 아니었다. 러시아인으로서가 아니라 세계인으로서 마야코프스키가 노래하였듯이 세계인의 오늘의 '승리의 깃발'은 이 모스크바에 꽂혀 있는 것이다. 플라톤 이후 생시몽, 까페 모든 사회개혁가들의 꿈은 꿈대로 사라져버리고 말았으되, 마르크스와 레닌주의의 소비에트는 비로소 인류의 정의감정과 개혁사상이 꿈이 아니란 실증의 기초를 이 지구 위에 뿌리 깊이 박아놓은 것이다.

크레믈린 높은 지붕 위에 폭 넓은 붉은 기는 태연히 번뜩이고 있다.

유물사관이란 인간의 정신관계를 전혀 몰각하는, 모든 정신문화나 전통에 대한 덮어놓고의 선전포고로 알아온 것은 나 자신부터 불성실한데 기인한 허무한 선입견이었다. 오늘의 소비에트란 허다한 정의(正義) 정신가들의 이루 헤일 수 없는 희생인 양심적 정신노력의 산물인 것이다. 양심과 실천을 떠나 정신의 존엄성이 어디 존재할 것인가? 레닌 선생은 투옥과 추방과 지하의 일생이었다. 스탈린 선생도 다섯 번인가 탈옥을 하면서 일생을 불사신으로 싸워왔다. 사생활을 위해 반일(半日)의 안락이 없었다. 그 투쟁과 승리는 그들이 또한 전 인류의 문제로써 하되, 가장 틀림없었고, 가장 앞선 사상과 원칙에서였기 때문에, 저 크레믈린 상공에 나부끼는 붉은 깃발로 하여 일 러시아인이 아니라 세계 전 인민의 승리의 깃발이요 희망의 깃발이게 한 것이다.

저 깃발 아래서는 모든 사람들이 달라졌다. 오랜 동안, 적어도 2, 3천 년 동안 악(惡)제도 밑에서만 살아오기 위해 휘고, 꺾이고, 닳고, 때 묻고 했던 온갖 추태와 위선의 제2 천성(天性)에서 완전히 해탈되며 있는 것이다.

나는 이번 잠시 여행에서도 그 전 오랫동안 조선에서나, 일본에서나, 만주나, 상해 등지의 여행들에서 별로 구경할 수 없던 사람들을 나는 여기서 단시일에 얼마든지 만날 수 있는 것이다. '워로실로프'의 천진한 세스트라 양들, 처음 사귀되 적년 구우(積年舊友)와 같이 신뢰와 의리의 베드로흐 중좌와 미하에로흐 소위, 만나면 그냥 즐겁기부터 한 쏘또우 중좌와 박 장교, 묵묵 진실의 사보이호텔 사람들, 일종의 외교 사업임에 불구하고 처음부터 속 털어놓고 대하는 모스크바, 예레반, 트빌리시의 복스의 여러분들, '스홈'에서 본 아이스크림 파는 처녀들, 스탈린그라드 콜호즈에서 만난 당원과 농촌청년들, 대신 급이나 말단하관들이나 관료기분이라고는 조금도 보이지 않는 평민태도들, 모두다 '요순 때 사람'들인 것이다. 저렇게 솔직하고 남을 신뢰 잘 하는 사람들을 만일 생존경쟁이 악랄한 자본주의 사회에 갖다놓는다면 어떻게 살아나갈까 싶다. 누가 누구에게 눈치 보거나 아첨할 이해(利害)의 필요가 없어진 것이다. 이해의 필요 없는 데서 무엇 때문에 사람들은 반드러워질 것인가? 사람에게서 천진을 보장시키려던 지도자들은 과거에도 얼마든지 있었다. "천국은 마음속에 있느니라."(예수) "자연으로 돌아가라."(루소) "인성의 순진을 지키기 위해 쓸데없이 사교하지 말아라."(소로우) 그들은 몸소 행해서 일렀으되, 사람들은 그 제도 하에 그렇게 살기 위해서는 '쓸데없이 사교들'이 아니었던 것이다. 이해의 필요관계를 그저 두어두고 말로만 인류 전체에 유령 같은 금욕자들이 된다는 것은 꿈이요 무의미한 일이었다. 그런 공염불은 한마디 없이, 인간이 위선과 비굴에 빠지지 않으면 안 될, 불순한 이해관계부터를 제거해놓은,

소비에트는 비단, 경제나 문화뿐이 아니라 인류 자체에 거대한 변혁을 일으킨 것이다. 마치 중세기의 르네상스가 봉건체제 속에 말살되었던 인류의 '자아'를 위한 각성이었듯이, 소비에트는, 인류가 다시 자본의 노예로부터 풀려나와 노예의 근성을 뽑아버리고 절대평등에 의한 진정한 평화향, 계급 없는 전체적 사회의 성원으로서 '새 타입의 인간'의 창조인 것이다. 영원히 축복 받을 인류의 위대한 재탄생인 것이다!

바쁘게 지나가는 사람과 차들뿐이다. 그러나 광장은 무겁고 고요하다. 나는 광장 건너 레닌묘 앞을 가까이 지나가본다. 의장위병들이 인형처럼 움직이지 않는 것이, 더욱 레닌 선생이 잠깐 조용한 틈을 타 잠들어 계시다는 느낌을 준다. 고리키의 「레닌 회상기」에 보면, 선생은 하루 저녁, 이 모스크바에서 고리키 선생과 더불어 어느 피아니스트의 베토벤의 소나타 탄주를 들은 일이 있다. 선생은 베토벤을 매우 좋아하신 모양으로,

"나는 아파쇼나타처럼 좋은 건 없어! 이건 인간의 것이라고는 생각할 수 없는 음악이야!"

감탄하였고,

"그러나 가끔 음악을 즐겨 듣고 견딜 수 없게 마땅치가 못한 것은, 이런 더러운 지옥 속에서 어떻게 천연스럽게 앉아 그런 미의 창조에만 열중했었느냐 말이야?"

하고 선생은 자못 흥분하였다는 것이다.

이해관계를 그냥 두고 사람더러 초인간이 되라는 염불이나, 지옥 같은 환경에 노예처럼 굴복하면서 미부터 찾으려던 모든 독선적 미(美)운동은 확실히 선후가 바뀌었던 것이다!

종탑의 시계는 다시 15분 지났음을 알리었다.

하늘이 검어갈수록 붉은 별들은 윤택해진다. 인류의 영원한 훈장, 홍보석아 잘 있으라.

돌아오는 길

10월 6일. 어젯밤(11시)부터 우리는 시베리아 철도에 있다. 차창의 첫 아침은 오래간만에 보는 청천, 지난밤이 꽤 쌴쌴하더니,[62] 도랑물이 벌써 엷은 얼음에 봉해졌다. 백화가 서리에 무르익었다. 천연색 영화 〈돌꽃〉에 백화가 단풍들이 낙엽 지는 동안에 나오는데 참 고운 그림이었다. 바로 그런 백화들이 애청하늘을 배경으로 지나간다.

식당차는 실내감을 주는 구조인데 일정한 시간은 우리 일행만 전용하기 때문일까 더욱 호텔 식당의 연장 같다. 산이란 침묵인 것이나 고요한 것은 아니었나 보다. 산 하나 없는 정거장들일수록 더 한적해 보이는 것을 보면.

차가 갈 때는 빠르나 서면 떠나기가 더딘 것은 원거리 여행자들에게 매식편의를 고려하나보다. 차가 서면 역에서는 확성기로 음악을 틀어주고 더운 물을 공급한다. 촌가에서들은 가죽 잠바에 장화를 신고 술 긴 수건을 쓴 부인들이 새로 짠 우유며 토마토며 여러 가지 승객들 식사에 수요될 것을 팔러 나온다. 입장권제도가 아니어서 큰 도시만 아

---

62 쌀쌀하더니.

니면 열차 주위에 누구나 모일 수 있다. 여자역원들이 많다.

　식당에 다녀오는 것 외에 일이 없다. 한 칸에 두 사람씩, 말동무가 되기엔 세 사람만 못하다. 누워 창밖을 몇 시간씩 지키나 별로 변화가 없다.

　10월 7일. 아침에 창막을 올리니 유리에 성애가 뽀얗다. 닦아도 하얗도록 바깥은 눈이 깔렸다. 우랄 산이 가까워질수록 응달에는 꽤 두껍게 덮혀 있었다. 엊저녁부터는 스팀이 오는데, 여기는 혹한지대라 증기를 멀리 기관차에서 뽑아오지 않고, 차 칸마다 증기를 내이는, 페치카만 한 단독설비가 있다.

　오후부터 삼림이 많이 나온다. 백화와 소나무와 전나무와 그리고 벽오동처럼 뿌여면서 푸른 버들도 많다. 어스름 달밤에 눈 덮힌 우랄산록을 지날 때는 식당에서 돌아오던 길 모두 전망하기 좋은 복도에들 서 있었다.

　10월 8일. 한밤 동안 우랄은 멀리 지나갔다. 이제부터 시베리아 대평원의 시작이다. 줄곧 벌판으로 달린다. 여기는 물은 얼었어도 아직 눈은 없다. 전나무 비슷한 상록수의 방설림, 그것이 없는 데는 방설책(柵)이 준비되어 있다. 한 간만큼씩 한 길쯤의 말뚝을 쳐나가고 한 백미쯤에 한 군데씩 한 간만큼씩 한 판장으로 짠 문짝 같은 것을 쌓아 놓았다. 눈이 없을 때 바람만은 통하도록 한 뼘씩 틈을 두고 짠 것인데 이것들을 말뚝과 말뚝 사이에 세워 강설기만은 울타리를 칠 것이었다. 벌써 치기 시작하는 데도 있다. 이 긴긴 세계 최장의 철도 양측에 이것만도 여간 큰 일이 아니다.

　우리는 차츰 심심해졌다. 낮에는 각기 자기 칸에서 자기가 보고 오는 쏘련의 인상을 정리하는 것으로 보내는 듯하나 밤이면 좀 더 말을 해보고 웃어도 보고 싶어졌다. 우리 다음 차 칸은 네 사람씩 드는 방도 있어, 상하 네 침대에 걸터앉으면 7, 8인은 모일 수가 있다. 누구의 발안인지 모르게 두어 방에서 끼리끼리 모여졌다. 김삿갓 이야기, 정수동이와 봉이 김선달 이야기도 나왔다. 웃는 것은 소화에도 좋았다. 전에 어떤 사람이 태평양 위에 일본인과 중국인을 비교해본 재담이 있다. 일본 사람은 책을 보거나 무슨 게임을 하거나 해야 견디는데 중국 사람은 '요코하마'에서 배에 오른 그때부터 '호놀룰루'면 '호놀룰루', '샌프란시스코'면 '샌프란시스코'에 내릴 그때까지 곧잘 부동의 자세로 유유창천만 바라보고 앉았는데 이것도 그냥 있는 것은 아니요(Doing nothing)라 했고, 이 '무위'를 할 줄 아는 사람들이라야 큰 민족일 게라 했다. 우리도 십여 주야를 줄곧 면벽만을 해내는 시험엔 낙제인가보다.

10월 9일. 사람만 아니라 집들도 겨울 차림을 한다. 벽 두터운 방틀 집들로도 출입문만 남겨놓고 하반은 거의 창턱까지 흙을 끌어올린다. 그리고 지붕에도 흙을 올린 집이 있다. 한결 외풍이 없어질 것이다. 눈만 빠끔히 내어놓듯 한 남향한 유리창들이 생동한다. 한두 분의 꽃이 놓였거나 꽃처럼 뺨 붉은 어린이들이 내다보는 것이다. 이제 바람도 세차게 부나 보다. 전신주도 되도록 바람을 타지 않으려 뚱딴지를 횡목 없이 주신에 그대로 내려박았고 전신주끼리 서로 의지되게 둘씩 모아 세우고 H자 모양으로 중등을 연결시켰다. 저녁때부터 창 위에 눈발이 스치기 시작했다.

10월 10일. 우리 방은 북창이다. 이 창에서 보이는 동리들이나 동리를 지나 백화 숲 모퉁이로, 혹은 갈대 한 대 나부끼지 않는, 까마득한 눈 때 낀 하늘 밑에 묘연(渺然)히 사라진 한 오래기 북향한 길은 어떤 사람들이 다닐까?

나는 '시베리아'니 '오로라'니 하는 말을 '카츄샤'의 이름과 같이 기억한 때문일까, 지금 시베리아의 북극을 향한 적은[63] 길들을 볼 때 어느덧 다 감해진다. 언제 풀릴지 모르는 장기수들의 침묵의 행렬이 눈앞에 떠오르는 것이다. 견디기에는 너무나 추운 곳, 문화와 생활의 도시로부터는 너무나 거리가 먼 곳, 탈옥수들이 며칠을 걷다가도 물 한 모금 얻어 마실 인가가 없어 도로 자진해 관헌에게 잡힌다는 일대 공간지옥, 지금 소비에트 정부위원들 속에도 일찍 이 지옥살이를 돌파한 이가 한두 분이 아닐 것이다. 여기서 며칠 더 가 북쪽으로 들어가면 영하 70도 되는 세계[제]일의 극한지대가 있다 한다. 제정 때 정치범들은 그곳 아니면 멀기는 더한 화태(樺太)로 많이 보냈다 한다. 이 인연(人烟)이 끊긴 상동(常東)지역에 매골(埋骨)이나마 제대로 못한 혁명가들이 얼마나 많았을 것인가!

그러나 이는 모두 지나가버린 악몽이었다. 지금의 시베리아는 그런 수인의 망령이나 배회하는 황원(荒原)은 아니다. 처처에 현대적 공장도시가 나오고 처처에 불빛 밝은 평화스러운 신규모의 콜호즈들이 지나가는 것이다. 정거장마다 모스크바의 뉴스와 음악이 울리고 신 5개년계획의 과학 동력이 이 무궁한 대자연을 주야 없이 개발, 건설하며 있지 않은가!

혁명 이후 소비에트의 '우랄' 이동건설은 특히 괄목할 만한 것으로

---

63 '작은'의 오식.

인구 10만 이상의 도시만 백 이상이 증설되었다 한다. 자원개발과 공업시설이 전초로서 새 세계의 문화는 이 끝없는 황원을 끝없이 낙토화하며 있는 것이다.

○

그는 바로 이 시베리아의 청년이었다. 이것은 고리키의 「밤 주막」에 나오는 '루카'라는 노(老) 순례의 어리석한[64] 이야기지만, 한 청년은 이 죄수들이 많이 오던 시베리아에 살며 고운 꿈을 품고 있었다.

"세상엔 반드시, 사람들이 서로 존경하고 서로 협력하며 사는 진리의 나라가 있을 게다! 언제나 그 나라 있는 데를 알아 찾아갈 수 있을까?"

하루는 책과 지도를 많이 가진 학자 한 사람이 시베리아로 귀양을 왔다. 청년은 이제야 '진리의 나라' 있는 데를 알 수 있으리라 믿고 학자에게 물으러 왔다. 학자는 여러 가지 지도를 내어놓고 뒤적거리었으나 마침내 그런, 사람들이 서로 존경하고 협력하며 사는 '진리의 나라'라는 것은 세상에 없노라 대답하였다. 이 시베리아 청년은 돌아가 목을 매어 죽고 말았다는 것이다.

이 한낱 우화의 주인공이여, 그러나 세계 모든 진실한 사람들의 꿈의 대변자여, 그대가 그리던, 그 '존경과 협조의 인간사회'를 우리는 보고 오노라! 그 '진리의 나라'는 바로 그대의 조국, 이 땅으로, 오늘의 세계지도엔 뚜렷하게 박혀 전 세계에 번지며 있노라!

---

64 어리숙한.

○

　진리의 나라 쏘련은 결코 적호한 조건에서의 건설이 아니었다. 그것
은 누언(累言)하려 하지 않거니와, 이번 대전 후만 하여도 소비에트는
큰 교훈을 주는 것이니, 그 미증유의 소모전을 겪고 난 뒤에도 소비에
트의 사회 상태는 어떠한가? 소비에트는 전후 실업자문제라는 것, 전
후 경제공황이라는 것, 이런 것을 전혀 모르고 있는 것이다. 이것은 우
연도 아니요 기적도 아니다. 다만 '제도'의 승리인 것이다.

　개인 간에 계급이 없고, 민족 간에 차별이 없고, 국가 간에 무력으로
나 경제로나 침략이 없어지는 제도, 그런 진리의 제도는 어떻게 생기는
것인가? 그것은 이미 우리 조선에서도 모든 진실한 그리고 공정한, 그
리고 현대에 식견 있는 애국자들이 이구동성으로 부르짖고 있는 바다.

　　1. 봉건유제의 타도,

　　2. 일제잔재의 소탕,

　　3. 국수주의의 배격

　'조선' 하나쯤 옳은 제도에만 올라서는 날은 그야말로 '기월이이(朞月
而已)'요 '삼년유성(三年有成)'일 것 아닌가!

　10월 12일. 어제까지 5, 6일 동안 굴이라도 하나 지나 보았으면 싶었
는데 오늘은 이른 아침부터 일대변화다. 절벽을 타고 돌아가는데 굴밖
에 물이요 물 다음에 굴이요, 멀리 바라보면 톱날 같은 설봉들이 여명
을 받아 갑자기 스위스 풍경의 그림이다. 바이칼 호수다. 공중에서 본
앙카라 강 생각이 난다. 맑고 푸른 물이다. 한쪽은 끝이 없어 바다 그대

로인데 파도만 잔잔하다. 방마다 깨어 이른 아침에 복도가 만원이다.

긴 단조한 여로에서 만난 이 오아시스적 변화는 또한 이곳 스케일답게 실컷 만끽을 시키는 것이다. 오후 두 시까지 이런 호변(湖邊)을 지나게 된다. 옛날 한나라 때 소무(蘇武)는 이곳에 와 19년 동안 귀양을 살며 이 호수를 '북해(北海)'라 했다.

10월 17일. 우리의 시베리아 횡단은 바이칼을 지나서도 몽고인 자치주의 '우란우데' 유태인 자치주의 '빌라' 등을 거쳐 닷새 만인, 지난밤 자정 때에 끝이 났다.

워로실로프 역두에는 쏘련 원동군으로부터 여러분이 나왔고 만찬을 차리고 밤 깊도록 우리의 도착을 기다렸던 것이다. 미하에로흐 소위와는 반가이 만났으나 베드로흐 중좌는 마침 휴가로 고향에 가고 없어 만나지 못한 것이 섭섭했다.

우리[가] 타고 온 차 두 칸만 떼어놓고 가서 우리는 다시 짐들이 있는 차로 나와 잤고 아침에는 우리 건국과 인연 깊은 스티코프[65] 대장을 만났다.

이분의 평민적인 것은 나는 이미 소미공동위원회 때 경성역에서 받은 인상이었지만, 우리가 묻기도 전에, 우리가 듣고 싶어 하는 이야기부터 해주었다. 공동위원회가 아직 속개되지는 못하였으나 서로 성의 있는 연락이 있으니까 염려를 하지 말라 하였고 대장은 특히,

"여러분이 가 보셨으니, 쏘련의 혁명 후 건국사업이 얼마나 지난

---

[65] 테렌티 포미치 슈티코프(Terenti Fomitch Stykov, 1907~1964). 소련 군인, 정치가. 1945년 8월 15일부터 1946년 2월까지 38선 이북 주둔 소련군정청 총사령관을 역임함.

지대했다는 것을 알았으리다. 내가 이 말은 우리가 어려운 일을 해 내었다는 자랑으로가 아니라 언어와 문자와 풍습과 민족이 단일한 조선이란, 쏘련에 비겨 건국이 얼마나 쉬울 것이냐 하는 것을 여러 분이 깨닫고 오셨느냐고 묻는 겁니다."

하였고,

"조선은 조선인의 조선이 되어야 합니다" 하였다. 대장의 이 말은, 조선이 조선인의 조선이 되기에는 '그렇게 되기에 확실한 기초'에서 시 작해야 한다는 뜻임을 우리는 누구나 알아들었을 것이다.

○

정오경에 우리는 워로실로프 비행장에서 거의 70일 만에 조선을 향해 날았다.

조선엔 산만 그뜩 차있는 것이 눈에 새삼스러웠다. 태백산맥의 솟아 오른 뫼 뿌리마다 불 붙듯한 단풍이 한풀 꺼져 가는데, 강색(江色) 고운 평양은 아직 녹음도 나부끼는, 따스한 첫가을의 날씨였다.

1946년 초동(初冬) 유경(柳京)에서

『쏘련기행』, 조소문화협회·조선문학가동맹, 1947[66]

---

[66] 기존의 논의에서 이 책은 발행처를 기준으로 볼 때 위의 표기가 맞다. 백양당본으로 알려진 판 본은 총판매만 담당하고 있다는 표기임을 감안할 때, 발행처를 위와 같이 정정했다. 『혁명절의 모스크바』의 경우에도 총판은 '조선중앙도서판매소'이고, 문화전선사가 인쇄 발행을 맡았다.

혁명절의
모스크바

혁명절의 모스크바

 그때는 마침 '조소(朝蘇) 친선과 소비에트 문화순간'[1]이 개최되어 북조선 방방곡곡에 다채로운 쏘련 문화예술의 보급행사가 절정에 오르고 있는 때였다.

 조선인민들은 소비에트와의 친선사업은 외교적 예의에서가 아니라 자기 조국의 장래를 자유와 행복의 길로 보장하는 절실한 정치 운동이며 소비에트 문화의 섭취는 한낱 이국적(異國的)인 것의 호기심에서가 아니라 자기 문화에서 낡은 것을 청산하며 새것을 북돋우는 오직 하나의 첩경(捷徑)임을 깊이 인식하고 나선 것이다.

 우리 공화국의 이 거족적인 순간사업을 쏘련으로부터는 친히 협조하기 위하여 여러 저명한 시인 연극인 음악가 무용가들이 내조하였다. 조선인민들은 조선에 앉아 위대한 소비에트 문화예술의 선진적 사상성과 고도로 발달 난숙한 기술을 참관하는 행복에 도취되었다.

 나는 1946년 8월에 방소 사절단의 한 사람으로 쏘련에 다녀왔다. 그때 모스크바를 비롯하여 여러 공화국 도시와 농촌들에서 특히 쏘련의 선진적 문화정책과 그 정책 밑에서만 자랄 수 있는 새 문화와 예술에 깊이 감동된 바 있었거니와 그 쏘련의 저명한 예술가들의 연기를 조선

---

1   문화순간(文化旬間). 조소문화협회 주최로 1948년 10월 11일부터 20일까지, 10일간 계속된 문화행사.

환경에서 다시 접하게 되니 나의 지난날 감동은 한층 새롭고 쏘련 문화
예술에 대한 동경은 한층 더 절실하지 않을 수 없었다.

내가 처음 쏘련에 갔을 때는 제2차 대전 직후 새 인민경제 5개년계획
이 시작된 첫 해였다. 쏘련의 발전을 두려워하며 시기하는 일부 반동국
가 지배층들은 혁명 후 중첩한 난관 속에서 불과 20여 년의 역사를 가진
쏘련이 그 혹심한 피해를 입었던 조국 전쟁에서 끝내 승리한 것을 우연
이나 기적으로 돌리려 하며 쏘련의 새 5개년계획이 성과적으로 달성될
것을 의문시할 뿐 아니라 또한 과소평가하려 하였다. 그러나 쏘련이 구
라파 전역을 유린하던 히틀러 야만의 무력을 뿌리째 뽑아버리고 그 밑
에 신음하던 여러 약소국가들을 해방시킨 것이나 동양에서 조선인민들
을 해방시킨 것은 결코 우연이나 기적이 아니며 새 5개년계획 실천에
있어 한편으로 파괴되었던 무수한 공장과 기업소와 농장들을 복구하는
사업을 병행하면서도 쏘련인민들은 5개년계획을 4개년에 다거[2] 완수
하는 비약운동을 일으키었고 이 역사의 바퀴를 특급으로 몰아치는 과
감한 운동도 초과적으로 달성될 것이 이미 예견되어 있었다. 문화면에
있어서도 조국전쟁 이후 급격한 역사적 단계들이 지나갔다. 전 연맹공
산당중앙위원회는 1946년 8월에 문학잡지 『별』과 『레닌그라드』에 관
한 결정서를 비롯하여, 영화 〈거대한 생활〉에 대하여, 드라마 극장 레
퍼토리와 그 개선을 위한 방침에 대하여, 가극 〈위대한 친선〉에 대하여
등 문학예술사상 큰 전환을 일으킨 결정서들이 뒤를 이어 발표되었다.[3]

---

2 당겨.
3 안드레이 즈다노프의 주도로 이루어진 결정서와 일련의 조치로서 전쟁 이후 스탈린치하에
서 문화예술정책은 작품 검열을 보다 엄격하게 시행하는 계기가 되었다.

무궁무진한 인민의 역량과 마르크스레닌주의 기치 아래 스탈린의 위대한 창조력으로 영도되는 소비에트에서의 하루나 하룻밤 동안이란 실로 비약과 창조로 찬 경이적인 시일이 아닐 수 없을 것이다.

나는 이 비약과 창조의 현실을 가끔 상상해 보았다. 이번 '조소 순간'에서 쏘련 예술가들을 통하여 오늘 쏘련 예술의 편린인 것을 보고도 나는 새로운 감동을 금치 못하였고 여기서 나는 5개년계획이 4개년에 다 거 완수되며 있는 오늘 쏘련 현실에 새로 부딪쳐보고 싶은 은근한 욕망과 그런 물질조건들과 전 연맹공산당중앙위원회로부터 누차에 걸친 역사적 결정서들이 나온 이후의 쏘련 문화예술 속에 다시 한 번 잠겨보고 싶은 욕망이 강하게 끓어오른 것이다.

이러한 나의 과분한 욕망이 이루어진 것이다!

내가 위대한 러시아 사회주의 10월혁명 32주년 기념절에 초청된 조선 문화 활동가 대표의 한 사람으로 모스크바에 가게 된 사실을 통지받기는 바로 '조소 순간'에 나온 시인 크리바쵸프 씨를 비롯한 쏘련 문화인들과 조선 문화인들이 '복스'[4]의 평양문화회관에서 좌담회를 갖고 있는 자리에서였다.

나는 침착할 수 없었다. 더구나 떠날 날짜가 촉박함으로 좌담회에서 중간에 자리를 일었다.[5]

나는 문화회관 정문 낭하에서 맞은편 벽면에 부조(浮彫)되어 있는 레닌 선생과 스탈린 대원수의 예연한[6] 면영들을 새삼스럽게 우러러 뵈었

---

4   쏘련의 대외문화협회. 주로 외국인 방문객의 안내와 통역 등을 주관함.
5   오탈자가 있는 대목으로 문맥상 '일어날 수밖에 없었다'의 의미.
6   예연(禮宴) : 예를 갖추어 베푼 잔치 또는 그와 같은 모습.

고 정문 밖에 나서 푸른 가을하늘에 불길처럼 퍼덕이는 붉은 깃발을 다시금 뜨거운 경의와 동경으로 쳐다보았다.

우리 공화국의 외무성에서 여권(旅券) 수속을 해보는 것도 나로서는 처음 가져보는 감격이었다. 나는 집에 돌아오는 길로 행장을 챙기기 전에 책장에서 『쏘련공산당약사』부터 꺼내었고 그 속에 10월혁명이 나오는 대목을 찾아 전에 붉은 줄로 그으며 읽은 구절들을 더듬어 보았다.

• 10월 24일(11월 6일) 밤 레닌이 스몰리니[7]에 도착하여 직접 폭동을 지휘하였다. 밤새도록 혁명적 군대와 적위병의 부대가 스몰리니로 도착하였다. 볼세비키는 임시정부가 진지를 구축한 동궁을 포위하기 위해서 그들을 수도의 중심으로 파송하였다.

• 10월 25일 순양함 '아브로라'[8]는 동궁을 향한 그 대포의 굉렬한 포성으로 새 기원(紀元) — 위대한 사회주의 혁명의 새 기원을 보도하였다.

• 10월 25일(11월 7일) 「러시아의 공민에게」라는 볼세비키의 선언이 발표되었다. 이 선언에는 부르주아 임시정부는 정복되고 국가정권이 소비에트의 수중으로 넘어왔다는 것이 발표되었다. 임시정부는 사관학교 생도와 돌격대대의 보호 하에 동궁에 숨어 있었다. 10월 25일(11월 7일) 오후 10시 45분 스몰리니에서 제2회 전 러시아 소비에트 대회가 열렸다. 이때 페트로그라드의 폭동은 이미 승리의 정점

---

7   스몰리니 사원. 러시아 상트페테르부르크에 있는 성당. 10월혁명 당시 레닌이 소비에트 혁명 본부로 사용했다.

8   Avrora. 곧 aurora, 오로라.

에 있었으며 수도에 있어서의 정권은 사실상 페트로그라드 소비에
트의 수중에 장악되어 있었다.

• "노동자 병사 및 농민의 절대한 다수의 의사에 의거해서 페트로
그라드에서 결행된 노동자 및 위수군의 승리적인 폭동에 의거해서
대회는 자기의 수중에 정권을 장악 한다"고 제2회 소비에트 대회의
선언 가운데 쓰여 있었다.

• 제2회 전 러시아 소비에트 대회에서는 최초의 소비에트 정부
— 인민위원 소비에트가 조직되었다. 레닌이 최초의 인민위원 소비
에트 의장으로 선거되었다.

이 간략하나 위대한 사실의 기록은 32년 전 러시아 인민들의 영웅적
피로 물들은 붉은 10월의 폭풍과 그로 인하여 20세기 위에 열려진 창세
기적 장엄한 광경을 우리 눈앞에 방불케 하는 금문자(金文字)들이다. 나
는 이 금문자들을 재삼 숙독하면서 이번 혁명절의 쏘련에 가기만 하면
스몰리니에서 무장군중들에게 위대한 창조적 폭동을 전광석화적으로
지휘하는 대 레닌의 풍모며 동지들의 피와 살점이 뛰는 동궁 앞 적의
최후진지를 돌파하는 선진 러시아 인민들의 노도와 같은 함성을 그대
로 보고 그대로 들을 수 있을 것 같은 충동을 받았다.

우리 일행은 재정상 최창익 선생과 작곡가 김순남 동무와 배우 박영
신 동무와 노동자 김승헌 동무와 농민 최재린 동무와 필자 등 여섯 사
람으로 구성되어 10월 28일 오전 10시에 공로로 쏘련을 향하여 평양비
행장을 떠났다.

비행기 안은 다채로웠다. 쏘련 적십자사에 초청되어가는 조선적십자사 이동령 씨 일행 두 분과 지난 8·15 때 조선에 왔다가 귀국하는 쏘련 영화촬영기사 셋드키나 여사와 벨랴코프 씨가 있었고 집에 다니러 왔던 모스크바종합대학생 김영주 군이 같이 가게 되어 우리들은 따로 안내자나 통역이 필요치 않게 되었다. 그중에도 누구에게나 유쾌하고 무험한 친근감을 주는 셋드키나 여사와 벨랴꼬브 씨는 비행기가 두만강을 넘어서기가 바쁘게 "이제부터는 우리가 주인으로 당신네가 손님으로 바뀌었다" 하고 주인의 입장을 차지하고 나섰다. 우리들은 더욱 마음 든든한 여행을 할 수 있게 되었다. 셋드키나 여사는 자기만 저명한 촬영기사인 것이 아니라 자기 남편도 공훈 많은 촬영기사로서 그도 본국을 떠나 중국으로 갔었는데 혁명절까지 돌아와 주었으면 좋겠다고 하였고 비행기 안에서 어떤 쏘련 여류작가의 단편집을 읽고 있었는데 우리들이 심심해하는 듯하면 가끔 보던 책을 덮고 새 화제를 꺼내주었다.

　　이 셋드키나 여사와 같이 쏘련에는 학문에나 기술에나 예술에나 전문 방면이 같은 부부가 많다. 내가 아는 범위에서도 세 외교관이 그 부인들까지 다 같은 외교학교를 나온 분들끼리이며 원산 어느 공장에서는 조선노동자들에게 기술전습을 주던 기사가 병으로 돌아간 그 부인이 그 자리를 대행하는 동일 전문기술자였었다. 이번 '조소 순간'에 나온 두 무용가들도 부부간이라 한다. 쏘련에서는 남녀공학이 전문과 대학부터이므로 서로 이성을 사귈 환경부터가 그러하거니와 부부간에 종사하는 사업이 같은 방향이라는 것은 부부간이 애정으로 뿐만 아니라 사업으로까지 결합할 수 있을 것이며 이것은 그 자신들의 발전과 국가에의 공헌을 더 높일 조건이 될 수 있을 것이다.

우리는 오후 한 시 좀 지나 워로실로프에 도착하였다. 쏘련 측 세관으로부터 우리 여권을 사증하였고 짐도 비행기에 있는 채 친절히 대강 점검해 주었다. 우리는 평양보다는 바람에 냉기가 있는 이곳 비행장 잔디밭에서 점심을 먹고 한 시간 뒤에 다시 날아 오후 다섯 시에 황혼 어린 아무르 강변 하바롭스크에 도착하였다.

여기 시(市) 소비에트와 시 당에서 우리를 영접해 주었다. 나는 여기 서부터 쏘련의 구체적인 현실에 부딪치기 시작하는 것으로 1946년에 왔을 때와 우선 달라진 것은 비행장에 나온 자동차들이 모두 새 5개년 계획에서 생산된 쏘련제들이며 경쾌한 '포베다'[9]와 고급차 '씨쓰'는 군데군데 최근에 준공된 듯한 고층건축들이 선 새 아스팔트길을 달리는 것이었다.

우리가 호텔에 방들을 정하고 세수를 하고 식당으로 내려올 때는 길거리에 전등만 휘황한 밤이었고 기후는 벌써 유리창마다 김이 서리고 스팀 가까운 자리가 앉고 싶었다.

호텔 건너편에는 큰 식료품점이 있어 마주 건너다 보였다. 김 서린 진열창에 포장 화려한 식료품들은 온실 속의 화초 같았고 자정 가까운 때까지 문이 열려 있는데 자동차를 세우고 들어가는 사람도 많았다. 우선 나의 시야는 호텔 주변에 국한된 것이나 왕래하는 시민들의 의복이나 신발이 3년 전에 볼 때와는 월등히 우수해졌고 식료품 상점 앞에서도 배급을 타러 줄지어선 광경은 다시 볼 수 없는 옛말이 되고 말았다.

---

9 '승리'를 뜻함.

이날 밤 하바롭스크 시 소비에트 간부로 있는 조선인 김호길 씨가 우리를 찾아주었다. 그는 블라디보스토크에서 발간된 신문을 가져왔는데 나는 이 읽을 수 없는 신문에서 어떤 인물의 사진이 난 것을 들여다보다가 물었다. 김 씨는 요즘 여러 날 채 두고 이 원동지구에 있는 작가들을 소개하는 것이라 했다. 머지않아 이 하바롭스크에서 원동지구 작가대회가 열리는데 그 대회를 앞두고 이 지방 중요작가들을 인민들에게 다시금 소개하는 것이며 이곳 작가로 아샤예프라는 기사 출신의 신진작가는 '모스크바로부터 먼 곳'이란 토목건설을 테마로 한 소설로 작년도 스탈린상을 받았다 하였다.

우리는 이번에 이 하바롭스크 이외에도 시베리아 대륙에 점철되어 있는 많은 도시들 가운데 몇 중요도시를 구경할 수 있게 되었다. 나는 46년에 갈 때에도 비행기로 갔으나 그때는 대개 비행장 안 구락부에서 자며 갔으므로 시가들을 구경할 수 없었다. 이번에는 내리는 곳마다 시내에 들어가 자게 되므로 우리 조선과 국경을 가까이 한 이 시베리아의 중요 도시들을 비교적 자세히 볼 수 있음은 다행한 일이다.

이튿날 아침 우리는 일찍 7시 30분에 날아 정오 가까워 마그다까지라는데 내리었을 때 이곳은 눈이 두텁게 깔리고 영하 10여 도의 추위였다. 이곳 비행장 사람들은 우리가 평양에서 받은 꽃다발들을 보고 신기해하므로 우리는 꽃다발들을 다시 그분들께 선사하였고 가을꽃들이라 하룻밤에는 과히 시들지 않아 꽃다발들은 평양에서 우리가 받을 때보다 이 눈보라 치는 북국에서 조소친선을 위하여 몇 배 더 생색이 났다.

■■[10] 저녁 우리가 내린 곳은 북만주와 가까운 치타라는 도시다. 이곳 이 시 소비에트와 시당에서도 출영하여 호텔로 안내해 주었고 조선

대표단들이 공중으로 혹은 기차로 지나다니기만 하였지 여기 내리기는 처음이라 하며 성대한 만찬을 열어 우리를 환영해 주었다. 이 치타시는 1826년 데카브리스트[11] 농민폭동 이후 토호들과 차르 군경들이 모이기 시작하여 생긴 도시이며 만주를 통하여 조선과 연락이 되는 곳인 만큼 3·1운동 이후 조선혁명가들과도 인연이 깊었던 곳이라 한다.

이튿날 아침 호텔 식당에서다.

말을 알아들을 수는 없으나 틀림없이 시를 읊는 소리가 라디오에서 울려나왔다. 시 소비에트의 젊은 위원장은 설명하기를 지금 치타에서 바이칼 호 지구 작가대회가 열리고 있어 그곳으로부터의 중계라 하였고 지금 낭송하는 시는 1945년도에 만주와 조선에서 쏘련 군대가 일제를 무찔러나간 영웅적 전투에서 테마를 잡은 이곳 신인의 「최후의 총검」이란 서사시라 하였다. 그리고 그는 손에 들었던 찻잔을 멈추고 시 읊는 소리를 유의해 듣고 있었다. 행정일군들이나 이처럼 문학에 정통하며 자기들의 생활 속에 예술을 깊이 끌어넣고 있는 일면을 엿볼 수 있었다.

우리는 천기 관계로 치타에서 이틀을 묵게 되었다. 여기서 역시 10월혁명 기념에 초청되어가는 중화인민공화국 대표단과 만나 서로 뜨거운 친선의 손을 잡았던 것과 마침 공청(共靑) 창립 31주년 기념일이어서 치타 군인회관에 초대되었던 것은 날 흐린 치타에서 묵는 이틀 동안을 과히 단조롭지 않게 하였다.

군인회관은 그 안에 소극장이 있었다. 기념보고를 마친 군인 공청원들과 치타시 남녀 공청원들은 극장 2층 낭하를 이용한 화려한 무도장

---

10 두 글자 판독 불가.
11 러시아 최초로 근대적 혁명을 꾀한 혁명가들.

에서 춤을 추고 있었고 우리가 응접실에서 다과 대접을 받고 경축연에 인도되었을 때 우리는 극장 안 구조와 장식에 감탄하지 않을 수 없었다. 무대와 2층으로 된 객석의 조화가 포근하리만치 아늑할 뿐 아니라 금빛과 자줏빛과 하늘빛이 주조를 이룬 장식은 화려하면서도 청초하였다. 군인들은 훌륭한 악대의 합창단과 무용단으로 시베리아 민요와 러시아 민족무용을 하나같이 숙련된 연기로 보여주었다.

막간에는 두 번이나 청년군인이 나와 짤막한 만담을 하고 들어가는데 자세한 내용은 알 수 없으나 '아메리칸예즈'라는 말이 자주 나오는 것을 보아 미제국주의자들의 어리석은 꿈을 풍자하는 만담인 듯하였고 청중들은 허리를 펴지 못하고 웃었다.

쏘련에는 영화관이나 극장에서 막간을 이용하여 5분이나 10분 동안에 관객을 즐겁게 하며 훌륭한 정치적 교양이 되는 만담을 하는 것이 크게 유행되어 있다 한다. 나는 46년에 워로실로프에서 일본말 잘하는 장교로부터 그때 쏘련에 유행하던 만담 한 가지를 들은 일이 있는데 정치적 예견과 풍자의 심각함에 놀랐었다. 다른 것이 아니라 쏘련·미국·영국 세 나라 군인이 백림[12] 함락 직전에 백림 교외에서 만났다. 히틀러를 잡으면 어떻게 죽여야 시원할까 하는 문제로 토론이 되었다. 미국군인은 전기의자에 앉혀 전기로 지져 죽이자 하였다. 영국군인은 목을 옭아 매달아죽이자 하였다. 쏘련군인은 쇠꼬치로 찔러 죽이는데 한끝은 불에 달구어 가지고 안 달군 쪽으로 찔러죽이자 하였다. 이 쏘련군인의 의견에 미, 영 군인은 의문을 가질 밖에 없어 이렇게 물었다.

---

12 베를린.

"쇠꼬치를 달군 쪽으로 찔러 죽이지 않을 바엔 무엇 때문에 한끝을 불에 달구는가?"

"히틀러에게 박힐 쇠꼬치를 너희 놈들이 뽑아주지 못하게 하기 위해서다."

이것이 쏘련군인의 대답이었다는 이런 만담이었다. 전쟁 직후에 벌써 쏘련군인들은 미국과 영국이 히틀러를 재생시키고 싶어 하는 검은 뱃속을 이렇듯 투시했던 것이다.

우리가 치타에 이틀을 묵는 동안(중국대표단은 이르쿠츠크까지 기차로 계속해 떠남) 우리를 될 수 있는 대로 심심치 않게 해주기 위해 시 소비에트와 시당 동무는 호텔로 자주 찾아왔다. 그러나 그들은 만나면 빙긋이 웃을 뿐 말이 재거나 수다스럽지 않았다. 캡을 삐뚜름히 쓰고 얼굴 기름한 시당 동무는 장화 신은 걸음을 뚜벅뚜벅 걸으며 고불통을 늘 물고 있었다. 그는 과묵하면서도 조금도 근엄하지는 않았다. 시 소비에트 동무는 훨씬 젊은 사람인데 입가에 늘 미소를 띠우나 눈은 만날 때마다 새로 보듯 이쪽을 주목해 보는 것이 퍽 소박한 인상을 주었다.

나는 쏘련 동무들과 처음이 아니다. 46년에 쏘련에서도 여러 층의 사람들과 접촉해 보았고 조선서도 그 후 여러 동무와 알고 지내었거니와 이들에게는 명랑과 과묵을 한데 가지었고 세련과 소박을 한데 가지었으며 겸손과 용감을 한데 지닌 공통된 특징을 가끔 느끼었다. 동행중에 있는 두 남녀 촬영기사들도 그런 아무나 친숙할 수 있는 소박과 함께 세련되었으나 날카롭지 않고 무한 부드러운 감촉으로 차 있었다. 우리 일행 중에 김순남 동무는 멀미 때문에 비행기만 타면 꼼짝 못하였고 김승헌 동무는 술이라고는 한 방울을 못하여 식탁에 나앉기만 하면서너 개씩 으리으리하게 벌어져 놓인 술잔들에 전율한다. 셋드키나 여사는 순남 동무의 간호부 노릇을 하였고 나중에는 머리가 시리리라 하여 자기의 모자까지 씌어주는 소탈이었으며 벨랴꼬브 씨는 승헌 동무의 잔에 굳이 독한 술부터 따르는 짓궂음이었으나 가장 큰 잔에는 남몰래 사이다를 따라주곤 하였다.

이번 치타시의 두 동무에게도 우리는 잠시 묵는 동안이나 은근히 정이 들었다. 내가 이런 인상들로 만나고 사귀고 한 쏘련 사람들은 수십 명의 다른 사람들이나 그들은 한 사람을 수십 번 만난 것처럼 깊은 정이 들곤 하였다. 이런 인상은 나만이 아니라 치타를 떠날 때 우리 일행의 여러 사람이 같은 감상을 말한 것이다.

우리가 쏘련에 들러서 세 번째 내린 곳은 시베리아대륙의 중심점이 되는 노보시비르스크라는 도시였다.

이곳은 30년 전만 하여도 수목만 우거진 황량한 들판이었다 한다. 그러나 오늘은 잠시 길거리를 지나치며 보는 것만으로도 훌륭한 문화도시임을 느낄 수 있었다. 호텔로 가는 길 자동차 속에서 우리는 하도 인상적인 건물들이 보이기에 출영 나온 역시 시 소비에트와 시당 동무들에게 물었더니 어떤 것은 아동극장이라 했고 어떤 것은 마야코프스키 영화관이라 했고 굉장히 거대하게 보이는 하나는 2천4백 평 기초 위에 지어졌고 2천5백 명의 좌석을 가지어 전 소연방에서 제일 큰 가극장이라 하였다.

이 노보시비르스크의 대 가극장은 전 소연방적(全蘇聯邦的)으로 유명할 뿐 아니라 세계적 저명한 가극장이 아닐 수 없었다. 우리는 저녁이 늦었고 이튿날은 계속해 날게 되어 이 가극장에서 가극은 구경하지 못하였으나 떠나는 아침 건물만은 안팎을 구경하게 되었다.

멀리 정면으로 바라보면 세 계단으로 높아진 건물인데 전면 한 계단은 4각기둥들로 전체가 4각의 윤곽을 가지었고 그 뒤로는 둥그런 대궁륭형의 지붕이 솟았는데 이것이 2천5백 명이 둘러앉는 관람석이며 그 뒤에 다시 더 높이 솟은 4각의 윤곽은 무대건물이었다. 끝이 안 보이는 대반원형(半圓形)의 무도장이 있으며 관객석은 몇 층으로 나뉜 것이 아니라 무대 앞에서부터 천정이 닿은 꼭대기까지 언덕이 저 올라갔으며 맨 끝으로는 고대 명조각들을 모작한 대리석 인체(人體)들이 둘러서 있었다. 고전적인 곡선과 현대적인 직선이 훌륭히 조화된 건축이며 전아한 맛과 웅장한 맛이 한데 어울린 구조와 장식이었다. 이렇게 큰 극장은 저녁때만 갑자기 덥힐 수 없는 때문인지 이른 아침에도 어느 구석이나 다 훈훈한 온도를 가지고 있었다.

이처럼 웅대한 가극장도 조국전쟁 당시에 지은 것이라 하였다. 방대하고 특수한 건축이요, 조각과 벽화 등 예술적 세공이 많이 드는 건물이어서 조국의 한편 땅과 도시들이 일시나마 히틀러 야만들에게 점령되어 있던 시일에 있어 건축공사의 계속은 매우 곤란했던 것이 사실이나 저 유명한 1941년 붉은 광장 열병식에서 스탈린께서,

"파시스트들의 멸망은 필연적일 것이니 평화건설도 계속해 하라."

하신 말씀에 전 쏘련인민들은 필승의 신념을 더욱 굳게 하였고 모스크바 지하철 같은 대토목공사도 계속해 했으며 이곳 노보시비르스크 인민들도 자기들의 예술전당의 하나인 이 가극장 건축에 더욱 발분하여 다른 날도 아니요 바로 1945년 5월 9일 히틀러 독일이 꺼꾸러진 전승일에 이 대 가극장의 개관식을 거행한 것이라 하였다.

이 노보시비르스크에는 소연방에서 가장 큰 정거장도 있다 하나 우리는 떠날 시간이 바빠 바로 비행장으로 나오고 말았다.

우리가 시베리아대륙 횡단에 있어 끝으로 내리었던 스베르들로프스크[13]는 10월혁명 때 제정러시아의 최후의 황제 니콜라이 2세가 동쪽을 향하여 도망하다가 인민들에게 잡혀 처단된 곳으로 유명하거니와 이미 공중으로 지나온 톰스크가 의학 도시로 저명한 것처럼 이곳은 공업 과학의 도시로 전 소연방적으로 유명하다.

비행장에서 시내까지는 상당히 멀었다. 삼때처럼 밋밋한 솔밭을 끼고 5, 6십 리는 되염직한 아스팔트길을 달리는 동안 목재공장도 지나고 공업도시답게 광석을 싣고 시내를 달리는 기차와도 어긋났다. 고저의 변화가 있는 도심지대에 들어서며 눈발이 날리는 속에서 어떤 건물들은 벌써 혁명 기념의 붉은 장식을 하는 것을 볼 수 있었다.

시베리아는 비행기 밖을 나설 때나마 뺨이 시리었다. 그러나 여기서는 어떤 기관이나 어떤 호텔이나 집안에 들어서기만 하면 봄날 같이 훈훈해 좋았다. 무거운 외투들을 벗고 세수들을 하고 눈 날리는 창가에 무성한 고무나무 가지가 드리운 식당에 모였을 때다. 우리는 5, 6명 조선 유학생들의 내방을 받았다. 모두 건강한 얼굴들로 그들은 우리에게 조국의 남북통일의 정형부터 물었다. 우리 일행이 조선의 남북통일정형에 관한 질문을 받기는 우리 유학생들을 만나 처음이 아니었다. 비행기에 기름을 넣으러 잠시 내리었던 마타까지에서와 크라스노야르스크[14]에서와 노보시비르스크에서 쏘련 동무들로부터도 이미 몇 차례 받아온

---

13 예카테린부르크.
14 Krasnoyarsk. 크라스노야르스크는 예니세이 강 하류에 있는 도시.

질문들이요 우리로 하여 어느 대답에보다 입을 무겁게 한 질문들이다.

이 스베르들로프스크에는 조선학생들이 많이 와 있다. 구라파 민주주의 국가들에서 여섯 나라 학생들이 와서 이공학 방면에 공부하고 있는데 특히 조선학생들의 성적이 우수하다고 시 소비에트 동무는 칭찬하였다. 조선학생들의 말을 들으면 교수와 학생들이 외국학생들에게는 그 생활과 공부에 언제나 우선적인 편의를 보아주므로 불편을 느낄 일은 한 번도 없으며 벌써 음식과 기후에도 익어졌고 노어에도 자유로워져 쏘련 학생생활의 즐거움을 남김없이 누린다 하였다. 처음에는 노어공부 때문에 더욱 노어사전이 적어서 밤에 순번으로 두 시간씩 자지 않고 노어사전을 뒤지기에 건강을 해한 사람도 있었으나 지금은 그런 애로도 극복된 지 오래라며 방학 때는 건강상 필요하면 휴양소에도 보내주고 여행이 필요한 학생들에게는 멀리 중앙아시아에도 보내주어 조선 사람들 콜호즈에 가서 조선 가정들에서 친아버지나 어머니 같은 애무와 대접을 받고 온 학생도 많았노라 하였다.

이 스베르들로프스크에는 저명한 이공학 방면의 학자들이 많으며 우랄지대 전설에서 취재한 『돌꽃』의 작가 바조프[15] 노인도 이곳 작가 동맹지부 위원장으로 있다 하였다.

여기서도 날씨가 좋지 않아 하루를 더 묵었으나 모스크바 도착을 하루를 앞둔 곳이라 피로와 초조한 마음들이어서 구경보다는 뜨뜻한 호텔 속에서 쉬기로들 합의하였다. 푹 쉬게 좋은 창들이었다. 벽이 두텁고 이중으로 된 창들에는 다시 이중의 커튼이 드리웠다. 공기를 갈기

---

15 파벨 바조프.

위해서는 창마다 다시 신문 반절만 한 되창이 따로 붙어 있었다. 창 위에는 눈발이 희끗희끗 날리고 하늘 끝은 눈때로 아득하여 언덕 위에 솟은 큰 건물들이 어렴풋할 뿐 시가의 끝이 보이지 않았다.

이 시베리아호텔들의 식당이나 객실들에 걸린 그림은 대개 심수한 산림과 황혼 빗긴 호수와 투르게네프의 『엽인일기』를 연상시키는 사냥 장면을 그린 그림들이 많다. 우랄 산에는 여러 가지 대리석과 보석이 많아 『돌꽃』 같은 아름다운 인민들의 창작이 전해지듯 전체 시베리아로 볼 때는 그 끝없는 산림들과 무수한 강들과 호수와 또한 여러 가지 맹수들에 관한 전설도 많을 것이었다.

우리 조선에도 물 맑은 호수와 강이 많으나 바이칼 호는 바다처럼 크며 거기서 흘러나오는 앙카라 강은 대동강보다 몇 배나 크면서도 맑은 것이 더 신비스러웠다. 앙카라 강은 천 미터 이상 공중에서도 바닥이 알른알른 들여다보였다. 이 앙카라 강은 이 추운 지대에서도 얼지 못하는 데가 많도록 급류(急流)로 유명하다. 이 급류를 이용하여 앞으로 수력 발전을 계획한다 하며 이 계획이 완성되면 그 전력은 2만 5천 리의 시베리아 철도를 전기화하고도 남으리라 한다. 시베리아는 땅도 넓거니와 강의 변화도 많다. 선진한 과학의 무기를 든 쏘련인민들 앞에 대 시베리아의 자연은 가지가지 꿈을 자아내게 하며 이 꿈들이 또박또박 실현되는 무변한 새 문명의 무대로 전개되어 있다. 최근 쏘련서는 원자력으로 시베리아의 큰 강들을 역류(逆流)시키어 중앙아시아 사막지대를 옥토화할 계획이 발표되었거니와 이미 미추린 학설이 이 상동지대(常凍地帶)에 기여한 문화의 꽃과 열매도 한두 가지가 아닐 것이다. 제정시대에는 기근과 질병과 추위와 저주의 귀양살이들로 울타리 없는 감옥 지대였으나 혁명 후 불과 30년에 오늘 시베리아에는 무수한 새 도시들이 일어났으며 그 도시들은 하나같이 대학과 극장들부터 지어진 문화도시들이었다. 모스크바로부터 가장 먼 변강 하바롭스크에서 일개기사로 있던 무명청년도 일약 스탈린 계관의 작가가 되며 눈보라와 맹수들만 울부짖던 원시림 속에서 세계적 과학과 예술의 전당을 흘립하였다.[16] 나는 그전 어떤 여행가의 아메리카 기행의 한 구절이 여기서 대조적으로 생각났다. 인간이 노예로 매매되며 시인 애드가 앨런 포가 굶어죽은 아메리카를 가리켜 "가스등이 번쩍이는 무변의 만경(灣境)이라" 하였다.

이 만경 아메리카에 있어서는 오늘도 의연 흑인들의 노예적 비애는 제거되지 않았으며 양심적인 예술가들은 기근과 철창에 신음하는 중세기적 암흑이 걷히지 않았다. 그러나 오늘 쏘련의 시베리아 대륙은 기근도 질병도 귀양살이도 아득한 옛말로 사라졌고 오직 풍요한 물질과 숭고한 민주 도덕 속에서 과학과 예술의 꽃이 처처에 불야성을 이루어 피어 나가는 무변의 낙원이었다.

우리는 평양을 떠난 지 이레만인 11월 4일 오후 4시에 붕정만리(鵬程萬里)의 모스크바에 무사히 당도하였다. 쏘련 대외문화협회의 깔리쉬얀 부위원장을 비롯한 여러분의 영접과 카메라맨들의 포위 속에 우리는 여러 날 정든 비행기를 내렸다.

"얼마나 피곤들 하십니까?"

---

16 깎아 세운 듯 우뚝 솟아 있다.

쏘련 청년인데 능숙한 조선말로 깔리쉬얀 씨의 인사를 통역하였다. 그는 모스크바동양대학 조선어과 학생이라 한다.

복스 인사들 가운데는 낯익은 분도 한 분 있었다. 평양 문화회관에 와있다 들어온 페로프 동무였다. 우리는 반가운 악수를 거듭하면서 자주 모본단 털배자를 입고 자기나라 수도에 내리는 셋드키나 여사 일행과 섭섭히 헤어져 제 일행끔 차에 올라 비행장을 나섰다.

모스크바는 거리마다 집집마다 벌써 가지가지 현란한 장식으로 10월의 붉은 폭풍을 연상시키고 있었다. 바람에 날려 더욱 불꽃같은 혁명의 기, 붉은 깃발들, 흰 표어를 쓴 붉은 플래카드들, 붉은 바탕에 아롱져 날리는 16공화국 국장들, 붉은 테에 둘린 마르크스, 엥겔스, 레닌, 스탈린의 초상들, 알른거리는 길바닥에도 붉은 한 빛으로 노을져 있었고 서물거리는 자동차 떼들에도 붉은 한빛으로 반사되어 있었다. 넓은 길바닥이 자동차로 꽉 덮여 길 전체가 범람한 강처럼 흐르고 있었다.

우리는 인연 깊은 사보이호텔에 여장을 끌렀다. 세수도 할 사이 없이 우리 공화국 주소대사 주영하 선생 이하 여러 관원들이 달려왔다. 어제부터 기다리었으나 여객기와 달리 어느 비행장으로 내릴지 연락이 되지 않아 궁금했노라 하였다.

우리는 외국에 왔으되 자기 대사관이 있는 든든함을 처음 맛보며 모스크바에서의 첫 식탁을 우리 대사와 같이 하였다. 그리고 이번 10월 혁명 32주년 기념표어에 '통일적 조선민주주의 인민공화국 만세!'가 들어있다는 말을 주대사로부터 듣고 우리는 깊이 감격되었다. 조선인민들에게 있어 조국 통일 사업은 자기 조국에 국한된 사업이 아니란 것을 우리는 다시금 절실히 깨닫지 않을 수 없었다.

모스크바는 눈도 아직 내리지 않았고 기온도 과히 차지 않았다. 복스에서는 모스크바 대극장에서 명 무용가 티호멜로바 주연의 〈백조의 호수〉가 오늘 저녁까지이니 구경 가자 하였다. 우리는 얼마 피로하다 하여 이 모스크바 대극장에서 아니면 볼 수 없는 세계적으로 명성 높은 무용극을 마다할 리 없었다.

이 무용극은 러시아의 고전으로서 동양에는 '백조의 죽음'으로 널리 알려져 있다. 이 작품 전체를 무용극으로 하기 어려우니까 흔히 무용가들이 독무(獨舞)로써 백조의 죽는 장면만 하였기 때문에 '백조의 죽음'이란 가명이 붙었으나 사실은 호수 속 악마에게 억압되어 백조노릇을 하던 인간여성이 사랑하는 남자가 악마와 싸워 이기어 백조는 사람으로 환생(還生)하는 것이다. 정의는 악을 이기며 억압 밑에 있던 약자는 싸우면 해방된다는 러시아 고전 공통의 다분한 휴머니티를 가진 아름답고 즐거운 작품이다. 수십 마리 백조의 떼가 모두 명무(名舞)들이었는데 오데트 역을 하는 티호멜로바가 나오면 그는 다시 그 속에서 뛰어나 그야말로 닭 무리 속에 학을 보는 것 같았다.

이튿날 우리는 모스크바의 중요한 거리들을 자동차로 한 바퀴 돌았다. 네거리를 만날 때마다 앞을 가로 건너는 자동차의 떼로 한참씩 기다리게 되는데 3년 전과 비교하여 자동차는 10배 이상 많아 보였고 쏘련 차보다 외국차가 더 많던 것이 이번에는 바뀌되 외국차는 어쩌다 한 대씩 볼 수 있는 정도다. 물론 국영들이나 상점이 부쩍 늘었고 길 가면서도 사기 쉽게 필수품들은 이동 점포들이 많았다. 전에는 사람들이 표를 들고 물건을 따라가 줄지어 섰었으나 오늘은 물건들이 이동점포로 줄지어 다니며 사람들을 따르고 있었다. 3년 전에는 본 기억이 없는 새 고층건물이 군데군데서 마주쳤다. 어떤 것은 준공이 가까운 것도 있으며 어떤 것은 철골만 10여 층 솟은 것도 있었다.

26층짜리 모스크바종합대학을 비롯하여 30여 층짜리 정부청사며 호텔 등 여덟 채의 대 건물이 52년도까지는 완성될 계획에 있다 한다. 그 외 7, 8층짜리 공동주택들은 무시로 한편 준공되며 한편 새로 기공하며 있는데 주택건축도 공업화하여 가옥의 부분 부분을 공장에서 대량으로 생산해다가 맞춰 세우면 되게 마련이라 한다.

모스크바의 또 하나의 새 인상은 가로수가 많아진 것이다. 삼 년간에 자란 어린나무들이 아니라 3, 40년짜리 한 아름씩 되는 큰 나무들이요, 이 여러 만 주 되는 나무들이 산림 속에서 캐어온 납작한 나무들이 아니라 하나같이 보기 좋게 사방으로 둥글게 퍼지어 따로 서서 자란 나무들임에 놀라지 않을 수 없었다. 쏘련은 식목 같은 것에 있어서 이처럼 기동성 있고 스케일이 커서 경이적인 전변을 일으켜 놓았다.

한 상업도시로서 무계획적인 곡선의 거리가 많던 모스크바는 크레믈린을 태양처럼 중심 삼아 무수한 현대적 직선의 거리들이 방사선형으로 퍼져가고 있다. 근로자들의 경쾌한 발이 되어주는 지하철은 처처에 궁전처럼 화려한 정거장들을 가졌고 모스크바 강 아름다운 기슭에는 7, 8층의 노동자 주택들이 어깨를 걸고 둘러서며 대학과 극장들과 공원들과 웅장한 호텔들도 해마다 늘고 있어 공산주의 수도이며 세계 인민의 서울다운 위풍을 갖추며 있었다.

이날 저녁도 우리는 대극장에 안내되었다. 쏘련에서 가장 인기 높은 테너 레미쏘브가 렌스키 역을 하는 푸시킨의 〈예브게니 오네긴〉을 보았다. 나는 이 가극이 두 번째다. 모스크바에서는 이 대극장과 '무하르'

란 약칭으로 불리는 아카데미예술극장에서는 유명한 고전가극과 극들을 하루 혹은 이틀씩 짜른 기간을 두고 무시로 상연하고 있다. 이것은 모스크바에는 세계 여러 나라 사람들이 무시로 오므로 그들이 단기간에 여러 가지 명작들을 구경할 수 있는 편의를 돌보는 때문이라 하였다.

모스크바는 하룻밤을 지내고 나설 때마다 붉은 빛이 주조가 되는 혁명절 장식이 다시금 짙어 갔다.

위대한 사회주의 10월혁명 32주년 기념보고대회 초대장을 받은 6일 날 오후에 우리는 우리 대사관의 주선으로 흰 생화로 만든 화환을 받들고 붉은 광장에 있는 레닌 선생 묘소를 참배하였다. 붉은 광장에는 각계각층의 쏘련인민들과 세계각지로부터 온 여러 나라 사람들이 그 넓은 마당 그뜩히 서서 추모하는 마음들로 레닌 선생 묘소를 우러러보고 있었다. 이날은 일반에게는 공개하지 않아 우리 조선대표단만 화환을 받들고 들어갔다. 정면 대리석 벽 앞에 화환을 드리고 아래층으로 내려가 투명관 속에 언제나 한 모양으로 누워 계신 선생의 얼굴과 두 손을 뵈었다. 32년 전 이날 스몰리니에서 전광석화적으로 새 세기를 창조하신 인류의 대 영웅은 영원한 기념상처럼 고요히 누워계시었다.

이날 밤 보고대회는 모스크바 대극장에서다. 우리는 멀리 우리 조국에서도 북반구 방방곡곡에서와 남반부 해방구들과 빨치산 지대마다에서 기념보고대회들이 열릴 것을 상상하면서 복스 동무들의 안내로 회장을 향하였다.

이 대극장은 레닌 선생께서 최후의 연설을 하신 곳이며 스탈린 대원수께서 오늘 쏘련의 승리와 건설을 맹서하였던 그 역사적 무대다. 장중한 기둥들에는 마르크스, 엥겔스, 레닌, 스탈린의 네 초상이 걸리었고 말 달리는 조각이 있는 지붕 위에는 16공화국 국장들이 붉은 깃발에 장식되어 있었다.

우리는 무대 바른편 2층에 인도되었다. 무대는 황홀했다. 얼른 보아 불꽃과 황금 속에 레닌과 스탈린의 옆으로 겹친 초상이 걸리었고 그 밑에는 청초한 흰 꽃들이 동산을 이루어 피어 있었다. 자세히 살피면 초상화들 밑에서 틀처럼 받든 것은 보리이삭을 감아올린 16공화국 국장의 리본이며 초상 위에는 노문으로 "쏘련인민의 수령인 스탈린 만세!"와 "위대한 사회주의 10월혁명 32주년 만세!"란 구호가 두 줄로 전등에 장식되어 있었다. 주석단은 무대 훨씬 전면에 자리 잡아 있었고 주석단 뒤에는 쏘련 보병대 함대 항공대 근위대 국경경비대 보안대 등의 군기들이 늘어서 있었다.

이런 현란하고 엄숙한 무대를 향하여 마제형[17]으로 둘린 여섯 층 객석들은 정각 전에 찼는데 세계 모든 민족이 다 모인 듯 여러 가지 모색과 얼굴을 볼 수 있었고 객석 다섯 난간마다 붉은 바탕에 흰자로 표어들이 걸리었는데 가장 중간에 걸린 것은 "평화를 위하여 투쟁하는 인민들에게 형제적 축하를 드린다!"라는 표어라 했다.

정각 일곱 시가 되자 우렁찬 박수 속에 수웨르니크 선생 몰로토프 선생 여러 사진에서 익은 면영의 주인공들이 나타나 주석단에 착석하였고 모스크바 시 소비에트 위원장 빠쁘브 씨의 사회로 개회선언이 되었다. 대관현악의 쏘련 국가 주악이 끝나자 "스탈린을 수석으로 한 우

---

17 馬蹄形. 말굽과 같은 모양.

리 정치위원단을 주석단으로 추대하자"는 그리스 챠니놉 씨의 제의가 열광적인 박수로 접수되었고 이에 말렌코프 선생으로부터 전 세계의 이목이 긴장한 속에 위대한 사회주의 10월혁명 32주년 기념보고가 시작되었다.

말렌코프 선생의 음성은 우렁차나 분명하고 박력 있었다. 박수가 일어날 때마다 동양대학 조선어과 학생 유리 군은 요지를 민첩하게 통역해주었다.

말렌코프 선생은 자기 보고에서, 쏘련은 역사상 오늘과 같이 옳게 구■되고[18] 친선관계인 나라들로 인접한 때는 없다 하였으며 서쪽에서 민주 파란,[19] 민주 체코슬로바키아, 민주 헝가리, 민주 루마니아, 민주 불가리아를 들었고 동쪽에서 몽고인민공화국과 우리 조선민주주의인민공화국과 중화인민공화국을 들었다. 여기서 우렁찬 박수는 터지기 시작하여,

"소비에트 사람들은 평화옹호자들의 대열을 각 방면으로 강화 확장시키며 침략자들의 범죄적 계획을 파탄시키기 위하여 힘과 노력을 아끼지 않을 것이다."

라는 구절에서 청중들의 열렬한 박수는 더욱 고조되었으며

"전쟁을 우리가 두려워할 것이 아니라 제국주의자들과 무력침공자들이 전쟁을 반드시 두려워하여야 할 것이다."

라는 데서와,

"만일에 제국주의자들이 제3차 세계대전을 야기한다면 그 전쟁은

---

18 문맥상으로는 '구현되고'의 뜻이나 글자는 판독 불가.

19 폴란드.

어떤 개별적 자본주의국가에 대한 무덤이 될 것이 아니라 전체 세계적 자본주의에 대한 무덤이 되리라는 것을 의심할 수 있겠는가."

라는 통쾌한 반문에는 저마다 함성을 지르듯 하는 열광적 박수가 오랜 동안 끊어질 줄 몰랐다.

"인민과 당의 혈연적 관련은 매일같이 공고화되고 있다. 여기에 당의 무적성과 소비에트 국가 위력의 원천이 있는 것이다. 우리의 당은 그 어느 때보다도 당중앙위원회와 스탈린 동무의 주위에 가장 튼튼히 결속되었으며 유일하고도 무적한 역량으로 되어 있다."

이 구절에 이르러 청중들의 긴장과 열광은 절정에 닿았으며 70분간에 걸친 이 역사적 대보고가 "전 세계 평화 만세!"로 끝이 날 때 전 청중은 총 기립하였고 박수는 우레처럼 대극장을 흔들었다. 흔들리는 대극장 속에서는 여기저기서 "스탈린 동무 만세!" "위대한 스탈린에게 영예가 있으라!" "위대한 스탈린 만세!" 소리들이 연이어 일어났다. 역사에서 멸망하여 가는 자들에게는 무자비한 판결이요 역사에서 신흥하는 인민대중에게는 무한한 힘과 승리의 담보가 되는 이 획기적 보고 뒤에 일어나는 박수와 만세소리들은 오랜 전투에서 적진을 점령하고야만 병사들의 총검을 잡고 외치는 함성처럼 엄숙하고 장엄하게 들리었다.

"역사의 운명에 멸망하여가는 자들은 발악하라!"

보고는 그 대단원에 이르러 이렇듯 당당히 선언한 것이다.

우리 조선대표단은 이 말을 받아 속으로 이승만과 미제국주의자들에게 외치며 통쾌한 손뼉을 두드렸다. 끝으로 스탈린 대원수께 드리는 메시지의 통과로 이 세계사적 중대한 발언의 보고대회는 끝을 맺었다.

휴게실로 나온 내빈들은 뜨거운 긴장과 통쾌감으로 여기저기 한패

씩 뭉치었다. 외국대표단들은 말렌코프 선생의 보고를 한 구절이라도 더 내용을 알려 통역을 둘러쌌으며 말은 통치 못하나 서로 나라 다른 인민들의 대표들끼리라도 뜨거운 동지적 시선과 악수를 주고 받았다. 여기는 우리들의 심장 모스크바이며, 이날 저녁은 말렌코프 선생 보고에서 세계인민 전체가 가질 안도감과 무적의 승리감을 공통으로 느끼었기 때문이었다.

반 시간 뒤에 바로 그 무대 위에서 경축연예가 시작되었다. 이날 저녁 음악과 무용에 출연한 예술가들은 세계적으로 또는 전 쏘련적으로 저명한 영예의 '쏘련인민배우', 각공화국 '인민배우'의 명칭을 받은 예술가들이며 그들이 들고 나온 예술은 각 민족들의 전통 오랜 인민가요와 인민무용이 많았다.

러시아공화국의 대표적인 성악가들인 미하일로브, 꼬슬롭쓰끼, 차레브, 레미쏘브, 멜릭 빠샤에브, 백러시아의 볼르보로브, 우크라이나의 소프라노 쨔브따리, 우즈베키스탄의 무용가 이스마일노바, 아르메니아의 리시지안, 라트비아의 테너 푸린벨크, 그루지야의 테너 아미라나슈윌리, 카자흐스탄의 소프라노 빠그타노바, 기타 쏘련 방송위원회 합창단을 비롯한 국립 성악단들과 국립인민무용단과 붉은 군대 무용단들이 출연한바, 쏘련 국가와 스탈린의 노래가 합창으로 가장 웅장하였고 슈만의 무성가(無聲歌)가 저명한 여류가수들로 합창되었는데 말없는 콧소리만으로 부르나 형식주의적인 효과가 아니라 어떤 억센 결의의 선포처럼 저력 있고 장중하게 들리었다. 이 세계적 대가들의 총출연 속에서 먼 지방 카자흐스탄의 민요 〈똠뿌라〉를 부른 빠그라노바 양이 절찬을 받은 것도 이채로웠다. 붉은 군대의 무용은 이미 영화를 통하여 보았거니와 인체운동의 상식을 깨뜨려버리는 그 정력적이요 초인체적인 데는 다시금 놀라지 않을 수 없었다.

이날 밤의 경축연예는 러시아를 비롯하여 소연방 여러 공화국들을 대표한 예술가들의 총출연이며 여러 민족 인민예술들의 일대 협동경연이었다. 남국의 그윽한 꽃향기에 취하는가 하면 북국 눈벌판 위에서 별 쏟아 부은 하늘을 쳐다보는 듯도 하며 고요히 종달새소리를 듣다가 천인절벽에 떨어지는 폭포소리를 듣는 듯도 하였다.

민족들은 저마다 창조한 고유한 미를 가지고 있었다. 인류의 구국의 발전 목표는 평화와 문화일 것이다. 세계문화의 보고는 자본주의 강점자들이 자기것 하나로써 타민족들의 것을 말살하는 코즈모폴리터니즘의 문화로 될 것이 아니라 가장 진리인 스탈린적 민족정책이 지시하는 바와 같이 각개 민족이 동등한 입장에서 자기 고유의 것을 발전시킨 문화들의 총화로써 구성될 것이다. 이날 저녁 경축연예는 세계 각국민족들이 머지않은 미래에 한데 어울려 꽃동산을 이룰 새 세계문화의 일 면상이었다. 예술적으로 신운이 동하는 도취경이었던 것은 물론, 한 무대에서 여러 민족의 고유한 예술을 볼 수 있는 점으로나 각이한 전통과 특색 있는 선율들이 한데 어울려 대 조화경을 이루는 것은 이미 각종 인간 전체의 평화향이 된 쏘련에서 아니고는 볼 수 없는 선진적 문화현상이었다. 항구한 평화와 함께 마침내 도래하고야 말 인류 전체의 새 문화 새 세계문화의 찬란할 미래를 우리는 이날 저녁 경축연에서 이미 존재한 현실로서 목격한 것이다.

우리는 이날 밤 엄숙한 감격과 현란한 정서에 싸여 대극장을 나서면서 바로 32년 전 이 밤에 스몰리니에서 직접 폭동을 지도하시던 위대한 지도자 레닌 선생을 초상화로나마 거리에서 다시금 우러러 뵈었다. 그리고 돌아가신 몸이나 그분이 계신 붉은 광장 곁에서 또 스탈린이 계신 크레믈린 붉은 별 밑에서 이 광영에 찬 인류 최대 명절의 밤을 지내게 된 것을 무한한 행복으로 생각하면서 복스의 여러 동무들과 함께 밤 깊도록 샴페인 끓어 넘치는 축배를 들었다.

모스크바의 11월 6일 밤은 거의들 새우는 듯했다. 레스토랑마다 밤 깊도록 술잔 맞추는 소리와 춤추는 음악소리 낭자하였는데 동트기 전부터 길에는 사람들의 오고가는 소리가 수선스러워졌다.

우리도 눈을 붙이는 듯 마는 듯 하고 이른 조반 후에 붉은 광장으로 향하였다. 초대권을 근위대원들에게 4, 5처에서나 보이면서 우리는 크레믈린 편으로 레닌 묘소와 스파스카야 종탑의 중간 초대석으로 인도되었다.

우리 선 데서 맞은편은 긴 유리지붕의 관청사들인데 붉은 깃발과 레닌과 스탈린의 초상과 16공화국의 찬연한 국장들과 푸른 월계가지와 황금솔로 장식되었고 광장에는 벌써 열병을 기다리는 군단들이 악대를 선두로 대오 정연히 서 있었다. 광장은 시시각각으로 긴장해 가는데 푸른 천공에 솟은 크레믈린 둥근 지붕에 꽂힌 한 폭 붉은 기는 언제나 태연한 자세로 서서히 나부끼고 있었다.

이미 광장 양측 초대석들은 입추의 여지가 없이 찼다. 정작 열 시가 되자 레닌묘 노대 위에 주석단이 나타났다.

"스탈린이 나오셨나보다!"

"아니다. 저 손 드는 이는 몰로토프다!"

"저이가 뿌존느이다."

하고 서로 발돋움을 하는데 군악대들로부터 우렁찬 쏘련 국가가 울리기 시작하였고 스파스카야 종탑 뒤편으로부터 굉렬한 대포들의 축포가 터지기 시작했다. 단마다 선두에 말굽소리 달리며 사령관의 열병을 맞이하는 "우라!" 소리가 성벽을 진동하며 일어났다. 뒤이어 역사박물관 쪽으로부터 자동차에 실린 낙하산부대와 대지를 뒤흔드는 탱크부대가 들어섰다. 탱크들은 앞에 내뻗은 포열마다 적의 비행기와 탱크를 쳐부순 수효대로 비행기와 탱크를 흰빛으로 그렸는데 하나같이 10여 대씩 그린 영웅 탱크들이었다. 서구에서 10여 국가들을 침략하였고 이 위대한 10월에서 탄생했으며 레닌과 스탈린에게 영도되는 쏘련을 감히 유린해 들어오던 히틀러 야만들을 꺼꾸러뜨린 영용한 군대와 병기들이 바로 이 군대와 이 병기들이며 동양에서 반세기 동안 우리 조선을 비롯하여 여러 약소 민족들에게 악독한 흡혈귀 노릇을 하던 일제를 쳐부순 것도 저 성스러운 군대와 병기들이었다. 저 말 위에 탱크 위에 늠름한 용자의 군인들 중에는 그 한 가슴 찬란한 훈장들 속에 우리 조선 민주주의인민공화국의 훈장을 찬 군인도 있을 것이다. 수천 탱크가 넓은 광장을 휩쓸고 지나갈 때 하늘에서는 다른 폭음이 울려왔다. 은색 찬연한 대형의 보통비행기 한 대가 앞을 서 오는데 그 비행기 나래 양쪽에 흰 제비 같은 이상한 형태의 비행기가 한 대 씩 따라왔다. 이 이상한 형태의 비행기라는 인상을 주는 원인은 프로펠러가 없는 것과 동체가 폭탄처럼 생긴 것과 양쪽 나래가 직선이 되게 뻗은 것이 아니라 제비나래처럼 뒤로 처지어 전체가 활촉처럼 생긴 것과 꽁지 밑에서 뽀얀 기체가 폭발되어 나오는데 있었다. 잠깐 뒤에는 이 프로펠러 없는 비행기만 세대씩 석 줄의 편대로 나타나는데 다시 놀란 것은 아까 보통비행기와 가지런히 나를 때와 달리 그 몇 배 속력으로 날아오는 것이었다. 까마득한 곳에 나타났는데 어느 틈에 머리 위에 들어섰고 또 어느 틈에 까마득하게 사라졌다. 이 비행기는 앞으로 볼 때는 소리가 들리지 않았고 폭음은 훨씬 뒤에서 비행기를 따라가고 있었다.

폭탄 나르듯 하되 사람이 탔으며 사람이 마음대로 조종할 수 있는 초속도의 항공기는 아직 딴 나라 하늘에는 뜬 일이 없다 한다.

원자탄 하나를 가지고 영구한 자기 독점물로 알고 오만무례하게 세계를 위혁[20] 공갈하던 나라도 한때는 있었으나 쏘련서는 원자력도 이미 평화적 토목공사에 쓰고 있는 사실이 세상에 알려진지 오래다. 우리는 이 붉은 기 날리는 선진국 하늘에서 시간과 공간을 최대한으로 정복한 저 과학의 천사를 향하여 최대의 경의와 환호를 금할 수 없었다. 일찍이 많은 자본주의국가 지배자들은 근로인민들은 나라를 경륜할 역량이 없으며 문명의 주인이 될 자격이 없다고 단언하였다. 그러나 노동자와 농민의 나라 쏘련은 오늘 정치적으로 세계 최대 강국일 뿐 아니라 과학에 있어서도 어느 자본주의국가보다도 선진하고 있는 것이 세계 이목 앞에 움직일 수 없는 사실로 드러나 있다. 인류의 최선의 지혜와 노력으로 되는 과학이 한낱 침략자들에게 살인 도구로만 독점되고 만다면 이는 인류를 위하여 얼마나 암담한 일인가? 위대한 쏘련은 이 인류의 영광인 과학을 침략자들의 살인 도구 창고 속에서 구출한 것이며 자본주의 국가들의 세계를 정복하려는 야수적 탐욕의 유일한 도구요 미천[21]

---

20 힘으로 어르고 협박하다.
21 '밑천'의 오식.

인 것을 영원히 무효로 만들어 버린 것이다. 이제 과학의 모든 위력은 침략자들 손에 리드되는 것이 아니라 영원한 평화주의자 쏘련의 손에 리드되고 있는 것이다. 이는 위대한 스탈린시대의 특기할 성격의 하나일 것이다. 우리는 그 전날 저녁 말렌코프 선생의 보고에서 "전쟁을 우리가 두려워할 것이 아니"란 구절을 회상하면서 세계평화에 대한 흐뭇한 안도감과 함께 우리 조선대표단에게는 조국통일 쟁취에 대한 쏘련으로부터의 말없는 격려와 고무를 가슴 뜨겁게 느끼지 않을 수 없었다.

탱크 군단이 자리를 내고 지나간 붉은 광장에는 모스크바 시민들의 군중 대열이 들어서기 시작했다. 꽃밭으로 보기에는 너무 우렁찼고 요원의 불길로 보기에는 너무 화려했다.

여자 노동자들과 여자 대학생들은 경쾌한 유니폼도 입었고 어깨에 귀여운 아기를 올려놓은 사람들도 있었다. 마르크스와 엥겔스와 레닌과 스탈린의 초상 또는 쏘련 정부 대신들과 스베르들로프[22] 키로프[23] 칼리닌[24] 돌아간 여러 혁명가들의 초상들도 나타났으며 줄을 지었으나 자유스러운 보조들로 명쾌하게 지나갔다.

주석단 앞에서는 되도록 오래 쳐다보고 걸음들을 늦추었다.

스탈린께서는 금년에 70이 되시는 고령이시라 담임 의사들이 6, 7시간씩 서 계실 자리에는 나가시지 않도록 간청한다. 이런 날 주석단에서 스탈린을 뵈옵지 못하는 군중들은 섭섭하기는 하나 스탈린의 평안을 비는 지성스러운 심정들은 스탈린이 안 계신 주석단 앞에서 더욱 높

---

22 Yakov Mikhaylovich Sverdlov(1885~1919). 소련의 공산당 지도자(1901~), 정부 관리.

23 Sergey Mironovich Kirov.

24 Mikhail I. Kalinin(1875~1946). 소련의 정치가. 볼세비키파로 소연방 성립후 중앙집행위원회의장, 1937년 말 이후 최고회의간부회의장을 역임함.

이 "스탈린 만세!"를 외치었다. 높은 크레믈린 성벽에는 군데군데 확성기가 달리고 거기서는 쉴 새 없이 우렁찬 구호를 불렀다.

군중들은 씩씩하게 호응했다. 환호의 바다요 초상의 파도였다.

이 초상의 파도 속에서 우리는 문득 그분의 얼굴과 실지로 눈 익은 초상에 부딪힌 것이다. 우리 공화국 수상 김일성장군의 초상이었다. 얼마나 우리는 감격되었으랴! 우리는 달려 나가 김 장군 초상화 뒤에 따라가고 싶었다. 사진을 확대했으며 붉은 틀로 장식했는데 미소에 가득 차 곧 우리에게 말씀이 계실 듯한 반가운 김일성장군이었다. 그리고 크레믈린 성벽에서는 "통일적 조선민주주의인민공화국 만세!"의 구호도 울려나왔다. 이 구호가 울릴 때 군중들은 초대석에 얼굴 모습 다른 우리 대표단을 향하여 "우라!" 소리를 질러주며 지나갔다.

우리 최고인민회의 김두봉 위원장의 초상도 나타났다. 중화인민공화국 모택동 선생과 주덕 장군의 초상도 구라파 인민민주주의국가 영도자들의 초상들도 나타났다. 이번 10월혁명 32주년 기념 군중대회는 승리로 일관했으며 결정적이요 항구적 승리의 단계에 올라선 전 세계 인민민주 진영의 단결된 무적의 위력을 과시하는 전 세계적 대 시위였다.

초상화들이나 표어들을 무거워 보이도록 크게 만든 것은 없으며 초상화나 표어의 바탕을 투시할 수 있는 것으로 많이 써서 뒤의 사람들의 시야가 막히지 않게 하였다. 행렬의 줄이 없는가 보면 줄이 끊어지거나 혼잡하지는 않았고 줄이 있는가 보면 없는 듯이 자유스럽게들 걸었다. 이 붉은 광장 데모에는 으레 1백2, 30만 명이 지나간다 했다. 그들은 이 광장을 나가서는 곧 헤어지며 이 광장에 들어오기까지는 각기 지정된 처소 군데군데에서 대열들을 허틀지 않는 범위 안에서 오락들을 조직하고 있었다.

우리는 김 장군의 초상을 두어 번 밖에 보지 못하였으나 이날 열 틀이 지나갔다 한다. 워낙 행렬이 넓기 때문에 가까이 앞에 지나는 것 외에는 가려낼 수도 없었고 또 외국대표단들은 복스의 접대에 따라 대개 오후 두 시까지만 서 있었다.

이날 호텔에서는 성대한 오찬회가 열리었다. 그중에도 우리 대표단이 깊은 인상을 가진 하나는 알바니아 대표단과의 친선이었다.

점심 채단(茶單)이 반쯤 나왔을 때다. 건너편 식탁으로부터 두 신사가 술잔을 들고 우리 식탁으로 왔다. 그들은 한편은 유고슬로바키아와 한편은 지중해에 접해 있는 알바니아에서 온 분들로 나중에 알고 보니 알바니아 교육상으로 있는 가레만 씨는 큰 키에 술잔을 높이 들며

"당신네가 조선대표단임을 알고 우리는 경의를 표하러 왔습니다. 알바니아와 조선은 멀리 지중해와 태평양에 떨어져 있어 서로 친숙치 못하고 지냈지만 과거에 한 가지로 불우했던 우리는 조선을 잘 알고 있었고 현재 조선인민들이 반동과의 영웅적 투쟁으로 승리하며 있다는 사실에 큰 관심과 축복을 드리고 있습니다. 한 목적에서 싸우는 우리들은 두 심장이나 한 심장이며 이 모스크바는 우리들의 심장입니다. 조선의 하루바삐 통일 독립을 위해서 축배를 듭시다."

하였다. 우리는 이 알바니아 대표단의 전우적 뜨거운 우정의 술잔을 단숨에들 마시었고 굳은 악수로 환영하였다, 그리고 우리 대표단으로도 최창익 선생과 필자가 알바니아 대표단 식탁으로 가서 최창익 선생으로부터

"우리 공화국과 이미 국교를 맺은 알바니아와 오늘 혁명 기념절의 모스크바에서 대표단끼리의 친선은 우리 두 국가 간은 물론 전체 민주

진영의 성사입니다. 우리도 알바니아가 자유를 위해 싸운 오랜 전통의 영웅성과 알바니아 영화를 통해서 알바니아의 비약하는 모습을 잘 알고 있습니다. 알바니아 수상 호자[25] 장군과 알바니아 인민들의 건강을 위해 한잔 같이 들기를 바랍니다."

하고 답례의 축배를 들었다. 그랬더니 알바니아 대표단에서는 다시 우리 식탁으로 왔다. 이번에는 조선노래를 들려 달라 청하였다. 알바니아의 노래를 먼저 들려 달라 한즉, 해도 동쪽에서 먼저 뜨니 동쪽에서 온 조선에서 먼저 해 달라 하였다. 우리는 흔연히 승낙하여 박영신 동무가 일어서 〈김일성장군의 노래〉, 〈인민항쟁가〉, 〈양산도〉 등을 불러 갈채를 받았고 알바니아 대표단에서도 배우 두루야 양이 자기들의 빨치산 노래와 여러 가지 민요로 화창하여 이날 사보이호텔 식당은 조선과 알바니아와의 화기애애한 친선오찬회가 되었던 것이다.

　이날 밤은 해마다 모스크바의 거리거리와 하늘이 모든 광선과 모든 빛깔로써 끝없는 영예를 장식하는 밤이다. 이 모스크바에는 32년 전 이날 밤 스몰리니에서 제2차 전 러시아 소비에트 대회에 참례하여 근로인민들이 자기들의 폭동승리에 의거해서 인류 역사에 처음 있는 근로인민의 정권 장악을 선언하는 창세기적 사업을 실천했으며 목격했으며 자기들의 투표로써 첫 인민위원 소비에트 의장에 대 레닌 선생을 선거한 사람들이 아직 살고 있을 것이다. 이 영예의 사람들이 살며 이 영예의 정권의 수도인 모스크바는 이날 밤 어느 거리, 어느 공원, 어느 광장 할 것 없이 온통

25　Enver Hoxha(1908~1985). 알바니아 최초의 공산주의자 국가원수.

꽃불을 덮인 축복의 하늘 밑에서 노래와 춤의 바다로 물결쳐 있었다.

　인류의 역사상 혁명은 한두 번 아니게 있었다. 그러나 혁명이 다시는 일어날 필요가 없게 완전하고 최종적인 혁명은 러시아 민족이 마르크스 레닌주의로 달성한 이 위대한 사회주의 10월혁명이다. 10월혁명은 한 러시아 민족이 일으킨 운동이었지만 이는 사상적으로 전체인류 발전에 공통한 진리였으며 그 첫 승리부터 국제적 제국주의 전선을 궤멸시키기 시작한 세계사적 승리였었다. 우리 조선인민들이 악독한 일제의 총검 앞에 전 민족적 유혈항쟁을 일으킨 3·1운동이 10월혁명이 승리한 직후인 1919년이었다는 사실은 우연한 현상이 아니었다. 1917년 10월 6일 순양함 아브로라의 동궁을 향한 1발의 포성은 새 기원 위대한 사회주의 세기의 제막(除幕)이었으며 동시에 전 세계 피압박인민들에게 총 기립의 호령이었던 것이다. 그 후 어느 민족의 해방투쟁이든지 이 10월혁명과 굳은 연결이 없는 투쟁은 없었으며 일제와 히틀러 파시스트들의 굴레로부터 벗어난 인민들이 이 10월혁명의 아들 소비에트 군대의 승리에 의거되지 않은 것이 없다. 이 10월혁명은 세계 모든 근로인민들과 피압박민족들에게 영원한 자유와 행복의 길을 열어준 것이다. 이 자유와 행복의 길로 나아가는 모든 인민들은 자기들의 조국을 가장 우월한 나라로 조직 발전시킬 것이며 그 자랑스러운 역사적 과업 수행에 있어 어떤 곤란과도 싸워 반드시 승리하고야 말 명확한 미래는 이미 위대한 쏘련이 뚜렷한 자기의 현실로써 증명하며 담보하고 있는 것이다.

　혁명절 이후 우리는 아흐레 동안을 모스크바에 더 묵었다. 이 짧은 동안이나마 복스의 친절하고 조직적인 안내로 레닌 선생께서 그 말년을 보내셨고 임종도 그곳에서 하신 역사적 구저(舊邸)를 비롯하여 10월 혁명과 관련 있는 박물관들과 쏘련의 선진적 건설 면을 볼 수 있는 몇 산업 문화기관들과 저명한 연극 가극 음악들을 구경하였으며 쏘련작가동맹을 방문하였고 그의 저명한 작곡가들과 연극인 학자들과의 담화도 교환하였다.

여기서 나는 쏘련의 선진문화예술을 이해 섭취하는데 얼마 도움이 되리라 믿는 것에 한하여 대강을 소개하려 한다.

레닌 선생 구 저택은 모스크바 시에서 60리가량 떨어진 고리키 이름을 가진 농촌에 있었다. 워낙은 독일인 호상(豪商)의 별장이었는데 노목이 많은 산림을 배경으로 연못이 있는 둔덕에 세워진 2층의 흰 집이었다. 전면에는 둥근 기둥이 늘어서고 2층에는 전망 좋은 노대(露臺)가 많은 훌륭한 영주 풍(領主風)의 저택이었다.

국제적으로는 무장간섭이 포위하며 국내적으로는 부하린파의 반동 음모가 드세던 1918년에 있어 레닌 선생은 그해 8월 30일 미헬손 공장에서 연설을 하고 돌아오려던 길 카플란이란 여자에게 저격을 받아 네 방이나 쏜 권총에 그만 두 방을 맞으신 것이다. 이 탄환들은 일본제 독약을 칠한 것들로서 선생의 몸에 끼친 해독이란 심각한 것이었다 한다. 그러나 선생은 9월 18일에는 벌써 왼팔을 붕대로 싸 메이고서도 집무하기 시작하셨고 9월 25일에 쇠약해진 건강을 정양하시려 이 농촌 저택을 정하시고 나오셨다 한다.

이 저택은 모스크바와 교통이 편할 뿐 아니라 직통전화가 가설되어 있는 점을 취택하신 것이며 선생께서 위대한 쏘련의 경륜을 지휘하시던 그 전화실에 그 전화가 지금도 걸린 채 보관되어 있다. 이 전화실에는 선생께서 당시 전화 받으시던 모양을 스케치한 어떤 화가의 연필화가 걸리었는데 레닌 선생께서는 실내에서도 외투를 입고 계시었다. 안내인의 설명에 의하면 선생께서는 연료를 절약하기 위해 이 집에 스팀을 때지 못하게 하시고 이 집 앞에 문간채로 페치카 있는 작은 집에서 겨울을 나시곤 했다는 것이다. 조선대표단인 우리는 남몰래 가슴 뜨거운 감격의 회상이 없을 수 없었다. 선생께서는 이렇듯 궁핍하던 시기에 있어서도 우리 조선에 독립운동이 일어나자 막대한 원조를 우리 혁명가들에게 보내왔던 것이다.

선생은 이 저택에서 사회주의 건설에 기초적 이론의 많은 저서를 쓰셨다. 『프롤레타리아 혁명과 카우츠키 반역자』란 저서도 여기서 쓰셨고 직맹(職盟)의 역할에 대한 저술들과 트로츠키 파와 싸운 이론들을 여기서 집필하셨다.

국내전쟁을 끝내고 농업 진흥책을 세우기 위하여 이 저[택] 내에 많은 농민들을 초청하여 담화하였고 콜호즈 방향의 중요한 논문들을 여기서 발표하셨다. 독일인이 살 때에는 모스크바의 귀족들이나 청하여 향락의 연회를 열었을 큰 식당에서 레닌 선생께서는 인접 농촌으로부터 농민들과 농촌아이들을 자주 초대하여 담화회 이외에 설 놀이와 영화구경 같은 오락도 같이 즐기시곤 하신 것이다. 그때 농민들이 그들의 새 영농방법에서 얻은 보리와 귀밀 이삭 견본들을 유리병에 넣어온 것이 지금도 농민들과 만나던 방에 보관되어 있었다.

1922년 4월 3일 당서기장에 스탈린께서 선정되신 후 얼마 안 있어 그 달 23일에 선생께는 의사들이 오랫동안 권고해오던 4년 이상이나 몸에 박힌 채 둔 독 발린 두 권총 탄환을 뽑아내는 수술을 받으셨다. 그러나 그 후에도 역시 건강은 좋지 않은 데다 주야로 긴장 속에 과로하심으로 신경이 몹시 약해지어 수술하신 여름 동안은 일체 외객은 물론 동지들과의 접견도 금지되어 있었다 한다. 그러다가 7월부터 얼마 차도 계시어 비로소 동지들과 만나실 수 있게 되었는데 그때 제1착으로 내방한 손님은 스탈린이셨으며 북편 2층 노대에서 두 분이 앉았던 두 의자가 지금도 그 자리에 그 모양대로 놓여 있었다. 이보다 3년 전인 1919년에 고리키 선생이 내방하였을 때도 이 노대에서 만나 담화하신 것이다.

선생은 수술하신 해 가을에 다시 병환이 도지시어 11월에는 바른편 반신을 쓰지 못하는 데 이르셨고 그러면서도 친히 집필을 못하시나 구술(口述)로써 여러 중요한 논문, 그중에도 농업 집단화에 대한 귀중한 논문들을 발표하신 것이다.

선생께서는 건강이 조금만 회복되시어도 이 한적한 저택에 계시지 않고 모스크바로 가시었고 모스크바에 가 계신 동안은 일요일에만 나오시어 사냥을 다니시었다 한다. 이 저택 밑에 있는 연못에서 누님 울리아노바 여사와 낚시질도 하셨으나 낚시질보다 사냥이 훨씬 유익한 오락이라 하시고 사냥을 자주 다니셨는데 그때 입으시던 사냥복도 이 저[택] 내에 그냥 걸려 있으며 그 누님의 장서(藏書)인 책장도 이 저[택] 내에 있는데 마르크스주의 문헌들과 프롤레타리아 혁명 운동 잡지 신문들과 체르니셰프스키,[26] 투르게네프, 괴테 등의 문학 서적들도 끼워 있었다.

---

26 Nikolay Gavrilovich Chernyshevsky.

이 저택 2층으로 올라가면 왼편 끝으로 뒤쪽 방이 선생의 부인께서 계시던 방이요 앞쪽 방이 선생의 침실로 되어 있었다. 밝고 정갈한 방이었다. 선생께서는 1924년 1월 21일 아침 6시 50분에 이 방에서 그 위대한 광망(光芒)으로 세계를 밝혀 놓으신 존엄한 생애를 향년 54세로 마치신 것이다.

실내는 한 티끌의 날음도 없이 오직 맑고 고요하나 이 방에 들어선 우리들의 가슴은 대 지평선 위에서 황혼을 바라볼 때처럼 엄숙하고 광영에 찬 광망에 부딪히는 숨 가쁨을 느끼지 않을 수 없었다. 선생의 임종은 태양의 황혼과 같았을 것이다. 장엄한 생애의 종막에 이르러 한때 사람들은 어둡게 하였으나 태양이 우리들에게 길이 비치어 있듯 선생도 전 인류 위에 길이 살아계신 것이다. 시인 마야코프스키는

"레닌은 살았다

레닌은 살고 있다

레닌은 영원히 살 것이다."

이렇게 노래한 것이다.

선생께서 임종하신 머리맡 책상에는 고리키의 『나의 대학』과 미국 작가 잭 런던[27]의 『생활에 대한 사랑』이란 두 소설책이 놓여 있었다. 선생께서 문학을 얼마나 귀중히 여기셨고 그 총망하신 생활에 있어서도 문학서적을 손에 놓으신 적이 없으심을 엿볼 수 있었다. 오늘 소비에트 정부와 볼세비키 당이 문학 발전을 위해서 어느 나라에서도 볼 수 없는 두터운 배려를 아끼지 않는 사실은 우연한 일이 아니라 이렇듯 멀

---

27 잭 런던(Jack London, 1876~1916). 미국의 소설가이자 사회평론가.

리 앞서 심원한 연원을 가진 것이었다.

선생의 영구는 당일로 옆의 큰방으로 옮겨 모시었고 이 영구실의 첫 보초로는 이곳 농촌의 뻰데린이란 늙은 농민이 섰었다 한다. 영구는 다시 23일에 스탈린을 비롯한 모든 동지들과 제자들의 손으로 모스크바에 옮기었고 27일에 전 세계 근로인민들의 깊은 애도 속에 장례식이 있었으며 인민들의 간절한 요청에 의하여 선생의 얼굴 모습을 오래 오래 두고 뵈올 수 있게 유리관 속에 특별한 과학적 방법으로 모시어 오늘까지도 전 세계 인민들이 모스크바에만 오면 선생의 존엄하신 면모를 그대로 뵈올 수 있게 된 것이다.

이 저택 정원에는 자그마한 앵두원이 있었다. 어느 공장 노동자들이 레닌 선생께 따 잡수시라고 심어드린 앵두나무들이라 한다. 우리는 유심히 보아 두었다. 체호프의 희곡『앵두원』이 조선에서 상연될 때마다 그 앵두나무란 조선 것 같은 것인지 '사구랍보'같은 것인지 아는 이가 없어 궁금히들 여기던 것이라 우리는 이번에 러시아 앵두나무를 자세히 보아둔 것이다. 나무 체목은 '사구랍보'처럼 밋밋하게 크게 자라는 것이 아니라 차라리 조선앵두나무에 가깝도록 가지가 잘고 체목이 앙바틈했다. 그러나 조선 앵두나무보다는 배는 크며 열매도 '사구랍보' 모양으로 꼭지가 길고 살이 있으며 익으면 검붉어지는데 '사구랍보'보다는 잘다는 것이다. 요즘 '사구랍보'의 재래종임에 틀리지 않아 보였다.

이 레닌 선생 구 저택 건너편으로는 비옥한 밭들과 문화적인 주택들로 전망되는 농촌이 있는데 이 농촌이 고리키 이름을 가진 농촌이다. 레닌 선생께서 농촌진흥책으로 여러 번 초대하여 담화하신 농민들이 이 농촌농민들이며 이 농촌 농민들도 선생을 자기들의 마을로 초대하여 레닌 선생의 국제국내정세에 대한 말씀을 듣곤 하였다. 제8차 소비에트 대회에서 농촌 전기화에 대한 결정서가 채택되자, 농민들이 레닌 선생께 요청하여 제1차로 전기를 가설한 농촌이 또한 이 고리키 농촌이었다 한다.

레닌 선생께 직접 훈도를 받던 영예스러운 이 고리키 농촌농민들과 그 자제들 속에서는 쏘련의 사회주의 건설을 위한 헌신적 선진일꾼이 다수 나왔으며 그들은 선생을 추모하여 무시로 이 구저를 찾아온다 하였다.

저택 뒤로는 참나무 고목들이 밀림을 이루었는데 그 속으로는 희끗희끗 눈 깔린 길이 아득히 뚫려 있었다. 선생께서 산보하시던 길이며 선생께서 총을 메시고 사냥도 나가시던 길이라 했다.

모스크바 시내에는 10월혁명과 관련 있는 두 박물관이 있다. 하나는 레닌박물관이요 하나는 혁명박물관이다.

레닌박물관은 붉은 광장 곁에 역사박물관과 이웃하여 있다. 붉은 벽돌의 웅장한 3층인데 나무건물처럼 섬세한 조각이 많은 독특한 러시아풍의 건물이다. 진열실들은 레닌 선생의 가정부터 연대순으로 시작되었다. 밝고 따스하고 방 한가운데는 대개 레닌 선생의 상반신 혹은 전신을 저명한 예술가들이 제작한 조각들이 서 있다. 방마다 하반부의 벽면들은 선생 생애에 대한 문헌들이 단아한 나무사진틀에 들어 걸려 있고 그 시대 어떤 모멘트마다 선생의 중요한 말씀과 역사적 문구들이 대리석에 금자로 새겨져 벽에 박혀 있다. 그 아래에는 알맞은 간격으로 문헌과 사진을 펼쳐놓은 진열창이 놓이고 상반부 높은 벽면들에는 그 당시 선생과 또 선생과 관련 있는 동지들의 사진이나 초상화들을 비롯하여 역사적 사실들을 그린 대폭의 유화(油畵)가 많이 걸려 있다. 얼른 보아 미술전람회에 들어선 듯한 인상을 받는다. 사실 쏘련 현대 미술가들의 대작들은 트레차코프스키 미술관 현대실에서보다 이 레닌박물관에서 더 여러 점을 볼 수 있었다. 선생의 가정시절을 소개하는 초입에 있는 방에서다. 나는 이번에 깊은 인상을 받은 그림이 있다. 선생이 아직 18세밖에 안된 학생시절인 때에 가정에서 일어난 어떤 사태를 그린 그림인데 매우 심각한 장면으로서 선생의 어머님은 극도의 비통으로 기절할 듯한 창백한 얼굴로 앉아 있었고 선생의 누님은 창밑에 엎드려 어깨를 들먹거리는 듯 울고 있었다. 미목이 청수한 청년 레닌은 화면 중앙으로 어머님 뒤에 의연히 서서 한손을 어머니의 어깨에 얹어 위로하며 입을 꽉 다물고 무한히 먼 곳을 응시하고 있었다. 그 눈초리의 예리하고 심원한 광채와 굳게 담긴 입은 어떤 강철 같은 결심을 품는 순간이었다. 이 청년 레닌의 가정에는 그의 큰형님 알렉산드르가 인민자유당원들과 함께 차르[28] 암살사건에 연좌되어 경찰에 체포되어 갔는데 이날 사형을 받았다는 비보가 온 것이었다. 백렬한 분노는 위대한 총명으로 승화(昇華)하는 순간 청년 레닌의 눈은 불꽃처럼 타고 있었다.

일생을 결정적으로 혁명에 바치려는 엄숙한 결의의 순간이며 인민자유당원들의 개인적 테러에 대하여 "아니다! 그런 길로 나가지 말아야 한다! 그런 길로 나가서는 안 된다!" 하고 백전백승하는 레닌적 투쟁

---

28 원문에는 '짜리'로 표기됨. 이후 표기 통일.

원칙을 대오(大悟)하는 순간이었다. 일개 형님의 복수로가 아니라 억압받는 전체 인민의 복수요 영원한 인민의 해방과 승리를 위한 무변대한 투지의 폭발이었다.

우리는 이 그림 앞에 가장 오래 머물러 우러러 보았다. 우리는 오늘 우리 조국에서 미제국주의 침략자들과 이승만 매국도당들의 야수적 탄압 속에서 그 굴욕적인 생애의 머리를 개연히 돌려 영용한 구국투쟁에 나서는 조선청년들의 어떤 엄숙한 순간들이 감히 이 그림 앞에서 연상되어 떠오르기 때문이었다.

선생의 청년 시기를 참고할 자료도 일일이 매거하기 어려웠다. 청년 스탈린께서 레닌과 처음 만나시던 사진, 『이스크라』[29]의 창간호, 1917년 대 시위행렬의 사진, 비밀 출판하던 우물 속에 통로를 가진 지하인쇄실의 모형, 레닌 선생께서 친히 변장에 쓰시던 가발(假髮)과 그 변장사진으로 된, 경찰망을 돌파하던 가명 신분증명서, 지하생활에 입으시던 의복, 10월혁명 때 손수 폭동을 지휘하시던 자료와 사진과 그림들, 혁명 후 위대한 소비에트 건설 사업에 있어서의 당적으로 정부적으로 활약하신 모든 업적의 산적한 자료들, 크레믈린 안에 있던 선생 서재의 모형, 선생께서 돌아가셨을 때 전 세계 신문 호외들과 전 세계 방방곡곡으로부터 온 조문들, 선생의 일체 저서들과 그 원서의 전 세계적으로 번역된 외국어판들, 그리고 선생 사상에 대한 다른 혁명가와 학자들의 저서들까지 일목요연한 체계들로 진열되어 있는 것이다.

---

29 Искра / Iskra. 1900년 블라디미르 레닌이 창간한 잡지로 러시아어로는 '불꽃'을 의미한다.

이 박물관을 한번 다녀나오면 큰 산악을, 산이라도 태산준령을 넘은 것 같다. 레닌 선생의 생애는 그렇게 갈피 많고 그렇게 험난했고, 그렇게 높았고 그렇게 웅대했고 또 영원히 엄연한 존재로 솟으심을 더욱 구체적으로 느끼게 되는 것이다.

혁명박물관은 레닌박물관과 꽤 많이 중첩되는 것이 있었다. 러시아 10월혁명의 어느 사건치고 레닌 선생과 직접 간접 관련 없는 사건이 없기 때문이다. 이 혁명박물관에서는 혁명 이후 세계 근로인민들과 약소민족들로부터 그들의 구성이신 스탈린 대원수께 보내온 지성스러운 선물들의 진열로 특색을 이루고 있다. 어느 나라 어느 공장 노동자들이 어느 나라 어느 농촌 농민들이 어느 식민지 반식민지 예속민족들이 진작부터 얼마나 스탈린을 자기들의 유일한 희망의 이름으로 불렀으며 특히 1945년 제2차 대전 종결에 이르러 그들의 소원이 얼마나 찬란히 성취되었는가는 이 박물관 선물 진열실들을 일별하는 것으로 충분히 알 수 있게 되었다. 우리 조선인민들로부터 보내드린 선물도 이 박물관에 진열되어 있는 것이다. 그러나 이번 우리가 갔을 때는 마침 대원수의 70주년 탄신기념 특별진열 준비로 일부 진열실들이 닫혀 있는데 조선선사도 그 속에 들어 우리는 볼 수 없었다. 우리는 못 보더라도 조선 선물이 우리 해방의 은인이신 스탈린 대원수의 희년(稀年) 기념 특별진열에 드는 것은 무한한 영광이며 세계 인사들의 안목에 주의될 것만 다시금 기뻤다.

이 혁명박물관에서 우리는 세계에서 가장 적은 한 민족의 눈물겨운 선물을 보았다. 손으로 지은 가죽장갑 한 켤레와 가죽 신발 한 켤레가 놓

여 있고 그 위에는 백화나무 껍질로 장정(裝幀)한 편지가 걸려 있는데 이
것은 북방에 사는 '오로치'라는 민족에게서 온 것이었다. 그 편지에는,

"우리 오로치 민족은 차르시대에는 갖은 억압과 착취에 견디지 못
하여 자꾸 줄어들어 아주 없어질 뻔 했습니다. 3백10명밖에 안 남았
던 우리 민족도 혁명 후에는 물질적으로 문화적으로 행복되고 번창
하는 궤도에 올라섰습니다……."

이런 사연이었다. 우리는 크레믈린 박물관에 가서 '엘리자베스'라는
한 여왕은 1만 5천 벌의 옷을 가지고 있었다는 말을 들었거니와 한 여
왕의 침실에 1만 5천 벌의 옷이 걸리던 차르시대에는 3백10명으로 줄
어들어 아주 절종이 될 뻔한 오로치 민족도 오늘 레닌과 스탈린 시대에
있어서는 몇 억만 되는 민족과 동등한 지위에서 인생과 생활의 행복을
구가(謳歌)하고 있는 것이다.

동양문화박물관(東洋文化博物館)은 동양문화를 쏘련인민들과 모스크
바에 오는 외국 인사들에게 소개하는 중요한 문화기관이다. 터키, 이
란, 아르메니아, 그루지야, 키르키스스탄, 우즈베키스탄, 타지키스탄,
티베트, 인도, 중국, 일본 등 근동 원동의 각국 문화유물들이 풍부치는
못하나 특징적인 개념(槪念)은 얻을 만치 수집되어 있었다. 아직 조선실
(朝鮮室)은 없었고 일본실은 그 방에다 인민공화국 수립 기념으로 중공
(中共)의 문화공작자료 전람회가 개최되어 있어 일본 것도 보지 못하였
다. 이란의 모전(방깔개)과 인도의 사라사(更紗)는 워낙 유명한 것이거니
와 이란 고대 도기(陶器)에 중국 당삼채(唐三彩)와 조선 이조 초(李朝初) 삼
도 도기(三島陶器)를 합한 듯한 것이 있어 나는 흥미 있게 보았고 우즈베

키스탄 도기에도 당삼채에 가까운 것이 있었으며 자기에는 일본에서 나 볼 수 있던 직경 두 자에 가까운 평면의 넓은 접시들이 있음을 보았다. 일본 음식에 여러 사람이 둘러앉아 손으로 집어먹는 '스시'가 있듯이 우즈베키스탄 음식에도 그런 식으로 먹는 음식이 있는 때문이 아닌가 싶었다. 티베타[30]의 불상(佛像) 불화(佛畵)들이 세공(細工)으로 인상적이었고 인도의 사천왕(四天王) 목조각들도 섬세의 극치였다. 중국 것은 멀리 주(周) 시대의 동기(銅器)들을 비롯하여 당(唐)의 삼채, 송(宋)의 청자(靑磁), 명(明) 청(淸)의 다채 현란한 화사기들과 옥기(玉器)들과 칠보들과 화류가구들과 자수품(刺繡品)들과 문방구(文房具)들이 골고루 진열되어 있었다. 어떻게 굴러간 것인지 조선 이조 때 이조판서(吏曹判書) 이덕수(李德壽, 仁老)의 영정(影幀)과 아무 제자(題字)가 없는 또 하나의 이조 관복의 영정이 중국실에 끼어 걸려 있음을 보았다.

중공의 문화공작자료 전람실에는 중국 현대작가들의 판화(版畵) 진열이 있었고 누른 바탕에 붉은 빛을 많이 쓴 석판(石版) 인쇄의 그림이 많이 걸려 있었다. 이 그림들은 만화(漫畵)가 아니라 정치적 방향을 그림으로 해설한 것들이었다. "타도 반동파 건설 신 중국" 혹은 "타도 남경거 활착(活捉) 장개석"[31]이란 제목 아래 공장에서 노동자들이 생산하는 장면, 농촌에서 농민들이 농사짓는 장면, 남녀노소 대중이 암흑 속으로부터 민주주의 광명의 세계로 향해 나오는 장면, 달아나는 장개석을 다우치는 장면, 국민당 반동분자들의 반인민적이며 매국적인 장면들을 쉽고 단순하게 그리어 일자무식한 사람들이 보더라도 무엇인지

---

30 '티베트'의 오식.
31 문맥상 '남경으로 쳐들어가 장개석을 생포하자'의 뜻.

를 깨닫고 이내 선동될 그림들이다. 목판화들은 예술적으로 높은 수준에 달해 있었다. 모두가 정치적 선동과 인민들의 영용성과 민주진영의 위대한 전망을 표현한 테마가 많았다. 중공에서 문화공작에 특히 그림을 많이 이용한 것은 문자(文字)가 어려운 원인에도 이유가 있지 않을까 생각되었다.

이 동양문화박물관에서 조선실에 대한 계획이 있다는 말을 들었거니와 우리 공화국으로도 이에 자진 협력할 용의가 있어야 할 것이다. 이 박물관에서 조선 문화를 함께 보지 못하는 것은 조선 사람인 나보다도 조선 문화를 모르는 외국 사람들일수록 더 유감스러울 것이다.

나는 이번에 트레차코프스키 미술관도 처음 가보았다. 트레차코프스키라는 그림 수집가의 손으로 시작된 미술관인데 혁명 후 몇 배 더 수집되었다 한다. 레닌그라드 박물관의 미술품들과 다른 것은 러시아 화가들의 작품만 진열한 점이다. 고전 작품이 대부분인데 고전의 대작들은 대개 종교 내용의 테마들로 이백호 이상의 대폭이 많으며 어떤 작품은 20여 년간 걸려 완성된 것이 있었다. 대작들은 수십 점의 부분 부분의 시험작이 있었으며 필생의 역량을 기울인 흔적들이 화폭마다 넘치고 있었다. 러시아인민의 생활을 사랑한 작품들과 러시아의 대자연을 노래한 그림이 많았다. 작가가 사랑했고 작가가 즐겨 노래한 그림 앞에서는 누구나 얼른 발길이 떠지지 않는 애착을 느낄 수 있었다.

우리 일행이 다 같이 깊은 감동을 받은 그림은 베레샤긴이란 근대화가의 〈전쟁의 결과〉라는 작품 앞에서다. 해골을 모아놓은 것이 산을 이룬 황량한 들판에 까마귀들만 날아드는 처참한 광경을 그린 그림이었다. 이 화가는 전쟁에 여러 번 참가했던 사람으로 전쟁이 지나간 생지옥 같은 광경을 내용으로 한 작품이 석 점이나 걸려 있는데 어느 것이나 전쟁의 야만성을 웅변적으로 외치는 걸작들이었다. 이렇게 전쟁을 저주하였고 이렇게 뜨거운 양심으로 전쟁 방지를 호소한 이 베레샤긴 화가도 마침내는 러일전쟁으로 인해 여순(旅順)에서 전사하는 운명을 면치 못했다는 것이다. 우리는 이 명철했고 불행했던 예술가가 오늘도 자기의 필생의 역작들 뒤에 서서 그 앞을 지나는 모든 사람들에게 새 전쟁 방화자들의 죄악을 폭로함에 무자비하며 인류사회에 전쟁을 영구히 없애는 투쟁에 용감하라고 부르짖는 듯 느껴졌다.

끝으로 현대화실도 있었으나 혁명 후 현대 화가들은 대개 혁명에서 취재한 역사적 내용을 가진 작품들이라 레닌박물관과 혁명박물관에 많이 가 있고 여기에는 대작으로 인상에 깊은 것이 점수로는 많지 않았다. 흰 커버를 씌운 의자들이 빈 채 놓인 방에 한편에 혼자 앉으신 레닌께서 무엇을 무릎 위에 대고 쓰고 계신 것을 그린 브로드스키[32]의 대작과 스탈린 대원수와 크레믈린 어떤 난간 앞을 걷는 장면을 그린 게라시모프[33]의 대작이 깊은 인상을 주고 있었다. 상냥스러운 안내하는 여자의 이 두 작품에 대한 설명에 의하면 전자는 레닌 선생을 가장 가까이서 뵐 수 있어 가장 정확히 그리었고 레닌 선생만 60여 점을 그리었는데 그중에도 곧 움직여 돌아보실 듯한 실감을 주는 것이 이 그림이라하였다. 후자는 스탈린 대원수를 쏘련인민의 상징으로 워로실로프 장군을 쏘련 무력의 상징으로 하여 인민과 무력의 굳은 결합을 보인 그림

---

[32] Isaak Brodsky(1994~1939).
[33] 안드레이 게라시모프(Андрей ГЕРАСИМОВ).

인데 조국전쟁 당시 쏘련인민들과 쏘련군인들에게 열렬한 사랑을 받은 그림이라 하였다. 우리는 이 두 작품 앞에서 기념사진을 찍었다.

18층이나 되는 구라파 제일의 서고 속에 1천2백만 권의 서적을 지닌 레닌 이름을 가진 중앙도서관은 모스크바시 중심지대에 흘립해 있다. 높은 사각기둥들과 그 옥상에 철학, 문학, 과학 각계 고명한 고대 저술가(著述家)들의 소상(塑像)이 둘러서 있는 흰빛의 장엄한 건물이다.

우리는 가슴에 훈장을 차고 한편 팔이 없는 젊은 관장으로부터 이 도서관의 간략한 내력과 사업요강을 듣고 서고와 열람실들을 일별하였다. 1862년에 어느 귀족이 설립한 도서관인데 혁명 후 레닌 선생으로부터 "인민을 위한 도서관이 되라"는 말씀을 받아 전 쏘련인민들에게 공헌할 수 있는 방향으로 사업을 개편하며 장서와 건물을 확장한 것이라 한다. 혁명전에는 55년간 발전에서 장서가 겨우 백만 권, 열람석이 170석에 1년간 열람자수가 평균 12만에 불과했는데 혁명 후 32년간 발전에서는 장서가 1천2백만 권에 이르렀으며 지난 1948년 한해 통계만 보더라도 1년간 열람자수 1백50만 명으로 열람된 서적 수는 7백만 권이라는 세계 제일의 기록을 내었다 한다.

쏘련인민으로는 어떤 궁벽한 지방에 있든지 자기 지방 도서관을 통하여 이 중앙도서관에만 있는 희귀한 서적을 갖다볼 수 있으며 어떤 출판사에서나 출판하는 초판을 반드시 이 도서관에 보내어 쏘련 책으로는 없는 책이 없으며 외국출판사들로부터 오는 책도 많은데 아직 조선 책은 받지 못하고 있노라 하였다.

18층 서고마다 무시로 장난감 기차 길은 책 나르는 차가 지나갔고 열람실로부터 무슨 책을 보내라는 전표가 자동으로 와서 각기 해당한 서적이 있는 계원실(係員室)에 와 덜컹 소리를 내고 떨어지게 마련이었다. 계원은 전표대로 책을 뽑아다 그 무시로 지나가는 책 나르는 차에 얹으면 그길로 해당한 열람실로 가게 마련이었다. 열람실은 일반열람실 아동열람실 학자들을 위한 특수열람실 등으로 구분되어 있으며 전체 종업원만 1천5백여 명이라 하였다.

이 도서관은 크레믈린 가까이 있으므로 레닌 선생께서도 여기 책을 많이 보셨는데 한번은 레닌 선생께서 "다른 열람자들이 오지 않는 밤 동안만은 책을 좀 빌려 내갈 수 없겠느냐"는 편지를 하신 일이 있어 그 편지가 오늘 이 도서관의 보물로 보존되어 있으며 이 도서관이 위대한 레닌 선생의 사업을 도울 수 있었음을 자랑하고 있었다.

'야바' 담배공장은 모스크바 시내에 있었다. 전면 큰 거리 쪽으로 7층집이 길게 서 있는 것은 이 공장 노동자들의 주택이요 그 뒤쪽에 있는 공장은 골목길로 들어가게 되어 있었다. 공장 경내에도 상당히 넓은 공지가 있고 공장 지배인실은 구석진 건물 안에 있었다. 지배인은 노동자 출신 여자로서 뚱뚱하고 눈이 이글이글한 덕성 있는 중년부인이었다.

이 지배인실에는 레닌 선생과 스탈린 대원수의 초상이 걸리었는데 담배공장다운 이채 있는 초상으로써 검고 누르고 히슥히슥한 담배 엽초를 뜯어 붙여 만든 수공예의 초상인 것이다. 지배인 부인은 담배 진열장 위에 걸린 여러 상장들을 비롯하여 우승기와 우승컵들에 우리의 관심을 돌리게 하였다. 상장은 조국전쟁 때 이 공장 여공들이 전선에 나가 야전병원과 고아원에 근무하여 헌신적 업적을 남긴 영예의 표적들이며 우승컵은 남녀 노동자들이 운동경기에 나가 승리한 것들이요 우승기는 최근에 두 번을 내리 점령한 것인데 작년도 생산경쟁에 있어 4개 분기를 내리 우승한 것으로 1백만 루블의 거대한 상금을 탔고 하나는 금년 2, 4분기에 우승한 것으로 28만 루블의 상금을 탄 것이라 하였다.

이 상금들은 대개 노동자들의 문화시설과 후생사업에 썼노라 하였다.

이 공장에는 2천 명의 노동자들로 70퍼센트가 여자이며 하루 3천5백만 개의 담배를 생산하는데 이 담배들 중에는 조선에서도 흔히 볼 수 있는 '가스베크'도 있었고 여송연도 여러 가지가 생산되고 있었다.

우리는 친절한 여 지배인의 안내로 공장 안을 대강 구경하였다. 남방 원산지로부터 입하된 담배가 선별에서부터 썰리어 말리는 데까지, 다시 곽에 들어 원로의 짐짝보다는 아주 아담한 포장으로 출하되는 데까지 대부분이 기계화되어 있었다.

쏘련 담배는 물뿌리 치장이 특별한 것은 누구나 아는 사실이거니와 실상 담배는 4분지 1 정도에 불과하고 4분지 3은 물뿌리다. '가스베크'를 보더라도 그 자재와 공력과 부피에 있어 4분지 3은 물뿌리 때문이니 굉장한 물뿌리 호사라 아니할 수 없다. 이 제물 긴 물뿌리는 손에 집는 맛이 좋고 입에 무는 맛이 좋고 품위도 있어 보인다. 성냥불에 수염 끄슬릴 염려도 없고 입에 문 채 담화하기에도 편할 것이다.

담배 갑 포장지 등의 인쇄소도 공장 안에 있었다.

노동자들은 하나같이 혈색이 좋고 명랑한 기분들로 일하였다. 그전 일제 때 조선서 전매국에 다니는 여공이라면 으레 담뱃독에 찌들은 것처럼 얼굴빛 누르고 한참 학교 다닐 소년들이 대부분이었는데 이곳 담배공장에는 그런 과로와 빈혈의 여공들은 볼 수 없었다. 모두 흰 작업

복들을 입고 먼지 없는 작업장에서 유쾌히들 일하고 있었다. 누가 누구에게 착취되는 노동이 아니라 자기들의 공장에서 자기들의 행복을 위해 하는 노동이며 더욱 세계 전체를 착취 없는 사회로 개조하는 위업에 선두에 나선 쏘런 노동자다운 긍지들로 차 있었다. 2천 명 노동자 중에 약 2백 명은 벌써(11월 10일) 연간 계획량의 200프로를 초과완수하고 있었다. 노동임금은 최하 견습공이 5백 루블부터요 숙련공은 2천 루불까지 있었다. 모스크바서 승용차 한 대에 7천 루블이라 하니 숙련공의 석 달 반 월급이면 자동차 한 대를 살 수 있는 것이다.

공장 안에 식당이 있는데 빵·고기·우유·술·맥주·사이다·케이크 등이 실비로 제공되고 있었고 식당은 김 서리는 접시들과 함께 따스하고 정갈하였다. 공장 곁에 있는 노동자 주택을 가보았는데 군데군데 자동 엘리베이터가 있고 부엌 식당 침실 목욕간 등과 스팀 전열 가스 수도의 완비와 가구들의 호화로움은 물질생활의 높은 수준을 놀라지 않을 수 없었고 라디오, 손풍금, 바이올린 등 악기들과 책상 위에는 문학 서적이 많은 것을 보아 이 공장 노동자들의 문화 정도의 높음도 엿볼 수 있었다. 어떤 노동자의 집에는 사진기도 걸리었고 오토바이와 사냥총도 있었다.

이런 공동주택을 이웃하여 탁아소와 아동공원이 있었다. 탁아소는 조선에도 많이 있거니와 아동공원이란 세 살부터 일곱 살까지 학교에 들기 전 어린이들이 오는 유치원 셈이다. 여기는 아이들 놀기 좋고 자연과 친할 정원이 있고 집안에는 노래하는 방, 유희하는 방, 낮잠 자는 방, 밤에 자는 방, 식당 등이 있다. 아이들은 오면 똑같은 옷으로 갈아입었고 집에서 다니는 아이와 여기서 자며 있는 아이들도 있었다.

이 '야바' 담배공장 아동공원에는 1백 50명가량의 어린이들이 있는데 그중 50명가량의 아이들이 여기서 아주 자며 생활하고 있었다. 부모들이 집이 멀다든지 집에 아이가 많다든지 하면 여기 맡겨 기를 수 있으며 이런 아이들도 토요일 저녁에는 집으로 가서 월요일 아침에 오는 것이며 그 외의 날도 이웃에서 일하고 있는 부모들인 만치 언제나 와서 자기 아이와 만날 수 있다는 것이다. 아동공원에서 한 아이를 이상적으로 양육함에 매달 5백 루블의 생활비가 드는데 부모는 그 30퍼센트, 1백50루블씩만 담당한다는 것이다.

아이들의 장난감에서부터 음식, 의복, 침구, 모두 학리적이요 위생적이며 이 1백50명의 어린이를 위하여 24명의 보모가 전속되어 있었다. 여름이면 아이들 전체를 피서지로 데리고 가며 조금이라도 건강이 약한 아이면 곧 전문적 정양과 치료를 시킬 수 있게 되었다. 아이들은 육체적으로나 정신적으로나 하루 24시간 중, 어느 한순간도 방심된 상태에 버려져 있을 수 없게 모든 과학적 배려가 째여 있어 어느 부모나 아이가 여기와 있는 이상 아이에게는 마음 놓고 자기 일에만 충실할 수 있었다.

한 가지 특이한 인상을 받은 것은 아이들의 낮잠 자는 방만은 북향 방일뿐 아니라 들어서는 사람의 이마가 선뜩하리만치 온도가 낮았다. 낮잠만은 찬 데서가 위생적이라 했고 그 대신 낮잠 잠옷만은 두터웠으며 특히 기관이 약한 아이들은 눈과 입만 내어 놓고 폭 씌워 정원 나무 그늘에 침대를 놓고 한 데서 재우는 것이었다. 이런 적극적인 건강법으로 어렸을 때부터 튼튼하게 기르며 정신적으로도 모든 애국자들의 영웅적 전설을 들려주어 애국심의 바탕을 다져주며 동물과 식물에 가까이하여 과학취미를 함양시키고 있었다.

원장은 마침 휴양 가고 없었는데 원장실 맞은편 벽에는 스탈린의 말씀으로 이런 구절이 걸려 있었다.

"보모들이며 그대들의 사업을 성과적으로 하기 위하여서도 자기 사업에 전통하며 어머니다운 애정을 소유하라."

이 아동공원에서 사는 아이들의 하루 시간표를 보면 다음과 같았다.

오전 8시 기상

9시까지 전부집합(집에서 오는 아이들까지)

9시 조반(집에서 오는 아이들도 같이)

9시 30분 공부

10시 30분 산보

오후 1시 점심

1시 30분 3시까지 낮잠

3시 20분 공부

4시 간식

4시 30분 산보(집에 가는 아이들은 돌아감)

7시 저녁식사

8시 취침

이 아동공원의 모든 시설과 사업내용을 볼 때 쏘련 노동자들의 자녀들은 물질적으로 문화적으로 유감없는 환성 속에서 자라고 있다는 것을 구체적으로 느낄 수 있었고 쏘련에 있어서 귀한 것 중에 가장 귀한 것이 어린이들이며 쏘련에 있어 국가적으로 신중히 배려되는 것 중에 가장 신중히 배려되는 것이 어린이들 양육에 있다고 느껴지었다.

　나는 이번에도 쏘련작가동맹을 방문하였다. 파데예브 위원장은 외국에 출장 중이었고 고르바토프 씨와 레오노프[34] 씨와 반표로프 씨 등과 만날 수 있었다. 이 세 분 다 저명한 작가들로 고르바토프 씨는『정복되지 않는 사람들』, 레오노프 씨는『습래』, 반표로프 씨는『빈농조합』등으로 조선에도 이미 널리 알려진 50세 이상 된 대가들이다. 이분들의 부드러움과 소탈함은 다른 정치일꾼들과 다름없었다. 문학에 있어 스탈린 시대 전형인물에 대하여 신인교양[35] 문제에 대하여 인민창작에 대하여 작가동맹 기구와 그 역할에 대하여 나는 내 사업상 또는 내 창작 상 참고될 친절한 경험담과 고견들을 많이 들었다. 특히 인민창작과 작가동맹 기구에 관하여는 이튿날 자리를 다시 하여 인민창작 연구가 로자노프 박사와 작가펀드[36] 책임자 리펠드 씨와 작가권리옹호위원회 책임자 헤신 씨를 따로 만나게까지 해주는 용의주도한 친절이었다.

　쏘련작가동맹에는 한 경내에 작가들의 중앙회관이란 것이 있었다. 이 회관에는 자그마한 강당과 상설 식당과 도서실과 적은 전람회장과 각 써클 사무실들이 있었다.

　거의 매일 있다시피한 어느 작가 귀환보고회, 무슨 좌담회, 철학 문학에 관한 교양 강연회, 어떤 노동자나 농민을 초빙한 좌담회 등을 반달치씩 미리 계획하여 손바닥만 한 소책자로 프로그램을 찍어 작가들

34　Leonid Maksimovich Leonov(1899~1994). 소련의 소설가 · 극작가.
35　원문에는 '신인고양'으로 표기됨.
36　작가기금.

에게 돌려주며 작가들을 위한 사냥 낚시질 장기 자동차 운전 등의 서클을 조직하며 저명작가의 생일축하야회를 조직하며 작가들의 견문으로 필요할 소 전람회 등을 여기서 맡아하는 것이었다. 나 갔을 때는 어린이 장난감 전람회가 있었는데 특히 아동 문학가들을 위하여 소연방 각 공화국에 있는 모든 장난감이 여기 수집되어 있었다. 도서실도 소규모이나 작가들에게 필요한 범위의 책은 완비되어 있고 일반도서관보다 경편한 점으로 작가들이 많이 이용한다 하였다. 이 작가중앙회관은 작가동맹의 교양, 오락, 친목에 관한 모든 조직사업을 맡아하는 기관으로 작가동맹에서 선발된 21인의 위원회에서 계획한 사업들을 한 사람의 상임 총무가 맡아 추진시키는 것이었다. 작가들은 이 중앙회관 회비로 1년에 1백 루블(작가 동맹회비는 연 25루블)을 낸다 하였다.

작가펀드는 1934년 당과 정부의 결정에 의하여 작가 원조기관으로 조직되었는데 전 연방극장과 음악회관 수입의 2퍼센트와 출판사 수입의 10퍼센트씩을 떼어 기금을 삼는다 하며 작가들에게 창작기금을 돌려주며 후생 사업을 거의 무료 정도로 담당해주며 현지파견(1개월에서 3개월까지) 비용 전액을 담당해주는데 1949년도에도 전 쏘련 작가의 25퍼센트가 이 펀드비용으로 현지에 다녀왔다 한다. 작가들을 위한 특별 휴양소(비용의 30퍼센트 작가부담으로 1개월에서 3개월까지)와 특별지대에 싼 세로 들어있을 별장도 경영하고 작가만이 갈 수 있는 서점 양복점 구두점까지 경영하며 작가들의 자제를 위한 아동공원(유치원)과 가족을 위한 전속병원도 가지고 있었다.

작가 권리옹호위원회는 작가들의 저작권이 법률로써 옹호되고 있는 것은 물론이나 그 저작권이 출판 번역 상연 등 복잡한 관계를 갖게

될 뿐 아니라 작가가 여기에 일일이 용의할 수 없으므로 이런 기관이 필요하다 하여 인세(印稅)에 있어서도 법률로는 작가 사망 후 그 유족에게 15년까지 권리가 있는 것이나 그 유족의 형편에 따라서는 옹호위원회로부터 권리연장을 제의할 수도 있다 하였다. 현재 마야코프스키 유족에 관하여서 그 어머니와 누이의 일생동안 인세 권리를 주기로 되었다 한다. 로자노프 박사는 금년 75세의 고령이시나 인민창작에 관하여 장시간 열정적으로 말씀해주었다. 혁명 후 여러 민족들은 자기들의 언어와 문자를 사용할 자유를 받아가지고 오래된 자기인민들의 창작을 채집 출판하는데 착수하였다. 특히 아르메니아 민족유산은 귀중한 것으로 드러났으며 키르키스 민족의 전설 「마나쯔」는 저 유명한 『일리아드』 이상의 명작임이 새로 알려졌노라 하였다. 1934년 쏘련작가대회에서 고리키 선생은 "인민창작은 문학의 기초라" 하여 이 방면에 작가들의 눈이 돌려질 것을 역설하였으며 과거의 위대한 작가들 푸시킨, 고골리, 톨스토이가 모두 이에 깊은 관심을 가졌다고 하였다.

인민창작이란 별것이 아니라 전설 속담 민요 이런 것들이다. 인민들이 태고 때부터 자기들의 생활을 개척하며 자기들의 행복을 방해하는 모든 것 자연이나 맹수나 적을 상대로 영웅적이게 싸운 데서 후손들에게 교훈이 될 것을 많이 이야기로 전했을 것이다. 어느 시대에나 필요하니까 오래 두고 전해진 것이요 전해질 때마다 좀 더 감동성을 돋우려니까 다듬어졌을 것이다. 여기에 전설의 민족성과 인민성이 함께 들어 있는 것으로 「콩쥐팥쥐」 이야기로부터 「놀부흥부」 이야기나 「심청전」까지 이것이 모두 조선민족의 인민창작이며 "호랑이에게 물려가도 정신만 차리면 산다"니 "개도 무는 개를 돌아본다" 등 무수한 속담도 조선인민들의 귀중한 생활경험 속에서 나온 창작들이다. 이 속담들은 오늘도 인민들 속에 널리 쓰일 뿐 아니라 조선말과 함께 조선인민과 영구히 살아나갈 걸작들로서 어느 대작가의 시의 한 구절이나 소설의 한 구절도 이처럼 인민 속에 깊은 뿌리를 박고 오래 살기는 어려울 것이다. 〈양산도〉〈아리랑〉〈육자배기〉 모두 인민들의 창작으로서 어느 시인의 노래보다 널리 불리고 있다.

고리키 선생은 작가들에게 인민의 말을 배우라 하였다. 인민의 말의 중요한 전통의 원천은 전설과 속담 민요 속에 있다.

로자노프 박사는 오늘 쏘련인민들 속에 가장 널리 불리는 노래 〈카츄샤〉도 그 가사를 지은 이사코프스키[37]나 곡조를 지은 브란테르[38]도 다 민요 속의 전통을 살려 지었기 때문에 인민정서에 합치점을 얻은 것이라 하였다. 알랑길쓰까야 지방에 그류까봐 여사 같은 저명한 전설창작가도 나타났으나 현대인물이나 사건을 구태여 낡은 형식에 담을 필요는 없다 인정되어 현대전설을 창작까지 할 것은 아니나 과거 인민들의 창작을 발굴하며 연구하는 사업을 극히 귀중하며 이 사업에 있어 작가들의 의무가 크다 하였다. 그리고 박사는 나에게 조선의 전설과 속담에 대하여 여러 가지를 물었다. 이분들의 후진에 대한 친절과 다른 민족의 것을 알려는 열심에는 그분들의 사업 작풍이 확고한 국제주의 입장에 섰음을 어디서나 느낄 수 있었다.

우리 일행에 작곡가 김순남 동무는 그의 역작 심포니를 비롯하여 조선민요 연곡 등 수십 편의 작품을 가지고 갔는데 혁명절을 전후하여 총

---

37 Mikhail Islakovsky.

38 Matvei Blanter.

망한 속에서도 쏘련작곡가협회 흐레니코프 위원장을 비롯하여 노비코프, 그류꼬브 씨 등 10여 저명작곡가들로 두 차례나 회합을 열어 친절하고 자세한 비평을 주었고 김 동무의 작품이 여기서 높은 평가를 받은 것은 조선음악의 앞날을 위하여 기뻐할 일이었다. 나중 쏘련작가동맹으로부터는 스탈린상 작품목록과 스탈린상 작품 서적 수십 권을 호텔로 보내주었다. 그 속에는 우리 문학 동맹에서 번역하려던 작품이 많아 우리 사업에 큰 도움을 주었다.

우리는 하루 지하철을 타고 몇 정거장을 구경하였다. 정거장마다 저명한 건축가들이 맡아 자신들의 독특한 고안으로 예술적인 천품들을 실현한 불휴[39]의 건축 작품들이었다. 어떤 정거장은 천정이 전등을 상징한 것이 분명한데 그 정거장 지상(地上)은 바로 전등공장이 있다 하여 어떤 정거장은 바이올린, 나팔, 북 여러 악기들로 장식되어 있는데 그 정거장 위는 모스크바 대극장이라 했고 어느 한 정거장은 자연 풍경의 벽화로 장식되었는데 그 정거장 위는 어느 공원이라 했다. 한 정거장은 사기로 궁륭형의 천정을 짰는데 사기마다 저명한 예술가들이 돈을 문[陽刻]으로 찍혀 있었다. 백 살까지 살다 근년에 돌아간 카자흐의 유명한 시인 쟘불 영감도 그중에 있었고 바로 그 밑에는 전차를 기다리는 대리석 벤치가 있는데 쟘불 영감이 이 벤치에 앉아서 스탈린께 드리는 즉흥시를 읊어냈다는 것이다.

조국전쟁 초엽인 1941년의 10월혁명 기념은 이 지하철 속에서 스탈

---

39 '불후'의 오식.

린께서 보고하셨다 한다. 지금도 모스크바시 위에 있는 여러 기차정거
장들을 지하철로 연결하는 환상선(環狀線)을 파는 중인데 이미 50퍼센
트가 추진되어 있었고 이 공사에 있어 41년도에 6만 명이 하던 일을 지
금은 2만 명이 하고 있다 하였다. 이는 노동자들의 애국적 창발성과 기
계화에 의한 노력 절약으로서 새 5개년계획을 4개년에 다거 완수하는
비약의 힘도 그 원천이 여기 있는 것이었다. 지하철 공사에 암[40]이 되
어 있던 습지대는 과학 장치로 얼려 얼음덩이로 떼어낸다 하여 영하 2,
30도에서도 응결이 가능한 특수콘크리트법이 창안되어 지상건축에 있
어서도 거대한 애로 하나를 극복하고 있었다.

　쏘련 노동자들의 헌신성 앞에는 불가능이란 없다 하여 과언이 아닐
것 같았다. 어떤 불리한 조건도 기어이 극복해내는 이 쏘련 노동자들
은 조국전쟁 이후 4년간에 5천9백어 개소의 중요공장 기업소를 복구
건설하였고 5개년계획 1년 단축운동을 초과적으로 달성한 것이다. 이
번 위대한 사회주의 10월혁명 32주년 기념보고에서 말렌코프 선생은
이렇게 말하였다.

　"소비에트 인민이 볼세비키 당의 지도하에서 전후 스탈린적 5개
　년계획 실천에 착수한 그때로부터 3년 10개월이 지나갔다. 지금 우
　리는 전전(戰前) 인민경제 수준을 달성하였을 뿐만 아니라 그를 초과
　달성하였다는 것을 의무 완수의 환희감으로써 말할 수 있다."
하였다. 이 환희감이야말로 소비에트 인민만이 아닐 것이다. 세계 자본
주의가 최후적으로 발악하는 긴박한 역사적 시일에 있어 쏘련인민들이

40　장애.

계획경쟁 연간의 단축은 세계 민주진영 전체의 성새를 불패의 기지로 완성함에 귀중한 1년을 당겨놓은 것이다. 이것은 세계 민주진영 전체의 승리의 환희가 아닐 수 없는 것으로 우리 조선인민들도 이 귀중한 1년에 형제적 환희감에서 축복할 뿐 아니라 우리 조국통일과 민주건설에 있어 쏘련인민들의 이 영웅적 연간 단축의 교훈을 배워야 할 것이다.

우리는 모스크바 대극장에서 〈백조의 호수〉 〈예브게니 오네긴〉 〈사드코〉와 '무하트'에서 〈안나 카레리나〉와 오페레타극장에서 〈박쥐〉를 보았고 차이코프스키 음악당에서 소비에트 교향악단의 연주를 들었고 차이코프스키 기념음악극장에서 러시아민족 음악과 무용을 구경하였고 나는 이번에 처음으로 입체영화를 보았다. 한마디로 말하면 모스크바는 사상으로 세계인민의 수도일 뿐 아니라 예술로도 세계인민의 수도였다. 고전을 살리는 방향에 있어 현대의 새 예술을 창조하는 방향에 있어 기술면에 있어 누차에 걸친 쏘련공산당 중앙위원회의 결정서는 오늘 쏘련의 문학예술을 확고한 궤도에 올려 세우고 있었다. 그 결정서들이 쏘련 문학예술계에만 국한된 것이 아니라 전체 세계문학예술계에 큰 교훈이 되었듯이 그 결정에 의하여 시정 발전된 오늘 쏘련의 문학예술은 또한 전체 세계문학예술계의 모범이 아닐 수 없는 것이다. 최근 문학들을 곧 읽지 못하며 현대극을 볼 기회가 없는 것은 크게 유감이나 작금 양년에 있어 저명한 소설과 희곡이 다수 발표되었음은 주지의 사실인 것이다.

우리 대표단은 떠나기 며칠 전 메산스카야 거리에 있는 우리 대사관에 초대되었다. 대리석 층계의 호화로운 2층 청사였다. 우리는 오래간만의 조선 김치와 갈비 국으로 미각(味覺)의 향수부터 느긋이 풀었고 김 장군 초상 걸린 홀에서 음악대학생 오매운 동무의 노래를 들으며 밤 깊도록 놀았다.

떠나기 바로 전날 저녁은 복스로부터 호텔 '내셔널'에서 성대한 송별연을 열어주었다. 우리 주영하 대사와 김 참사관도 초대되었고, 희곡 〈푸른 거리〉의 작가 슬로브 씨, 작곡가협회위원장 흐레니코프 씨, 영화 〈맹서〉에서 어머니역으로 유명한 기아즌또바 여사를 비롯한 저명한 작가 작곡가 배우들이 다수 참석하였으며 복스위원장 세니소브 선생은 위대한 사회주의 10월혁명 32주년 기념에 여러 인민민주국가들과 함께 조선대표단이 내참한 역사적 의의의 심대함을 말하였고 조선인민의 조국통일을 위한 투쟁의 급속한 승리와 조선인민의 영도자 김일성장군의 건강을 위하여 충심에서의 축배를 들어주었다. 우리 대표단으로도 최창익 선생을 비롯하여 10월혁명의 승리로 세계 근로인민과 피압박민족들에게 활로를 열어놓은 위대한 쏘련인민들과 스탈린 대원수의 건강을 위하여 또 쏘련의 문화예술 일꾼들의 건강을 위하여 보다 더 친밀한 조소친선을 위하여 축배들을 교환하였다. 우리 축배들이 부딪는 '내셔널' 호텔 유리창에는 그 포도주 넘치는 유리잔보다도 더 붉은 크레믈린 붉은 별이 지척에서 비치고 있었다.

우리는 모스크바에서 열사흘만인 11월 16일날 밤 열 시에 야로슬라브스키 역으로부터 귀로에 오른 것이다. 복스로부터는 멀리 블라디보스토크까지 막심[41] 동무를 보내어 우리를 국경까지 전송하였다.

---

41 원문에는 '막심 · 막심'으로 표기됨.

나는 귀국하여 평양을 비롯한 몇 곳 귀환보고에서 이번 쏘련에서 두 번째 받은 모든 인상을 다음과 같이 요약해 결론하였다.

1. 10월의 불꽃은 타며 있다. 누구나 이 불꽃에서 탄생한 쏘련을 무심히 볼 수는 없을 것이다. 이 10월의 불꽃으로만 사뤄[42] 버려야 할 낡고 옳지 못한 것을 자기 주위에 가진 사람들은 반드시 그냥 있을 수 없을 것이다.

2. 이 10월의 불 속에서 탄생한 쏘련은 인류사회에 이미 있었거나 아직 있는 어떤 국가형태보다 우월하다는 것이 더욱 명확해졌다.

3. 경제력으로나 무력으로나 문화예술로나 쏘련과 필적할 나라는 없다는 것이 아주 확정적이게 되었다.

4. 이런 무적의 강대국 쏘련은 평화와 민주를 위해 투쟁하는 세계 모든 인민들에게 백방의 원조를 아끼지 않겠다는 것을 다시금 명언하였다.

5. 이런 쏘련의 무적한 위력의 원천은 위대한 스탈린 대원수의 영도하에 볼세비키 당과 쏘련인민들의 혈연적 결합에 있었다.

6. 이런 위대한 쏘련이 걸어온 길과 모든 승리적 경험은 각 후진 국가들의 명확한 진로와 필승의 담보가 되는 것으로 오늘 인민 민주국가들의 앞길은 한걸음도 막연하거나 승리를 의심할 여지가 없는 것이다.

7. 오늘 우리 조선인민들이 조국의 통일독립과 민주화를 위하여

---

42 살라.

싸우는 피와 땀은 어느 궁벽한 산속과 들판에서 흘리더라도 위대한 쏘련인민들을 비롯하여 전 세계 인민들의 전우적인 뜨거운 시선이 여기 집중되어 있는 것이다.

1950년 1월 26일 평양에서

『혁명절의 모스크바』, 평양 : 문화전선사, 1950

중국기행

위대한 새 중국

중국기행
위대한 새 중국

1. 북경으로

10월 1일은 우리 형제나라이며 우리 전우의 나라인 중화인민공화국의 국경절이다. 자기들의 위대한 승리와 창조의 축전인 건국 명절을 두 돌 째 맞이하여 중국 '총공회'를 비롯한 전 인민적 단체들은 세계 우호각국에 인민대표 관례단을 초청하였다. 나는 이번에 다행히도 우리나라로부터 가는 이 우방 국경절 관례단의 일원으로 오래 두고 그리워하던 중국으로 떠나게 되었다.

중국! 이는 매우 오랜 나라다. 이는 가장 오랜 역사와 가장 먼저 발달된 고대 문명국의 하나다. 동양에서 널리 써온 한문자를 창조한 나라며 세계에서 화약을 먼저 발명했으며 만리장성을 쌓았으며 세계 어느 박물관에 가든지 가장 중요한 케이스 속에 놓여 있는 상주의 청동기와 한의 칠기와 당의 삼채와 송명의 화려한 도자기들을 제조한 나라다. 오래고 넓고 많은 인구와 자원을 가진 이 나라에는 또한 많은 낡은 것으로 엎치고 많은 침략자들의 그물로 덮치어 무한 암담하고 혼란한 나라이기도 하였다. 어디보다 뿌리 깊은 봉건의 나라였으며 드센 군벌들의 나라였으며 모욕으로 찬 외국 조계들의 나라였다. 세계 인구의 사분지 일이나 되는 다수한 인민이 장구한 세대에 걸쳐 이중 삼중의 억압 속에서 신음한 나라다.

이런 중국은 우리 조선과 가장 가까이 이웃하여 있다. 정치적으로 문화적으로 관계가 깊었으며 근대에 있어 외국 자본주의 침략 하에 같은 운명으로 신음하였다.

중화인민공화국! 이는 가장 나어린 새 나라다. 중국인민해방군이 한때 여덟 강도국가 군대가 상륙하여 저마다 둥지를 틀고 앉았던 천진을 해방시키며 유구한 봉건역사로 굳게 잠긴 북경 성문을 열어젖뜨린 것이 바로 어제 같던 중화인민공화국이다. 미·영·불의 군함들이 가로막고 나섰으나 드디어 장강을 넘어 장개석의 매국(賣國) 수도 남경을 해방시키고 중국의 최대 도시 상해를 해방시킨 것이 어제 같던 중화인민공화국이다. 갖은 봉건 독소와 갖은 제국주의 침략의 추악한 것으로 뒤엉킨 낡은 중국을 자리 말듯 걷어버리고 그 넓고 비옥한 새 대륙 위에 현란히 일어선 새 중화인민공화국! 이 위대한 승리와 창조를 수행한 중국인민에게 누가 축복하지 않으며 이 위대한 승리와 창조를 영도한 중국공산당과 중국인민의 수령 모택동 주석에게 누가 최대의 경의와 흠모를 아끼랴! 중화인민공화국은 전체 아시아에서 제국주의 침략을 청산하는 불패의 기지로 되었으며 세계평화 확립을 위한 또 하나의 위대한 정세로 올려 솟은 것이다. 새 나라 중화인민공화국은 자유와 평화를 애호하는 전 세계인민들의 새 축복의 땅이 아닐 수 없다. 이런 중화인민공화국의 4억 7,500만 인민들은 오늘 조국해방전쟁에 궐기한 우리 조선인민을 도와 한 원수 미제 침략군대를 격멸 구축하기에 한 전호 속에서 싸워주는 것이다. 중화인민공화국을 향하여 떠나는 우리 조선 관례단의 마음은 더 감축스럽고 더 뜨거운 우애에 설레었다.

9월 27일 황혼. 직총의 현훈, 여맹의 조복례, 평화옹호 전국민족위원회의 정성언, 민청위 김봉호 영웅, 민주조선의 임성학, 그리고 필자 여섯 명의 우리 일행은 발바리 두 대에 나눠 타고 평양을 떠났다.

며칠째 공중전에서 참패를 거듭한 미군 공중 강도들은 낮에는 보이지 않는 고공에서만 얼씬거리다가 날이 저물기가 바쁘게 머리 위에 낮추 떠 잉잉거리기 시작하였다. 하늘은 별 하나 볼 수 없게 흐렸다. 거의 십 분에 한 번씩은 길옆과 산등에서 "항공" 소리 아니면 불을 끄라는 신호로 총소리가 일어났다.

우리는 길을 순천 쪽으로 잡았는데 '사인장'을 지났을 때다. 지척에서 산이 갈라지는 듯한 폭음과 함께 불기둥이 치솟고 그 곳 산골짜기는 마치 용광로가 터진 것처럼 흙도 바위도 불덩어리로 이글거리고 있었다. 놈들은 군데군데 관등놀이 하듯 조명탄을 달아 놓기도 하였다. 어떤 데는 한군데다 대여섯 개씩 달아놓아 차들이 불을 끈 채 달리기에 제격이요, 오래간만에 정말 불놀이나 바라보는 듯한 착각도 해롭지 않았다. 예전 우리 선조들의 중국 다니던 기록을 보면 무인지경에서 밤을 지날 때 무서운 것이 늑대와 범이라 하였다. 사람과 말을 물려 보낼까 보아 밤새도록 화톳불을 놓고 번을 서 짐승을 지켰다더니 오늘 우리는 미제 야수들 때문에 불을 끄고 밤길을 가야 하는 것이다. 그러나 중국 다니는 길에서 화톳불을 놓고 범과 늑대를 경위하던 것이 오늘에 와 옛말이 된 것처럼 미제 야수들 때문에 차들이 불을 끄고 밤길을 다니는 이것도 며칠 안 있어 옛말이 되고야 말 것이다.

×　　　　×　　　　×

28일 저녁 아직 해 있어 우리는 안동으로부터 마중 온 우리 대사관 연락소 차로 압록강을 건너게 되었다.

항미원조 안동분회의 석 주임을 비롯한 안동시와 안동 민청간부들의 뜨거운 영접으로 안동 시내에 들어가 교체처에서 쉬었고 심양 가는 밤차에 오르기까지 나는 안동 거리들에서 골목길에서 정거장에서 될 수 있는 대로 많은 사람들과 많은 풍물에 시선을 더듬었다. 나는 경쾌하게 달리는 열차 침대에 누워 절로 떠오르는 한 가지 회상에 잠기지 않을 수 없었다.

지금부터 삼십여 년 전이다. 나는 십오, 육 세 소년 때 직업을 찾아 전전하여 안동에까지 온 일이 있었다. 정거장 근처와 재목 끌어올리는 부두 근처와 진강산 공원에서 많은 노동자들과 걸인들과 더불어 며칠 지내본 일이 있다. 그때는 벌이끈[1]을 잡은 노동자들도 성한 옷을 입은 사람은 하나도 볼 수 없었다. 한두 끼씩 굶지 않은 사람이 별로 없어 거지와 도적이 따로 있는 것이 아니란 인상을 강하게 받았었다. 어떤 전당포 앞에서도 직업을 잃은 한 청년을 도적이라고 하수도 속에 몰아넣고 일본 순사 놈들이 총으로 쏘아 죽여서 끌어내는 것을 보았다. 일본 놈이 '게다'를 끌고 중국인 참외 장사에게로 와서 배불리 먹고 나중에는 먹던 것을 뱉으며 썩은 것을 판다고 트집을 걸어 돈을 안내는 것은 고사하고 게닷발로 차고 때리고 유유하게 가버리는 것도 보았다. 이런 날도적들을 잡아가는 경찰이 없을 뿐 아니라 이 왜놈 앞에 눈 한번 마주 흘기지 못하고 있었다.

---

1   벌이의 끈.

오늘 중국은 중국의 한끝인 이 변강도시 안동에서만 잠시 보아도 전혀 딴 천지로 되었다. 그 간악하고 거만스럽던 외국강도놈들은 그림자도 없이 사라졌고 길이 메는 많은 사람들 속에 남루한 옷을 볼 수 없다. 거지도 아편쟁이도 해만 지면 골목마다 나왔던 매춘부도 그 흔하게 벌어지던 싸움판도 주정꾼도 눈에 띄지 않는다. 휴지[2] 쪽 하나 거리에서 본 기억이 없다. 깨끗하고 튼튼해 보이는 남빛 옷들과 혈색 좋은 얼굴들이 어떤 인상적인 영화를 구경한 날 밤 같이 잠시 지나본 새 안동 거리의 인상으로 머릿속에 깊이 찍혀져 떠오른다. 특히 남녀 간 스텐칼라의 공작복을 입은 사람들이 빈번히 지나갔다. 그 전엔 철망이나 실그물을 몇 겹 두르고도 간색만 보이던 노점의 상품들이 만져보기만이라도 해달라는 듯이 가린 것 없이 풍성하게 진열되어 있고 특히 그전 안동에서는 보기 드문 감, 귤, 바나나 같은 남방 산물들이 흔하게 벌어져 있는 것이다.

오늘 안동에서 쓰는 돈은 그 돈 그 품 이대로 전 남중국 서중국 각지에서 그대로 쓴다고 한다. 돈이 그렇듯이 대륙 동서남북 각지에서 나는 물건이 그대로 동서남북 각지에 퍼지되 모리간상의 손으로가 아니라 국가계획에 의하여 싼값으로 교류되는 것이라 한다. 옛날 중국의 어느 임금은 애첩에게 몇천 리 밖에 나는 '여지'라는 과실을 먹이기 위하여 기병들을 동원시켰다 하거니와 오늘 새 중국에서는 천하 만인의 식탁에서 몇만 리 밖 과실과 반찬이 제 고장 물산처럼 풍성하게 오르게 되었다.

인민들의 생활은 풍성해지고 다채로워졌다. 인민들의 자기 주권에 대한 신뢰와 항미원조에 대한 정치적 각성은 다시금 고조되고 있었다.

---

2   원문에는 '수지'로 표기됨.

나는 심양에서 9월 29일부 『동북일보』를 보았는데 석 달 전에 전 동북성 시 공작자 회의에서 고강 동지로부터 동북 노동자들에게 호소하기를 금년 말까지 식량 500만 톤 가격에 해당하는 물자를 증산하며 절약하기를 제의한 바 있었는데 그것이 불과 석 달 동안에 500만 톤의 배 1천만 톤 가격을 초과하였다고 보고되고 있었다.

이 증산과 절약에서 얻은 가치는 4,200여 대의 로켓 비행기 대가에 해당한다는 것이다! 그뿐만 아니라 전 중국적으로는 비행기와 대포 기금을 헌납하는 애국운동으로서 국경절을 맞이하자는 대중적 운동이 일어났는데 이 액수는 9월 25일 현재 9,970억 이상에 달하여 곧 1만억 원을 돌파하리라고 보도되고 있었다.

중국은 물론 많은 인구를 가졌다.

그러나 공화국이 되어서야 갑자기 쏟아진 인구는 아니다.

중국은 풍부한 자원과 광대한 토지를 가졌다. 그러나 공화국이 되어서 비로소 드러난 자원이나 대륙은 아니다. 문제는 자기들의 정권이요, 노예 아닌 노동이요, 자기 자신들의 땅인데 있는 것이다. 이 진리에서 올려 솟는 인민의 무진장한 잠재 역량은 위대한 소연방을 비롯하여 모든 인민정권인 나라들의 급속히 융성 부강하는 공통의 원천인 것이다.

국경절의 전날 아침 일곱 시에 우리는 북경에 닿았다.

차창이 밝았을 때는 이미 천진을 지난 때로 무연한 벌판에 곡식밭들이 지나간다. 고구마 낙화생 수수가 대부분인데 땅은 사질(沙質)이었다.

집들이 짚이나 기와가 아니라 지붕을 맨흙이나 혹은 회와 시멘트로 발랐다. 조그마한 물웅덩이만 있어도 집오리들이 떼를 지어 떠 있다. 마을마다 금별 뜬 붉은 기와 국경절 구호 드림들이 퍼덕인다.

서쪽으로 멀리 태항산맥이 드러난 지 얼마 안 있어 기차는 높은 성벽 밑을 달리기 시작한다. 회색 벽돌성인데 성 틈에 뿌리를 박은 나무가 노목이 되어 드리운 것도 있는 태고연한 옛 성이다. 가끔 드높은 문루가 지나가고 그 문루 아래 성문으로는 사람이 웅성거리는 동양적 저자 풍경이 들여다보였다. 북경 주변에 들어선 것이다.

이 북경은 멀리 주 시대 소공[3]의 봉지(封地)로서 그때 제비 연(燕)자 '연'이라는 이름을 가져 '북경'이기보다는 그전에는 '연경'이라고 더 불렀다. 우리 조선에 『연행록』이란 책이 있으니 이것은 '북경기행'이란 말이다. 이 연경에 처음 수도를 정하기는 지금으로부터 1013년 전(938) 요나라 시대였고 그 후 금·원·명·청 모두가 다섯 왕조의 서울로서 세계적으로 전아한 고대 궁궐 자금성을 비롯하여 무수한 문루들과 천단, 북해, 이화원 등 동방 특유한 고대건축과 호한한 호수 있는 정원들을 전하고 있는 보배로운 도시다.

우리 기차가 그 밑을 달리고 있는 것은 이런 북경의 남쪽 외성 성벽 밑으로서 정거장도 정양문 옆 그 성벽 밑에 놓여 있었다. 역두에는 '중국 인민보위 세계화평 반대미국침략 위원회' 곽말약(郭沫若)[4] 주석과 중국 총공회의 유영일 부주석 기타 각계 중국 측 요인들과 이주연 대사 부처를 비롯한 우리 대사관 관원들이 반가이 맞아주었고 목에 붉은 넥

---

3   소공(召公). 주(周)나라 초기 정치가(政治家).
4   궈모뤄(1892~1978). 문인 정치가.

타이를 맨 귀여운 소녀 일단이 중국말로 김일성 장군의 노래를 부르며 꽃을 들고 와 우리에게 안기었다.

화창한 날씨다. 큰길에 나무가 공원처럼 푸르다. 자동차에 올라 외성 안으로 들어서 얼마 아니 달려 공중에 뜬 금빛 황기와 지붕이 처처에 바라보인다. 대리석 조각인 구름송이를 비녀 찌르듯 한 용트림의 돌기둥이 보인다. 다섯 돌다리가 한군데 걸리고 그 뒤에 하늘에 떠오르듯 장엄하게 솟았으되 무한 안정해 보이는 단청 찬란한 문루가 묻지 않아도 천안문이 틀리지 않았다. 그 앞을 그냥 지나 이 도시에 아직은 얼맞지 않는 7, 8층의 양관이 우리가 묵을 북경반점이었다.

북경반점 안은 일종 세계평화옹호대회를 연상시키었다. 우리가 조선대표인 것을 알고 승강기 속에서 흔연히 악수를 청하는 서양부인이 있었다. 이미 조선에 다녀온 월남 인민대표들도 만났다. 얼굴 흰 구라파 대표들, 얼굴 검은 인도대표들, 멀리 파키스탄과 인도네시아 가까이 버마와 몽고 그리고 쏘련, 폴란드, 헝가리, 체코, 루마니아, 불가리아, 민주 독일, 그 외 영국평화옹호위원회에서도 와 있었다.

서로 말은 통치 못하나 평화민주를 위한 한 마음의 끓는 전우애는 얼굴마다 넘쳐흘렀다. 평화투쟁에서 영명을 떨치고 있는 쏘련 작가 일리야 에렌부르크와 칠레의 시인 파블로 네루다도 와 있었고『교형수의 일기』로 우리 조선인민들에게도 혁명적 전투의식을 더욱 고무시켜준 체코의 혁명가 율리우스 푸치크의 미망인 구스타 푸치코바도 와 있었다. 특히 이들이 우리 조선대표단에게 주는 악수는 한꺼번에 조선인민 전체의 손을 잡듯 힘차고 뜨거웠다. 그들은 우리에게 김일성 장군의 안부부터 물었다.

2. 모 주석의 초대연회

30일 저녁 모택동 주석은 국경 축하연회를 배설하였다. 한때 서태후가 호강살이를 누리던 예전 궁전 회인당에서 열리었다. 회인당은 2년 전 이 무렵 중화인민공화국 중앙정부가 조직된 바로 그 역사적 장소다.

우리 외국 관례단이 안내된 곳은 대청의 좌편 협실로서 많은 축기[5] 들이 장식되었고 산해진미로 찬 연회식탁이 베풀어져 있었다. 주덕 장군 부인과 유소기 부주석 부인이 손수 인도하며 설명하기를 대청 바른편 협실에 들어서는 분들은 각국 외교관들이며 중앙 대청에 그득히 앉은 분들은 남방과 북방의 혁명 노근거지 대표들과 중국인민해방군과 지원군의 전투영웅들과 전국 모범노동자 농민들과 각 정당 사회단체 대표들과 북경 각 대학 총장들과 교수 대표들과 화교 귀국대표들과 개인 경영 모범상공업자들과 중국내 각 소수민족 대표들이라 하였다.

이 1,400여 명의 국내대표들의 자리를 정면으로 국장과 국기와 꽃으로 장식된 무대가 있고 그 무대 아래 주석단의 자리가 일렬로 놓여 있었다.

나는 모든 중국인 대표들 가운데서 특히 혁명 노근거지 인민대표들에게 자주 시선을 이끌리었다. 1927년부터 10년간 토지혁명 당시 노근거지 대표들과, 1937년부터 1945년까지 항일구국운동의 노근거지 대표들과, 1945년 이후 1949년까지 인민해방전쟁 시기의 노근거지 대표들로서 그들은 대개 머리 흰 노인이 많으며 그중에는 동북지방 혁명 노근거지 대표로서 조선 사람도 참석하였노라 하였다. 1930년 5·30폭

---

5 축하하는 깃발.

동 때 동북 연길 일대에서는 조선농민들이 중심으로 화룡 왕청 등지에서 농촌 소비에트까지 조직되었었다 한다.

갑자가 우레 같은 박수소리가 일어났다. 모 주석 이하 주인 측 주석단이 입장하는 것이다. 모두가 열광적으로 발돋움하여 모 주석에게 시선을 보낸다. 늠름히 솟은 키에 화기로 찬 얼굴이다. 고요하면서도 깊고 무거워 보이는 눈이 그분의 무궁한 총명과 도량을 말하는 듯하다.

노근거지 인민들이 선두에 서서 주석단에게 나아가 축배를 드린다. 험난한 생활과 투쟁으로 일관하였던 노근거지 인민들의 얼굴은 구릿빛으로 그을고 술잔을 든 손과 함께 암석이나 고목의 근간처럼 홈이 패고 불거지고 하였다. 이들이야말로 이제는 어떤 비바람에도 끄떡없을 위대한 중화인민공화국의 억년불발의 뿌리들인 것이다. 천신만고한 자취가 심각한대로 그들의 눈동자는 무량한 감개와 무상의 광영으로 차 자기들의 수령을 우러러보며 나아갔다. 어떤 눈은 눈물이 번뜩이었다. 모 주석의 든 술잔에 자기들의 술잔을 맞쫄을 때 술이 엎질러지도록 흥분한 얼굴도 있었다. 지척에서 바라보는 나는 눈이 뜨거워졌다. 나는 절로 우리 조국을 향하여 역시 그렇게 험난한 생활과 그렇게 간고한 투쟁으로 흙처럼 그을고 암석이나 고목등걸처럼 험상스러워진 우리 형제들의 면모⁶가 생각키웠다. 작년 여름 우리 인민군대가 반격으로부터 용감히 전환하여 진공하던 시기에 있어 나는 해방된 옹진반도에서 서울에서 대전과 무주에서 김천과 합천에서 감옥으로부터 풀린 노동자들과 농민들과 또 태백산과 지리산 빨치산들의 아버지와 할머

---

6 원문에는 '면고'로 표기됨.

니들을 무수히 만나보았다. 그들은 공화국 국기를 눈물로 우러러보며 김일성 장군께서 우리 지방에도 언제 오시느냐고 물었다. 그들은 오늘 이 시각에도 적전 적후에서 아들과 딸들의 시체를 넘으며 간고히 싸우고 있으리라! 백절불굴 용감히 싸우고 있으리라! 싸우는 인민은 이기고야 만다! 저와 같이 승리의 축배를 들고야 만다! 우리 태백산의 지리산의 한라산의 노근거지 인민들도 우리 조선민주주의인민공화국 국장과 국기 아래에서 우리 수령 김일성 장군의 승리의 축배에 승리의 축배를 맞쪼을 날은 오고야 말 것이다! 반드시 오고야 말 것이다! 저 모 주석과 중국혁명 노근거지 인민대표들이 드는 승리의 축배가 그것을 어김없이 담보하는 것이다!

우리 14개국 외국 관례단들도 차례로 주석단에 나아가 모 주석을 비롯한 이 나라 수장들에게 자기조국 인민들의 형제적 우의와 전우적 축복에 찬 뜨거운 악수와 함께 축배를 드리었다. 연회는 오후 일곱 시 반부터 두 시간 동안 화기 넘치는 속에 계속되었다.

3. 국경일의 천안문 광경

우리가 북경에서 새로 맞이하는 아침이 바로 10월 1일, 이 나라 건국 명절이다. 탐스럽게 핀 각색 국화가 창 가까이마다 식탁마다 가벼운 가을 햇볕에 향기를 풍긴다. 북경은 가을 날씨 좋기로 유명하다.

우리 외국 관례단들은 자동차로 장사진을 이루어 누른 기와의 붉은 담장을 굽이굽이 돌아 어떤 궁전 정원에 들어섰다.

몇백 년씩이나 되었을까! 두 아름 세 아름씩 됨직한 상나무가 가로 세로 줄지어 늘어서 하늘을 덮었다. 풍마우세하여 법랑질이 부스러진 황기와 지붕과 함께 사슴뿔 같은 이 삭정가지 많은 늙은 상나무들도 옛 궁궐의 파란 많은 세월을 속삭이는 듯하다. 여기는 지금 근로자들의 '문화궁'이 되어 맞은편에 있는 '중산공원'과 함께 자기를 건설한 진정한 주인들을 위한 교양과 오락의 궁전으로 이바지되고 있다.

가지 굵고 잎 성긴 늙은 상나무 그늘 사이로 단청 빛 영롱한 문루가 은은히 떠오른다. 그것이 이날 광대한 중화대륙 방방곡곡 인민들이 뜨거운 눈으로 우러러 향할 천안문이며 그것이 이날 40만 시위군중의 환호의 바다위에 용궁처럼 떠오를 천안문이었다. 우리는 이 천안문을 안으로부터 밖으로 빠져나와 천안문 광장에 나서게 되었고 서쪽 귀빈 관례대에 오르게 되었다.

귀빈 관례대는 성장(盛粧)한 여러 가지 민족 복색과 각국 훈장으로 빛나는 외교관 정복들로 다채로웠다. 이끼 푸른 옥대하 건너 일반 관례대가 따로 있다. 그리고 화강석으로 새로 포장한 씻은 듯한 큰길[7] 건너에는 각종 군단들과 군악대들이 끝없이 정렬하여 있었다.

천안문은 지척에서 돌아다 볼 수 있다. 천안문은 아름답다. 옥대하에 걸린 다섯 백석 교들과 그 영롱한 대리석 난간들에 어린 날빛은 단청 찬란한 이 궁궐 문루에 서기(瑞氣)가 엉키게 하였다. 겹지붕 위 처마 중앙에는 이 나라 국장이 걸리고 다음 처마에는 '경축 중화인민공화국 국경절'이라 쓴 붉은 드림과 함께 큰 홍등들이 줄지어 달려 있었다. 그

---

7 원문에는 '큰길 큰길'로 표기됨.

앞이 바로 주석단이다. 주석단 아래 성문 있는 성벽에는 두 길이 넘을 모 주석의 초상이 걸리고 그 좌우에는 '중화인민공화국 만세'와 '세계 인민 대단결 만세'의 구호가 가로 걸려 있다.

이 천안문 맞은편으로 광장 건너 국기 게양대에 오성기가 평화스럽게 날리고 있고 즐비한 고루거각(高樓巨閣)들이 아득히 깔린 끝에 붉은 기치로 장식된 성문 문루들이 푸른 공중에 떠 있었다.

새 나라의 봉화 솟듯 하는 새 면모와 유구한 천고문물이 한눈 앞에 벌어졌다.

광장은 일시에 박수와 환호로 진감한다. 천안문 위에 모 주석이 나타난 것이다. 주덕, 유소기, 송경령, 이제심, 장란 부주석들과 정무원 주은래 총리, 인민혁명 군사위원회 정잠 부주석…… 그칠 줄 모르는 환호 속에 계속 등장한다.

중앙인민정부 임백구 비서장의 경축관례 개시의 선언이 떨어지자 군악대의 국가연주와 함께 굉렬한 예포가 터지기 시작하였다. 중국인민해방군 총사령 주덕 장군이 자동차 위에 늠연히 선 자세로 천안문을 나섰다.

엄숙히 정렬한 각 부대를 돌아 검열하고 다시 천안문에 올라 그는 전국 무장부대와 민병단에 주는 명령서를 선독(先讀)하였다.

"지난 2년간 우리는 조국의 대륙을 완전히 해방시키었고 지원군들이 조선인민군대와 병견 작전하여 미제침략자들을 타격하고 거대한 승리를 쟁취하였다"고 읽었다. "미제는 중국의 승리를 시기하며 자기들의 실패를 달게 받지 않고 대만을 침범했으며 조선정전 담판을 파탄시키려 하며 조선전쟁의 계속과 새 대전 준비에 날뛰고 있다" 하였다.

주덕 장군의 부드러우나 저력 있는 음성은 더욱 우렁찼다.

"미제는 전 세계인민이 반대함에도 불구하고 자기 종속국가들을 위협하여 대일강화조약을 위조하며 공공연히 일본과 서부독일을 재무장시키고 있다. 전쟁 위기는 엄중하여 우리 조국의 안전과 동양과 세계평화를 위협하고 있다. 이에 나는 그대들에게 명령한다. 그대들은 전투역량을 더욱 높여 국방건설에 일보전진하여 조국방위를 공고히 하라!

더욱 학습하며 더욱 새 기술을 연마하며 각 병종 연합작전에 능숙하여 강대한 현대화 국방군 건설에 분투하라!

대만 팽호 금문 제도(諸島)를 해방시켜 전 중국 통일을 완성하기에 분투하라! 조국의 안전을 보위하라! 조국의 신성한 영토 영해 영공을 보위하라! 동방과 세계의 평화를 보위하기에 분투하라!"

주덕 총사령의 엄숙한 명령의 선독이 끝나자 삼엄한 무장부대들의 분열 행진이 시작되었다. 선두에 선 부대는 해방군 군사학생들로 실전에서 공훈 세운 고급 지휘원들이며 고급 보병학교 학생들, 탱크학교 학생들, 포병학교 학생들, 해군학교 학생들, 항공학교 학생들, 낙하산부대, 보병부대, 그리고 머리에 수건을 동인 민병대대 관중들은 이 민병대대에 더 끓는 환호와 박수를 보내었다. 이들은 화북로 해방지구 민병대표들이라 한다.

이 행복스러운 새 조국을 어느 한 치의 땅도 다시는 유린되지 않게 하기 위하여 자기 지방 인민들의 자원적인 방위무력을 형성한 것이다.

다음에 기병부대, 기계화한 방공부대, 모터사이클부대, 장갑병부대가 나타났다.

각종 구경의 대포들, 경중 탱크들, 범람하는 강철의 격류요 강철의 파동이었다. 강철은 땅에서만 흐르지 않았다. 금속성 날카로운 전투기 편대가 광장 상공을 날랐다. 로켓 비행대가 뒤를 이었다. 미제군대와 장개석 군대에게서 노획한 낡은 탱크와 비행기가 아니다. 모두가 최신 병기들이다.

물론 기계가 싸움하는 것은 아니다. 어느 혁명군대나 적들만 못한 무장으로 싸워서도 이기었다. 그러나 이제 병기 그것까지도 놈들보다 우월하다면 그야말로 날기까지 하는 범이 아니겠는가! 과학은 과학 편이다. 과학이 과학적인 사람들과 과학적인 사회에서 더 발달할 것은 이미 위대한 쏘련의 과학이 증시하고 있다.

정의를 위해 싸우며 자유와 평화를 위해 싸우는 군대들에게 전쟁 방화자들보다 더 우수한 무장! 이는 세계의 안전과 평화를 위하여 얼마나 축복할 일인가!

열병식 뒤에는 각계 인민들의 경축 시위가 시작되었다. 꽃밭 같은 소년단의 춤과 노래가 지나가며 그중 한 소대가 천안문에 올라 모 주석께 꽃을 드린다. 그중 한 대대는 한 무리의 비둘기를 날린다. 그중 한 대대는 '항미원조'를 각색 꽃으로 수놓아 들었다. "모 주석 만세"와 "중화인민공화국 만세" 소리가 1만 8천여 명 소년들의 맑은 합창으로 흰 비둘기 난무하는 천안문을 향해 폭발한다.

지원군 대표들이 행진한다. 북경의 산업과 건축 노동자 12만 명의 대열이 들어선다. 3만 명의 농민대열, 7만 명의 각 민주당파들과 사회단체들의 대오, 8만 명의 중학 이상 학생대열, 8천 명의 문학예술인의 대오, 이들은 '항미원조'에 대한 격동적인 표어를 들었다. 이들은 일본 재무장에 반대하는 강경한 구호들을 들었다.

이들은 조국의 자유와 동양과 세계평화를 위하여 싸우는 투사들이다.

이들은 모 주석을 비롯한 자기정부 수장들의 초상을 들었다. 이들은 마르크스, 엥겔스, 레닌, 스탈린의 초상을 들었으며 우리 김일성 장군과 호지명, 쵸이발산, 베루트, 라코시, 코드왈트, 모든 인민민주국가 인민 수령들의 초상을 들었다. 이들은 자기 사업에서 '애국공약'을 체결하고 싸우는 애국투사들일 뿐 아니라 전 세계인민의 해방을 위해 싸우는 고상한 국제주의 사상으로 무장한 사람들이다! 이들이 주먹을 들어외칠 때 붉은 기는 파도쳐 굉장이 붉은 바다로 되며 성벽은 진감하여 먼 문루들이 뇌성과 같은 메아리를 일으킨다. 이 소용돌이치는 광장의 정렬! 이는 저 크레믈린 붉은 광장들에 연결되는 무적한 인민민주주의 위대한 역량인 것이다.

맑게 갠 푸른 하늘이기에 붉은 기는 더 꽃보다 곱고 불보다 더 밝다. 이런 붉은 기의 장강은 성문들을 넘치듯 빠져나와 길마다 뿌듯이 흘러나간다. 아름다운 광경이다! 북경은 참말 아름답다.

오늘 우리는 참말 아름다운 북경을 본다. 평야에 자리 잡은 이 옛 도시는 모든 아름다움이 인공적으로 되었다 한다. 장려한 자금성도 호한한 호수를 가진 만수산도 북해와 중남해도 그 산 그 문들이 인공으로 된 것이라 한다.

대리석의 천단과 이화원의 그림 낭하들이 새로 지었을 그때 그 조각과 단청들은 오늘보다 더 선명하기는 했을 것이다. 그러나 어찌 오늘 북경처럼 아름다웠으랴! 그 유구한 지난 세월 속에 그 어느 때 북경이 오늘만치 아름다웠으랴! 우리는 어느 때 사람들보다 가장 행복 되고 가장 아름다운 북경을 보는 것이다! 천년 북경이 어느 때 저처럼 자유롭고 행복스러운 사람들로 차 보았는가? 어느 때 저 천안문 위에 이 나라 사람 저마다가 추앙하는 자기들의 동지며 자기들의 스승인 진정한 수령을 바라본 적이 있었는가? 어느 때 이 북경에 이 나라를 진정으로 사랑하며 사심없는 우의와 축복으로 오는 외국사람들을 맞아본 적이 있었는가? 어느 때 이 북경이 통일된 대중국의 수도로서 방대한 강토의 끝에서 끝까지 모든 계층 인민의 대표가 빠짐없이 모여 한 조국의 국경절을 경축한 적이 있었는가?

오늘 북경이야말로 진정한 이 나라 서울이다! 아름다운 수도다! 오늘 자금성 지붕들에는 기왓장이 부스러지고 오늘 천단에는 대리석 조각이 얼마 무디어졌을망정 몇천 년 동안 이것을 건설하고 간 몇만만 인민들의 창조의 땀과 천재는 오늘에 비로소 그 광채를 내는 것이며 태평천국 이후 무수한 애국열사들이 싸우다 넘어졌으되 중국 공산당과 모주석의 탁월한 영도로써 인민의 승리를 거둔 이날에 그 고귀한 피들은 비로소 광망을 들어 천추만대에 빛나기 시작하는 것이다!

저 유유히 나부끼는 오성기를 보라! 저 선명한 붉은 기폭에서 누가 그 고난 많았던 중국 애국열사들의 강을 이루어 흘린 피를 느끼지 않으랴!

항미 원조를 더욱 강고히 하자!

일본 재무장을 강경히 반대하자!

영웅적 조선인민군대와 중국인민지원군 만세!

중화인민공화국 만세!

세계인민 대단결 만세!

김일성 장군 만세!

모택동 주석 만세!

스탈린 대원수 만세!

굽이굽이 뻗어 나간 성벽들도 동서남북에 높이 솟은 내, 외성 문루들도 이날 천안문 광장에서 터지는 소리를 전 중국 방방곡곡에 그냥 전할 듯이 맞받아 울려나갔다.

국경 날 저녁 북경의 하늘은 찬란하였다. 북경 주위 사면팔방에서 무수한 탐조등이 올려 비쳤다. 북경을 울타리 치듯 광선은 서로 엇비쳐 그물 울타리도 되고 서로 천안문 상공으로 초점을 모아 북경을 푹 내려 씌운 면류관도 되었다. 이 거대한 면류관 속에서는 꽃불이 튀어 오르기 시작하였다. 반가운 손님을 맞는데도 폭죽을 터뜨리는 중국이라 이날 꽃불 폭죽은 참으로 볼만하였다.

저 화약을 세계에서 먼저 발명한 것이 중국이다. 중국은 화약을 먼저 소유했으나 건설과 경사를 위해 썼을 뿐 살인에 먼저 이용하지는 않았다. 그런 중국이 오늘 저렇게 굉장하고 찬란한 불놀이로 경축하는 이 승리야말로 앞으로는 인류가 화약을 살인에 쓰지 않고 그 발명한 본래 중국에서처럼 건설과 경축 오락으로만 쓰는 항구평화 세계를 위해 의의 깊은 전 인류적 승리인 것이다.

이 국경일을 지나서도 나는 계속 체재하여 여러 다른 나라 대표들과 함께 중국 초대위원회에서 안내하는 대로 북경을 비롯하여 상해 항주 남경 천진 심양 하얼빈 등 대표적 도시들과 부근 농촌들을 구경하였다. 많은 공장들도 보았다. 우리 조선에 와 싸우고 있는 지원군의 가족들도 만났고 우리 조선에서 영웅적으로 싸우다 부상하여 병원에 와 치료하고 있는 전상원(戰傷員)들도 만나보았다. 음악도 듣고 연극도 보았다. 역사박물관과 미술박물관도 보았고 토지개혁 전람회와 화북 물자교류 전람회도 보았다. 문화계의 저명한 작가와 예술가들도 만났다. 유명한 만리장성도 구경하였다.

그러나 중국은 이런 코스만으로 그 대체를 보았노라 하기에는 너무 넓고 이런 단시일의 구경만으로는 전부를 이해하기에 너무 깊다. 단지 과거 5개년 간 우리 북조선의 인민민주 사회질서 속에서 살아본 나의 새 생활의 경험은 새 인민민주 중국의 여러 가지 전변을 이해하는 데 많은 도움이 되었던 것은 사실이다.

4. 북경에서 며칠 동안

옛 궁궐 자금성 안은 누구나 구경할 수 있게 공개되어 있다. 그 안에는 궁전마다에 고문화 유물을 진열하였고 어떤 궁전에는 그 시기마다의 독자적 전람회도 차려져 있는데 이 궁전 안 전체를 '고궁박물관'이라 한다.

이 고궁 안에는 마침 3대전으로 일컫는 태화전에서 '고예술전람회'

와 중화전과 보화전에서 '중국 내 소수민족 문물도편 전람회'가 열려 있었다. 고궁 밖에는 성 밑으로 '통자하'라 부르는 물이 둘려 있다. 우리는 북쪽 신무문으로 들어가 궁궐의 제2북문인 순정문을 통하여 고궁 안에 들어선 것이다.

문루나 궁실이나 궁담의 기와가 모두 화려한 누른 기와인데 아깝게도 법랑질이 많이 부스러졌다. 궁실들의 밥궁머리가 모두 이 청·황·남 3색의 법랑질 도자들로 입혀졌고 벽면들도 모퉁이에는 이 도자로써 요즘 양관들에 '타일'을 이용하듯 하였다. 이 허다하게 사용된 건축용 도자들은 면 볼 데마다 반드시 돋을 문(紋) 새김이 있는데 대개 테마는 용과 구름이다. 임금이 앉던 걸상은 이름부터 용상이거니와 임금은 입은 옷부터 사는 집의 모든 데 밟고 다니는 모든 포석과 전 밖에까지 용 투성이다. 용이 어떤 데서는 뱀의 실감을 주어 징그럽다. 색체에 있어 금빛과 문양에 있어 용을 채택함으로써 통치자들은 인민들의 눈에 자신을 신비화시키려 애쓴 것이다.

누구나 이 고궁에 들어서면 우선 고궁 그 자체를 보기에 정신이 팔리게 되었다. 이 엄청나게 큰 대리석들을 어디서 어떻게 움직여 왔을까 싶은 육중한 돌들로 문루와 궁실들의 기단을 쌓았고 보도를 깔았고 궁전 층계마다 중앙에 용과 구름을 조각한 돌이 2, 30보 걸어야 될 긴 돌들인데 대개 한 덩이 대리석 아니면 한 덩이 화강석이다. 그중에도 보화전 앞의 것은 광이 10척 1촌 5푼, 장이 55척 5푼으로 세계에서 제일 큰 대리석이라 한다. 『고궁유람지남』이란 소책자를 사들고 약도를 보니 고궁은 남쪽 정면에 오문과 북쪽 정문 현무문을 비롯하여 밖으로 4대문이 있는 남북으로 긴 장방형의 궁성으로 태화전을 비롯하여 14전과 '건청궁'을 비롯한 13궁과 그의 무슨 헌, 무슨 각, 무슨 당, 무슨 원들이 즐비하다. 하루에 다 볼 수도 없거니와 우리는 동쪽에서 열둘의 궁과 전들을 보는데도 몹시 피로했다. '전(殿)'자가 붙은 것은 대개 궁성 중앙 위치에 높은 기단을 쌓고 지었으며 왕이 정사를 위해 나앉던 용상이 있다. 궁성 안 좌우에 한 부락을 이루어 줄지어 배치된 궁실들은 왕과 왕족들의 사생활 처소들로 규격이 대개 일정해 있었다. 대문 안에 들어서면 앞이 앞 궁실의 뒷벽으로 막힌 마당이 있고 마당채의 중문을 들어서면 앞마당인데 본채가 있고 좌우에 거느림채가 있다. 본채로 올라서는 층계 양옆에는 으레 큰 청동의 물두무 한 쌍이 놓여 있으니 화재를 염려하여 여기 물을 담아두는 것이다.

궁전 마당마다 4, 5백 년씩 되었다는 향나무들의 그 정정한 체목과 늘어진 가지들이 운치 있었다. 중국에서는 이 향나무를 잣 백자 '백(栢)'이라 하여 괴석을 그린 '석수도'와 함께 늙은 향나무를 그린 '노백도'를 어떤 악풍 고우와도 싸워 이기는 불로장생의 상징으로 존중히 여긴다. '강설헌' 근처에서 본 백송이 지금도 눈에 선하다. 잎은 보통 소나무와 같이 푸르고 나무꺼풀만이 희다. 소독으로 바른 회칠처럼 무감각한 백색이 아니요 벽오동처럼 약간 푸른 기운이 떠올라 신선한 생명력이 샘물처럼 느껴지는 나무다.

이 백송을 나는 20여 년 전 우리 서울 수송동에서도 먼눈으로 바라본 기억이 있는데 근년에는 없어지고 말았다. 향나무는 조선에도 많았다. 촌에서는 제사 때 향목으로 깎아 쓰기 쉽게 조상들의 무덤 발치에 많이 심었고 먼지를 가리기 위해 우물 둔덕에도 많이 심어 상당히 보기 좋은 고목이 많았으나 이것은 일제 놈들이 관청과 관사와 요릿집 뜰안[8]

들에 강탈적으로 뽑아갔고 그것들이 이번에는 미제 놈들의 폭탄으로 타죽는 운명에 빠져 있다.

나는 만수산에 가서도 좋은 건물들을 보고 천단에 가서 돌만의 천단과 돌만의 천단만큼 높은 돌 기단 위에 '천상천하 유아독존' 격으로 혼자 솟아 앉은 기년전도 보았다. 정초마다 임금이 이곳에 와서 풍년이 들라고 빌었다 한다. 빈다고 비가 올 리 없지만 자기는 하늘과 통하는 무슨 전능한 힘이나 있는 듯이 역시 인민들에 대한 자존 망대의 속임수로였다.

아무튼 그 당시 중국인민들은 강제에 못 이긴 노동으로나마 이렇듯 웅장하고 균형이 있는 예술적 건축을 창조하였다. 북경의 모든 고(古) 건물 중에서 가장 힘차고 아름답다. 이 층계 많고 다각적인 천단과 기년전의 단일화한 원형건물은 앞으로도 노천무대나 노천음악당으로 참고 됨직한 형식이다.

고궁 안 궁전들에 진열된 유물들에서는 공예미술 방면으로 깊이 인상에 남는 것은 적었다. 그 대신 태화전에서 열린 고예술전람회가 이를 충분히 보충해 주었다. 점수로는 적으나 중국 고대로부터 근대 청조에 이르기까지 석기, 칠기, 동기, 도자기, 견직물, 서화, 출판물 등 고도로 발달한 과거 중국 문물의 예술성을 음미하기에 족하였다. 4천 년 전에 벌써 채색을 쓴 질그릇 항아리, 3천 년 전의 오늘 피아노와 비슷한 소리를 내는 악기, 옥석으로 만든 경쇠, 송 시대 청자기의 원천으로 보이는 육조 때 푸른 자기, 당나라시대 불상들의 지금도 웃음이 살아

---

8 '뜰'의 강원도 방언.

있는 조각들, 화려한 비취색과 공작 색의 송 시대 자기들, 이런 풍부한 전통에서 다시 독자의 경지를 연 명 시대 선덕 만력 연간의 도자기들은 아마 그 다채로운 점에서 아직 세계 어느 나라 도자공예도 여기 미치지 못하고 있을 것이다.

나는 송 시대 청자기를 볼 때 우리 고려시대 청자기를 연상하지 않을 수 없었다. 고려자기가 송자기의 영향을 받았을 것은 물론인데 고려자기는 그 색조에 있어 일단 발전하였고 독특한 상감기술을 창안하여 세계 애도가들이 소위 삼도수라 일컬어 애완하는 조선 독자의 도자기를 제작하였다. 이는 일본에는 물론 중국의 도자공예에도 다시 돌아가 영향을 주었다.

나는 과거 조중 문화교류에 있어 이런 아름다운 관계를 고서적들을 보면서도 회상할 수 있었다. 선명 수려한 송 판본들과 명 시대 『십죽재화보』[9]를 비롯하여 인쇄서적도 특징적인 것들은 대개 진열되어 있는데 중국의 인쇄술은 물론 조선에 흘러 들어왔을 것이다. 그러나 조선에서 먼저 발명된 금속으로 주조한 활자는 다시 중국 출판문화를 현대화시키는 데 획기적인 역할을 놀았던 것이다.

송자(宋磁)에서 물을 길은 고려자기는 세계 도자계의 여왕처럼 떠받들린다. 중국 판본 인쇄술을 모방하여 발전시킨 조선의 금속활자의 창안은 오늘 세계문명의 보고를 풍부히 하고 있다.

과거 조중 문화의 교류는 이외에도 아름다운 결실이 많을 것이다.

중국 미술 공예에서 특징적인 것은 번화하고 기름진 것과 함께 치밀

---

9   원문에는 '십죽재황보'로 표기됨.

섬세한 점일 것이다. 아로새긴 구슬 속에 또 그런 구슬이 있기를 몇 겹한 것을 볼 수 있다. 한 사람이 일생을 두고 새겼을 것 같다. 사람이 견딜 수 있는 최대의 끈기와 사람의 손이 바늘 끝처럼 될 수 있는 최대한의 치밀성이 결정된 것이어서 그 앞에 숨을 쉬기가 괴롭다. 이 '고예술전람회'에서 본 것으로는 상아로 비단결처럼 조각한 '상아해당식등롱'이 그런 것이다.

사진으로 보던 당인(唐寅)[10]의 『궁기도(宮妓圖)』를 보았고 예운림(倪雲林)[11]의 『추정가수도(秋庭嘉樹圖)』도 진적을 구경하였다.

나는 중국 고미술에서 좀 더 많은 인물화를 보고 싶었다. 사대부 층에 그림을 글씨와 결부시켜 산수와 기명절지로 편향하는 바람에 화원들의 보다 더 사실적이던 인물화의 전통은 끊어졌다 하여도 과언이 아니게 무시되었다. 이 점은 조선에서도 마찬가지로 요즘 동양화가들은 사실주의적 작품에서 가장 주격이 되는 인물들에 서투르다.

나는 이번 중국 관례단 초대위원회로부터 새 중국의 『미술작품선집』을 받았다. 그 속에는 유화, 수채, 목판, 조각 각 부면의 걸작들이 나타나 있는데 인물 없는 그림이 없고 군중이 많이 나오되 고대화에는 있는 인물들의 유형화가 훌륭히 극복되어 있었다.

특히 판화 기술은 놀랍다. 이 '고예술전람회'에서도 명 시대 만력 연간의 『연의도상(演義圖像)』이니 『여범편도(女範編圖)』라는 책들을 볼 수 있는데 그 목판 삽화들은 여간 난숙한 기술이 아니다. 거기다가 전각예술의 전통도 있어 판화에 특출한 발전을 가져올 부차적인 조건도 중국은 어

---

10 명대(明代)의 학자・화가・시인.
11 원나라의 화가.

디보다 풍부한 나라라 할 것이다. 이번『미술작품선집』한 책에 나타난 것만으로도 새 중국은 벌써 쏘련의 선진이론과 함께 자기들의 풍부한 고전 속에서 많은 것을 섭취 재생시키며 있음을 엿볼 수 있었다.

역시 고궁 안 중화전과 태화전에 열린 '국내 소수민족 문물도편 전람회'는 통일 중국으로서 의의 깊은 전람회였다. 중국에는 한족 이외에 전국 인구의 백분지 십을 넘나드는 소수민족들이 있다. 역대 반동통치와 제국주의 침략의 박해 밑에서 소수민족들은 장기간 정치적으로 경제적으로 2, 3중의 고통 속에 살아왔으며 자기 민족문화의 몰락을 구할 길이 없이 지내왔다. 이제는 중국공산당과 모 주석의 영명한 영도 하에서 각 민족이 동등한 권리와 우의적 합작으로써 한 가정 중화인민공화국을 이루었고 공동 강령과 평등한 민족정책을 제정한 것이다.

이 전람회에는 실물과 사진과 그림으로써 몽고족 회족 서장족 유오이족 묘족 이족 포이족 태족 요족 조선족 아족 농인족 동가족 고산족 등의 가옥 복장 생산도구 일용품 수공예품 특산품 문자 악기 무기 종교용품 등이 진열되어 있었다. 그중에는 미술작품으로 자기 민족 농민들이 공량(현물세)을 바치는 광경을 그린 유화도 진열되어 있었다.

이 전람회는 중국 안 모든[12] 민족이 평등하게 화합하여 모 주석 주위에 강철처럼 뭉친 위대한 역량을 표현하고 있었다.

×　　　×　　　×

12　원문에 표기된 '모두'는 오식.

2일 밤 우리는 매란방(梅蘭芳)[13]이 출연하는 경극을 구경하였다. 장소는 회인당, 손님은 국내 국외의 관례단들로 차 있었다.

이 중국 구극을 옳게 감상하기 위해서는 상당한 예비지식이 필요할 것 같았다. 무대의 배경이 없고 건물장치가 없으며 대문에 들어가는 것, 방안에 드나드는 것 모두 약속된 동작으로 표시한다. 말 타고 가는 것도 말이 없이 약속된 동작으로 알아보게 마련이다. 가장 특징적인 것은 여자 역을 남자가 하는 것인데 매란방의 고명한 성가는 남자로서 더구나 늙은 남배우로서 17, 8세의 여자 역을 하는 데 있었다. 매란방 뿐 아니라 저명한 구극배우들은 다 남자로서 여자 역을 어느 만치 하는가로 평가되는 듯하다. 목소리, 얼굴 표정, 몸매, 손매, 걸음걸이, 저 사람이 매란방이라 하니 분장으로 여기지 꼭 17, 8세 여자 그대로다. 마치 조선의 창극을 외국 사람이 일조일석에 음미하기 어렵듯이 우리 눈에 경극이 그럴 수밖에 없어 나는 경극을 수박 겉핥기로 구경하면서 어째서 여자 역을 남자가 하게 되었을까를 궁리해 보았다.

그것은 독단일지 모르나 이내 상식적으로 이렇게 생각되었다. 저런 고운 여배우라면 권력자들이 배우로 두지 않았을 것이다. 한번 권력자의 손이 미치면 그는 다시 무대에 서지 못할 것이니 어찌 여자 명배우가 존재할 수 있을 것인가? 이것이 남자 여역의 중요한 동기가 아니었는지 모른다. 우리 조선 예를 보더라도 인물 고운 명창이 없었다. 인물이 고우면 이내 어떤 권력자의 첩으로 들어앉고 마니까.

중국에서 저 남자 여역이 앞으로 그냥 계속될 것인가? 그리고 배우

---

13 메이란팡(1894~1961) : 청 말부터 활동한 경극 배우.

의 노래나 목소리가 묻혀 버리도록 강한 타악기들의 반주도 아마 연구
의 대상이 될 것으로 느껴진다.

×   ×   ×

10월 3일 아침 우리는 '중국 인민보위 세계화평 반대미국침략 위원
회'란 자세하고 구체적인 간판을 가진 항미원조와 평화옹호운동을 주
관하는 기관에 초대되었다. 그전 어떤 침략국가 대사관이었던 정원 넓
은 양관이다. 열네 나라 관례단원들이 거의 참석하였는데 주석 곽말약
선생은 중국인민들의 평화옹호 사업과 항미원조 운동을 소개하였다.

"우리 중국인민은 오랫동안 고난 속에서 살아온 만큼 평화란 얼마나
귀중한 것임을 절실히 느끼고 있습니다. 평화를 보위하기 위하여는 침
략자를 반대하며 침략적 전쟁을 반대해야 됨을 통절히 깨닫고 있습니
다. 세계 평화를 보위하려면 세계인민과 대단결하여 공동 노력해야 할
것도 잘 알고 있습니다. 이러한 중국인민의 기본 도덕은 ─ 중화인민
공화국은 전 세계 일체 평화애호 국가와 인민들과 연합하여 제국주의
침략을 반대하고 세계 항구평화를 보위하자 ─ 이렇게 중국인민정치
협상회의 공동강령 제11조에 명백히 적혀 있습니다."

곽말약 주석은 열광적인 박수를 받으며 평화옹호는 전체 중국인민
의 염원임을 말하면서 원자무기 금지에 대한 스톡홀름 호소에 2억
2,373만 9,545명이 서명했으며 5대 강국 평화조약 체결에 관한 세계평

화이사회 호소에 3억 444만 7,932명(전 인구의 72.9%)이 서명한 것과 일본 재무장 반대에 3억 3,989만 8천1백에 25명(전 인구의 72.04%)이 투표한 것을 들어 중국인민들이 얼마나 세계 평화를 갈망한다는 것을 지적하였고 작년 6월 25일 조선에 전쟁이 벌어지자 동 27일에 미제 무력이 침략전에 참가하면서 우리 대만을 점령하여 우리 영공에 침입하여 그전 일제의 침략노선을 그대로 밟는 것을 확인하자 중국인민은 조선을 원조하여 조국을 위하여 아시아의 안전과 평화를 위하여서는 대규모의 항미원조 운동을 전개하지 않을 수 없었다고 말하였다. 각국 내빈들은 중국인민에 대한 격려의 뜨거운 박수를 보내었다.

곽말약 주석은 계속하여 조선전쟁에서 미제의 수치스러운 패배를 말하면서 중국인민지원군이 참전한 후만 하여도 침략군대의 손실은 32만 2천여 명에 달하는바 그중 미·영·불·토[14] 군만 14만 명 이상이며 미군만 5만 8천여 명으로 2차 대전 때 동방에서 본 손실의 2배를 초과하였다고 말하였다. 그러나 미제의 정신적 손실은 더 큰 것이니 세계를 향하여 민주니 자유니 하고 떠들던 가면이 이번 조선전쟁에서 전대미문의 잔인무도성으로 전 세계 이목 앞에 벗어져 없어지고 말았다. 그뿐만 아니라 미제의 무력이란 그다지 대단치 않은 것임을 또한 조선전선에서 폭로하고 말았다. 그 반면에 우리의 얻은 바는 한두 가지가 아니다. 첫째 군사적 승리로써 침략군대를 단번에 38선 너머로 내몰았다. 또한 조중 인민의 영웅적 투쟁은 새 세계대전을 지연시켜 놓은 것만 사실이다. 둘째로는 전 중국인민의 정치적 자각이 높아진 것이니

---

14 토이기, 터키.

나중 두 번의 서명과 투표자 수는 첫 번보다 모두 1배 이상 초과된 것으로 증명된다. 조선 원조 헌납금이 5월 말까지 1,186억 원에 달하였고 위문주머니가 77만여 개, 위문품이 1,260만여 점에 달했으며 우리 위원회로부터 조선전선에 무기를 보내자는 호소에 9월 25일 현재 99만 70억 원 이상에 달하는 헌금이 들어왔다. (최근 북경 발 조선중앙통신에 의하면 11월 29일 현재 3조 9,119억 원에 달하였다.)

곽말약 주석은 중국인민들이 항미원조 운동에서 창의적으로 일어난 '애국공약' 체결에 대하여 말하였다.

노동자, 농민, 사무원들이 자기 직장 자기 과업들에 대하여 최대 증산과 배가 건설을 기한부로 국가 앞에 약속하고 이를 실천하는 운동이라 한다.

나는 그 후 남경에 가서 남경 시의 동구천이란 농촌을 구경한 바 72호 농가들이 100%로 애국공약을 체결했으며 그 붉은 종이에 먹으로 써서 벽에 붙인 공약서들을 실지로 보았다. 아들은 남경 시 공안부에 근무하고 아버지와 어머니와 며느리가 농사짓는 오경생 농민의 집에서인데 그들은 15% 증(增)수확을 목표로 애국공약을 체결하였다.

애국공약
중앙정부 일체 정책에 호응하여 100분지 15를 증산하겠다.
1951년 6월 30일

끝으로 농사일 할 수 있는 세 식구의 성명과 도장이 찍혀 있었다. 간단한 내용이나 이들은 신성한 애국 문건으로 자필 서명들을 했으며 농민협회 주석의 말에 의하면 대개 공약한 분량보다 초과 생산되리라 하였다.

다시 곽말약 주석의 계속되는 말에 의하면 애국공약 체결은 전국적으로 80% 이상에 달하였는바 하북 1성에서 보면 60개현 1만 7천9백68개 촌에서 1만 5천96개 촌이 애국공약을 체결하였으니 이것으로 항미원조에 전 중국인민이 총동원임을 볼 수 있노라 하였다.

"그러나 미제는 조선 정전(停戰) 담판에서 무성의하며 침략 음모를 아직 버리지 않는다. 단결은 힘이다. 중국인민이 단결하여 아시아 인민이 단결하여 세계인민이 대단결하여 제국주의 전쟁을 방지함으로써 세계 평화를 보위하자! 여기 오신 여러분은 평화투사들이다! 우리는 단결하여 세계 평화를 위해 노력하자!"

만장이 총 기립하여 오랫동안 박수하였다. 그리고 각국 내빈 측의 발언이 시작되었다. 쏘련 오빠린 박사는 이렇게 말하였다.

"스탈린께서는 평화를 적극적으로 옹호한다면 전쟁은 방지할 수 있다고 말씀하였다. 부르주아 출판물들은 쏘련의 평화정책을 의곡하며 엄폐한다. 그러나 세계 평화애호 인민들은 쏘련을 평화진영 보루로 알고 있다. (박수) 레닌-스탈린당은 근로대중에게 평화 정책으로 교양하고 있으며 세계 방방곡곡에서 각이한 방법들로 즉 조선인민군대와 중국인민지원군은 미제 침략군대와 무력으로 싸우며 불란서 인민들은 군수물자 수송 반대로 싸우며 중국의 후방인민들은 애국공약 체결로 분투하고 있다. 쏘련인민들과 모든 인민민주국가 인민들도 평화쟁취에 적극 투쟁하고 있다. 쏘련의 새 5개년계획과 자연개조의 순조로운 진척은 쏘련의 평화정책을 중시하는 것이며 이것은 세계인민에게 평화 승리에 대한 신심을 북돋아주고 있다. (박수) 스탈린 영도의 쏘련인민과 모택동 영도의 중국인민의 단결은 세계평화 옹호투쟁의 원동력이다. 우리들은 평화의 기수로서 선두에 서자!"(오랫동안 박수)

다음으로 인도 대표 씬드랄 씨가 일어섰는데 인도는 중국에 친선사절단으로 왔다가 국경절까지 있는 대표단이었다. 이 대표 단장은 말하였다.

"나는 정치담은 하지 않겠다. 그러나 50년간 인도에서 일한 사람이니 인도 인민의 목소리로 들어 달라."

그는 짧게 깎은 머리가 반백이 되었으며 어깨에 넓은 인도 옷자락을 걸드리고 유창한 영어로 말을 계속하였다.

"나는 맹서한다! 쏘련과 중국이 평화를 위해 싸우듯 우리 인도는 평화를 위해 싸울 것이다! 과거 3년간 냉전으로 열전으로 국제무대에 일어난 도전적 사태를 생각할 때 이를 반대해 평화유지에 크게 공헌한 사람은 스탈린이다!(열광적 박수) 나는 스탈린께 경의를 표한다! 그는 평화의 위대한 지주이기 때문에! 나는 조선전쟁에 대하여 희비교차의 감정을 누를 수 없다. 그러니 이 전쟁은 없을 수 없다고 생각한다. 나는 모택동 주석에게도 경의를 표한다! 그 역시 평화를 위해 크게 공헌한 분이기 때문에!"(박수)

그는 북경에서와 중국인민의 승리와 거대한 성과들과 중국 건설에 많은 모범적인 애국행동들을 보았다고 말하면서 끝으로 음성을 높여 이렇게 외쳤다.

"인도정부가 아직 미약하나 세계평화를 위해 싸우고 있다. 네루는 새 중화인민공화국이 유엔에 참가할 것을 요구하고 있으며 인도인민들은 미제의 대일 단독강화조약 체결을 반대하고 있다. 우리 인도는 샌프란시스코회의의 성원이 아니다. 이런 회의에는 영원히 참가하지 않을 것이며 미제 침략자들이 없어질 때까지 우리도 쏘련과 중국과 함께 싸우겠다!" (오랫동안 박수)

우리 조선 평화옹호 전국민족 위원회를 대표하여 참석하였던 정성언 동지는 열광적 박수 속에 일어나 먼저 조선인민의 조국해방전쟁에서 가장 간고한 시기에 지원부대를 보내주었고 물심양면으로 거대한 원조를 보내주는 위대한 중국인민과 모 주석께 전 조선인민의 의사로 감사를 드리었고 곽말약 주석을 향하여 오늘 여기서 보고해주신 바와 같이 막대한 원조를 조직해주신 귀 위원회에 전 조선인민의 뜨거운 감사와 우의를 전해드린다고 하였다. 열광적인 박수가 오래 계속되었다.

정성언 동지는 조선인민이 자기 조국해방을 위하여 미제 침략군대와 어떤 가혹한 조건 속에서도 영웅적으로 싸우고 있는 사실들을 소개하였고 이 싸움은 자기 조국의 해방과 아울러 아시아의 안전과 세계 평화를 보장하는 싸움이 되므로 조선인민은 더 한층 강고한 정신적 자각으로 만난을 극복해 싸우고 있다 하였다. 이런 조선인민의 투쟁은 정의의 투쟁이기 때문에 외롭지 않다. 위대한 쏘련과 중국인민은 물론 인민민주주의 국가들과 전 세계 평화애호 인민들이 우리를 백방으로 도와주며 우리 편에서 싸우고 있다 하였다. 미제는 조선에서 후방 주민들에게까지 24시간 계속적으로 무차별 폭격을 감행하며 심지어 세균탄과 독가스까지 사용하고 있다. 미제의 식인종적 만행은 이루 매거할 수 없지만 이것으로 조선인민이 위협을 받으리라고 생각함은 어리석다! 위협은 고사하고 도리어 '정의'니 '자유'니 하고 떠들던 가면을 벗은 미제란 어떤 흉악한 악마란 것을 삼척동자까지도 명확히 인식했으며 이 악마와는 오직 싸워 자기 강토에서 구축하는 길만이 사는 길임을 각성할 따름이라 하였다.

열광적 박수 속에서 정성언 동지는 끝으로 세계 각국 인민들의 조선에 보내는 원조와 격려를 감사하며 조선인민은 자기들의 수령 김일성 장군의 영도하에 굳게 뭉치어 중국인민지원부대와 힘을 합하여 스탈린의 평화기치를 향하여 미제 침략군대로부터 해방과 자유와 평화를 쟁취하고야 말 것을 굳게 말하였다. 각국 내빈들은 총 기립하여 오랫동안 박수를 계속하였다.

다음으로 민주 독일과 버마와 인도네시아 대표들이 자기들의 평화옹호 투쟁정형을 소개하였고 끝으로 곽말약 주석으로부터 오늘 이 회합은 훌륭한 아시아평화대회였으며 소(小) 세계평화대회였다고 결론하면서 세계인민은 대단결하여 평화 전취에 적극 노력하자 하였다.

이날 오후 우리는 북경 서구 대학촌을 지나 만수산이 있고 곤명호가 있는 서태후의 이궁이었던 '이화원'을 구경하였다.

자연 산수의 혜택을 받지 못한 북경에다 인공으로 항주의 서호를 모방하여 만든 산이요 호수라 한다. 인공으로 된 것으로는 굉장히 넓은 호수요, 높은 산이다. 평탄한 자리마다 궁실들이 즐비하고 봉오리마다 호숫가마다 탑과 정자들이 솟았다.

이 이화원에서도 우리는 영 제국주의자들의 야만성을 분개하지 않을 수 없는 것이다. 워낙 이 이화원에는 금전옥루라고 할 18기의 화려한 전각이 있었고 저마다 특이한 풍경으로 40가지 경치가 꾸며져 있었다 한다. 평지에다 경치 좋은 풍경을 만들자니 가산을 쌓고 연당을 파며 변화 많은 괴석들을 이용하게 되었다.

그래 이 중국의 풍경식 정원술은 불란서의 건축식 정원술과 대비되는 것이며 파리 베르사유 궁원이 건축식 정원술의 극치라면 이 북경 이이화원은 풍경식 정원술의 극치로 세계 정원사상 2대 위관으로 일컬어오던 것이다. 그런 이 이화원의 본래의 18전각과 40경은 야만 영국군대의 대포사격으로 몽땅 파괴되었던 것이다. 그것을 서태후가 자기 육순 환갑을 이 이궁에서 맞기 위해 해군 건립비를 여기다 탕진하여 그 일부를 수축한 것인데 그 후 영불 연합군에게 다시 파괴되었고 그 위에 일제 야만들에게까지 다시 짓밟힌 바 되었다. 만수산 기슭에는 구리로만 지은 전당이 있는데 일제는 그 말년에 포탄 탄피로 쓰기 위해 많은 동철의 조각품을 실어갔고 이 구리 전당까지 뜯어갈 예정이었다가 쫓겨간 것이라 한다.

우리는 만수산을 대표적 건물 불향각까지 둘러보고 내려왔다. '천보랑'의 긴 단청 낭하를 걸어 돌로 배 모양으로 물 가운데 지은 2층 석방이 있는 데로 왔고 거기서는 곤명호에 배를 저어 마른 연잎을 헤치며 옥란당 앞으로 돌아왔다. 태항산맥 서산의 1봉인 옥천산에서 샘물을 끌어온다는 이 곤명호는 주위가 40리나 되게 아득하다. 석양 비낀 호수에 비단 필을 드리운 듯 단청 찬란한 불향각을 바라보며 멀리 흥여문 많은 돌난간의 옥대교를 내다보는 경치는 인공이나 천연처럼 웅장하고도 유장한 것이 중국 독특한 풍광이었다.

당시는 일개 군주의 호강살이를 위해 인민들이 땀 흘린 자연개조였으나 이 아름다운 만수산과 곤명호도 오늘은 근로인민들의 낙원으로 시원히 해방되었다.

일본 제국주의자들이 서태후에게 낚시미끼로 보낸 인력거 두 채가 그저 이화원 어느 낭하에 놓여 있었다. 서태후는 이것을 타고 갈 데가 없어 천보랑 낭하만을 공연히 왔다 갔다 했다는 말을 듣고 새 중국의 장래 주인들인 빨간 넥타이짜리 소년단들이 우습다고 손뼉을 쳤다.

×   ×   ×

10월 4일 오후에 우리 조선 관례단은 두 조로 나뉘어 지원군 가족들을 위문하여 나섰다.

내가 첫 집으로 찾아간 댁은 지원군 조국겸의 집이었다. 어머니 고란문 여사와 누이 조국몽 양이 우리를 반가이 맞았다. 40세가량의 명랑한 어머니로서 단발머리에 회색 공작복을 입고 들메 있는 운동화를 가뜬히 신고 있었다. 이분은 북경 2구 군속공장 지배인으로 있는데 아들뿐만 아니라 며느리 서상청 여사도 조카 재평이도 모두 조선전선에 나와 있는데 조선인민들을 대표하여 우리가 드리는 감사와 우의에 깊이 감격하면서 고란문 여사는 이렇게 말하였다.

"우리 아들이 보낸 편지에 보면 자기를 조선 어머니들이 친자식처럼 귀해 하니 내 생각은 조금도 마시라고 했습니다. 우리는 도리어 조선 자매들에게 감사해야 합니다. 그리고 미제 침략군대를 반대하여 싸울 것은 중국인민과 또는 전 세계인민의 공동의 책임입니다."
하면서 정성스러운 다과로써 우리를 권하며 아들의 편지를 꺼내 보이었다. 사범대학 부속여중 고3에 다니는 딸 조국몽 양은 총명스러운 눈에 불타는 듯한 정열로,

"우리 학교에서는 1천3백 명 학생에 1천 명이 조선 전선에 나가겠다고 지원했답니다. 그러나 학교에서 아직 공부에만 열심하라고 합니다. 만일 전선에서 필요만 하다면 우리들 무수한 중국 청년들이 언제나 뛰어나갈 준비가 되어 있다는 걸 알아주십시오."

하였다.

다음으로 우리가 찾아간 댁은 북경 8구 야간직공학교 교원 정가구 씨 집이었다.

아들 정영기와 딸 정영령이가 다 조선 전선에 나왔는데 선전대에 복무한다는 딸은 1대 공을 세웠다 한다. 이런 딸과 아들의 아버지는 매우 겸손하나 힘찬 어조로 말하였다.

"우리 중조 인민은 골육상련의 한집안 형제입니다. 우리는 장기간 같은 환란 속에 신음했으며 장기간 반제투쟁에 같이 피를 흘렸습니다! 청컨대 조선에 간 우리 지원군들에게 전해주십시오. 어떤 일이 있든 우리 중조인민을 다시 미국 악귀들의 손에 넣어서는 안 된다고……."

우리가 셋째 번으로 방문한 댁은 지원군 곽순지의 집이다. 양친과 지원군의 부인이 있는데 아버지는 군속가족 제재소 지배인이었다. 어머니는 우리 집에 귀중한 국빈이 오셨다고 문 앞에 모여드는 이웃사람들에게 자랑하면서 우리의 손을 다시금 잡았다. 아버지 곽대흥 씨는 침착하게 말하였다.

"장개석이가 화평회담을 거부하자 우리 집은 장가구로 피난 갔었습니다. 그때 아들이 간곳없이 사라졌는데 해방군으로 나타난 것입니다. 전 중국해방 후에 집으로 돌아오겠다 하더니 이번에는 조선에서 미국 놈들을 바다로 몰아넣고야 돌아오겠다고 편지가 왔습니다. 나라 없이 집이 없다. 조선의 독립이 없이 우리나라의 독립이 있을 수 없다고 했습니다. 아들이 못다 싸우면 나도 싸우러 가겠습니다."

우리는 감격하여 적당한 대답의 말을 찾지 못하였다.

×   ×   ×

5일 오후 우리 조선 관례단과 폴란드 관례단은 중화인민공화국 중앙정부에 안내되었다.

중남해 호수를 품고 드높은 궁담으로 둘린 옛 전각들 중에 '풍택원'이란 현관이 걸린 건물에서 부주석 주덕 장군이 우리를 맞아주었다.

우리 조선 관례단은 조국통일 민주주의 전선으로부터 모 주석과 중화인민공화국 중앙인민정부에 보내는 축기를 이 주덕 장군께 전하였고 폴란드 관례단은 폴란드 정부로부터 가져온 경축선물을 주덕 장군께 전하였다.

수수한 누른빛의 여미는 양복, 부드러운 음성, 이분이 강대한 중국 인민해방군대의 총사령이시라 느껴지기보다는 이분은 수많은 아들들의 어머니시란 느낌을 받게 된다.

주덕 장군은 담배를 손님에게 권할 뿐 자기는 피지 않았다. 김일성 장군께서와 김두봉 선생께서 매우 총망하실 것이라 하며 편안들 하신 가고 물었다. 보내주신 선물은 감사히 맞는다 하며 조선전선이 승리로 종결지으면 우리는 평화건설에 있어서도 스탈린 깃발 아래에 같이 협력할 것이라 말하였다.

조선의 농사가 어찌 되었는가고도 물었다. 우리는 어찌하든 조선인 민의 허리를 받쳐주겠다. 우리는 환란을 같이하는 형제라 말하면서 사발덩이만큼씩 한 복숭아를 중국 특산이니 맛보라고 손수 하나씩 집어 권하였다.

나는 조선에서 본 많은 지원군들 속에 특히 인민들에게 부드럽고 헌신적인 전사들과 간부들이 생각났다. 나는 앞으로도 그런 지원군을 만날 때마다 이 자애로운 주덕 장군의 인상을 연상치 않을 수 없을 것이다.

×   ×   ×

각국 관례단에는 많은 작가와 시인들이 와 있었다. 쏘련 작가 일리야 에렌부르그와 칠레 시인 파블로 네루다 양씨는 국경절 전부터 북경에 체재하였거니와 불가리아의 노(老)시인 디미트리 뽈랴노브와 작가 게오르기 가라슬라브, 폴란드의 시인 예시 붓드라멘트, 헝가리 시인 곤냐 라이스, 몽고 시인 또진스롱, 파키스탄 시인 제니스, 인도 작가 아나더, 작가 바까리야, 평론가 아다치야, 인도네시아 작가 빠리앙, 버마의 77세의 노시인 다긴 고도마이, 동부독일의 여류작가 안나 시거스와 조각가 싸이츠, 이 싸이츠 씨는 지난여름 세계청년대회에 간 우리 조선대표들 중에서 김기우 영웅과 이순임 영웅의 얼굴을 석고로 조각하였는데 그 사진을 나에게 주었다. 그 외에도 작곡가와 영화 연출가들이 있었고 체코로부터는 율리우스 푸치크의 미망인 구스타 푸치코바도 내참하여 이채를 발휘하였다.

중국 문연에서는 6일 아침 이들을 북경반점에 초대하였다. 중국 측으로는 문연 부주석 모순과 주양, 문연 비서장 사가부, 여류작가 정령, 시인 애청, 여류 극작가 이백조, 작가 조수리, 미술가 왕조문, 작곡가 하록정, 시인 원수박,[15] 대외문화 연락국장 홍심, 영화국장 원목지, 중앙희극학원장 구양여천 씨 등으로 주객 간에 장시간에 걸친 자기소개가 있은 후 주양 씨로부터 중국문학에 관하여 개략적인 소개가 있었다.

중국문학사는 멀리 2천 년 전 굴원의 『이소경(離騷經)』에서 시작된다 하였고 문학혁명은 1916년경 백화문 운동에서 시작되어 문호 노신의 주도하에서 반(反)고전운동으로 발전하였다고 하였다. 그 시대의 기념비적 작품으로 노신의 「아큐정전」과 「광인일기」를 들었고 이 무렵에 곽말약, 모순 등 혁명적 낭만주의 작가들이 출현하였는데 새 시대 인민문학으로의 획기적 단계는 1942년 연안에서 있은 모 주석의 문예좌담회 이후라 하였다. 고문(古文)은 귀족을 위해 써졌고 소자산 문학은 인텔리 본위로 썼으나 새 인민문학은 노동자 농민 군인을 써야 하며 그러자면 작가들의 감정상에도 그들과 결합되어야 할 것으로, 선결문제는 작가들의 사상개변이었다고 말하였다. 많은 작가들이 공장, 농촌, 군대에 파견되어 장기간 공작경험을 쌓아 그 속에서 새 작품들이 나오기 시작했으니 작가 정령의 「태양은 상건하상에 비친다」, 조수리의 「이가장의 변천」, 류청의 「동장철벽」, 초명의 「원동력」, 유백우의 「전선」 작품들, 호가의 「전투적 성장」 이외의 「가장 사랑스러운 사람」, 리계의 「왕귀와 이향」, 진등과의 「활인당」, 애청의 조선전선에 대한 시편들, 그리고 합작으로 각본 「홍기가」와 시나리오 「백모녀」 등을 들면

---

15 원문에는 '원수백'으로 표기됨.

서 고전의 비판적 섭취, 인민 창작의 섭취, 쏘련 문학의 사회주의적 선진성의 섭취 등으로 성장 발전하였음을 말하였다.

새 인민문학은 민족주의적이며 인민적이어야 하므로 보수적 경향과 무비판적 구미(歐美) 숭배와 코스모폴리터니즘과 싸워야 하며 중국에는 전문적 작가와 함께 많은 서클 작가들을 가지고 있다 하였다. 군대 내에 '쾌판'이란 문학 형식이 있는데 이것은 시와 비슷한 형식으로 각운이 있으며 낭독 본위의 것으로 서클 작가들의 합작에 의하는 경우가 많다 하였다. 현 중국작가들은 신인 육성의 중점을 군중 속에 두며 승리를 후세에 남길 작품을 쓰기 위하여 또는 문학이 다른 부면의 발전 성과에 뒤지지 않게 하기 위하여 노력하고 있다 하였다.

다음에 작가 정령 여사가 말하였다. 남자 양복을 입었으나 맏며느리 타입의 매우 부드럽고 총명한 분이다. 이분은 말하기를 작가들은 대개 소자산 출신들이라 군중생활과 감정에 능숙치 못할 것은 정한 이치다. 그러므로 군중 속에 들어가 자기개변으로부터 노력한다 하였고 조선 전선에 다녀오는 작가들은 북경 이화원 아니면 대련으로 다시 가서 일단 작품을 써가지고 오게 하며 시인들을 위해서는 어떤 직장에 있던 8개월 동안 강습을 받고 가는 신인 문학연구소가 설치되었다고 말하였다. 그리고 대부분의 작가들이 문화행정가의 자리를 떠나지 못하는 사정은 아직 해결하지 못하고 있노라 하였다.

이날 오찬회는 자리를 옮겨 취화루라는 반점에서 열리었다. 여러 식탁으로 나누어 앉게 되었는데 우리 식탁에는 일리야 에렌부르그 선생이 있어 화제에 특별히 다채로운 듯하였다. 75세의 불가리아 노시인 뽈랴노브 선생도 한 자리에서 러시아 문자가 불가리아를 통하여 들어왔다는 이야기에서 발단하여 화제는 한문 글자에 이르렀고 서양 손님들은 중국 글자가 너무 어려우니 한문자를 정복할 도리는 없는가고 물었다. 주인으로 우리 식탁에 모순 선생이 있었다.

주인은 우리 중국에서 한문자를 없애기란 제국주의를 없애기보다 더 힘들다는 말이 있노라 하였다. 한문자가 어렵다는 것이 외국인들에게는 정도 이상 과장되어 알려져 있고 지금 문맹 타파에는 큰 고질이나 앞으로 초급중학까지 의무교육만 실시되면 누구나 2, 3천자는 소유할 것이요 한문은 2, 3천자만 알면 여러 만개의 단어를 따로 배우지 않고 알 수 있다 하였다. 한문자는 표의문자라 처음에는 어려우나 나중에는 이런 이득이 있으니 알파벳식 표음문자보다 우월성도 있다는 의견도 나왔다. 그러나 한문자는 기본적으로 수만 자가 있어 인쇄소의 설비와 노동력의 소모가 막대하니 너무 현대성이 없다는 지적도 나왔다. 2, 3천자로 줄이면 그렇지도 않고 알파벳식 표음문자는 한 단어에도 여러 글자가 동원되어야 하나 한문자는 훨씬 적은 수로 동원되어도 말이 되니 노동력이 어느 편이 더 드는가에도 연구해 보지 않고 단언하기는 어렵다는 의견도 나왔다.

이것은 나의 우발적인 의견이었는바 그 후 나는 같은 내용을 한문과 서양글로 쓴 것을 대조해보기에 주의하였다. 기차간 손 씻는 데서 이런 것을 볼 수 있었다. "사용 후 물마개를 눌러주시오"란 뜻을 한문과 서양글로 써놨는데 한문은 여덟 자 혹은 열두 자가 동원되었고 서양 글자는 서른여덟 자나 동원되어 있었다.

물론 이런 것이 문자개혁의 주되는 원인은 아닐 것이다.

에렌부르그 선생은 "복잡 다양할수록 좋으니 이 중국의 요리만은 단순화시키지 말아 달라" 하여 화제는 한바탕 웃음을 거쳐 중국 음식으로 옮아갔다.

×   ×   ×

이날 오후에는 다시 북경반점에서 아시아 작가들만의 좌담회가 열리었다. 그러나 이 자리에 에렌부르그와 네루다 두 선생만은 참가하였다.

통역이 2중 3중으로 되므로 긴 시간을 보내었으나 발언하지 못한 작가들도 많았다.

인도대표는 인도에서도 10월혁명의 영향으로 작가들의 반 영제(英帝) 투쟁이 일어났으며 전(全) 인도 작가의 75%가 진보적이며 2천6백 명 회원을 가진 진보적 작가협회가 1936년에 결성되었는데 이 속에는 14종의 언어로 쓰는 작가들이 참가하였는데 이 작가협회원들은 쏘련과 중국문학의 영향을 크게 받는다고 하였다. 오늘 인도 작가들의 새 생활을 위한 투쟁대상은 제국주의와 미신과 종교라 하였다.

중국 측 시인 전간 동지는 조선전선에 다녀온 이야기를 하였다. 조선은 상상해오던 것과 달랐다고 하면서 우리가 상상했던 작은 민족국가가 아니라 위대한 민족국가였다. 만나는 조선 사람에게서마다 나는 위대한 정신을 감촉했기 때문이다. 그들은 조선뿐 아니라 중국 아시아 아니 세계를 위해 싸우는 위대한 용사들로서의 기백과 의지가 가득 차 있었다. 나는 한 소녀가 적탄에 맞아 최후로 눈을 감으며 스탈린 만세! 모택동 만세! 김일성 만세!를 부르는 것을 보았노라 감격에 떨며 말하였다.

우리 중국인민 지원부대도 역시 조선인민군대와 함께 자기들의 조국을 위함과 아울러 아시아의 안전과 세계평화를 위해 투쟁하는 것이다. 이 정의의 투쟁에서 맺어진 중조인민의 우의는 일층 공고한 것이며 이것은 평화쟁취에 불패의 역량인 것이다. 우리는 비단 조선과만 아니라 인도와도 인도네시아와도 어깨를 겯고 나갈 것이다. 어떤 경우에도 우리들의 단결은 가능하며 우리들의 단결은 또한 우리들의 조국과 세계를 위하여 파괴할 수 없는 힘이 되리라 하였다.

에렌부르그 선생도 여기서 발언하였다. 그는 화약과 인쇄술이 아시아에서 먼저 발명된 것을 말하였다. 그것은 중국에서라 하며 미국에서는 그 본토의 전통문화는 끊어진지 오래서 현대 미국문화는 무근거한 문화라 하였다. 지금 아시아에는 자기들의 훌륭한 전통에 뿌리박고 근거 있는 새 문화가 일어서고 있으니 이들은 자유 발전할 것이며 구라파 문화가 다시는 건드리지 못할 것이라 하였다. 저들은 구라파 문화니 아시아 문화니가 따로 있을 필요가 없다고 주장한다. 우스운 일이다! 구미작가들은 세계평화이사회에서 당신들은 왜 중립하고 있느냐는 공개서한을 보냈는데 아직 아무 대답이 없다고 하였다.

에렌부르그 선생은 특히 인도대표에게 인도의 고전문학은 훌륭한 것이라 하였고 타고르의 저작은 쏘련에서 출판된 것이 인도에서보다 더 많으리라 하였다. 그러나 타고르의 평화에의 의지는 아무 능력 없는 무저항주의라고 말하였다. 중국집들에서 더러 보면 문간에 귀신을 막는 부적들이 붙었는데 이런 것으로 전쟁을 막을 수 있겠는가? 귀신보다 더 악질적인 전쟁을? 작가들은 자기나라 정치 정세에 따라 임무가 서로 다르다. 그러나 우리들의 목적은 하나라 하였다.

이날 저녁 버마 대표는 평화투쟁의 단결을 위하여 아시아 작가대회를 중국이 주동적으로 개최하여 주기를 바란다 하였고 나는 조선 문학에 대하여 간단히 소개하였다. 조선 문학의 해방 후 발전에 대하여서와 조국해방전쟁 이후 작가예술가들의 전선과 후방에서의 활동을 소개하면서 김일성 장군께서 작가예술가들에게 주신 격려의 말씀에까지언급하였다.

이날 저녁 네루다 선생은 새 조선 문학 이야기에 깊은 관심을 가지고 들었고 자기는 발언하지 않았다. 그는 큰 키에 우람한 몸집과 깎지않는다면 탐스러울 구레나룻의 얼굴이었다. 이분은 미국자본가들 밑에 피땀을 착취당하고 있는 칠레 광산노동자들 속에서 시를 써왔고 제2차 세계대전 당시에 벌써 미국이 앞으로 파쇼의 길을 걸을 것을 예견하여 미국청년들에게 경종을 울리는 많은 시를 썼으며 미제와 자기나라 반동정권의 갖은 박해 속에서 세계평화를 위하여 싸워온 투사다. 이 파블로 네루다는 제2차 세계평화옹호대회에서 영예로운 평화상을탄 시인의 하나다. 이 네루다의 중요 시편들은 중국에서도 번역되었는데 이 좌담회가 있은 다음날 네루다는 중국어판 자기 시집 한 권에 내이름을 한문으로 그림 그리듯 써서 보내주었다.

7일 하루는 쉬어 8일 아침에는 농촌을 구경하게 되었다. 북경에서동편으로 10리쯤 밖에 있는 '백연장'이라는 농촌인데 가는 길에서부터새 시대를 맞이한 농촌으로서의 광경을 볼 수 있었으니 그것은 경제적으로 문화적으로 동맥이 될 도시에 통하는 길들을 근본적으로 고쳐내

고 있는 것이었다. 그전 길에는 웅덩이대로 있는 건천에도 넓은 양회다리를 놓으며 직선의 새 길들을 째여나가고 있었다.

우리는 아직 자동차가 천신만고로 통하는 그전 길로 가야 했다.

농민들과 인민학교 학생들이 우리를 반가이 맞았다. 내가 조선대표라는 소개를 받고는 부인들도 소년들도 다시 나에게 모여들어 거듭 악수를 하며 조선서 농사를 지었는가? 조선서 아이들이 학교에 다니는가? 우리 지원군대가 전쟁하는 것을 보았는가? 미처 통역할 새 없이 조선 이야기를 물었다.

이 '백연장' 농촌의 간부로 만날 수 있은[16] 분은 리인민위원회 위원장과 청년단 세포위원장과 민병지도원으로 토지개혁 이전 자기들의 비참하던 생활 상태로부터 토지개혁 후 인간으로 번신하였고(중국에서는 '몸을 번져 일어났다'는 뜻으로 번신이란 말을 많이 쓴다) 일로 향상하고 있는 생활을 요령 있게 설명하였다.

토지개혁은 이미 우리 북조선에서 본 바와 같이 그들에게 물질적 개변을 가져온 것만 아니라 그 개혁과정은 그들에게 있어 인간대학이었다. 그들은 자기 인격을 소유했으며 훌륭한 정치적 이론으로 세련되어 있었다.

중국 토지개혁에 관여하는 앞으로 더 자세한 소개를 받을 기회가 있다기에 대표단들은 이 백연장에서는 중국 농가의 풍습적인 면에 우선 주의를 돌리기로 하였다.

내가 개별방문하게 된 농가는 40여 세 되어 보이는 '한순'이란 농민

---

16 있었던.

의 집이다. 한순 농민도 대를 물려 입던 누더기 옷이 아니라 아직 첫물도 빨지 않은 흰 광목옷이었다. 지주네 머슴살이로 10여 년을 지내다가 토지개혁에 의하여 밭 2묘(4천 평)의 소유자가 되었고 집도 내 집을 쓰게 되어 40 평생에 처음으로 자기 이름의 문패를 써 붙인 것이며 40 평생에 처음으로 자기 옷으로 지은 새 옷을 입었노라 하였다. 지주에게 헐값으로 팔렸던 딸도 찾아다가 학교에 보내고 있고 당나귀도 새끼를 낳아 두 마리가 되었노라 하였다.

우물가에는 조선 농가에서 흔히 보는 과꽃과 백일홍이 피고 채마밭에 물을 주기 위해 물 끌어올리는 금속기계가 장치되었는데 연자방아처럼 당나귀가 채를 메고 돌아가면 물이 올려 솟게 마련이다. 채마밭에는 가지, 배추, 홍무, 고추 등이 있고 고구마 밭이 옆에 있었다. 매흙으로 칠한 지붕에는 옥수수가 이삭째 널리고 마당에는 대추나무가 서 있었다.

이곳 중국 농가의 좋은 점은 외양간이 집 뒤에 따로 있는 점이다. 조선 농가들은 대개 대문채에 외양간이 있어 두엄 무더기가 앞마당에 있게 되고 집안에 들어설 때 소똥 내부터 맡아야 된다. 이곳 중국 농가들은 대문채에 헛간이 있고 그 헛간의 일부가 부엌으로 되었다. 안채는 중간에 좁은 토방이 있고 그 좌우에 방이 있는데 어느 방이나 반은 토방이요 남쪽으로 창을 향하여 반만 높은 온돌이 되어 있다. 온돌 아닌 반간의 토방에는 식탁도 되고 책상도 되는 테이블이 있고 의자들이 있다. 대개 동쪽 방에 부모가 거처하고 서편 방에 아들 내외가 있으며 작은아들이나 손자 내외가 있을 경우에는 안채와 대문채 중간에 한쪽 옆으로 딴채를 세우는데 이것을 상이라고 한다.

돼지를 허리에 떠매 마당귀에 두고 기르는 집도 있다. 돼지가 야위었기에 까닭을 물으니 먹이를 적게 준다는 것이다. 뼈대가 한껏 자랄 때까지는 이렇게 기르다가 나중 두어 달에 잘 먹이면 새끼 때부터 잘 먹인 돼지나 다름없이 근수가 나가니 사료가 귀한 데서는 경제적인 사육법이라 하였다.

옥수수는 이삭 기장은 짧으나 통이 굵고 빛깔이 약간 붉다. 어느 틈에 옥수수를 쪄오는 부인도 있고 돼지고기로 속을 넣은 물만두를 차려놓은 부인도 있었다. 한순 농민은 우리에게 조선 젓가락보다는 배나 더 긴 참대 젓가락으로 물만두를 권하면서 그전 국민당 시대에는 촌마다 소위 '보장'이란 것이 있어 이자를 잘 먹이지 않으면 무슨 트집으로든지 때리고 벌금을 물리고 가당치 않은 곳에 부역으로 보내었으며 국민당 군대에 끌려가는 것을 면하려면 몇십만 원씩 보장 놈과 그 윗놈들에게 먹여야 했다고 옛말처럼 하였다. 이놈들이 쥐구멍을 찾고 토지가 농사짓는 사람들에게 공평하게 부여되자 우리들은 이런 조국과 이런 질서를 보위하기에는 자원적으로 아들과 동생들을 군대에 보냈으며 일본 놈들 하던 그 방법으로 조선을 거쳐 우리 중국에 침략하려는 미국 놈들을 막기 위해서는 높은 영예와 의무감에서 조선지원군에 참가하였고 후방에 있는 우리도 애국공약으로써 증산에 궐기하였노라 하였다.

따갑도록 쨍쨍한 가을 햇볕을 쪼이며 석류나무 분이 있는 안마당에서 쏘련 작곡가도 긴 젓가락 쓰는 것을 요술 배우듯 하며 한순 농민의 부인이 빚은 만두들을 먹었다. 그리고 땀을 흘리면서도 뜨거운 차를 마시었다.

중국 사람들은 여름에도 끓인 물을 마신다. 냉수는 먹으려야 먹을 수 없게 맛좋은 물이 귀하다. 끓인 물을 먹자니 쇳내나 감탕내를 없애기 위해 차를 넣어 먹게 된다. 중국에서 이 차의 생산과 그의 경제적 비중은 높은 것으로 남방의 큰 부자들은 으레 큰 차밭을 소유하고 있었다.

중국 사람들은 조선에서 차를 일상적으로 마시지 않는 것을 이상하게 알며 지원군들이 자기 고향으로 돌아가면 조선집들에서 물을 날것으로 주는 것만에는 곤란하였다는 것이 공통된 이야기라 한다.

조선에서도 고려시대에는 차를 많이 마시었다. 지리산에는 아직도 그 시대 차밭들이 많이 남아 있고 제 지내는 것을 '다례(茶禮)'니 과자를 '다식(茶食)'이니 해온 것으로 보아도 차를 널리 마시었음을 알 수 있다. 그러나 불교도들이 차를 특히 좋아했기 때문에 이왕조가 되며 불교를 배척하는 바람에 차 마시는 풍습도 끊어진 것이 아닌가 느껴진다.

아무튼 더운물이나 차를 마시지 않고도 불편을 느끼지 않는 그것이 중요한 원인일 것이니 조선서는 냉수대로가 맑고 맛이 좋은 때문이다.

5. 만리장성

남방으로 떠나기 전에 각국 대표들의 어서 보고 싶어 한 것은 만리장성이다.

만리장성은 북경서 가까이 볼 수 있었다. 말이 많이 나기로 유명한 장가구로 가는 경장선을 타고 두 시간 반이면 만리장성을 만나게 되는 것이다.

남구라는 정거장은 북경서 잠깐인데 주위 풍물이 일변하여진다. 시

뻘건 감이 주렁주렁 달린 감나무가 농가 울타리마다 산기슭마다 서고 맑은 시내가 반석을 굴러 떨어진다. 이런 남구에서부터 약 11마일 가는 동안은 북중국에서 유일한 풍치지구로서 기차가 숨차게 올려 달리고 있는 거용관 협곡에는 물소리가 아름다워 탄금협이라 이르는 경승지가 있다 한다.

좌우 협곡에 내려질리고 치달린 장성의 잘룩진 곳을 끊고 앉은 '청용교' 역에서 우리는 차를 내렸다. 급한 경사에 톱날처럼 어깨를 두고 쌓은 장성은 먼저 웅장하고 기이한 석조건물이란 인상이다. 이 장성을 넓은 시야에 넣고 보기 위해서는 1마일가량 산길을 더듬어 팔달령 분수령에 올라서야 했다.

준험한 산마루들이 제멋대로 치솟고 내려달리고 하였으되 육중한 장성은 발톱 날카로운 거대한 파충류처럼 가장 마루진 등성이를 눌러 타고 구름밖에 아득히 뻗어나갔다.

일대 위관이다! 바닥은 폭이 25척 꼭대기도 16척이나 되니 거의 3간 너비다. 높이는 지형 따라 다르되 20척에서 30척 되는 데까지 있다. 재료는 돌과 전박(검고 큰 벽돌)과 흙인데 겉은 화강석을 곱게 다듬어 쌓았다.

이 만리장성은 외성과 내성이 있었다. 외성은 산해관에서 몽고 경계를 지나 감숙성으로 들어갔는데 산서성과 하북성에서 2중으로 된 부분이 내성이며 이 팔달령에서 보는 것은 그 내성의 일부분인 것이다. 내, 외성 합하여 전장이 1만 7천6백 리며 요충마다 60간의 거리를 두고 망루와 네모진 보루를 쌓았다. 장성이 고적으로 변하기 전까지는 군대들이 이 망루와 보루에마다 서 있었을 것이다.

진나라 시황 때 쌓았다고 전하나 사실은 그전부터 이 북방에 국경을 둔 나라를 연, 조, 진 나라들이 북쪽 말 타는 민족들의 불의 습격(不意襲擊)을 막기 위해 자기 국경마다 성을 쌓아왔는데 진시황이 연과 조를 통일한 후 장성을 수축도 하고 준축도 하여 서쪽으로 깊이 임조까지 뻗었으며 훨씬 후세인 명나라 신종 때에도 2백 마일이나 장성을 새로 증축한 일이 있다.

이렇게 만리장성은 일조일석에 된 것이 아니요 북쪽을 방비해야 하는 일치된 군사적 조건하에서 2천여 년래 끊임없는 수축과 증축으로 이루어진 것이다.

아무튼 세계에 유래 없는 위대한 공사다! 고대 중국인민들이 근기[17] 차게 성취해낸 위대한 공사는 이 만리장성만이 아니다. 2천5백 년 전 수나라 양제 때에 남북중국을 연통시키어 오늘까지도 의연히 이용되고 있는 전장 5천3백 마일의 운하도 파놓은 것이다. 토목 기재가 수공업적이었을 그 시대의 공사로 이 장성과 운하는 기적과 같아 경탄하지 않을 수 없다.

나는 좌우를 돌아보면 꿈틀거리는 것 같은 이 만리장성 위에 서서 까마득한 남구 협곡 사이로 북경평야를 내다보았다. 이 장성으로 말미암아 북경의 평화와 문화를 지킨 적도 있으리라. 나는 그 고궁에서 본 가장 섬세한 공예품인 '상아해당식등롱'을 생각해 보았다. 얼마나 거대한 스케일을 가졌으며 또한 얼마나 섬세한 호흡도 가진 이곳 인민들인가!

이 위대하고 천재적인 인민들에게 근로가 노예로 아니라 신성한 창조로 해방된 이날 영명한 중국공산당과 모 주석의 영도하에 4억7천5백

---

17 根氣.

만이 한 덩어리로 단결했으며 선진 쏘련의 기술과 경험이 백방으로 원조하는 이날 이 인민들의 새 중국의 건설과 앞날의 얼마나 더 방대하고 더 다채 현란할 것이겠는가?

새 중화인민공화국은 창건되는 그해로 벌써 만리장성을 쌓고 남쪽 운하를 판 그 통치자들도 감히 꿈도 꾸지 못하였던 대자연 개조인 회하 치수공사에 달라붙었고 이미 제1기 공정을 완수한 것이다.

이 회하의 수재는 백 년마다 70차의 대소 수재가 났고 수재마다 이 회하유역의 5천5백만 주민이 집을 띄우고 논밭을 물속에 잠겨야 했다. 이 태초부터 있어온 재앙을 영원히 청산할 뿐 아니라 광대한 습지대들이 금전옥답으로 환생하는 것이다.

역대 통치자들은 왜 이 회하 치수에 손을 대지 못하였던가? 첫째 이 회하 수재에 자기들의 집은 떠나가지 않았던 것이요, 다음으로는 치수할 도랑이나 물 가둘 땅에 제 땅이 들어가는 지주들의 반대하는 모순 때문이요, 그리고 엄청나게 거창하여 정밀한 과학이 아니고는 갈피를 잡을 수 없는 공사였기 때문일 것이다. 새 중국이 일어서는 그 길로 이 회하 치수부터 착수했고 능히 진척해나가는 것은 인민의 이익부터 생각하는 인민정권이기 때문이요 지주 없는 인민민주사회의 새 제도의 승리이기도 한 것이다.

이 회하 치수공사는 얼마나 거창한 것인가?

이 공사에서 움직여지는 흙을 1미터 높이로 담을 쌓는다면 지구를 다섯 바퀴나 돌리라 하니 그 규모를 짐작할 만하지 않은가?

발휘하라! 인민의 단결된 위력을! 발휘하라! 전투에서나 건설에서나 스탈린 깃발 아래 단결되어 내닫는 세계인민의 위력을! 어느 곳에서 어떻게 발휘하는 우리 인민의 역량은 전 세계인민의 해방과 평화를 촉진하며 보위하는 오늘의 위대한 만리장성으로 되는 것이다.

6. 황하를 건너

10일 저녁 8시 40분차에 우리 외국 관례단들은 중국 '문연(文聯)' 사가 부 서기장의 안내로 남중국을 향하여 북경을 떠났다.

이날 저녁 나는 북경 정거장 승차대에서 새로 보는 것이 하나 있었다. 그것은 파는 사람 없는 신문잡지 매점이다. 누구나 필요한 신문이나 잡지를 가지고는 대금은 돈 넣는 상자에 들어뜨리면 된다. 잔돈 없는 사람은 큰돈채 넣으므로 돈이 남을지언정 모자라는 적은 없다 한다. 크지 않은 사실이나 장래 인민민주사회의 더욱 새로워질 도덕과 질서를 예견시키는 훌륭한 불꽃의 하나다.

북경에 있는 동안 나의 귀한 입이 되어준 북경대학 조선어과 학생 해병택 동무가 이번 남방 여행에도 동반해 주었다. 여러 날 같이 지내는 동안 해 동무는 내가 무엇에 관심할까를 곧잘 알아채게 되었다.

"우리나라에서 유명한 황하를 보고 싶으시지요?"

"보고 싶고말고요! 어느 때 황하를 건너게 되오?"

"밝아섭니다. 양자강은 모레 새벽 잘 때입니다마는 황하는 내일 아침 밝아서 건넙니다. 내 알려 드리지요."

"황하는 이런 가을철에도 물이 누릅니까?"

"언제나 황하 그대롭니다. 그래 절대로 안 될 일을 기다리고 있는 것을 '어느 백 년에 황하 맑기를 기다리지!' 하는 속담이 있답니다."

이 한족과 그 문화의 발상지인 황하 연안을 향하여 달리는 차 속에서 나는 중국문연 기관지 『문예보』를 뒤적거리다가 「양한(兩漢)의 예술」이란 글을 더듬어 읽게 되었다. 글쓴이는 중국 중앙정부 문화부 문물국(우리 물보와 같은 기관) 정진탁 국장으로서 중국 두 한나라시대의 예술을 소개하는 글이었다. 이 글 속에는 조선 평양 교외에서 발굴되어 고대미술의 정화로 세계적으로 알려진 '채색상자'도[18] 언급되어 있다. 씨는 말하기를 "이 채색상자는 인물을 많이 그린 것으로 그 화법이 매우 생동하고 유창하다"고 하였다. 이 여러 색채의 옻칠로 세밀히 그린 3천 년 전 인물도는 평양박물관의 진장품일 뿐 아니라 고대미술의 전 인류적 보물의 하나였던 것이다. 이런 보물도 아깝게도 야만 미제 침략군대 앞에는 돼지에게 진주격이어서 싸고 싸 깊이 묻은 것을 놈들은 뒤져내어 군이 구둣발로 짓밟아버린 것이다.

형태조차 맞추어보기 어렵게 바스라진 부스러기만 남았다.

이 미국 야만들은 1945년 가을에 서울에 들어와 서울대학을 항공부대 숙사로 차지하였다. 서울대학 관리위원회에서는 도서관만은 우리가 지키겠노라 간청하였으나

"우리 미국군대는 문명국 군대니까 도서를 존중할 줄 아니 염려 말라" 하고 도서관까지 강점했었는데 사흘이 못가 놈들은 종이가 부드럽고 질긴 고서적으로 골라뜯어 구두를 닦는 것이 발견되었던 것이다. 그전 일제 놈들이 서울 경복궁 자리에 총독부를 지을 때 그놈들 소견으

---

18 원문에는 '에도'로 표기됨.

로도 아주 헐어버리기에는 아깝다 하여 막대한 비용과 시일을 들여 옮겨놓았던 조선의 천안문인 '광화문'을 이번 미국야만들은 군사시설과는 아무 상관없는 지대임에 불구하고 로켓포를 거듭 쏘아 조선 고대건축의 자랑이던 광화문을 불질러 버린 것이다. 그 외에도 조선 고대건축의 정화들인 성천 강선루, 묘향산 보현사, 금강산 장안사 등이 놈들의 폭격으로 타버리었다. 20세기 트루먼의 '문명군대'는 고대 반달족과 더불어 누가 문명을 더 많이 파괴하는가를 경쟁하고 있는 것이다.

✕   ✕   ✕

이튿날 아침 차창이 밝기가 바쁘게 나는 창밖을 주의하기 시작하였다. 새뽀얀 서리 속에 밭들이 드러나는데 고구마와 낙화생이 대부분이다. 낙화생 밭머리에 아침 햇볕을 그득 실은 꽃들이 지나간다. 운하를 떠다니는 범선들이다. 댑싸리가 단풍들어 자줏빛으로 붉다. 농부들은 밭에서 고구마와 낙화생을 캐고 큰길에는 외바퀴차와 여러 필 말이나 노새가 끄는 수레들이 지나간다. 농민도 차부도 살푼해 보이는 삿갓을 썼다. 외바퀴차가 재미있다. 바퀴는 가운데 하나뿐 짐이나 사람은 양쪽에 싣고 두 편 손잡이로 밀고 간다. 어깨에 휘청거리는 나무 채를 걸치고 양끝에 저울 달듯 짐을 달고 가는 '편담'이란 것도 재미있다. 외바퀴차와 편담이 조선에도 보급될 듯한데 조선 '지게'가 중국에 쓰이지 않듯 서로 국경을 엄수하는 것은 무슨 까닭일까? 지게는 산길에 좋고 편담은 들길에 편한 지리환경이 다른 때문일까?

일곱 시 가까이 되어 바윗돌을 인공으로 쌓은 듯 혼자 오뚝한 100미터가량의 조그만 돌산이 지나가는데 황하 곁에 있는 '까치산'이라 한다. 다시 나무 없는 황토 벌판이다가 홍수 그대로의 붉은 수면이 드러난다. 철교가 걸린 강폭은 과히 넓어 보이지는 않으나 1천3백80미터의 동양 제일의 긴 철교라 한다.

물결조차 소용돌이쳐 흙탕을 뒤번지며 흐른다. 아득한 대륙 지평선에 하상을 따라 황토 단애가 굽이쳐 사라졌다.

이 황하는 곤륜산에 근원을 두고 화북대륙을 서리서리 2천7백 마일이나 흘러 발해만을 열고 황해로 들어간다. 암석이 아니기 때문에 어떤 지대에서는 수세 따라 하상이 이동되며 생땅이 무시로 꺼져 들어간다. 장마 때는 물 4에 진흙 6이라 하며 평시에도 물 열 말에 진흙 서 말인 비례로서 매년 1백70억 입방척의 황토를 황해 바다로 뿜어낸다는 것이다. 중국 속담에 "관리와 길과 황하는 3대 우환이라" 일리온다 한다.

그러나 새 천지 중화인민공화국에서는 이미 첫째 우환을 완전히 청산하였고 다음 우환들도 대규모의 자연개조가 시작되었으니 이 앞으로는 이런 속담도 주석이 달리지 않고는 이해하지 못할 것이다.

황하를 건너자 이내 고도시의 하나인 '제남'이 나왔다. 유명한 고대 시인 이태백이가 글 읽던 산 '광산'이 이 제남에 있다.

나는 제남역에서 『대중일보』라는 신문을 샀다. 이 신문에도 조선인민군 총사령부의 보도와 정전담판에 관한 기사가 났고 두 가지 군중재판에 대한 기사가 나 있었다. 하나는 장개석 특무의 재판이요 하나는 며느리를 학대하여 죽인 시어머니와 남편의 재판인데 모두 군중들의 요구에 의하여 사형들이었다. 항미원조와 토지개혁과 아울러 반 혁명분자 진압운동이 오늘 중국의 3대 운동으로 전개되어 있는바 도시나 농촌이나 정치적 경각성이 높아진 인민들의 조직이 철옹성 같으므로 중국이 넓다 하나 특무나 반동들에게는 발붙일 촌토가 없어진 것이다. 30여 년 전에 경한철도 파업지도자 임산겸을 죽인 놈이 오늘에 와 잡혔으며 동북 하얼빈에서 이조린 장군을 죽인 놈은 멀리 사천성 중경에까지 피했으나 결국 붙잡히고 말았다는 것이다.

『대중일보』에는 상품광고들도 많이 났다. 그중에는 상품광고 아닌 '회과(悔過)' 광고 즉 잘못을 뉘우치는 광고라는 것이 여러 건 났는데 이것도 새 중국의 성장 발전하는 새 면모의 하나일 것이다. 이 회과 광고의 실례를 하나 들면 이러하다.

'국화상장○○호 문방구상 ○○원'이란 주소와 상점 명을 밝히고 "불합격품인 건국표 메테[19]용 쇠자를 팔았는데 당국으로부터 관대한 처분을 받았다. 크게 감사하며 금후는 법령을 엄수하여 다시는 범칙(犯則)하지 않을 것을 공고하여 맹세하며 전과를 깊이 뉘우칩니다." 이런 내용이다.

차는 정오 못미처 '태안'에 이르렀는데 동편으로 험준한 산그늘이 차창에 비끼었다. 지척에서 바라볼 수 있는 이 산이 유명한 '태산'이라 한다. "태산 명동에 쥐 한 마리"니 "태산이 높다 해도 하늘 아래 뫼로다"이니로 굉장히 높은 산으로 알려져 있음에 비하여 그다지 빼어 솟았거나 웅성 깊은 산은 아니다. 해발 1,545미터의 높이이며 나무가 없어 쥐 한 마리가 뛰어가도 보일 성싶다. 기차에서 보이는 각도로는 산맥이 널리 뻗지 않고 한 거대한 모형처럼 평원에 도사리고 솟았다. 그러나 대마루

---

19 미터.

들이 거쿨지고 조봉이 멀리 들여다보여 역시 명산다운 장엄성이 있다.

이 태산에는 명소 구적이 많다 한다. 그중에도 공자의 사당이 유명했다고 한다. 3천 년간 동양 사람들의 머리를 왕도사상으로 짓눌러온 유교의 시조 공자는 우리가 지나갈 '자양'역에서 지척인 '곡부' 사람이었다. 인민들로 하여 봉건군주들에게 절대 순종시킨 사상이다. 제왕들은 이런 고마울 데가 없다 하고 처처에 공자의 사당을 짓고 다른 종교와 달리 국가의식으로 공자의 제사를 주간해 주었다. 우리 조선에서도 군 소재지마다 소위 '향교'라는 것을 두어 그 지방 권력자들의 인민을 압박하는 행세 기관으로 되어왔던 것이다.

중국인민해방군이 장개석의 반동군대 60만을 포위 섬멸한 '회해전역'으로 유명한 '서주'를 지나면서부터는 지붕을 새나 곡초로 이은 농가들이 나오기 시작한다.

나는 서주에서 『대공보』라는 신문을 샀다. 이 신문에도 나는 새 중국이 급속히 장성하고 있는 문화면의 일 면모를 접촉할 수 있었으니 전국적으로 일어나고 있는 언문(말과 글)정리운동이다. 북경 『인민일보』에서 문장강화를 시작한 것이 전 인민적 호평을 얻어 중국 안 전체 신문이 이를 전재하고 있으며 이 대공보 수요특집에도 『조국어문』이란 큰 제목 아래 「어문만담」, 「문장시개」 등의 별제로 이론과 구체적 지적들이 기재되어 있었다.

그전에는 시대 따라 지역 따라 같은 뜻에 다른 글자로 썼다. 『논어』에는 '이 사(斯)'자를 썼고 『맹자』에는 '이 차(此)'자를 쓴 것 같이 혼란했으며 문장에도 '진한체'니 '당송체'니 '위진체'니 하고 각기 다른 풍격으로 발전해왔다. 그러나 새 시대며 통일된 지역인 오늘에 있어 복고

주의적 난삽한 글을 쓸 필요가 어데 있으며 하물며 용어(用語) 용문(用文)에 무원칙한 글을 써서 기괴한 것을 자랑삼거나 인민들로 하여[금] 해독하기 어렵게 한다면 이는 묵과할 수 없는 현상이라 하였다.

「문장시개」라는 제목에는 청년과 학생들이 발표한 글에서 한 구절씩 끌어다 시정해 보였고 '항미원조'라는 말은 옳게 줄여진 말이나 '진압 반혁명'을 '진반'으로 줄여 쓰는 것은 진압대상이 모호해지므로 옳지 않다고 지적되어 있었다. 잡지『문예보』에 「조선 농촌 안에서의 전투 화염」이란 글이 났는데 '불꽃 염(炎)'자를 세 가지로 인쇄했으니 이런 혼란은 바삐 청산하자고 주장하였다. 어느 나라 인민들에게 있어서나 자기 조국을 사랑하는 마음은 자기 조국의 말 한마디 글 한 자에까지도 정성스러워야 할 것이며 더구나 우리 작가들에게 있어서는 인민들에게 뜻을 옳고 쉽게 전하기 위하여 조국의 어문을 아름답게 연마시키기 위한 남다른 책임이 있는 것이다. 나는 중국에 있는 동안 문장 수사에 대한 논의들을 읽고 참고 된 바 크다.

×   ×   ×

양자강에는 철교가 없는데 기차가 건넌다. 기차를 한 번에 세 칸씩 싣고 건너는 배가 있는 것이다. 밤중에 잠든 동안이어서 이런 거창스런 나룻배질을 보지 못한 채 건넜다.

황하보다 물이 맑다 한다. 전장 3천3백 마일로서 중국에서 제일 큰 강으로 여기서는 그냥 '장강(長江)'이라 통한다.

세계에서 이 양자강보다 더 긴 강이 있기는 하다. 그러나 장강 연안이 인구가 조밀하여 황무지가 없어 물산이 막대하며 하구로부터 3천 톤짜리 기선은 7백 마일이나 되는 '한구'까지 올라가고 1천 톤짜리 기선은 1천 마일이나 되는 '중경'까지 깊이 올라가므로 강이면서도 좌우에 큰 항구들이 연이어 있는 일대 해안의 역할을 하기 때문에 양자강은 그 존재가치가 위대한 것이다. 이런 양자강은 거의 한 세기 동안을 차라리 없는 것만 못하게 미영 강탈자들의 군함이 대륙 오지에까지 함포를 쏘아댈 수 있게 이용되었다. 인민해방군의 남하작전을 막아보려 미·영·불의 군함들은 이 장강에서 헤매며 최후 발악도 해보았다. 그러나 오늘 양자강은 한때 악몽을 황해 밖으로 쓸어버리고 영원한 중국 인민의 복리의 장강으로 유유히 흐르고 있는 것이다.

차에서 다시 밝는 날 아침은 수향의 도시 '소주'를 그 성 밖으로 지나게 되었다. 성 밑에 배 돛대들이 숲을 이루었다.

벼이삭이 금물결 치는 논이 아니면 푸른 물이다. 짙은 안개 속에 성문 문루들이 떠오르고 거리 뒷골목에 채소 실은 배들이 그뜩 들어서 아낙네들과 아침 흥정이 한참이다. 대숲 우거진 곳에 농가들이 있고 농가들 뒷문에는 운하 아니면 호수여서 집집마다 뒷문에 배를 매였고 배 옆에는 오리 떼가 떠 놀고 있다. 옥야천리 그대로 끝없이 논이 깔렸는데 여기 논들은 한해에 벼 추수를 두 번씩 한다고 한다. 어쩌다 한두 자리 높은 땅에는 뽕나무와 콩과 채소를 심었다. 논바닥은 운하나 물도랑 수면에서 두세 자가량 높은 것이 보통으로 물고마다 물을 끌어 올리는 연자방앗간 같은 장치가 있다. 이것을 소가 연자 돌리듯 끌고 돌아가면 물이 올라온다는데 북경시의 농촌에서 본 것과는 달리 규모가 크고 이것은 목재로 된 기계다. 소는 뿔이 크고 털이 검은 회색인 물소들인데 물 많은 이곳 풍토에서 가장 잘 견디고 힘이 세다 한다.

이 물 좋고 바닥 걸고 1년에 두 번씩 추수하는 땅이 자기 땅이 된 농민들은 일하다 말고 즐거운 낯으로 기차를 향하여 손짓들을 한다. 그들은 옷만 깨끗한 것이 아니라 농기구들까지도 아직 자루 흰 것이 많이 보였다. 이들의 급속히 높아진 생활과 함께 급속히 개변되는 농업 경리의 일면도 엿볼 수 있었다.

호수에서는 여러 백 마리 오리 떼를 거느리고 배에서 사는 가족도 볼 수 있다. 운하에 화물을 실어 나르는 배에도 살림 풍경을 볼 수 있다. 남쪽으로 갈수록 호수와 강과 바다에서 배를 집으로 사는 사람이 많다 한다. 북방주민들이 평원에 사는 것과 남방주민들이 수향에 사는 것과 사천성 같은 오지 주민들이 산향에 사는 것들은 중국의 세 가지 특색 있는 지방색으로 일컬어오는 것이다.

집집마다 뒷문에 매여 있고 밭머리 논머리마다 떠 있고 근로인민들의 주택으로도 되는 저 배는 중국공산당과 깊은 인연이 있음을 나는 그 뒤에 알게 되었다.

1921년 7월 1일부터 모택동 동필무 진담추 등 12대표들이 상해에 모여 중국공산당 창건을 위한 대표자대회를 열어 비밀리에 진행하는 중 제4일에 이르러 옆방에 정탐이 잠입한 것이다. 이를 알자 대회는 이 소주에서 지척인 '가흥'의 호수로 옮겨 저런 한 척의 작은 배 속에서 회의를 계속하였다는 것이다.

황금 이삭의 바다 넘어 높고 낮은 굴뚝들이 올려 솟기 시작한다. 77종의 공장과 기업소가 1만 2천이나 있다는 상해가 가까워진 것이다.

7. 상해

12일 아침 9시 30분에 우리 차는 상해 역에 들어섰다. 상해에도 관례단 초대위원회가 있어 우리는 꽃과 노래의 성대한 환영을 받으며 '금강반점'으로 안내되었다.

금강반점은 영국 계통 자본이 지은 것으로 상당히 사치한 호텔이다. 내가 든 방은 7층인 내 방 위로도 4, 5층이 더 있고 다시 그 위에 있는 식당휴게실로 올라가면 상해 전경을 눈 아래 내다볼 수 있었다.

황포 강 부두 쪽으로는 10여 층 건물들이 키를 다투어 솟았는데 그 너머 멀리 동쪽으로는 공장 지대인 듯 무수한 굴뚝들로부터 솟는 연기가 그쪽 하늘을 매지구름[20]처럼 덮고 있었다. 1949년 5월 28일 해방되던 그 당시에는 6백여 만의 시민이 살았는데 그중에는 실업 인구가 백만 명이나 되어서 그들을 광산과 다른 지방공장들로 취업시키고 나니 오늘 현재 상해는 5백만 시민이라 한다.

상해는 본래 '신강' 또는 '상양'이라 하던 이름이 송나라 때 '상해진'이라 고친 데서 '상해'로 된 것이며 이 상해는 중국 역사에서 최초의 굴욕적 조약이던 '남경조약'에 의하여 영미일불(英美日佛) 등 제국주의 세력이 중국을 침략하는 중요거점으로 되어왔던 것이다.

영미 침략자들은 중국인민들을 종교로써 무저항주의자들을 만드는 것으로만 만족하지 않았다. 인격적 파산자들로까지 만들기 위하여 중국의 공법을 무시하며 아편을 다량으로 싣고 와서 민간에 함부로 펼치

---

20 먹구름.

기 시작하였다. 중국의 애국자들은 이를 앉아볼 수 없어 놈들의 아편더미에 불을 지르며 놈들의 군함과 대포 앞에 용감히 맨주먹으로 달려들어 싸웠다. 이것이 영제국의 죄악 중의 죄악과 중국인민의 영웅성을 영원히 말해 나갈 '아편전쟁'으로서 영국 강도들은 군함을 양자강으로 끌고 올라와 남경을 사격하면서 중국을 위협하였다. 인민들은 이 악독한 원수에게 목숨을 돌보지 않고 대항하였으나 청나라 정부는 군중들이 불지른 영국 아편 값을 영국이 달라는 대로 물기로 하며 전쟁비용을 영국이 청구하는 대로 물기로 하며 영국이 배를 수선하는 데 필요하다는 핑계로 '향항(香港)'을 달라는 대로 떼어주기로 하며 그 외에도 이 상해와 광동, 복주, 오문, 영파 등지에 영국 사람은 제 땅이나 다름없이 사용할 특권을 승낙하는 '남경조약'을 접수하지 않을 수 없었던 것이다.

그 후 영국 놈들과 미국 놈들은 중국에 아편 팔아먹는 것을 공공연히 경쟁적으로 하였고 미국 놈들은 문화적으로도 저의 식민지를 만들려 상해에만 소위 문화교육기관을 290여 개나 벌려 놓았고 중국인민의 값싼 노동력까지 착취하는 126개소의 공장과 기업소를 소유하고 있었던 것이다. 영국 조계니 불란서 조계니 공동조계니 중국인 시가니 복잡다단한 특수행정의 도시는 고향이 없고 조국이 없다는 코스모폴리터니스트들의 온상이기도 하였다. 이런 주인이 없는 기형도시가 도적놈들에게 만족했을 것이다. 독점한 이윤으로 주머니가 불러지며 세기말적 퇴폐와 값싼 이국정서를 맛보기 위해 뉴욕과 런던의 '신사'들은 즐겨 이 상해를 찾아왔을 것이다. 이 두발 가진 파충들은 처칠처럼 생긴 배불뚝이에 구렁이 눈깔을 여송연 연기에 슴벅거리며 이 호텔 노대에서도 상해 시가를 노려보며 음험한 미소를 흘렸을 것이라 생각할 때

이 호텔 걸상들이나 창틀에서는 아직도 그 누린 구렁이 냄새가 나는 듯 불쾌하였다.

그러나 상해는 굴욕과 타락의 상해만은 아니었다. 이 상해뿐 아니라 전 중국대륙의 해방과 새 인민중국의 건설을 영도하며 있는 위대한 중국공산당의 발상지가 바로 이 상해였던 것이다.

중국에 대한 영미일불(英美日佛)들의 제국주의적 침략은 중국의 공업지위를 어느 정도 향상시키었고 한편 중국 민족공업을 자극시키어 제국주의 그 자체의 매장자인 무산계급을 불러일으킨 것이다. 상해는 중국에서 가장 큰 노동자의 집중지대로서 저 유명한 5・4운동과 5・30운동 시기에 있어 상해는 노동자도시 상해다운 역사적 임무를 찬란히 수행했던 것이다.

오늘 상해에는 98만 명의 노동자가 있다. 그들의 가족까지 치면 상해 전체 인구의 70%를 차지한다. 이런 성원을 가진 상해 시는 새 인민중국의 건설을 위하여 항미원조를 위하여 반혁명분자 진압을 위하여 토지개혁으로 전변되는 농촌과의 연결을 강화하는 운동에서 전국적으로 전위적 역할을 놀고 있는 것이다.

×   ×   ×

화동지구와 상해 시 인민들은 우리를 맞는 첫날 저녁으로 환영대회를 열어주었다. 시 회의실에서 2천여 명의 각계각층 군중과 더불어 상해 시 인민정부 마인초 박사의 환영사가 있었다. 나는 조선인민을 대표하여 화동지구와 상해인민들에게 형제적이며 전우적인 뜨거운 우의와 결의로써 답사하였다. 내가 연단에 오르자 전 군중은 총 기립하여 박수와 환호를 보내주었고 내말이 끝나자 장내가 떠나갈 듯이 "김일성 장군 만세!"와 "영웅적 조선인민 만세!" 소리가 폭발하였다.

이날 저녁에 음악 무용 연극의 환영 연예도 있었는데 음악에는 합창으로 구희현 여사의 작곡인 〈세계 인민은 한 마음이다〉가 인상 깊었다. 중국적이면서 국제성이 있었고 부르기 쉽고 즐거운 곡조여서 우리 일행의 외국 사람들도 상해를 떠날 즈음에는 이 노래를 서투르지 않게 불렀다. 무용에는 창공빛 푸른 배경 앞에 떼를 지어 긴 붉은 천을 불길처럼 놀리며 추는 춤이 좋았다. 연극은 경극인데 73세나 된 남자 늙은 배우가 17, 8세의 처녀 역을 영절스럽게 해내는 데는 감탄하지 않을 수 없었다.

이튿날 우리는 상해 '공인 문화궁'을 방문하였다. 큰 호텔 자리에 시설되었는데 속에 4백여 명씩 수용하는 극장이 둘이나 있고, 도서실, 체육관, 오락실, 식당, 여성노동자들을 위한 재봉강습실, 여성 위생실, 쏘련을 비롯한 각 인민민주국가의 발전상을 소개하는 전람실, 그리고 '상해에서 노동자들은 어떻게 투쟁하였는가?'를 보여주는 '노동운동기념관'이 있었다.

이 기념관에는 허다한 실물들과 사진들이 진열되어 있는 5·4운동과 5·30투쟁 때 노동자 군중의 파업과 시위행렬 사진이 있고 애국열사 왕효화가 원수들의 형장에 끌려 나가되 그 수려한 미목으로 태연자약하여 오늘의 승리를 이미 내다보는 듯한 승리감에 찬 사진이며 상해자동차 노동조합 간사 왕원의 탄환에 뚫리고 피에 칠갑이 된 의복도 진열되어 있었다.

노동자들에게 높은 선봉적 긍지와 정치적 자각을 일상적으로 고무

추동하는데 크게 이바지 할 전당이었다.

이 문화궁이 창설된 후 1년간 이용한 노동자 수는 70만에 달하며 최고로 1만 2천 명까지 온 날이 있다 한다.

나는 이 문화궁에서 한 가지 특기할 사실을 발견하였다. 중국에서는 만화를 '연화'라 하는데 문맹자나 어린이들을 위하여 글로 보다 그림으로 교양수단을 삼는 것에 발달하였다. 노동자들과 어린이들이 이 연화 책을 절대 환영하여 이 연화 수백 책을 길가에 펼쳐 놓고 세를 주는 상인까지 생기었다. 아이들과 노동자들이 책값의 수십 분지 일밖에 안 되는 세를 내고 길가에서 연화 책을 골독히 번지고 있는 것을 나는 상해에서 수삼 차 보았거니와 내가 놀란 것은 조선전쟁에 관한 주제와 조선 영웅들의 전기가 많은 점에 있었다. 이 문화궁 잡지부에 놓여 있는 연화 책만도 백여 가지인데 그중 약 30가지는 조선에 관한 것으로 얼른 보기에도 『안주탄광 소년 빨치산』이니 『영웅 한남수』니가 보이었다. 이 연화들을 통하여 특히 중국 소학생들 사이에서 한남수 영웅이 어떻게 싸웠고 처녀 이순임이 어떻게 영웅이 되었나를 모르는 소년은 별로 없을 것이라 한다.

×　　　　×　　　　×

상해는 번화하다. 사람이 많아 보이는 것이 길이 좁은 때문만 아니다. 인력거가 없어진 대신 자전차화한 삼륜차가 유행인데 으레 두 사람씩 짝지어 탔다.

상점마다 물건이 풍성하다. 방직공업에 있어서는 전 중국의 60%를 차지한 이곳이라 면포 제품이 풍부하다. 트루먼은 중국을 골려 본답시고 중국에 대하여 무역봉쇄를 하였으나 그 결과로는 미국물건 때문에 기를 못 펴인 중국 상품들이 급속한 보조로 발전하여 전 중국인민의 생활용품을 자작자급하는 궤도에 올라선 것이다. 1945년 이후 미국 자본가들이 전 중국에서 쓰는 농기구를 독점적으로 만들어 팔아먹기 위해 새 기계제작 기계로만 방대한 공장을 차려 놓았는데 그것도 고스란히 중국인민의 것이 되어 농기구와 광산기계를 제작하고 있었다. 중국 것으로 외국에 수출하던 상품은 미국이 아니라도 얼마든지 통상할 우호국가들이 있다. 1950년 중국무역은 73년 동안 계속적 수입초과이던 반식민지 특성을 청산하고 '트루먼아 보아라' 하는 듯이 일약 수출초과를 이루어 인민민주주의 경제제도의 우월성을 보여주었다. 도적놈들과 맞서지 않아 해로운 것은 조금도 없는 것이다.

지금도 미국에는 개와 흑인과 황인은 들어오지 말라고 써 붙이는 해수욕장이 있다 하거니와 그놈들이 상해에 있을 때는 황포 강 옆 '가든 브리지' 공원에다 개와 중국 사람은 들어오지 말라고 써 붙이었다 한다. 오늘 '가든 브리지' 공원에는 개와 미, 영국 사람은 들어오지 말라고 써 붙이지는 않았지만 그들의 그림자는 볼 수 없게 되었다.

비둘기야 비둘기야
고맙다 고맙다
나의 편지
조선인민군에게 전하여다오!

이 노래는 7, 8세짜리 탁아소 아이들이 저희끼리 지어 부르는 노래라 한다. 상해 시외에 열사 유아들과 해방군과 지원군의 아이들과 기관간부들의 아이들을 위한 탁아소가 있는데 200명의 아이들을 위하여 90명의 직원이 있는 훌륭한 탁아소였다. 비둘기보다 더 많이 편지를 가지고 갈 수 있는 아저씨가 조선서 왔다고 하니 고사리 손들을 펴 짝짜꿍하듯 박수들을 하였다.

✕   ✕   ✕

이 탁아소에서 돌아오는 길에 우리는 중국의 위대한 문호 노신 선생의 묘소를 참배하였다. 한적한 묘지인데 선생의 무덤은 장방형으로 돌로 덮었고 선생의 사진을 찍은 사기 판을 박은 돌비가 섰는데 '노신선생지묘'라 크게 쓰고 그 아래 두 줄로 "1881년 9월 25일생 어소흥 1936년 10월 19일졸 어상해(於上海)"라 간단히 쓰여 있었다. 엿새만 더 있으면 이 노신 선생의 서거 15주년 제일(祭日)이었다.

이날 오후에는 상해 시내 산음로에 있는 노신 선생의 사시던 집과 이웃집까지 넣어 시설한 '노신기념관'을 참관하였다.

나는 노신 선생의 작품을 많이 읽지 못하였다. 그러나 「아큐정전」과 「고향」을 읽은 기억은 10여 년 후인 지금도 머릿속에 생생하다. 두 작품이 단편들이나 장편 치고도 거대한 장편을 읽는 것처럼 새 세계를 향하여 움직이는 과도기 중국의 거대한 시대상이 머릿속에 깊이 찍혀 있다.

이 훌륭한 수법을 가진 대작가는 정치논문과 계몽적 수필과 투쟁실천 때문에 아깝게도 많은 작품은 남기지 못하고 갔다. 그러나 적은 수의 몇 편으로도 근대 동양의 대표적 문호인 것이다.

선생의 본명은 '주수인(周樹人)'인데 홀어머니로 빈곤한 생활 속에서 자기를 키운 어머니를 잊지 않으려 어머니의 성 노 씨에서 따 '노신'으로 호를 지었고 장개석의 반동경찰과 제국주의 테러 탄압 때문에 종적을 감추기 위해 80여 가지 익명으로 글을 썼다. 애초에 일본으로 유학하기는 의학을 배우기 위하여서나 한번은 일본사람들이 만주에서 찍어온 영화에서 중국인민들이 중국의 어떤 애국자가 일제 관헌에게 참살당하는 것을 보고도 무심한 표정들로 서 있는 것을 보고는 깊이 찔린 바 있어 "나는 한두 사람의 몸의 병을 고치기보다 전 중국 사람의 정신의 병을 고쳐야 하겠다!" 결심하고 문학으로 방향을 돌렸고 후에 귀국하여 신해혁명을 체험하면서 반제 반봉건투쟁에 인민의 정신의 기사로서 제일선에 헌신한 것이다.

중국에서 마르크스레닌주의의 위대한 선구자 이대쇠[21]가 지도하던 잡지 『신청년』에 「광인일기」를 발표한 데서 시작하여 "나는 소와 같이 먹는 것은 풀이되 내여 놓는 것은 우유와 피라야 한다"고 한 자기 말씀대로 구차한 생활 속에서 그보다 몇 배 간고한 탄압 속에서 백절불굴하여 아홉 권의 산문을 썼으며 세계적 걸작인 단편집들과 방대한 학문적 저술인 『중국소설사략』[22]을 내였으며 선진 쏘련 작품들 「궤멸」, 「철류」, 「시멘트」, 「철갑열차」 등을 번역했으며 문화혁명의 깃발들이었던 『어사』, 『급류』, 『문예연구』, 『해연』, 『십자가두』 등 잡지를 주간했

---

21 리다자오(李大釗, 1888~1927). 중국공산당(CCP)의 공동 설립자. 마오쩌둥毛澤東의 사상적 스승.
22 원문에는 '중국소설략사'로 표기됨.

으며 혁명가 구추백과 송경령 여사 등과 더불어 '중국 자유운동 대 동맹'과 '중국 인권보장 동맹' 등을 조직 지도하는 등 어떤 불리 고독한 시기에도 일호 굴함 없이 예리한 투지로 일생을 중국혁명에 바치었다.

그는 위대한 천재였으며 그는 타협을 모르는 강철 같은 혁명가의 성격이었다.

모택동 주석은 일찍이 「신민주주의론」에서 노신 선생에게 언급하여 이렇게 말하였다.

"노신은 중국 문화혁명의 장수다. 그는 다만 위대한 문학가일 뿐 아니라 위대한 사상가이며 위대한 혁명가였다. 노신의 기골은 가장 굳었다. 그는 조금도 굴복 아첨의 빛을 보이지 않았다. 이것은 식민지 반식민지 인민의 가장 고귀한 성격이다. 노신은 문화전선에서 전 민족 다대수를 대표하여 적을 향하여 돌격 쇄진한 가장 정확하고 가장 견결하고 가장 충실하고 가장 열성적인 전고미증유의 영웅이다. 노신의 방향은 곧 중화민족 신문화의 방향이다."

선생이 사시던 집은 큰길에서 차를 내려 직선으로 좁은 시멘트 골목을 4, 50미터쯤 들어가면 여러 살림들이 세 들어 사는 긴 3층 벽돌집이었다. 거기 끝의 채에 주은래 총리의 글씨로 '노신기념관'이란 현판이 붙었다. 2층에 올라가면 선생이 집필하던 책상과 간소한 등의자가 그대로 놓였고 선생이 서거하신 날자 그대로의 '민국 25년 10월 19일' 일력이 선생이 운명하신 침대 맞은편에 걸려 있었다.

책상 위에는 몇 가지 문방구도 놓여 있는데 벼루 옆에 세 자루 모필이 저것이 위대한 노신 선생의 무기였나 싶어 다시금 눈을 돌려 더듬게 하였다.

3층에는 그분의 동지였으며 막역한 친구이던 혁명가 구추백[23]을 숨겨두던 방이었고 구추백이 원수들에게 잡혀 희생된 후에도 다시 올 사람의 것처럼 그냥 두고 있던 유물들이 의복 상자서껀 그냥 놓여 있었다. 각국어로 번역된 『노신전집』 혹은 『노신선집』들과 선생이 주간하며 혹은 기고하던 출판물들과 선생의 질소(質素)하였던 생활과 엄격하면서도 자상하였던 풍모를 엿볼 수 있었다.

×　　　　×　　　　×

　　상해에는 마침 두 가지 큰 전람회가 있어 전 시민들의 인기를 끌고 있었다. 하나는 '토지개혁 전람회'요 하나는 '혼인법 선전실'인데 두 가지가 한 장소에 열려 있었다. 이 회장으로 된 곳은 영국 놈들이 경마장을 만들어 중국 사람의 푼돈까지 긁어가는 것을 보고 불란서 놈들은 개구경장을 차려놓고 중국 사람의 잔돈을 털어가던 '경구장'이었던 곳이라 한다.

　　토지개혁 전람회는 세 단계로 조직되어 있었다. 첫째로 봉건 죄악을 보이는 부문으로 지주의 착취상과 농민의 고통과 토지개혁의 정의성과 필요성을 보여주었고 둘째는 토지개혁 실천을 보이는 부분으로 공산당과 정부의 지도 밑에 인민들이 어떻게 질서 있게 진행하였는가를 보여주었고 셋째는 새 농촌의 새 기상을 보이는 부문으로 농민의 정치의식 제고와 정치·경제·문화면에서 현저한 진보와 새 중국의 광명

23　취추바이(瞿秋白, 1899~1935). 중국공산당 지도자.

한 앞길을 보여주었다.

어떤 지주의 궁궐처럼 꾸미고 살던 방 모양과 가구들이 그대로 진열되고 어떤 지주의 아편 빨던 침대와 도구며 농민들에게 사사형벌을 감행하던 곤장, 채찍, 밧줄, 도끼, 식칼 등의 형구와 농민폭동을 장개석반동정권과 협력하여 탄압하던 지주들의 권총과 장총과 기관총까지나와 있었다.

중국은 땅이 넓다. 그러나 땅이 좋은 곳에는 그만치 인구가 많다. 소남구의 일례를 보면 농촌인구 1,029만 명에 경작 토지는 2,568묘(1묘 약 2천 평)로서 매인당 2묘 반 정도였다. 그리고 성분으로는 백분 지 삼이 지주계급이었다고 한다.

강령현 용천향의 방양화라는 지주는 할아비가 4품관을 지내어 농민의 토지를 강제로 긁어모아 10만 묘 이상을 소유했는데 이자의 소작인 명부를 정리한 카드상자는 웬만한 도서관 도서카드상자 같았다. 어떤 지주는 자기 땅과 소작인촌을 지도로 표시해 두고 마치 왕이 자기 영지를 관리하듯 하면서 소작인들을 백성처럼 다스렸다. 장문건이란 지주의 집에서는 곡식 되는 나무로 짠 말이 두 가지가 나왔는데 얼른 보면 비슷하나 하나는 스무 되가 들고 하나는 스물다섯 되가 드는 것으로 자기가 받아들일 때는 스물다섯 되짜리 말을 사용하였다 한다. 율향현이란 곳의 진호라는 지주는 신4군이 후퇴한 시기에 특무돌격대장이 되어 농민 120명을 살해하였고 그 명단을 장개석정권에 등사로 찍어 바친 것이 나왔는데 살해한 이유는 모두 '완강'으로 기입되어 있었다. 한 지주 놈은 흉년이 들어 제가 기르는 개를 먹일 것이 없어 소작인을 대밭으로 데리고 들어가 쇠스랑으로 때려죽이고 가마에 삶아 개를 먹이었

는데 그 쇠스랑과 가마와 식칼들이 진열되어 있고 강음현 호경조라는
지주의 집에서는 권총이 열두 자루가 나와 있었다.

지주들은 장개석의 경찰뿐 아니라 반동 군벌들을 끼고 농민을 탄압
하는 데 가담한 여러 가지 증거품이 나와 있었다. 지주 종백석이란 자
는 생선뼈로 만든 진귀한 단장을 금으로 장식하여 군벌 백숭희[24]에게
선사하였던 것도 진열되어 있었다.

농사꾼 머리 위엔
칼이 두 자루
비싼 변리와
무거운 도지
농사꾼 눈앞엔
길이 세 갈래
보따리 싸는 길
목 매다는 길
감옥에 가는 길

이것은 소남 지방 민요라 한다. 호화로운 지주들의 화류 의자와 비
단 자리 앞에 농민들의 깁고 덧기워 본바닥은 볼 수 없이 된 누더기 옷
이 진열되었는데 겉저고리 하나를 대를 물려 55년간 입은 것과 60년간
입은 것이 있었다. 지주에게 변리 비싼 빚을 갚을 길이 없어 열한 살 난

---

24 백숭희(白崇禧).

딸을 스무 살까지 은 열두 냥에 판 증서도 있고 부부 두 몸이 살림을 떠업고 은 일곱 냥에 지주에게 팔린 증서도 있었다.

심위용이란 청년은 지주의 아들인데 자기의 아버지이지만 농민들에 대한 잔인무도성을 보고 견딜 수 없어 자기 아버지의 죄악을 폭로 공개하여 토지개혁의 필요를 주장한 글도 있었다.

토지개혁을 앞두고 선전공작 토지와 인구조사 계급성분 획분 등의 기초사업이 진행된 정형을 사진으로 설명으로 표시하였는데 성분 획분(劃分)은 지주, 부농, 중농, 빈농, 고농 등 다섯 가지며 지주들이 황급히 소유 토지를 명의 분산시키며 간부들을 매수하고 농민들을 위협한 실례들도 나타나 있었다.

악덕지주들에 대한 농민들의 공소로써 군중 앞에서의 재판을 하는데 대가리가 숙어진 지주와 계급적 복수에 불타는 농민들의 새 인간으로서의 면모가 약동하는 사진이 많았다. 지주토지의 몰수토지와 농구와 가축, 농량, 가옥 등의 분배하는 사진, 중앙정무원으로부터 황염배 부총리가 소남 지방 토지개혁 후의 농촌을 방문하는 사진까지 볼 수 있었다.

장구한 몇천 년 동안 농민들은 사람으로 살지 못하였다. 그들에게 생활이란 없고 생존도 유지되지 못하였다. 피땀 흘려 농사지으면 지어놓은 곡식은 지주가 가져가고 관리가 가져가고 자본가가 가져가고 도리어 그놈들에게 변리 비싼 도지와 빚으로 연명하다가 나중에는 처자식을 팔고 저 자신까지 팔았다.

토지개혁은 중국에서나 어디서나 농민들의 생명의 개혁이었다. 농민들이 주민의 대부분인 나라들에서는 토지개혁이 국가개혁의 근본이었다.

토지개혁한 농촌들에서는 개인으로 훌륭한 간부에 변신된 인물들과 물질적으로 문화적으로 급격히 향상된 새 생활 광경들이 전개되었다. 일생을 장가들지 못할 뻔하다가 장가든 늙은 신랑의 기쁨이 있는가 하면 팔려갔던 딸이 돌아와 학교에 다니는 즐거움도 있다. 문맹에서 눈을 뜨는 기쁨, 농촌구락부를 통하여 받은 세계소식과 정치학습이 행복 된 현실과 조국을 지키기 위하여 또는 더 앞으로 발전시키기 위하여 당과 영도자 주위에 단결하며 민병단을 조직하며 자제들을 해방군과 조선지원군에 보내어 애국공약을 체결하고 증산과 애국헌금에 궐기한 씩씩한 새 중국 농촌의 기상이 전람회의 대단원으로 되어 있었다.

　　토지개혁 전람회를 보고 나니 몹시 피로하여 혼인법 선전실은 대강 들 보게 되었다. 남녀평등 원칙에서 새 혼인법이 나왔고 이 법령에 의하여 억울한 결혼과 불합리한 결혼은 이왕 살아오던 부부간에도 과거 결혼을 무효로 하고 인습과 강제로부터 해방될 수 있었다.

　　아닌 게 아니라 상해 신문들에는 새 혼인광고와 아울러 이혼광고가 많이 나고 있었다. "우리 두 사람의 결혼은 본인들의 의사로 된 것이 아니었기 때문에 본인들의 의견합치로 이혼한다"는 광고들이 많았다.

　　민주주의 원칙에서의 새 혼인법은 1950년 5월 1일에 발표되었는데 상해민주부련에서 49년 8월부터 51년 6월까지 불행한 결혼생활을 조사하여 옳게 해결하도록 알선해온바 취급된 건수가 2,349건에 달하였고 그 내역은 다음과 같았다.

　　남편이나 시부모의 강제혼인이 99건, 맏며느리 70건, 혼인을 빙자하고 돈 먹은 것 40건, 남의 간섭으로 혼인한 것 30건, 강제매음 15건, 과부재가에 간섭한 것 14건, 기타 동거관계와 부부간 재산관계의 충돌이

400건이다. 이 부련에서 조사한 재료에 의하면 현재 상해의 결혼 생활은 강제결혼이 52%, 자유결혼이 36%, 동거가 12%라 하였다.

이 새 혼인법 실시를 계기로 봉건사상의 잔재와의 투쟁이 구체적 실례를 가지고 광범히 전개되고 있었다.

『대중일보』 10월 26일부에는 '잔존한 봉건주의 사상을 철저히 숙청하자!'라는 제목이 있어 읽어본즉 한 이혼사건을 잘못 판결한 어느 인민법원장을 비판하는 평론이었다.

진모라는 사람은 부농이며 군인가족인데 자식이 없어 일찍[이] 호 씨라는 여자를 첩으로 얻어 8년 전에 딸 하나를 낳았다. 호 씨는 최근에 아내 없는 딴 남자를 사랑하여 달아났다. 진모가 달아난 호 씨를 찾아내었으나 호 씨는 더 첩 노릇을 하지 않겠다고 이혼을 신청하였다. 당시 인민법원장은 이혼을 시키었으나 호 씨가 딴 남자와 사랑한 것을 나쁜 행동으로 말하였고 호 씨가 딸을 데리고 가고 싶어 했으나 "자고로 처첩을 두는 것은 자식을 보기 위함이라" 하고 딸은 아비 진모에게 주는 판결을 내렸다. 그리고 진모가 부농이지만 군인가족을 구실로 더 동정하였다는 것이다.

이 판결을 분개하여 비평한 사람도 산동성 어느 인민법원 분원장인데 호 씨의 딸은 호 씨에게 주어야 할 뿐 아니라 진모는 그 딸의 교육비도 부담해야 하며 호 씨와 같이 산 동안 치부한 재산도 호 씨에게 반분해주어야 한다고 주장하였고 이런 옳지 못한 판결은 봉건주의 잔재의 위험한 독소에서 나온 것이라고 준열히 비판한 것이었다.

× × ×

나는 상해에 있는 엿새 동안 이외에도 손문 선생 사시던 집과 복단 대학과 전구공장 기계 제작공장 염직물공장 등을 구경하였고 '중국 인민보위 세계화평 반대미국침략 위원회' 화동지구 분회를 방문하였으며 육군대학 병원에 가서 조선전선에서 부상하여 치료 중인 지원군 상원[25]들도 위문하였다.

손문 선생 사시던 집은 정원 아늑한 2층 양옥인데 많은 장서들과 고급가구들이 그대로 보관되어 있었다.

공장들에서 여러 모범 노동자들과 만났는데 그들의 미제에 대한 증오심은 특별하였다. 상해에는 4만여 명의 제국주의국가 백인들이 살고 있었는데 그들의 교만한 인종차별과 그들이 남의 피땀으로 호의호식하는 꼴과 그들 조계경찰들에게 노동자들이 시위와 파업에서 받던 야만적 탄압은 생각만 해도 이가 갈린다고 하였다. 그런데 오늘 또다시 조선과 중국을 식민지화하려 조선에 침략하고 있는 것은 세계 모든 인민의 분노를 살 뿐 아니라 우리 상해노동자들에게는 견딜 수 없는 격분과 복수심을 일으키는 것이라 하였다.

복단대학은 '신 상해'라고 하여 동북쪽으로 계획도시로서 발전하는 시외에 있었다. 1905년 창건으로 반제투쟁에 공헌 많은 대학이라 한다.

1947년에는 선진학생 40명이 반동경찰과 대항하여 1주야간 농성 투쟁한 회의실이 있으며 해방 직전에는 학생과 직원 80여 명이 검거되며 폐교되는 운명에 빠지었다가 해방되었다고 한다.

나는 체코의 푸치크 부인과 함께 이 대학을 방문하여 중국청년들의

---

25 傷員. 부상병.

조선전선에서 흘리는 피를 감사하였고 조선 재학생들의 개전 이후 직접 총을 들고 정치·문화공작으로 최전선에서 헌신적으로 투쟁한 사실들을 소개하였다.

한 학생은 나에게 이렇게 말하였다.

"평양에 갔던 우리 문공단원에게 들었습니다. 미국 놈들 폭격으로 파괴된 김일성대학 현관 기둥들에는 '나를 만나려거든 전선으로 오라!'는 낙서들이 많은 것을 보았다고 합니다. 얼마나 우리 피를 끓게 하는 사실입니까! 오늘 우리는 학창에 있으나 언제든지 그들의 뒤를 따라 뛰어나갈 준비가 되어 있습니다."

×   ×   ×

평화옹호 화동분회는 화동지구 6성을 포괄하여 1억 4천만 주민의 평화투쟁과 항미원조 운동을 장악하고 있었다. 노동자와 학생 중심으로 이 지구에서 17만 명이 군사간부학교에 갔고 조선 원조에 6백70억 원이 헌납되었으며 비행기 897대가 목표인데 예정보다 속히 달성되어 간다고 하였다. 종교계에서도 '자치, 자양, 자존'의 3자운동이 일어나 외국자본과 손을 끊었고 상해에서만 조선에 의료공작대가 두 차례에 549명이 출동하였는데 그중에는 종교 신자도 많았고 68세의 늙은 의사도 자원하여 나갔었다 한다.

군의대학 부속병원은 복단대학처럼 신 상해의 한적한 환경에 있었다. 이 병원으로 나가는 길에 나는 잠깐 여기가 조선인 듯한 착각을 느꼈다. 라디오에서 조선민요 〈도라지타령〉이 멋지게 울려나오고 있었기 때문이다.

군의대학 병원장 팽극 박사는 나의 방문에 대하여 "이것은 조선인민들이 먼 후방에서 미력을 바치는 우리 사업에까지 깊은 관심을 돌리는 표라" 하여 뜨거운 우의로 맞아주었다. 자기들은 전선으로부터 오는 상원들을 통하여 조선인민군대와 조선인민들의 영웅적 투쟁 사실들을 듣고 그것으로 자기 사업들에 크게 고무되며 다시 중국인민들에게 널리 전파하는 것을 영광으로 삼는다 하였다.

치료 중에 있는 지원군들은 대개 기브스 붕대로 움직이지 못하는 환자가 많았다. 그들은 손으로 보다 눈으로 나와 악수하듯 눈들이 불꽃에 타고 어떤 눈들에는 이슬이 맺히고 말았다.

그들은 부상하여 싸움을 쉬고 있는 것을 도리어 미안하다고 하였다. 한 상원은 허리를 들고 이렇게 외치었다.

"나는 조선에서 조선형제들에게 받은 사랑을 잊을 수 없습니다! 아마 우리 동지들이 다 그럴 것입니다!"

침대마다에서

"그렇습니다!" 소리가 일어났다.

"동지들! 우리가 병원에 와서 우리 고향집을 생각한 적이 있습니까?"

다시 침대들에서

"없습니다!" 소리도 폭발하였다.

"우리는 어서 나아 조선으로 가겠습니다. 어서 가서 마저 싸우겠습니다! 조선 형제들도 이 해방된 중국처럼 평화스러운 환경에서 살 수 있는 날까지 우리는 싸울 것입니다!" 나는 이들에서 군인이란 일반적 관념을 잊었다. 이들은 하나하나 혁명투사의 기개들이다! 그렇다! 저 위대한 소비에트 붉은 군대가 그렇듯 오늘 조선인민군대도 중국인민해방군대도 중국인민지원군대도 하나하나 혁명투사들인 것이다! 혁명투사들의 소대요 혁명투사들의 중대, 대대며 영광스러운 혁명투사들의 연대요 사단이요 군단인 것이다.

✕   ✕   ✕

17일 정오에 상해를 떠나는 우리를 위해 상해시장 반한년[26] 선생은 황포 강에 배를 띄워 성대한 송별연회를 열어주었다.

제국주의 국가들의 침략무기와 침략상품을 실어오고 고귀한 원료를 강탈해가던 미국, 영국, 일본 배들도 부두의 쟁탈전이 나던 황포 강에 오늘은 평화승객들과 평화상품의 수송으로 새 활기를 띠고 있었다. 모든 나라대표들이 반한년 시장에게 자유상해의 발전과 민주주의적 새 국제 발전을 위하여 축배를 들었다.

나는 이날 상해 어느 신문에서 상해 철도관리국은 지난 양년 간에 4천여 명의 노동자를 간부로 등용하였다고 보도한 기사를 읽었다. 이것은 철도에서만 국한된 사실이 아닐 것이다. 모든 부면에 있어 전날 상해광장들에서 피 흘리고 넘어지던 노동자들이 제일선 간부로 자라나 그 억센 주먹으로 모든 중요기구를 틀어쥘 것이다.

장개석 놈은 대만으로 달아날 때 중국공산당은 농촌에는 익숙하나 도시경리에는 어두워 대도시 상해의 유지를 감당하지 못할 것이라 장

---

26 원문에는 '번한년'으로 표기됨.

담하였다 한다.

물론 중화인민공화국은 그전 상해를 그대로 유지하는 재주는 없었다. 백만 명의 실업자를 만들 줄은 모른다. 이놈저놈에게 조계를 떼어줄 줄은 모른다. 매음과 강도와 살인과 미국 재즈문화의 뒷골목을 만드는 데는 국민당을 당할 도리가 없는 것이다.

8. 항주

상해에서 오후 세 시 차를 탔는데 그 일곱 시에 항주에 닿았다. 항미원조 항주분회 유개국 주석을 비롯하여 각계인사들과 소년단의 환영을 받으며 바로 서호 호반에 있는 교제처로 들어갔다.

항주는 정거장에 내릴 때부터 향기가 코를 찔렀다. 소년단에게서 받은 꽃묶음에 조 이삭처럼 누르고 잔 꽃의 이삭이 있는데 흡사 난초와 같은 진하면서도 맑은 향기를 뿜었다. 이 꽃묶음은 자기 방마다에 두고 나왔는데 이 교제처 식당 마당에서도 맑은 향기가 떠돈다. 등의자에들 앉아 향기의 출처를 찾는데 동구라파 여성 한 분이 알았노라고 손뼉을 쳤다. 우리들이 앉은 등의자를 덮은 앙당한[27] 활엽수의 고목인데 대추 꽃처럼 누르고 적은 꽃이 밤눈에는 보이지 않을 정도로 피어 있는 것이었다. 이것이 '계수'나무로서 1년에 세 차례 꽃이 피어 이른 봄부터 늦은 가을까지 항상 향기를 지니고 있다 한다.

---

27 모양이 어울리지 않게 작다.

이날은 음력으로 9월 열이레 저녁이라 달이 우리 일행을 기다렸던 것처럼 알맞추 떠올랐다. 식당 뒷문에 대어 있는 10여 척 배에 나누어 올라 우리는 항주 서호의 달구경부터 하게 되었다.

　배들은 크기와 모양이 일매지다. 나직한 테이블을 한 가운데 놓고 두 사람씩이면 푼푼이 기대앉을 걸상이 마주 있고 그 뒤에는 사공이 앉으면 그만일 홀쭉한 배다. 삿대도 아니요 노도 아니요 큰 밥주걱 같은 것으로 물을 떠미는데 빠르다. 돛대는 없고 낮에는 차일(遮日)을 칠 외나무 용마루가 길이로 얹혀 있었다. 사공은 대부분이 여자들이다.

　해 동무도 항주는 처음이라 하며 긴장하여 사공에게 여러 가지를 묻는데 말이 잘 통하지 못하는 듯하다. 해 동무는 북경 말이라 상해에서부터 중간통역이 없이는 자주 말이 막히었다. 중국 전체에서 가장 널리 알아듣는 듯한 '고맙다'는 말이 동북에서는 '씨에싸에', 상해에서는 '쌰쌰', 이 항주에서는 '씨씨'라 한다. 북경과 상해만 하여도 못 알아듣는 말이 거의 전부라 한다. 이것도 의무교육이 실시되는 새 중국에서는 머지않아 해소될 낡은 면모의 하나다.

　한참 저어 나오니 물과 달 뿐이다. 멀리 거리의 등불들이 호숫가를 구슬 두르듯 하였고 등불 성긴 쪽으로는 부드러운 선의 산봉오리들이 병풍처럼 둘리었다.

　땅은 보이지 않는데 정자는 물에 뜬 듯 솟아나온다. 서호에서 달이 가장 크게 보인다는 '평호추월'이란 정자다.

　배마다 술과 차가 따라진다. 소흥술과 용정차는 항주의 명물인데 달조차 가을 물에 밝아 서호 10경의 하나인 '평호추월'을 기약 없이 만나게 되었다.

그러나 조선서 온 나에게 있어 달은 어떻게 밝기만 하랴!

피비린내와 화약연기에 덮인 조국의 산하를 역시 저 달이 비추고 있을 것 아닌가!

서호에는 우리 일행 외에도 많은 달구경 배들이 떠 있었다. 대개 휴양 온 노동자들이라 한다. '하늘에는 옥경이요 땅에는 항주라' 하여 특권 계급이 독차지하여 오던 서호 풍경도 오늘은 근로 인민의 낙원으로 해방된 것이다.

뱃머리를 돌려 다시 얼마 저어가니 이번에도 땅은 보이지 않는데 버들이 물에 닿아 늘어졌다.

'선현사'라는 절이 있는 섬으로 이 섬 앞에는 물 가운데 세 석등이 삼각점을 이루어 서 있다. 8월 추석날 저녁이면 이 석등들 속에 촛불을 켜고 붉은 종이로 발라 물위에 달 아닌 달이 하늘의 달과 어울려 비치는 것을 완상한다는 것이다. 이것이 서호를 말할 때 으레 나오는 '삼담인월'이다.

거기서 얼마 더 올라가면 역시 버들이 물에 잠긴 긴 축동이 나온다. 송나라 때 문장 소동파가 이곳 태수로 와서 쌓았다 하여 '소제'라고 일컫는 축동인데 호수의 메워진 흙을 파 올려 호수 가운데 남북으로 통하는 큰길을 만든 것이다. 이 5리 기장의 소제에는 배가 통할 수 있는 여섯 다리가 있고 소제 저쪽을 '이호(裏湖)'(속호수)라 하며 이 소제에는 버들과 꽃나무를 많이 심어 특히 봄철의 이른 아침 경치를 '소제춘효'라 하여 서호 10경의 하나로 이르는 것이다.

서호는 달이 아니라 햇빛에 보아도 아름다웠다. 서호의 위치는 항주의 서편이기도 하다. 그러나 서호란 이름은 옛날 이곳 미인 '서시(西施)'가 이 호숫가에서 나타난 데 유래한 이름이라 하니 이를테면 '서호'란 곧 '서시호수'다. 이름 그대로 미인호수다! 어데 호수나 바다에 비겨 호수는 여성적인데 이 서호는 호수 중의 호수라 할까 손을 담가 쓰다듬고 싶은 호수다. 맑은 물이나 온천처럼 따스해 보이고 과히 깊은 데도 없고 바닥이 드러난 데도 없다. 연꽃밭 아니면 버들숲이요 정자 아니면 돌다리다. 오랜 세월을 두고 끊임없이 인공으로 가꾸어진 서호다.

항주는 북쪽에 있던 송나라가 '금'나라 침략 군대에게 수도를 빼앗기고 멀리 남하하여 도성을 삼았던 옛 도읍지다. 성문과 궁실들은 여러 번 병화에 타 없어졌으나 산천과 특권 계급의 유람지를 따르는 종교의 사묘들은 그냥 번창하여 이 항주에는 해방 직전까지 불교 사찰만 383개소가 있었고 1,200여 명의 승려가 있었다 한다. 그 외에 도교가 있고 많은 도사들이 있었으며 상인들도 온전한 상업보다 유람객을 상대로 한 투기업자가 많았다 한다. "봄 한철에 돈을 잡고 가을 벌어 과년(過年)한다"는 말이 있어 봄철보다 소위 '진향(進香)'하러 절에 오는 유람객과 가을에 '관조'라 하여 전당 강의 조수 구경 오는 사람들에게 한몫보아 그해 그해를 놀고 살아온 것이다.

그러나 해방된 오늘의 항주에는 그런 기생충의 생활이 존재할 수 없다. 투기상인은 물론 승려와 도사들까지도 그 침침한 촛불과 만수향 연기 속에서 꿈을 깨지 않을 수 없게 되었으니 봄가을로 촛불과 만수향을 날려오던 미신숭배의 관료배와 지주와 제국주의 앞잡이들이 그림자를 감춘 것이다.

장개석 국민당 관료들은 여기저기 별장을 두고 서호를 독점했으면서도 서호 풍치의 퇴락과 고적들의 파손에는 아무 배려도 하지 않았다. 해방 후 항주시의 조사에 의하면 고건물과 풍경의 파손이 백분지 49로서 서호 10경이니 전당 8경이니가 말만 있고 찾아볼 수 없는 것이 많다 한다. 우리는 유명한 영은사란 절을 가 보았는데 대웅전이 무너졌고 전당 강 언덕에 솟은 '육화탑'도 파손된 데가 많았다. 이리하여 새 인민 항주에서는 서호풍경 건설 5개년계획을 세우고 벌써 '방학정' 뒤에 이름만 있고 나무는 없던 '매화림'에 매화 300주를 심는 것을 비롯하여 영은사 대웅전도 중수에 착수하고 있었다.

×　　　　　×　　　　　×

　　우리는 항주에 온 이튿날 상해 총공회의 휴양소를 방문하였다. 배를 타고 서호를 건너 옛 시인 백낙천과 유서 있는 '백제'를 금대교 밑으로 빠져 물보다도 밝은 연잎 위를 미끄러지는 '이서호'를 건너 그 호반에 높이 솟은 2층 별장을 찾았다.

　　흰 담벽에 무성한 나무 그림자가 그림처럼 영사되는 후원에서 우리는 많은 남녀 모범노동자들을 만났다. 그들은 우리에게 포도와 배와 사과를 대접하는데 사과에는 '항미'와 '원조'라는 글자들이 물들어 있었다. 사과가 익기 전에 무슨 약품으로 써놓으면 그 자리는 붉어지기 않기 때문에 사과 꺼풀에 '항미'니 '원조'니 쓴 글자들이 붉은 바탕에 푸르게 혹은 푸른 바탕에 붉게 찍혀진 것이다. 구라파 손님들은 이 '항미원조 사과'를 기념으로 하나씩 싸 넣었다.

나와 한 테이블에 앉은 노동자는 상해고무공장에서 온 '서기복'이란 남자 모범노동자였다. 그는 수줍으면서도 정열에 찬 어조로 말하였다.

"나는 무석에서 났습니다. 항주서 가까운 곳이나 항주가 좋다는 말만 들었지 그전에야 무슨 수에 구경을 생각이나 먹습니까? 밤낮 일해도 천대받고 거지처럼 먹고 입고 짐승우리 같은 데서 살았지요. 나는 이번 항주 구경을 하면서 압박받던 우리 계급이 일어나 앞줄에서 나간다는 긍지를 절실히 깨달았습니다. 이번에 돌아가면 생산제고에 더욱 분투하여 이런 조국과 이런 세계를 위해 헌신할 작정입니다. 나는 오늘 특히 조선대표와 만난 것을 기념으로 우리 브리가다[28]가 이미 전취한 기록을 다시 돌파할 것을 약속합니다."

이 서기복 노동자는 바로 우리 조선전선에 보낼 방한화 25만족을 계획보다 2일간을 다거[29] 18일에 완수한 모범 브리가다의 책임자였던 것이다.

항주도 가을 날씨가 날마다 청명하였다.

서호에서 바라보면 항주성 서쪽 일면만 트이고 다른 삼면은 산으로 둘리었는데 최고 471미터의 백은봉에서부터 최하 113미터의 보석산까지 열셋의 무슨 산 무슨 봉들이 솟아 있다. 그 봉오리와 협곡마다 고적과 명승이 있고 어느 돌 어느 한 나무에 유서 없는 것이 없는 듯하다. 길가에 무심한 무덤들도 유심히 들여다보니 전당 명기 '소소소(蘇小小)'

---

28 Бригада. 단체.
29 당겨.

와 소흥 의기(義妓)의 무덤이요 송나라 일대협객 무송의 무덤도 있다.

희고 붉은 부용화가 버들 사이에 난만한 '소제'는 종일이라도 거닐고
싶었다.

이런 '소제'를 건너서면 '악묘'라 하여 송나라 애국자 악비(岳飛)의 무
덤과 그 사당이었다. 악비를 모해한 간신 진회의 부부를 무쇠로 만들
어 악비 무덤 앞에 꿇어앉힌 것이 있는데 모든 사람들이 진회 부부 상
판에 침을 뱉었다. 돌을 던지는 사람도 있다. 어떤 시인은 이것을 보고
여기서 이렇게 읊었다.

청산유행매충골(青山有幸埋忠骨)
백철무고주망신(白鐵無辜鑄亡身)

'청산은 다행하여 충신의 뼈를 묻었는데 무쇠는 무슨 죄로 간신의 허
울을 썼단 말인가' 이런 뜻이다.

중국에는 절에 부처만 만들어 앉힌 것이 아니라 모든 데 그 주인공
의 형체를 만들어 앉혔다. 옥황산에 올라가보니 거기는 도교의 사묘들
이 있는데 노자와 그 제자들의 우상이 있으며 이 악비묘에도 악비를 비
롯하여 그 부모처자들까지 거대한 형상을 만들어 앉혔다. 신비화하고
미신화한 결점이 있는 반면에 어느 정도 현대 동상의 역할을 놀아 궁중
들에게 적극성 있는 선전력을 가졌던 것은 사실이라 하겠다.

이날이 바로 10월 19일, 노신 선생 서거 15주년 제일(祭日)이었다. 선
생의 고향 '소흥'이 여기서 가까운 도시나 가지 못하는 우리 일행은 항
주에서 절강성 문연(文聯) 주최의 기념야회에 참석하였다.

서호에서 가장 큰 섬으로 박물관도 있고 도서관도 있는 '고산'에 중앙미술학원 분원이 있는데 그 대례당에서 열리었다. 절강 문연의 작가 예술가들과 항주 각계 문화인들과 절강대학을 비롯한 네 대학 학생들로 입추의 여지가 없었다.

무대에는 노신 선생 초상이 걸리고 좌우에는 노신 선생이 배신하는 자들에게와 인민에게 대하는 자기 태도를 선명히 구별하여 표시한 칠언시 "행미냉대천부지 부수감위유자우"가 한 줄씩 크게 쓰여 있었다. '1천 놈이 손가락질하여도 그것은 눈 흘겨 냉대할 뿐 인민에게는 만만하기 소처럼 머리를 숙이리.'란 뜻이다.

절강성 문연 진수천 부주석으로부터 선생의 문화혁명의 위인으로서 작품과 행적을 들어 보고하였고 『절강일보』 진빙 사장으로부터 근로대중의 문화 욕구가 광대해진 새 정세를 들어 작가 예술가들의 문화 전사로서의 막중한 임무를 말하였고 마르크스레닌주의에 깊이 들어가며 비판과 자아비판을 더욱 활발히 전개하여 노신 선생이 가르친 혁명적 방향으로 투쟁할 것을 호소하였다.

기념연예로 두 가지 연극이 있었다. 하나는 월나라 월(越)자 '월극'이라 하는데 현대 내용을 노래로 하는 가극이었다. 새 농촌의 젊은 부부가 저녁마다 남편은 남편대로 아내는 아내대로 저마끔 야학에 가겠다는 데서 일어나는 행복 된 싸움의 희극이요 하나는 고전가극인데 중국의 '로미오와 줄리엣'으로 치는 〈양축애사〉였다.

축영대라는 처녀와 양산백이란 청년은 어렸을 때 한 글방에서 공부하였는데 양산백은 축영대가 여자인줄 몰랐다. 그러나 가장 친한 사이여서 양산백은 만일 너와 같이 생긴 여자가 있다면 나는 장가들고 싶다 하였고 축영대 역시 자기가 사실은 여자라고 밝히기는 부끄러우나 자기도 양산백을 사랑하기 때문에 대답하기를 자기 집에는 꼭같게 생긴 누이가 있으니 이담에 기어이 찾아오라 하였다. 그 뒤 헤어져 축영대는 과년한 처녀가 되도록 기다렸으나 양산백은 소식이 없다가 그만 축영대가 아버지의 엄명으로 어떤 부자 남자와 정혼한 뒤에야 나타났다. 나타나서 만나보니 축영대는 누이가 있는 것이 아니라 그 자신이 여자였고 여자라도 꽃처럼 피어 어렸을 때 곱던 몇 배 아름다운 처녀인 것이다.

결국 결혼에 자유가 없던 시대라 양산백은 피를 토하고 죽고 축영대는 양산백의 무덤에 가 그 비석에 몸을 쪼아 같이 죽었다. 축영대의 시체를 양산백 무덤에 합장하니 뒷날 그 무덤에서 한 쌍의 나비가 나와 날아갔다는 이야기다.

이날 무대에서는 축영대의 집에서 양산백과 만나서의 서로 애달파하는 장면을 보이는데 여기서는 현대배우들이어서 남자 여역이 아니라 양산백까지도 젊은 여배우가 하였다. 항주 문공단은 배우들인데 훌륭한 기술을 보여주었다.

×　　　　　×　　　　　×

항주는 아름다운 경치와 함께 아름다운 비단이 유명하다. 옛날에는 '5항'이라 일러 항주부채, 항주실, 항주분, 항주담배, 항주가위가 특산이었는데 시대 따라 이것도 변하여 오늘 항주에는 비단이 유명하고 차가 유명하다.

우리는 비단공장을 구경하였다. 용과 봉황과 매란국죽 기명 절지 등

중국 고전문양을 넣어 다채 현란한 비단을 짜는데 전부 남자직공들이며 해방 전에는 미국자본가들이 독점적으로 가져가기 때문에 중국 사람은 얻어 보기 어려웠다 한다. 지금은 쏘련과 동구라파 여러 나라로 나가며 각지 국영백화점들에서 팔고 있었다. 이 비단공장에서는 마르크스, 엥겔스, 레닌, 스탈린의 초상들도 사진처럼 비단으로 짜내고 있었다.

항주! 항주는 아름답다! 인민의 항주는 자꾸 아름다워질 것이다!

9. 남경

10월 21일 아침 우리는 항주를 떠나 남경으로 향하였다. 기차는 절강평야의 끝없는 논벌을 달리면서 가끔 밭들도 보여주었다. 조밭이 더러 있는데 대마와 어저귀 따위 섬유식물이 흔하다.

여기서들은 대마나 어저귀를 낫으로 베지 않고 뿌리째 뽑았다. 뽑은 어저귀를 한 사람이 한 모숨 밑둥으로 집어 들면 마주선 사람은 큰 나무가위로 중둥을 찍어 잎을 훑었고 그것을 아낙네들은 그 자리에서 생으로 꺼풀을 벗기었다.

조선서는 삼이나 어저귀를 으레 낫으로 벤다. 그러므로 아무리 바투 벤다 하여도 섬유의 손실이 많고 그 뿌리에 삼버레가 들어있는 채 밭에 남게 된다. 그러나 조선 땅은 차진 때문일가 뿌리째 뽑으려면 몹시 힘든다.

차는 다시 상해를 들러 상해에서 남경으로 가는 특급에 연결시키었다. 이날 오찬회는 열차식당에서 열리는데 주인 측은 첫 축배를 들기 위하여 이날의 상해신문인 『해방일보』를 펼쳐들었다. 「미제 침략자들의 상서롭지 못한 징조」라는 제목에서 "지난겨울에서 봄까지는 놈들의 매일 손실이 평균 900명이었는데 최근에 와서는 매일 평균 5,600명의 손실이다"는 기사를 읽고 이놈들의 급속한 멸망과 영웅적 조선인민군대와 중국인민지원부대의 건투를 위하여 축배를 들자하였다. 모두가 들었던 잔을 놓고 박수와 환호부터 올리고 잔들을 마시었다.

이날 식탁에는 새로 보는 포도주 병이 놓여 있었다. 그 레테르에는 "전개 애국생산운동, 항미원조 보가위국, 견결진압 반혁명활동, 반대 미제 무장일본" 등의 구호와 함께 "논담 애국영웅!"이란 문구도 찍혀 있었다. 무릇 상품의 레테르이든 포장지든 작년 10월 이래 인쇄된 것에는 '항미원조' 넉 자가 없는 것이 별로 없다.

× × ×

남경 역시 정거장에서부터 뜨거운 영접을 받았다. 남경 교제처는 장개석 도당이 미영 상전들에게 매국 서비스를 하던 소위 '국제구락부' 자리로서 아래층 전부 춤추기 좋게 만들어졌고 가구들도 상당히 호화로웠다. 이런 '국제구락부' 자리를 보고 남경 시가를 내다보면 전혀 다른 지방처럼 소조하였다. 장개석은 이 남경을 20여 년 간이나 수도로 삼았고 중국 역사 있어온 후 가장 과중하고 여러 가지 명목의 세금을 받았으면서도 남경에 전차 하나 놓지 않았다. 남경 시가는 상당히 넓다. 도시 성으로는 중국에서 제일 긴 60리 기장의 성이 둘린 시가요 더구나 더운 남방도시라 인민들은 걸어 다니기에 지쳐 볼일을 볼 수 없었다 하며 길바닥도 어느 왕조 때 자갈돌로 깐 그대로 있다가 이 교제처 앞 큰길도 해방 후 새로 포장된 것이라 한다.

남경은 중화대륙의 가장 자애로운 젖줄인 양자강 기슭에 앉았을 뿐 아니라 산용 수려한 자금산과 현무호를 가져 옛적부터 이 도시를 '강남 가려지'라 일러왔다. 이 강남의 가려한 땅은 멀리 오나라의 수도였으며 명나라의 발상지였으며 백 년 전 중국에서 첫 반제 반봉건 농민폭동이었던 '태평천국'의 수령 홍수전이 '천왕부'를 두었던 곳이며 신해혁명 이후 손중산 선생이 '총통'에 취임하였던 곳이며 최근 20여 년 간은 장개석의 반동정치 중심지였던 곳이다.

매국과 내란을 일삼던 장개석 국민당의 수도라 소비 면에만 발달되었고 생산 면에는 보잘것없는 것은 정한 이치로서 2백만 시민을 가진 남경 시는 마치 성분 나쁜 사람처럼 다시 사는 길은 철저한 자기 개변에서부터 시작되어야 했다. 시 인민정부와 중공 시당부의 지도하에 주변 농촌에서 생산되는 면화 잠사 쌀 밀 낙화생 약재 등을 원료로 제분 제약공장을 세우며 옛날 남경의 명산이던 '운금'이란 비단의 재생을 비롯한 직조공장을 건설하는 것이었다.

남경은 비생산도시로만 결함이 아니었다. 미국 놈들이 일찍부터 주력한 '문화조계'의 하나로서 침략문화의 뿌리가 60여 년 간을 두고 박힌 곳이다.

남경은 이 양키식 문화의 여독을 청산하는 투쟁에도 궐기하여 새 교육문화도시로서의 재건에 착수하고 있었다. 마침 금릉대학 학생들의 주최로 '미제문화 침략상'을 폭로하는 전람회가 있었다. 장개석 '총통부' 자리가 '문물국'이 되었는데 그 속에서 우리는 '선교'니 '교육'이니 하는 가면을 쓰고 중국청년들을 미제 주구화하며 미제 군부에 중국 침략 자료를 제공하며 '자선'이란 미명으로 구차한 어머니들과 사생아를 낳은 불행한 젊은 여성들의 등을 쳐먹고 무수한 어린애들을 굶겨 죽인 십자가를 찬 마귀들의 전율할 죄상을 움직일 수 없는 자료들로 볼 수 있었다.

항일전쟁 승리 후에 금릉대학이 남경으로 돌아오게 되자 역사교수 미국인 '뻬데스'는 남경으로 먼저 와서 잠상관 건물 속에서 일제의 중국침략 비밀지도를 얻어 중국 주권에 돌리는 것이 아니라 자기나라에 밀송하였고 모든 미국인 교원들은 강의시간에 원자탄 자랑을 일삼으며 쏘련 정책에 대하여 의곡, 중상, 엄폐한 사실들이 출판물에 나타난 것만도 이루 매거할 수 없이 많았다. 중국 사람을 모욕하는 환등을 놀리었고 그것에 분개하는 학생들을 반동경찰과 연락하여 구금 학살케 하였고 도서관을 범람하던 미국 에로문학책들도 여기 진열되어 있었다. 놈들은 인종차별 관념을 학교에서도 버리지 못하여 미국인 '뻬리스'는 일개 회계원인데 100달러의 월급을 주었고 중국인 진 씨는 이 대학교 교장인데도 반도 안 되는 45달러를 주고 있었다.

'성심아동원'의 죄악상도 산적한 자료로 폭로되어 있었다. 다른 것은 그만두고 이 성심아동원 지하실에서 사망신고 없이 묻어버린 아이들의 시체가 무더기로 나온 사진과 시체는 하나같이 굶어 시들어죽은 사진들인데 그 옆에 당황한 표정으로 고개를 떨어뜨리고 서 있는 이 미국과 영국의 '천사'들은 그 십자가를 늘어뜨린 검은 법의를 한 자락 젓기만 한다면 뱀이 아니면 짐승의 꼬리가 불거질 것만 같았다. 과거 20년간 이 '거룩한 마음'의 육아원에서는 받아들인 아이들의 80%가 죽었고 그 수효는 6만 5천7백여 명에 달한다고 한다. 여기 진열된 사진에 나타난 것은 아직 묻힌 아이들이 썩기 전인 최근의 것으로 그들의 '거룩'한 '자선사업'의 일부에 불과한 것이었다.

남경에 닿은 이튿날 저녁 우리는 남경 시의 환영 연회를 받았다. 나는 거기서 국제여맹 조사단으로 우리 조선에 왔던 유개영 여사를 만났다. 상해와 항주에서 정거장들과 공장 구락부들과 총공회 문화궁과 휴양소들에서 조선에서 미제가 만행한 행적들과 그것을 조사하는 국제여맹 대표들의 활동을 찍은 포스터만큼씩 한 여러 가지 사진들을 보았는데 모두 이 유개영 여사가 가지고 온 자료들이었다. 유개영 여사는 그 참혹하였던 사실들을 나를 만나 다시 회상하게 된다 하며 다시금 젖은 눈으로 조선인민의 종국적 승리를 위하여 축배를 들어주었다.

자금산 중남부에는 두 능묘가 있었다. 540척이나 높은 돌 층계 위에 있는 중산릉과 그 가까이 돌말, 돌코끼리들이 늘어선 명나라 시조의 효릉이 있었다.

중산릉에는 모든 대표들이 화환을 받들고 참배하였다. 능 안에는 중산 선생의 중국옷으로 걸상에 앉은 풍모의 대리석상이 있고 그 대석에는 사면으로 선생 생애에서 중요 행적들이 부각되어 있었다. 조각은 안면에까지 군데군데 파손되었는데 일제 군대들이 남긴 야만성이었다. 거기서 쇠문을 열고 들어가면 전등이 켜진 궁륭형의 현실이 있고 한가운데 한길쯤 낮추어 선생의 영구를 모신 돌관이 있다. 돌관 뚜껑에도 누운 자세로 선생의 등신상이 조각되어 있었다.

명 효릉은 오리 밖에서부터 석수들이 늘어섰는데 정작 무덤에 이르러는 아무 꾸밈이 없는 그냥 산이다. 서양 동무들은 "또 이 산을 올라가야 무덤이 있느냐?"고 물었는데 그 산이 곧 무덤이었다. 산이라도 높은 산이다. 미국 놈들의 폭격을 당해본 나는 이만하면 백 톤짜리 폭탄이 떨어진다 하여도 끄떡없겠다는 생각이 났다.

아닌 게 아니라 중산릉은 그 올라가는 능원 시설들은 물론 총탄의 흔적은 현실에까지 미치었으나 이 명 효릉은 몇만 명이 몇 달 파헤치기 전에는 현실 가까이 범접할 도리가 없겠다. 20세기 오늘에도 애국자의 무덤을 명 효릉처럼 엄청난 산으로 만들어야 안심되리만치 아직 지구 위에 야만들이 남아 있는 것이다.

×   ×   ×

남경 교외에는 '우화대'라는 언덕이 있다. 나무 없이 잡초만 우거진 진흙 언덕인데 흙바닥을 자세히 보면 잔자갈이 섞이었고 이 잔돌들은 희고 붉고 푸르고 검되 옥석 그대로 영롱하다. 그래 비올 때면 땅바닥이 꽃 뿌린 것 같다 한다. 그런 '우화대'란 이름은 불교에서 나온 것이다. 이 우화대는 북쪽에서 내려와 남경성을 치려면 전략상 절대 필요한 유일한 고지로 되어 있다. 그래 옛날부터 포대가 있는 격전장으로 여기서 자고로 많은 사람들의 피가 흘렀다.

그러나 우화대는 빛깔 고운돌이 깔렸다 하여 또는 옛날부터 전략상 중요고지라 하여 유명한 것은 아니며 그래서 우리가 이 우화대에 정성스러운 화환을 들고 찾아오는 것은 아니다.

이 우화대에서는 중국의 수많은 애국자들과 혁명 열사들이 희생된 것이다.

손중산 선생은 1925년 3월 12일에 서거하였다. 오랫동안 혁명운동에 있어 제국주의자들의 배신으로 한두 번만 고배를 맛보지 않은 선생은 그 임종에 이르러 피로 쓰는 듯한 간곡한 편지를 쏘련 정부에 보냈던 것은 세계가 다 아는 유명한 사실이다. 선생은 그 서한에서 "이제 불치의 신환에 누운 나의 심회와 원념은 당신들에게로 전향하며 우리당(국민당)과 우리 국가의 장래도 당신들에게 전향합니다"로 시작하여 "우리 두 나라는 세계 피압박민족의 해방투쟁에서 승리하기까지 손을 잡고 같이 싸워 나갑시다"로 끝맺었던 것이다. 장개석은 이 손중산 선생이 돌아가시기 바쁘게 선생을 배반하고 동지들과 중국 전체 인민을 배반하고 미・영・일 제국주의자들이 길러주는 동족상잔의 무력으로 진정한 애국열사들과 우수한 조국의 아들딸들을 도살하기 시작한 바 이 우화대에서만 20여 년에 걸쳐 목을 베고 총살하고 하기를 20만 명에 달하였다는 것이다.

그중에는 중국 노동운동의 창시자 등중하도 중국공산당의 선구자의 한 사람인 운대영도, 중공 남경당 비서 손진천도, 동북항일연군의 한 수장이었던 나등현도, 애국청년 학생들의 지도자였던 곽영도 모두 이 우화대에서 희생된 것이라 한다.

멀리 석양 비낀 옛 성 머리에도 아득한 자금산 마루 천문대에도 이들이 그 깃발을 위해 피 뿌린 붉은 기가 유유히 날리고 있다. 이제는 우화대 돌들도 더 피에 젖지 않게 되었다. 이제는 우화대 풀꽃들도 더 밤중 총소리에 떨지 않게 되었다.

오늘 우화대에는 천추만대에 빛날 애국열사들의 기념비가 서기 위한 기초공사가 시작되고 있었다.

본시 영롱한 꽃돌들은 애국열사들의 꽃다운 피에 아롱져 더 아름답다! 인민 남경에서는 이 우화대들을 비단으로 선 두른 유리갑에 넣어 우리들에게 최고의 선물로 주었다.

남경에는 국립남경박물관이 있었다. 성안이기는 하나 자금산을 배경으로 정한 한 위치에 광대한 규모로 앉아 있었다.

관장 증소용 여사는 우리를 맞아 박물원의 사업방향과 해방 후 일 년 반간의 업적을 소개하였다.

국민당 반동정부에서는 태평스러운 장식품을 늘어놓아 관료 유한계급들의 회고적 골동 완상처로 전용하고 있었으나 해방 후로는 인민정부 지도하에 오직 인민에게 복무할 수 있게 되었다. 오천 년간 자기문화를 인민에게 개방하여 애국주의적 교양에 이바지하는 바 정상적 문화유물의 전람이 있는 한편 '중국 서남부 급 남부 소수민족문물전람회' '서남 기후지리 의약위생 급 소수민족문자전람회' '종원도인(원류로부터 인간에 이른)전람회' '중국 역대 도자전람회' '사회발전사전람회' '중국 유사이전 채도(채색 있는 질그릇)전람회'와 '남당 이릉(二陵) 출토품전람회'를 개최하였고 현재 '근 백 년 중국인민혁명사절전람회'는 새 인민중국을 역사적으로 명료히 인식하는 데 많은 도움을 주고 있다.

중국인민혁명을 '구민주주의 혁명'시기, '신민주주의 혁명'시기, '제1
차 국내혁명전쟁' 시기, '제2차 국내혁명전쟁' 시기, '항일전쟁' 시기,
'제3차 국내혁명전쟁' 시기로 나누었는데

　　1. 구민주주의 혁명 시기는 1841년 영국군대가 광주 부근 불산진에 나
타나 약탈함에 광주 인민들이 '평영단'을 조직하여 영제 침략군대와 항
쟁하는 데서부터 1850~1864년간에서 첫 반봉건적 토지강령의 농민혁
명이던 '태평천국'운동을 걸쳐 제1차 제2차의 아편전쟁과 1900년 5월에
8개국 연합군이 천진에 상륙하여 북경을 침략할 때 인민항쟁이던 '의화
단' 투쟁을 지나 1911년 손중산 지도하의 '신해혁명'까지로 표시되었고

　　2. 신민주주의 혁명 시기는 1919년의 5·4운동으로부터 1921년 7월
1일 중국공산당의 결성 이후까지로 표시되었는데 여기 이렇게 설명되
어 있었다. 백 년 내 중국의 반(절반) 식민지 반봉건의 사회 성질은 중국
혁명으로 하여 반제 반봉건으로 기본임무를 삼게 하였다. 인민들은 열
렬히 투쟁하였으나 아직 근대무산계급의 정확한 영도가 없었기 때문
에 모두 실패하였다. 위대한 러시아 10월혁명의 승리는 중국혁명에도
일조의 새 길을 열어 모였으니 중국 노동계급이 참가한 반제 반봉건의
5·4운동에서 비로소 마르크스레닌주의 사상이 지도하는 중국 신민주
주의혁명의 서막이 열린 것이라 하였다.

　　3. '제1차 국내혁명전쟁'시기는 1923~1927년까지로 5·30반제국운
동 이후 장개석과 제국주의자들의 '상해반혁명정변'을 겪으며 반제투
쟁을 하던 시기요.

　　4. '제2차 국내혁명전쟁'시기는 1927~1936년간으로 장개석의 제국
주의에 대한 투항주의를 반대하며 그의 10년간 군사·문화 두 방면에

서 감행하던 야만적 도살정책과 싸우던 시기인데 이 틈을 타 일제는 중국에 노골적으로 침입하였고 중국공산당은 인민대중에게 호소하여 항일 구국투쟁을 조직한 시기였다.

5. '항일전쟁'시기는 1937~1954년간으로 1936년 서안사건[30]에서 중공당의 정확한 영도하에 장개석은 어쩔 수 없이 반동적 내란정책을 포기하고 항일전쟁에 가담하여 같이 싸운 시기이니 장개석이 항일전쟁에서 수응하기 전 1928년 4월 정강산에서 주덕 장군과 모택동 주석의 역사적 회견합동과 1934년 10월에 시작된 중공군의 2만 5천 리 장정은 특기되어 있는 사실들이었다.

6. '제3차 국내혁명전쟁'시기는 1945~1949년간으로 항일전쟁 이후 소위 '중미우호통상항해조약'을 비롯하여 '중미농업협정'까지 미제와 17개의 매국협정을 하면서 또다시 내란을 일삼는 장개석 도당과 미제 영제 간섭자들까지 중화대륙으로부터 깨끗이 쓸어버리고 중국인민의 근 백 년래 혁명투쟁을 종국적 승리로 마감한 위대한 시기였다.

이 위대한 승리의 영도자 모택동 선생을 주석으로 중화인민공화국이 성립된 것, 세계 최대강국 쏘련과 중·소 동맹을 맺은 것, 보가위국과 아시아의 안전과 세계평화를 위하여 '항미원조'에 궐기한 역사적 사실들의 문건과 사진들이 풍부하고 명료하게 전시되어 있었다.

×   ×   ×

---

30 서안사변.

이날은 10월 24일 중국인민지원군이 우리 조선에 참전해 나선 1주년의 전날이다. 저녁 일곱 시로부터 남경시 인민 대례당에서 열리는 항미원조 1주년기념대회에 초대되었다. 조선서 온 나에게는 시간 제한 없이 언권을 준다고 하였고 기타 외국대표들에게는 시간관계로 어느 한 명에게만 발언을 청한다 하였다.

몽고도 체코도 불가리아도 저마끔 나서려 하여 결국 조선이 개전하자 제일 먼저 의료단을 보내었고 그 의료단이 현재까지 계속 활동하고 있는 헝가리 대표단에서도 나오되 여기 온 조선 이외 모든 나라 대표단들을 대표하는 입장에서 발언하기로 하였다.

2천 명이 빼곡하게 들어앉은 대례당이 터질 듯한 박수 속에 우리는 무대 위에 안내되었고 항미원조 분회장의 환영사가 있은 다음 먼저 나의 인사말이 있게 되었다.

나는 내가 후퇴하던 밤길에서 지원군부대와 만나던 감격을 말하였다. 안전한 지대에서 만난 나의 감격도 내 일생 잊을 수 없는 감격이었거늘 수량에 우월한 적과 부딪혀 간고한 전선을 지키던 인민군대들이 지원군을 만난 감격은 어떠했을 것이며 원수들의 강점지대에서 감옥에서 해방되고 교수대에서 풀리던 인민들의 지원군에 대한 감격이야 어떠했겠느냐고 나는 그 심경을 중국 형제들의 상상에 맡기었다. 어떤 부인은 눈이 젖어 얼굴을 숙이었다.

나는 위대한 중국인민의 승리와 건설에서 느낀 바를 말하였다. 이 동방에서 새로 출현한 정치적으로 경제적으로 문화적으로 지역으로 인구는 공고 광대한 새 세계는 우리 조선해방전쟁에서 우리 조선지역과 다름없는 후방이며 아시아 약소민족 해방의 불패의 기지로 되며 위대한 쏘련과 함께 세계평화의 또 하나의 거대한 보루가 되리라 하였다.

헝가리 대표단에서도 나온 청년대표는 이렇게 말하였다. 세계인민의 공동의 적인 미제 무력을 상대하여 제일선에서 싸우는 영웅적 조선인민들에게 총을 잡고 같이 싸움으로서 원조하는 중국인민들에게 모든 인민민주국가 대표단을 대표하여 감사를 드린다 하였고 자기들은 중국의 항미원조 운동에서 많은 것을 배워 조선인민을 돕는 운동을 더욱 강화하리라 하였다.

우리가 무대에서 내려오고 '항미원조 1주년 남경시 보고대회'의 정식주석단이 오르게 되었다. 노동자 농민 인텔리 청년 학생 지원국과 각 정당 사회단체 대표들이었다. 미제의 일제 재무장과 조선 정전담판에서 무성의한 정세를 들어 항미원조를 더욱 강화할 데 대한 보고와 토론들이 있은 후 모 주석과 김일성 장군께 보내는 메시지의 통과가 있고 항미원조 1주년이 되는 내일을 기하여 남경시로부터 세 번째의 의료단이 조선으로 떠난다는 것을 발표하였다. 그리고 지원군 문공단원들의 조선 전선에서 창작한 〈어머니〉라는 연극이 상영되었다.

제목을 조선말 '어머니'로 붙인 이 단막극은 중국 '월극'식 가극이다.

전선에서 다리를 부상당한 지원군 군관 한 명이 위생병에게 부축되어 야전병원으로 들어오다가 날이 저물어 조선농가로 들어온다. 주인은 없으나 방바닥은 따스하여 부상 군관을 눕히고 위생병은 한줌밖에 안 남은 쌀로 밥을 지었는데 집주인 조선 어머니가 기진맥진하여 돌아온다. 말은 통치 못하나 서로 정상을 이해하여 주객 간에 이내 친부모 자식처럼 친해졌고 지원군은 어머니가 여러 끼 굶은 기색을 보아 저희가 먹으려던 밥을 자기들이 먹고 남은 것이라 하여 어머니에게 먹인다.

어머니는 그들에게 따뜻한 자리를 주고 이들 모르게 밤을 새어 단 한자리 밖에 없는 이불을 뜯어 이들의 덧버선을 기워두었다가 아침에 신겨 보내는 내용이다. 단순하나 보는 사람들의 가슴 속에 조중 인민의 피로써 엉키는 우의를 절로 끓어 넘치게 하였다.

×　　　×　　　×

우리는 남경을 떠나는 날 이 남중국의 농촌을 실지로 보기 위하여 남경 가까이 있는 '동구촌'으로 나왔다. 큰 범선들이 지나가는 운하가 있고 그 운하에 걸렸던 운치 있는 돌다리는 일제 때 파괴되어 임시로 고친 널다리로 건너는데 축동에 버드나무들이 늘어선 마을이었다.

이 동구촌은 남경이 가까운 만치 부재지주의 땅이 많았고 관료들의 행패가 많았고 일제 강도들에게 학살되고 강탈된 쓰라린 역사를 가지고 있었다. '사기홍'이라는 농민은 팔을 걷으며 일본도에 찍히었던 칼자국을 보이며 말하였다.

"미국 놈들이 조선을 통해 다시 우리나라에 침입하여 애쓰며 한편 일제 놈들을 재무장시키고 있다지만 인제 무서울 거 없습니다. 조선과 중국인민들이 그 이전관 다른 사람들이니까요. 우리도 72호에 불과한 작은 동네지만 18세 이상 30세까지의 남녀 청년들이 79명인데 조선 전선에 모두 지원하구 기다립니다. 그리고 어떤 경우에나 우리 농촌을 자위할 만한 민병단 28명이 있습니다."

이 농촌은 49년 해방 후 이내 정부로부터 1만 명분의 구제식량을 받아 강둑 수리하는 큰 공사가 있었는데 이 공사 중에서 50년 가을의 소작료 감소운동과 악 지주 반대투쟁이 곰겨 나왔으며 쉬는 시간마다 토지개혁 준비학습이 시행되었다 한다.

인구 72호에서 지주 4호(식구 22명), 부농 2호(식구 10명), 중농 26호(식구 115명), 빈농 36호(식구 115명), 고농 4호(식구 10명)이었으며, 이들의 전 경작지는 827묘로서 부재지주의 토지가 166묘, 재지주의 토지가 118묘, 사유 토지 536묘였다고 한다. 빈농과 고농을 기초역량으로 하고 중농까지 단결시키고 부농을 중립시키고 성분 획분으로 결정된 네 지주에게서 몰수한 토지는 118묘와 기와집 다섯 채, 초가집 열간, 소 여섯 마리, 식량 5천2백 근, 배 12척, 물 끌어 올리는 수차 한 틀, 기타 농구들을 고농과 빈농들에게 분배한 바 몰수토지에서 고농이 받은 것이 15%, 빈농이 받은 것이 60%, 중농에게 간 것이 25%라 하였다. 그 외 '보류답'이라 하여 42묘가 공동 관리로 남아 있었다. 이것은 토지 분배받을 사람으로 현재 고향을 떠나 있는 빈농과 동네 공동사업에 쓸 것이라 하였다. 애국공약 체결은 72호가 다하였고 여름에 이미 항미원조금 268만 원을 거출하고 가을에 다시 925만 원이 모이었다고 하였다.

경작지는 대개 논인데 얼마 안 되는 밭들에는 콩, 깨, 고구마, 낙화생과 어저귀가 있었다.

해방 직후에는 이 동리에 글 아는 사람이 5명뿐이었는데 50년 12월부터 성인야학이 생기여 지금은 글 아는 사람이 11명에 달하였고 금년 8월에는 소학교를 세워 학교에 가지 못하던 40여 명 학령아동들이 전부 취학하고 있었다. 농민협회 주석 양청 동무는 "금년 봄에는 정부의 주선으로 논 82묘에 개량 벼 종자를 뿌린 바 약 8만 2천7백 근의 증 수확을 보리라"고 기뻐하였다.

지주성분인 농민들도 농사를 짓고 있는데 그들도 애국공약을 체결하였고 그들 애국공약 문구에는 특히 "노동을 통하여 자기 개변에 분투하겠다"는 구절이 들어 있었다.

농구는 호미, 낫, 삽, 보섭, 쇠스랑, 도리깨, 물 끌어올리는 수차, 논 김매는 제초기 등이며 돼지와 닭과 오리를 길렀고 소는 모두 물소들이었다.

×   ×   ×

남경의 현무호도 아름다운 호수였다. 자금산 천문대에 올라가던 길에서 내려다본 인상으로는 호수라기보다 연당처럼 수면의 대부분이 연잎에 덮인 듯하였는데 실지로 그 앞에 이르러 보니 그렇지도 않았다. 역시 섬이 있고 정자가 많다. 꽃으로 '항미원조'를 쓴 언덕도 있고 여기도 희고 붉은 부용꽃이 만발해 있었다. 낙조 비긴 호수 면에 옛 성의 그림자는 현무호가 가진 인상적인 풍경의 하나였다.

우리는 남경을 떠날 때 양자강 부두에 나와 배로 이 장강을 건넜다. 맞은편 '포구'역에서 강을 건너 남경을 돌아볼 때 우리는 '남경아! 이제부터는 유구한 장강과 더불어 영원히 평화스러우라!' 하고 마음 속에들 외치었다.

아물아물 건너다보이는 저 강둑에서 일제 강도들에게 30만의 남경 시민들이 학살되었고 영웅적 인민해방군이 이 바다 같은 넓은 강을 미영 제국주의자들의 함대와까지 싸우며 도하작전 할 때 또한 수없이 애국청년들의 피가 흘렀던 것이다.

그러나 장강이여! 노래하라! 너는 다시는 피 없이 맑은 물대로 흐를 것이다! 네 비옥하고 광대한 3천여 마일 양안에는 저 볼가 강과 돈 강 유역에서처럼 착취와 억압을 모르는 진정한 평화세계가 벌어지며 있는 것이다!

10. 천진

천진은 호텔 3층에서 내려다 볼 때 마치 서양 어느 도시에 온 듯하였다. 서양식 주택으로 즐비하다 맞은편의 유표한 건물은 천진시 인민정부로 사용되었는데 그 집 됨됨이가 약탈자들의 특색이 있었다. 영국 놈들의 경찰서로 지었던 것으로 지붕은 4면 8방 총구를 가진 토치카식으로 되어 있다. 놈들은 언제 중국인민의 폭동을 당할지 몰라 전전긍긍하고 살았던 표다.

명나라가 북경으로 수도를 정하고 양 강 이북으로 올라오자 바다에 있어 새 수도의 관문이 되는 이 천진은 북경과 아울러 획기적인 발전을 가지게 되었다. 남방 광동, 복건 등 각 상도들에서 많은 상인들이 천진으로 모여들어 천진은 전국적 경제 금융의 중심지로 되었던 것이다. 그러다가 1900년에 소위 8개국 연합군 영 · 미 · 일 · 불 · 이 · 백[31] · 독 · 오 등 강도군대들이 상륙 강점하고 저의 욕심껏 조계도시로 만들었다. 영국은 160만 평, 일본은 80만 평, 독일과 오스트리아는 82만 평, 불란

---

31 백이의. 벨기에.

서는 32만 평, 이태리는 13만 평, 벨기에는 20만 평씩으로 임자 없는 소각 뜨듯 하여 놓고 제마끔³² '빅토리아' 거리니 '야마도' 동네니 하고 판을 차렸다. 우리 호텔이 있는 곳은 영국 놈들의 소위 '빅토리아' 거리였던 곳이다.

놈들은 중국침략을 자랑삼아 강탈자본의 은행들을 경쟁적으로 지어놓았고 천만 년 살 것처럼 자기 조계끔 사치를 경쟁하여 주택들을 지었다.

값싼 중국노동자들의 노동으로 되었던 이 거리와 건물들은 고스란히 오늘 중국인민들의 것이 되었다.

천진에는 마침 대규모의 '화북 물자교류 전람회'가 개최되어 있었다. 전부를 보려면 4일간이 걸리는데 나는 이틀을 보았다. 내가 본 중에서 인상 깊었던 것은 중국에서 처음인 천진노동자공장에서 만들어낸 자동차요 하나는 해방 이전 상품들의 인민을 속인 사기성을 폭로해주는 것으로 약품도 진품과 위조품을 실물로 대비하여 설명해 있었고 양복이나 내의도 빨면 줄 수밖에 없는 원인을 보여주면서 새 중국에서는 인민을 속이는 이따위 상품은 있을 수 없는 제도를 보여주었다.

이런 전람회가 천진에서 열리는 것도 천진은 화북물산의 집산지이며 대외무역의 중요한 관문이기 때문일 것이다. 천진은 우리 조선과 가까우므로 장래 조중 무역에 있어 큰 역할을 놀 것이다.

---

32 저마다.

11. 석경산제철소

나는 10월 28일 다른 나라 관례단들보다 이틀 먼저 천진을 떠났다. 북경에 다시 들러 석경산제철소를 방문하였다.

북경서 서산 쪽으로 나가는 광활한 교외에 아스팔트길로 2, 30리를 달리는 동안 5, 6층의 공동 주택들과 학교 건물들이 여기저기 새로 일어서고 있었다. 여기다가 현대식 도시의 '신 북경'을 건설하는 것이다.

석경산제철소 이곳 이름으로 '석경산 강철창'은 신 북경지구에 연속되어 있었다. 빨치산 출신으로 장대한 몸집을 가진 마세범 지배인은 양개문 직맹위원장과 함께 자동차로 정문까지 달려 나와 맞아주었다.

"우리 공장은 1919년에 군벌 놈들이 돈푼이나 만들어 쓰자고 세운 건데 밤낮 군란으로 제대로 건설하지 못했더랍니다. 그 후 일제가 달려들어 중국쇠로 중국 사람을 죽여보겠다고 지성스럽게 열한 군데에서나 용광로니 해탄로니를 모아들였는데 그걸 죄다 이용 못해 보고 저의 고향으로들 가셨지요!"

하고 마 지배인은 호걸스럽게 웃었다. 거기 양 직맹위원장은 이렇게 부언하면서 공장 구경을 안내하였다.

"엉큼한 미국 놈들은 또 저의 상품을 날라다 팔아먹으려고 제강건설을 일단 중지시키고 있는 것을 해방 후 모두 살려 움직일 뿐 아니라 기본건설도 계속해 하고 있습니다."

마침 어느 한 용광로에서 쇳물이 나오고 있었다. 용광로 노동자들은 전부 텐트 감 두꺼운 천으로 덧옷을 입었고 장갑을 끼고 있었고 쇳물이 거의 나왔을 무렵에도 열풍을 끊지 않는 듯 출선구로부터 내어 뿜는 소리가 요란하였다.

중국인민대표단이 조선을 방문하고 돌아가 이 공장에 와서도 귀환보고를 했는데 조선형제들이 간고한 환경 속에서 투쟁하며 또 생산하며 있다는 사실을 듣고는 노동자들이 크게 격동하여

"우리가 후방에서 땀 한 방울을 더 흘려 조선 형제들의 피 한 방울을 덜 흘리게 하자!"

"우리가 끓여내는 쇳물을 미제 대가리에 퍼붓자!"

이런 구호들이 나왔고 그 후부터 출선작업 중에도 불과 열풍을 계속 넣어 하루에 30여 톤의 쇳물을 더 생산하게 되었다는 것이다.

용접공 이금천은 전기 용접자를 새로 창안하여 일본제품보다는 훨씬 우수한 것을 만들었고 미국제 '링컨'표보다도 나은 것이 되도록 계속 연구 중이라 하였다.

모형공 황춘영은 "우리가 만드는 것은 무엇 하나 항미원조의 무기다! 하나라도 쓰지 못할 것을 만들어선 전선에서 피 흘려 싸우는 형제들에게 면목 없는 일이다!" 하고 정진하여 그가 만든 모형은 폐품이 전무하여 이용률 100%라 한다.

이 공장에는 947명의 모범 노동자가 있었다. 전 중국적 모범노동자 1명, 북경시 모범노동자 1명, 전 공장모범노동자 30명 그 외는 각 부리가다 모범노동자들이었다.

이들은 즐겁게 일하였다. 이들은 또 긴장하여 일하였다. 이들은 자기들의 노동이 조선인민군대와 지원군들의 전선에서의 전투와 꼭 같은 것임을 인식하고 일하였다. 그들의 직장마다 걸린 구호들과 애국공약들과 그들의 대포 탱크 비행기 헌납운동의 결과들이 그것을 말하고

있었다. '혜영충'이라는 노동자는 자기 월급 식량에서 매달 60근씩을 계속 헌납하고 있으며 제1용광로 노동자들은 6개월 걸릴 복구공사를 53일간에 완결해 놓았다. 이 노동자들은 자기들의 가외시간 생산에 의하여 이미 5억 6천만의 애국헌금을 했으며 모범노동자들은 기술좌담회에서 기술의 연구와 향상으로 금년 내에 비행기 25대에 해당하는 초과이윤을 내일 것을 결의하였다.

마 지배인은 나와 작별하면서 이렇게 말하였다.

"우리 노동자들은 조선 형제들의 간고한 투쟁을 한시도 잊고 있지 않습니다!"

× × ×

나는 북경에 전후 두 번 체류하는 동안 많은 문화인들과 개별적으로 만나 그들의 사업상 창작상 고귀한 경험들을 들었다. 중앙문학연구소에서 작가 정령 여사와 시인 전간과 작가 강택 동지들을 만났고 중앙희극학원에서 구양여천 원장을 만났고 중앙미술학원에서 미술가 왕조문 동지도 만났다. 시인 애청은 내가 북경을 떠나던 날 호텔에서 장시간 담화하였다. 이들은 중국문학 연극 미술계의 지도부에서 있는 권위들이다. 우리가 문학예술 사업에서 해결하려는 문제의 대부분은 그들에게 있어서도 당면문제들이었다. 이미 그들이 해결한 것, 해결하려고 노력하는 방향에 많은 경험들을 들었고 중국 문연과 중국 문학동맹과 미술동맹으로부터 그 기관지들을 창간호에서부터와 많은 작가들의 작품집과 화집들의 선사를 받았다.

중국 문학예술인들은 광범히 조선전선에 동원되어 있었다. 중앙문학연구소원들은 전부 출동되어 강습사업이 쉬고 있는 형편이며 조선전선에 다녀온 작가들은 훌륭한 전선 기록들과 작품으로서 인민을 고무하고 있었다. 위외라는 신인의 「누가 가장 고귀한 사람인가?」라는 조선전선에서 쓴 글은 항미원조의 정의성과 지원군의 숭고한 도덕성을 높이 제고시키어 중국청년들로 하여 저마다 조선전선을 향하여 피가 끓게 하였다. 중국청년들은 금년 1월부터 7월까지 군사간부 학교에 지원한 수가 58만에 달하고 있었다.

중국작가들은 조선에 오면 언어풍속이 다른 만치 이중의 곤란을 겪을 것이다. 우리가 그들을 협조하기에는 너무나 악조건에 처해 있다. 그들이 조선에서 당하고 가는 신고는 우리가 상상 못하는 것이 많을 것이다. 아깝게도 조선에서 희생되고 돌아가지 못하는 동지도 많은데 그 중에는 전 중국적으로 고명한 배우 천진의 상보곤 동지와 정수당 동지가 들어 있다.

과거에 있어서도 우리 두 나라의 문화교류는 많은 아름다운 결실을 가졌다. 한 진리에서 한 목적을 위해 같이 투쟁하는 오늘에 있어 우리 두 문화의 교류는 더욱 필요하며 더욱 큰 결실을 가져올 것이다.

12. 하얼빈

중국은 광대한 나라다. 남경 현무호에는 대접 같은 부용화가 만발한 것을 보고 왔는데 하얼빈 송화강 기슭에는 눈발이 희끗희끗 날리었다.

나는 작년 이맘 때 쏘련 흑해 변에서 들국화를 보고 오는 길에 영하 30도의 이르쿠츠크를 지나던 생각이 났다. 이 세계에서 제1 제2의 광대한 지역의 국가들이 인민의 세계요 자유의 세계요 평화의 세계가 될 것이다. 오랫동안 그칠 새 없이 인류의 피로 물들여온 지구는 그 대부분의 지면이 다시는 피 칠을 원치 않는 평화 옹호지대로 되었다.

그러나 현재 이 평화대륙들의 지척에서 조선인민들의 피는 강을 이루어 그저 이 지구를 적시고 있다! 제가 잘 살기 위해서는 남을 못살게 해야 하며 제 사회의 경제공항을 해결하는 데는 남의 사회 간섭과 침략 전쟁 외에는 방법을 모르는 그런 놈들과 그런 제도의 존재는 인류를 위해 세계를 위해 얼마나 통분한 일인가!

하얼빈은 과거에 백계 노인이 많이 살았었고 다른 외국 상인들과 좋은 의미로나 나쁜 의미로나 종적을 감추려는 사람들이 여기 많이 모여들었던 도시다.

오늘 하얼빈은 부정적 옛 요소들은 깨끗이 청산하고 과거 동북 혁명에 이바지한 역사를 빛내며 새 공업도시로서 면목을 일신하고 있다.

하얼빈에는 '동북 혁명열사 기념관'이 있다. 바로 일제의 군사령부 자리에 차린 것이 더 통쾌하였다.

4백여 년 전 일본침략주의자들의 '현명'한 선조 풍신수길의 말은 『일본외사』에 이렇게 적혀 있다.

"조선에서부터 들어가서 그 병력으로 선봉을 삼아 명나라에 들어설 것이다. 명이 만일 내 명령에 거역할진대 곧 쳐서 멸할지니 요동으로부터 북경에 직충하여 그 나라를 깔아 버리면 이 또한 쾌하지 않을까 보냐!"

풍신수길의 후손들은 이 조상의 망령된 꿈을 버리지 않았다. 중국을 차지하기 위해서는 조선을 침략하였고 그 다음엔 동북을 침략하여 '만주국'부터 세우고 요동으로 해서 북경을 직충하였다.

중국인민들의 반제투쟁은 반일투쟁에 의의가 컸고 반일투쟁은 동북에서의 투쟁이 의의가 컸다. 그리고 반제투쟁에서 조중 인민의 연결이 이 동북에서 시작되었다.

이 '동북 혁명열사 기념관'에는 양정우, 주보중, 이조린 장군들의 투쟁사적과 함께 김일성 장군, 최현 장군, 김책 선생의 투쟁 사적도 많이 나와 있었다.

1931년부터 34년까지 동북 각지에 조직된 '반일회'와 '항일유격대'는 이미 25만 명에 달해 있었다. 이 항일역량은 35년 후 중공의 '81선언'에 의하여 11개 군딘의 힝일연군으로 편성되었고 37년 신 형세에 처히여는 삼로군으로 개편되었고 38년에는 모택동 선생의 '지구전' 방침이 전달되어서는 13개의 소부대로 나누어 투쟁하였다. 애초의 '반일회'와 '항일유격대'에는 많은 조선청년들이 가담되어 있었으며 김일성 장군의 유격대와 연결되어 있는 것은 물론이다. 1939년 동기작전 야영생활들에서 당시 제2방면 군단장이시던 김일성 장군께서 안길 최현 장군 등 열 분의 동지들과 함께 눈 덮인 밀림 속에서 찍은 안광 형형한 사진이 여기 걸려 있었다. 사진 밑에는 "김일성 동지께서 직접 영도하여 항전 14년의 영광스러운 역사적 임무를 수행하였다"라고 기록되어 있었다. 당시 항일연군 제3군 정치부 주임이시던 김책 선생의 유화 초상화도 걸려 있고 목단강에서 적에게 포위되어 강물에 몸을 던지는 여덟 명의 여성투사들의 장렬한 최후를 그린 대폭 유화가 걸리었는데 그중의 한 여성은 '황숙정'이라는 조선여성이었다.

나는 이 '동북 혁명열사 기념관'에서 모 주석께서 "우리 중화인민공화국의 찬란한 오성국기에는 조선 혁명 열사들의 붉은 피가 물들었다"라고 하신 말씀이 다시 한 번 회상되었다.

양정우 장군은 동북혁명투쟁에서 가장 혁혁한 위훈을 세운 군단장의 한분이다. 1940년 2월 23일 몽당현 남방 모안촌 490고지에서 원수들에게 여러 날 포위된 채 끝까지 굴치 않고 싸워 39세의 꽃다운 나이로 전사하였다. 원수들은 양장군의 머리를 베어 약물에 담가두었던 것을 해방 후 발견하여 이곳 특별진열실에 안치되어 있었다.

서택민 열사는 원수들에게 잡혀 장기간 감옥에서 고초하였다. 그의 갇히었던 감방 문짝이 여기 떼어와 진열되어 있는데 서택민 열사가 페인트칠 한 그 문짝에 손톱으로 새겨 쓴 유언이 있었다. 나는 다음과 같은 문구를 찾아 읽을 수 있었다.

"위재 대동맹 중, 한…… 희생려 적심열혈 조출 철뢰통…… 방광명, 자유! 평등! 대동 반일……

소멸 제국련, 타도 군벌, 대집단, 혁명쾌성공……

인류행복 재안전, 자유 평등권 세계대동만만년……"

서택민 열사는 중·조('한'이라 함은 '조선')인민의 동맹은 동방을 자유 평등으로 해방시킬 위대한 역량으로 보았고 세계인민이 대동단결하여 제국주의 연합세력을 소멸시키는 날 전개될 인류의 행복을 눈앞에 보았다.

이 희생동지들의 영원한 위훈을 예찬하여 모택동 주석은 이 기념관 벽에 크게 쓰기를, "공산주의 시 불가어항적! 성성지화 가이요원! 사란열사 만세!"라 하였고 주덕장군은 "호기장존"이라 쓴 현판이 걸려 있었다.

나는 하얼빈에서도 몇 지원군 가족들을 위문하였다. 정부의 배려에 의하여 안정된 생활들을 하고 있었고 아버지들은 물론 어머니나 누이들까지 놀고 있는 사람은 하나도 없었다.

남녀노유를 막론하고 하나같이 불덩이 같은 항미원조 투사들이었다. 나는 그중에도 늙은 기차운전수 마가재 동지를 잊을 수 없다. 그는 해방군 마여룡의 아버지며 지원군 마병문의 아버지였다. 얼굴에는 늙으시기보다 고난 많았던 과거 노예적 노동자생활의 흔적인 깊은 주름이 패여 있었다.

그는 아직도 아귀 센 손으로 내손을 잡으며 "나는 노동잡니다. 28년간 기차운전을 했습니다. 나는 우리 중국인민들과 한께 조선인민들이 항일투생에서 어떻게 싸웠다는 것을 잘 알고 있습니다! 조선 동무는 우리더러 고맙다는 말은 그만두십시오. 지금 조선은 우리가 응당 가서 같이 싸울 공동의 전선입니다. 나를 나이 먹었다고 편히 살라고 젊은 동무들이 이 목재소에다 앉혀 놓았소마는 나는 언제나 미국 놈들 폭격에 파괴되고 있는 조선철도가 눈에 떠오릅니다. 그래 내가 맡은 일이 대강 자리 잡은 걸 보고는 나도 조선으로 갈 작정입니다. 여기 앉아 이 일하기보다 전선수송을 위해 기차를 끄는 일이 얼마나 더 중요하단 걸 기관수 내가 왜 모르겠습니까. 나는 지금 50살이요 그러나 10년은 더 기차운수를 할 자신이 있습니다. 우리 조선서 다시 만납시다!"
하고 아들의 이야기는 별로 하지 않았다. 그리고 자기가 이번 국경절에 하얼빈시 인민정부로부터 받은 영광의 기념품이라 하며 모 주석 사진을 나에게 선사하였다.

13. 돌아오는 길에서

돌아오는 길 하얼빈에서 탄 기차에서 나는 몇 가지 인상 깊게 본 것
이 있다.

열차 식당에서 쓰는 그릇이 모두 새로 만든 사기그릇인데 그릇에 그
린 그림이 재떨이에까지 꼭 같은 그림이다. 그림이라도 도자기에서 보
는 그림으로는 기상천외의 그림이니 옛날 중국옷을 입은 사람이 칼을
빼어 큰 뱀을 치는 그림인 것이다.

나는 여기서 헝가리 부다페스트에서 본 해방탑이 연상되었다. 파시
스트를 상징시킨 뱀을 육체 좋은 장정이 모가지를 틀어쥐고 앙상한 이
빨을 벌린 대가리에 철퇴 같은 주먹을 내려치는 조각이 있다. 중국에
서는 파시스트의 상징인 뱀을 자기들의 역사 속에서 찾아낸 것이다.

한나라 고제가 건국할 때 인민들에게 해독을 주는 큰 뱀을 잡아버린
고사가 있다 한다.

나는 식당에서 나와 지날 길인 삼등 찻간에 잠시 앉아보았다. 흰 위
생복을 입은 청초한 여자가 들어서더니 자세히 환경을 살피며 지나가
다가 어떤 여자승객 앞에 머물러 다정스럽게 무엇을 이야기하는데 여
자승객을 설복시키려 애를 쓴다. 그 여자승객은 우리가 보기에도 병색
이 있고 기침도 가끔 하는데 이 열차 내 위생원은 그가 기침을 하는 불
건강한 승객임을 인정하고 독방이 있으니 가지 않겠느냐고 권하는 것
이었다. 여기 있으면 당신도 누울 수가 없고 남들도 당신 기침에 신경
을 쓰니 답답은 하더라도 독방에 가 마음 놓고 누워 있으라, 내릴 정거
장은 내가 책임지고 알려주마 하는 권유였다. 여자승객은 무엇보다 여

러 사람 앞에서 자기를 전염병환자로 취급함에 불쾌한 듯 잘 수응하지 않았다. 위생원은 강요하는 태도는 조금도 아니었다. 그는 다음 찻간으로 가더니 잠깐 뒤에 다시 왔다. 그리고 찻간에 담배연기가 있는 것을 알아채었다.

그는 전체 승객에게 큰 소리로 말하였다. "이 찻간은 담배 안 피는 찻간입니다. 미안합니다만 담배 피실 분은 다음 찻간들로 옮겨주십시오" 하였다. 모자 찻간이 따로 있고 담배 안 피는 승객을 위한 찻간이 따로 있었다. 위생원은 아까 그 여승객 앞에서도 다시 발을 멈추었다. 아까보다 더 다정한 어조로 물었다.

"내 의견에 아직 동의하고 싶지 않으십니까?"

어디까지 웃는 낯으로 친절한 말씨였다. 여자승객은 쾌히 보퉁이를 들고 일어섰고 위생원은 그의 짐을 자기가 들어주며 앞을 섰다. 모두가 의논성 있고 성의 있게 진행된다. 나는 새 중국에 와 40여 일 동안 어떤 사람과 어떤 사람 사이에도 명령조의 거센 소리가 오고가는 것을 한 번도 듣지 못하였다.

$$\times \qquad \times \qquad \times$$

나는 새 중국에서 많은 것을 보았다. 큰 것에서부터 작은 것에까지 많은 새것을 보았다. 그 모든 새것은 평화를 위한 것이며 항미원조를 위한 무궁한 역량의 원천임을 보았다. 중국인민의 근 백 년래 혁명투쟁은 중국공산당과 모택동 주석의 탁월한 영도하에 저 러시아의 위대한 10월혁명의 승리 다음의 큰 인류적 승리로 종결된 것이며 그 승리의 결과인 새 중화인민공화국은 중국인민의 행복만을 경륜하는 나라가 아님을 보았다. 위대한 쏘련이 전 세계인민의 해방과 평화의 불패의 기지며 보루였는데 그 기지와 보루는 다시 이 휘황한 새 중국의 플러스로 인하여 더욱 확고하며 더욱 부동하는 것으로 된 것이다. 한 걸음 좁혀 우리 아시아에 있어 그 의의는 더 크고 더 직접적인 것이니 이미 우리 조국해방전쟁에 있어 중국인민의 병견작전은 조선의 통일 독립과 아시아의 공고한 안전을 위하여 철벽과 같은 엄연한 승리의 담보로 되는 것이다.

오늘 조선과 중국의 단결은 인민의 단결이다. 조중 인민의 단결은 세계인민의 제일선의 단결인 것이다.

조선인민의 조국해방투쟁은 반드시 승리할 뿐 아니라 세계평화 확립에 크게 공헌할 것이다.

나는 싸우는 조국강토에 들어서는 길로 신문에서 「10월혁명과 조선인민의 민족해방 투쟁」이란 김일성 장군의 논문을 읽었다. 우리 수령께서 조중 인민의 역사적 공동투쟁에 언급하신 말씀을 삼가 여기 옮기는 것으로 나의 붓을 놓으려 한다.

조선인민과 중국인민에게는 평화와 민족 융성에 대한 공통한 이해와 공통한 지망이 있으며 조선과 중국의 자주권을 침략하는 공동의 적 미제국주의자가 있다. 우리는 역사적 우의로서 호상 연결되었으며 일제의 침략을 반대하는 항일전쟁시기에 있어서와 같이 오늘의 투쟁에 있어서도 우리 양국의 인민의 전투적 우의는 더욱 견고하여졌다.

조선전쟁에의 중국인민지원병의 참가는 민주진영 국가 간의 긴밀한 친선과 호상협조에 대한 새로운 모범적 형태로 된다. 이것은 동등권과 호상존중의 진정한 원칙 위에서 강한 자가 약한 자에게 주는 선량한 원조이다. 조선인민군과 중국인민지원군의 협동작전은 미제 침략자들에 대한 불패의 역량이며 우리의 전투적 성과들에 대한 신심 있는 담보로 된다.

1951년 12월
강동 송학리에서

『중국기행―위대한 새 중국』, 평양 : 국립출판사, 1952

부록

이강국, 「서」

　외우(畏友) 상허 이태준 씨의 『쏘련기행』이 상재된다. 너무도 기쁜 나머지 감히 졸필을 무릅쓰고 간단히 서문을 붙이기로 한다.

　내가 본서의 출현을 못내 기뻐하는 데는 여러 가지 이유가 존재하는 것이며 서문을 쓰게 되는데도 또한 얕지 않은 인연이 있는 것이다. 나는 원래 상허의 애독자의 한 사람일 것이다. 그 예리한 관찰, 풍부한 표현, 유려한 문장을 완미하면서 항상 그 사람을 그리워한지 오래였다. 다행히 8·15해방 이후 함께 반동과의 투쟁 속에서 악수하게 되면서 지면(知面) 접촉으로부터 같은 일터에서 서로 일을 의논하게까지 되었다. 그를 알게 되면 될수록 친숙하면 할수록 그에 대한 나의 경애(敬愛)는 더욱 깊어가게 되었다. 상허의 문장에는 이미 정평이 자재(自在)하거니와 여옥기인(如玉其人)한 그의 문장으로서는 또한 당연하다고 나는 느끼었다.

　해방 이후 민주의자(民主義者)[1]로서의 상허의 놀랄 만한 발전과 또 자기 발전을 위한 그 노력에는 또한 경복(敬服)하지 않을 수 없다. 순수문학의 대가이며 그 붓을 통한 영향이 지대한 상허의 민주주의자로서의 출현과 그 발전은 상허 자신을 위하여 경하할 일일뿐만 아니라 우리 민주진영의 거대한 수확이 아닐 수 없는 것이다. 반동과의 투쟁에 있어

1　'민주주의자'의 오식.

서 일반적으로 민주독립을 위하여 또 특수적으로는 민주주의 민족문화 건설을 위한 상허의 과감하고도 꾸준한 진출은 높이 평가되지 않으면 안 될 것이며 나는 이 평가를 가장 옳게 할 수 있는 사람에 속한다고 감히 자부하는 바이다.

상허 자신이 예상하였을 것보다도 훨씬 빨리 쏘련 방문의 기회는 그에게 돌아온 것이다. 그도 이것을 몹시 기뻐하였을 것이며 우리도 또한 그를 위하여 퍽 경행(慶幸)하게 생각하였다. 남조선의 조소문화협회 이사로서 조소친선과 그 문화교류를 위하여 항상 노력하고 있던 상허에게 친히 쏘련을 방문할 수 있는 기회가 주어지는 것은 당연하고도 또한 적의(適宜)한 일이었다. 상허 자신의 발전을 위하여서는 물론이려니와 쏘련에서 모든 것을 배워야 할 우리로서는 그리고 쏘련과의 친선에서 행복을 누릴 수 있는 조선으로서는 큰 성과를 기대하기 때문이다. 그러므로 상허가 경행하게 생각하는 만큼 그 임무도 또한 중대하다는 것을 느낄 것이다.

체소(滯蘇) 기한은 내왕시일을 합하여 2개월여라는 짧은 기간이었으나 주인 측의 주도한 용의와 친절한 안내로 상허는 여러 곳을 시찰할 수 있었으며 가지가지로 즐길 수 있었다 한다. 지도적 선진국가로서의 쏘련의 금도(襟度)[2]에 더욱 탄복하게 되는 것이며 대전(大戰)의 창이(瘡痍)에도 불구하고 미동도 보이지 않는 위대한 사회주의국가에서 상허에게는 그 진로에 대한 확신이 더욱 굳어졌을 것이다. 쏘련은 상허의 정확한 관찰, 솔직한 평가, 자유자재한 표현, 화려한 문장으로 엮어진 이 『쏘련기행』을 통하여 그 진면목을 조선민중에게 소개하게 된 것이다.

---

2 넓은 도량.

일본제국주의는 조선인민에게 공소반공(恐蘇反共)의 사상을 뿌리깊게 남기고 갔나니 이 강제로 주입된 선입관념을 소청(掃淸)시키는 데는 상당한 시일[과] 막대한 노력이 요청되는 것이다. 영향력이 넓고 큰 상허의 붓에서 우리는 이것을 기대하는 것이며 상허의 이『쏘련기행』은 이러한 점에 있어서 거대한 역할을 차지할 것이다.

이 기행이 초고로 쓰여질 때 나는 이것을 읽을 기회를 얻었던 것이다. 만사를 제쳐놓고 그야말로 단숨에 통독하였다. 그만큼 나는 매혹되었던 것이다.

이 책이 세상에 나타나게 되는 사실 자체가 이미 조소친선의 결정이라는 것을 나는 지적하여 두지 않을 수 없다. 저자 및 독자와 함께 출판관계 제위(諸位)에게 뜨거운 감사를 드리어 마지않는 바이다. 더구나 이러한 의미에 있어서 본서가 쏘련에 대한 옳은 인식을 조선인민 사이에 넓히고 깊게 하여 조소친선의 긴밀화 내지 영구화에 중대한 역할을 다 하리라고 믿고 바라면서 이 책을 널리 추천하려 한다.

이 기회에 상허에게는 자중자애하여 발전에의 끊임없는 노력이 있기를 빌어 마지않는 바이다.

1947년 3월 7일

이강국(李康國)

『쏘련기행』, 평양 : 북조선출판사, 1947[3]

---

3 이태준의『쏘련기행』은 조소문화협회 · 조선문학가동맹(백양당본으로 알려진) 판본과는 달리, 북조선출판사 판본에서는 이강국의 「서」가 수록돼 있고, 이태준의 「서」는 「붓을 들면서」로 바뀌어 있다.

해설

세 번의 이(異)문화체험과
새 나라 건설이라는 시대과제

유임하

1. 이태준의 중소체험과 시대현실

해방 이후 이태준의 문학적 행적은 사상적으로 놀랍도록 급격히 좌측으로 선회한다. 1946년 8월 초 월북한 이태준은 8월 10일 쏘련 방문에 나섰고 10월 중순에 돌아온 이후 줄곧 북한에 체류했다. 그의 사상적 전신과 갑작스러운 월북은 좌우진영으로 갈린 남한문단에도 충격을 던졌다.

그의 사상 전환에 관해서는 좀 더 섬세한 논의가 필요하겠으나, 해방 직후부터 진보 진영에 적극 가담했다는 점만큼은 분명한 사실로 보인다. 그 증거가 바로 『쏘련기행』(1947.5)을 비롯한, 『혁명절의 모스크바』(1950.3), 『중국기행─위대한 새 중국』(1952.4) 등이다. 이들 기행집은 월북 이후 이태준 문학에서 쏘련과 중국의 문화적 경험을 통해 스스로 내적 변화를 모색하는 내력을 담아낸 텍스트라는 점에서 중요한 의미를 갖는다.

이태준은 『문장강화』에서 기행문을 '여일기(旅日記)', '여행기(旅行記)' 등을 포함시켜 '자연이든, 인사든, 눈에 선 풍정(風情)에서 얻는 감상을 쓰는 글'로 규정한 바 있다. 그는 기행문의 장점으로, '떠나는 즐거움과 노정의 가시화', '객창감(客窓感)과 지방색(地方色)의 구현'을 들었다(『증정 문장강화』, 박문서관, 1948, 145~162쪽).

기행문에 대한 남다른 관점을 고려하면, 세 권의 기행집으로부터 이태준만의 기술 원리와 특징이 고스란히 배어 있다는 점에 하등 놀랄 이유가 없다. 남다른 감각과 표현력을 가진 그가 해방기로부터 전쟁기에 이르는 기간 동안 경험했던 쏘련과 중국에 대한, 냉전구도와 새 나라 건설에 참조 가능한 장소성(場所性)의 다양한 함의를 추출해낼 수 있었던 것도 그런 맥락 때문일 것이다. 이들 기행집은 이태준이 월북 이후 문학적 사상적 궤적과 함께 시대적 분위기, 특히 중소체험과 관련된 문제를 입체적으로 살필 수 있는 흥미로운 텍스트에 해당한다.

2. 두 번의 쏘련여행 체험과 그 편차

장편 『불사조』를 연재하던 도중, 이태준은 돌연 연재를 중단한 다음, 8월 10일 평양을 출발하여 쏘련을 방문한다. 10월 17일 귀국길에 오른 뒤에는 북한에 남아 쏘련 방문의 경험을 담은 원고를 집필했다.

『쏘련기행』은 1947년 5월 1일, 남북한에서 동시에 발간되었다. 판본은 서울의 백양당 간행본과 평양의 북조선출판사 간행본 두 가지가 있다. 두 판본의 가장 큰 차이는, 평양에서 간행된 북조선출판사 판본에는 남로당의 수뇌부였던 이강국의 「서」가 수록되어 있으나 백양당본에는 이것이 빠져 있다는 점으로 요약된다. 백양당본의 발행인이 '조소문화협회'와 '조선문학가동맹'으로 명기된 것과는 달리, 북조선출판사본의 발행인은 발행소 대표자 '정명원(鄭明源)'이라는 개인의 명의로 되어 있다는 점도 눈여겨볼 만하다.

이태준의 쏘련 방문은 그 자신도 예상하지 못할 만큼 갑작스러운 '사건'이었는데, 이는 진영 내부의 복합적인 사정에서 연유한다. 해방 직후부터 좌익진영과 손잡았던 이태준은, 좌익진영에게는 '거대한 수확'이었다. 좌익진영에서는 이태준에게 일제가 유통시킨 '공소반공'의 관념을 해방 이후 반전, 일조하라는 과제를 맡겼다(이강국, 「서」, 이태준, 『쏘련기행』, 평양 : 북조선출판사, 1947, 3~4쪽). 이태준에게 쏘련 방문이라는 기회는, '남조선의 조소문화협회 이사' 자격과 함께, 순수문학가로서의 영향력을 기반으로 한 조소문화 교류사업의 절실함으로 다가왔을 것이다.

『쏘련기행』은 1946년 8월 10일부터 10월 17일까지 여행 기간에 따라 순차적으로 기술되고 있는데, 이 기행집에서 가장 두드러지는 것은 자유인으로서 겪는 강렬한 이문화체험이다. "낡은 세상에서 낡은 것 때문에 받던 오랜 동안의 노예생활에서 갓 풀린 나로서 이 쏘련에의 여행이란, 농(籠) 속에서 나온 새의 처음 날르는 천공(天空)"이라는 표현이 이를 잘 말해준다. 그에게 쏘련은 탈식민 이후 "인간의 낡고 악한 모든 것은 사라졌고 새 사람들의 새 생활, 새 관습 새 문화의 새 세계"로서 '새 나라 건설'이라는 시대적 과업과 밀접한 연관을 맺고 있다.

이태준은 쏘련인들을 바라보며 오랜 친구와도 같은 쏘련인들의 심성과 대면하고 감격해 한다. 그의 눈에 쏘련인들은 남녀와 노소와 계층을 막론하고 '요순 때 사람들'로 비추어진다. 그에게는 소비에트사회가 솔직하고 남을 신뢰하며 위선과 비굴에 빠지지 않고 불순한 이해관계부터 한 인간적인 사회로 다가온다. 소비에트사회의 성원들이 살아가는 일상의 면모는 생존경쟁이 치열한 자본주의 사회와는 대척점에 배치되는 셈이다. 이들은 '자본의 노예'가 아닌 '절대평등을 이룬 진정한 평화향' '계급 없는 전체적 사회 성원'인 새로운 사회유형에 속한 인간으로서 "영원히 축복 받을 인류의 위대한 재탄생"으로 상찬되고 있다.

이태준의 두 번째 쏘련기행집인 『혁명절의 모스크바』는 북한정권 수립 후 사회주의 10월혁명 32주년을 기념하기 위한 쏘련방문사절단의 일원으로 쏘련을 방문한 뒤(방소 일정은 1948년 10월 28일 평양을 출발하여 동년 11월 16일, 귀로에 오르기까지 20일 내외의 비교적 짧은 기간이었다) 기술한 텍스트로 원고지로는 250매의 적지 않은 분량이다. 이 기행집 역시 『쏘련기행』과 마찬가지로 순차적인 일정에 따라 기술되고 있으나, '조소친선'에 좀 더 많은 역점을 두고 있다. 이 텍스트는 북한정권 수립후인 1948년 10월부터 시작된 쏘련군 철수와 함께 더욱 고조된 조소친선의 사회적 분위기에서 연유한다.

1950년 1월 말에 탈고한 이 기행집에서는 특별히 1946년 당시 쏘련의 사회상과 비교해서 발전된 면모를 기술하는 방식을 취하는 한편, 러시아 혁명사와 레닌, 스탈린에 대한 찬사를 부각시키고 있다. 쏘련 방문 일정 중에는 하바롭스크를 거쳐 치타시에 잠시 머무는 시간도 포함돼 있었는데, 그곳에서 만난 쏘련인들의 소탈함과 화려한 문화시설에 찬탄한다. 또한 남북 간에는 군사적 충돌이 빈번해진 때문인지 이 기행집에서는 한층 쏘련에 편중된 태도가 드러나 있고, 서방 진영을 비판적으로 바라보는 냉전적 시각도 두드러진다.

여정 끝에 당도한 모스크바에서 그는, 새롭게 건설되는 각종 건물들을 바라보며 전쟁의 상처를 극복하며 일군 쏘련의 발전상에 감탄한다. 이 기행집의 주된 흐름의 하나는 혁명절을 전후로 한 고조된 분위기 속에 레닌의 자취를 더듬거나 스탈린의 행렬을 좇아가는 것으로 모아진다. 하지만, 그의 시선은 쏘련 문화의 진면목을 살피는 것으로 일관한다.

혁명절 저녁 경축연예를 관람하면서 이태준은 "저마다 창조한 고유한 미"를 가진 소수민족 문화에 주목한다. 그는 '민족 고유의 전통'으로부터 인류의 궁극적인 발전 목표이기도 한 평화와 문화에 합치된 상태, 다시 말해 '타민족의 것을 말살하는 자본주의 문화의 파괴적 속성과는 전혀 다른' 이 문화적 상태를 일러, "세계 각국민족들이 머지않은 미래에 한데 어울려 꽃동산을 이룰 새 세계문화의 일면상"이라고 언급하고 있다. 그에게는 "세계문화의 보고는 자본주의 강점자들이 자기 것 하나로써 타민족들의 것을 말살하는 코스모폴리티즘의 문화"가 아니라 "가장 진리인 스탈린적 민족정책이 지시하는 바와 같이 각개 민족이 동등한 입장에서 자기 고유의 것을 발전시킨 문화들의 총화"로서 쏘련의 민족문화라고 정리된다. 요컨대 쏘련 문화야말로 "여러 민족의 고유한 예술"과 "각이한 전통과 특색 있는 선율들이 한데 어울려 대 조화경을 이루는" "선진적 문화현상"에 해당한다. 더 나아가 이태준은 쏘련 문화를 가리켜 "항구한 평화와 함께 마침내 도래하고야 말 인류 전체의 새 문화 새 세계문화의 찬란할 미래"를 선취한 것이라고 말한다.

레닌박물관과 스탈린전시관을 방문하며 나누는 교감의 장면들은 불세출의 혁명가에 대한 존경과 최고지도자의 삶을 자발적으로 학습해 나가는 이태준의 면모를 보여준다. 아동양육시설을 방문한 그는, 아동공원의 모든 시설과 사업내용에서 쏘련 노동자들의 자녀들은 물질적으로 문화적으로 풍요로운 환경에서 자라나는 것을 절감하면서 어린이들이 국가의 차원에서 관리되는 것에 깊은 인상을 받는다. 뿐만 아니라 작가펀드에 대한 관심, 번역할 쏘련 작품 목록의 수집 등등에 걸쳐, 『쏘련기행』에서 보여준 관찰자의 태도에서 벗어나 제도에 대한 세부사항들을 직접 관찰하며 향후 다가올 새 나라 건설의 윤곽과 방향을 알 수 있게 해준다.

세 번째 기행집 『중국기행—위대한 새 중국』은 관례단의 일원으로 중국 북경에서 열린 건국 2주년 행사를 참관하는 한편, 공식 일정을 마치고 나서 중국 정부의 지원으로 중국 각지를 2개월가량 여행한 기록이다. 총 13장으로 구성된 이 기행집의 세목은 여정을 고스란히 반영한 것이기도 하다. '북경-모 주석의 초대연회-국경일의 천안문 광경-북경에서 며칠 동안-만리장성-황하를 건너-상해-항주-남경-천진-석경산 제철소-하얼빈-돌아오는 길에서'이다.

6·25전쟁의 시기라는 상황을 감안할 때, 이 기행집에서 이태준의 관점은 영미불일(英美佛日)을 비롯한 서양 열강들의 식민지배를 비판하고 있으며 그 폐해를 조목조목 따지는 것은 그리 낯설지 않다. 한반도에서의 열전(熱戰)이라는 위급한 정세에서도, 그는 중국이라는 새로운 국가의 등장에 따른 의의를 짚어가며 인민민주주의의 가능성을 살피려는 시선

이 잘 나타나 있다. 도시와 농촌, 공장과 병원, 전람회를 둘러보는 이태준의 시선은 지난 5년간 북한사회가 개혁해온 새 생활의 경험에 비추어 관찰하는 방식을 취한다. 구체제하에서 억압당하던 인민들의 노예적 삶이 해방되고 역사의 주체로 등장한 점에 주목한다. 이런 태도는 『쏘련기행』에서 보았던 찬탄 일변도의 서술과는 느낌부터가 사뭇 다르다.

특히, 그는 서구 열강들의 축출과 부패한 국민당정부와의 싸움에서 승리한 새 중국의 평화로운 삶에 호의를 보인다. 천안문 광장의 군대 행렬을 가리켜 "조국의 자유와 동양과 세계평화를 위하여 싸우는 투사들", "전 세계 인민의 해방을 위해 싸우는 고상한 국제주의 사상으로 무장한 사람들"이라 표현하며 "저 크레믈린 붉은 광장들에 연결되는 무적의 인민민주주의의 위대한 역량"이라고 찬탄한다. 새 중국에 대한 그의 찬탄은 『쏘련기행』에서와 마찬가지로 제도 문제로 이어지는데, 토지개혁 이후의 혁명적인 변화, 새 혼인법이 발효되면서 줄을 잇는 이혼소송 기사에 관심을 보인다. 신문을 사서 읽으면서 언문정리운동에 대한 추이와 인민들의 호응을 살피기도 한다. 그는 새 중국을 '인민민주주의'의 원리에 따라 모든 주권이 인민의 소유가 된 세계, 반봉건과 반식민, 반제국주의 투쟁이 실현된 세계로 간주한다.

3. 새 나라 건설의 도정과 이태준의 이문화체험

이태준에게 '도둑과 같이 온' 해방이라는 사건은 어떤 의미였을까. 「해방 전후」에 잘 드러나 있듯이, 이태준은 얄타회담과 모스크바삼상회의에서 제기되었던 신탁통치안에 대한 찬반양론으로 갈등이 격화되는 상황 속에서 진보진영에 가담하면서 현실정치의 자장 안에 뛰어들었다. 쏘련 방문을 거쳐 체류한 북한에서 그는 미소공동위원회가 결렬되는 사태를 접하면서 자신의 사상적 선택을 보다 확고히 한 것으로 보인다.

세 권의 기행집에서도 가장 폭발력이 큰 텍스트는 단연 『쏘련기행』이다. 그의 쏘련 방문은 월북과 북한체제의 선택이 단순한 문제가 아니라 고착화되기 시작한 분단의 현실을 넘어서려는 선택의 하나일지도 모른다는 가정을 가능하게 한다. 그는 해방 이후 새 나라 건설이라는 문제를, 누구를 위한 국가, 어떤 가치를 지향하는 국가를 어떻게 만들 것인가라는 문제로 바꾸어 고심하고 있다. 한반도에 관철된 냉전구도 속에서 자신의 쏘련 방문은 바로 이 같은 문제를 두 눈으로 확인해볼 좋은 기회라고 판단하고 선뜻 결행한 것이었음을 짐작하게 한다.

이태준의 쏘련사회에 대한 인상이 한껏 고양된 것이라 해도, 시베리아 평원을 지나는 기차 안에서, 혹한의 황무지가 아닌 무수한 공장지대와 국영농장들의 평화로운 정경을 바라보는 그의 모습에서는 새 나라 건설의 실체가 무엇인지 짐작하게 해준다. 그는 2차 세계대전의 폐허 위에 낙토를 일구어낸 원천이 무엇이었는지를 생각하며, "자원개발과 공업시설이 전초로서 새 세계의 문화는 이 끝없는 황원을 끝없이 낙토화하며 있는"(「돌아오는 길」, 『쏘련기행』) 동력을 "제도의 승리"라고 결론짓는다. 그런 다음, 그는 해방된 조선의 앞날은 이룩해야 할 '제도의 승리'에 있다고 확신했다.

이태준이 제도의 승리를 위한 기반으로 제시한 현실정치의 시대적 과제는 '봉건유제 청산'과 '일제잔재의 일소', '국수주의의 배격'이라는 세 가지 대원칙이었다. 이 대원칙은 탈봉건, 탈식민의 문제를 넘어선다는 점에서 주목을 요한다. 세 가지 원칙에 근거해서 그는 새 나라 건설이 협애한 민족주의를 넘어 평화를 지향하며 문화를 애호하는 국가를 염원했다. 그런 점에서 25원동군 사령관 슈티코프 대장이 주최한 마지막 만찬에서 밝힌, "언어와 문자와 풍습과 민족이 단일한 조선이란, 쏘련에 비겨 건국이 얼마나 쉬울 것이냐 하는 것을 여러분이 깨닫고 오셨느냐"는 물음과, "조선은 조선인의 조선이 되어야 합니다"라는 발언은 깊은 인상을 준 것으로 보인다. 이 발언이야말로 『쏘련기행』의 결론이자 이태준 자신의 신념에 부합하는 것이었기 때문이다.

이태준은 앙드레 지드가 쏘련사회를 비판한 사실도 잘 알고 있었다. 그는 지드의 비판을 가리켜 '난숙한 자본주의의 시각'이라고 일단 거리를 두면서, 신생 국가의 활력과 세계평화를 위한 '제도의 승리'라는 의미를 추출해냈다. 지금의 시각에서 보면 소박하기까지 하지만, 그렇다고 해서 이러한 당대의 관점을 쉽사리 폄하해서는 곤란하다. 일제가 남긴 '공소반공'의 정치적 모드를 그대로 계승했던 미군정의 고압적인 점령정책과 신탁통치를 놓고 분열되었던 사회적 갈등을 감안할 때 그리 간단치 않은 역사적 맥락이 개재되어 있기 때문이다. 이런 맥락에서 이태준의 관점에는 냉정한 관찰과 성찰을 토대로 삼아 인민민주주의의 정치노선이 두드러지고 있다고 할 만하다. 이 점은 다른 두 권의 기행집에서도 뚜렷하게 드러나는 특징이기도 하다.

작품명	발표지	발표연도	분류
五夢女	시대일보	1925.7.13	단편
구장의 처	반도산업	1926.1.1	단편
모던껄의 만찬(晩餐)	조선일보	1929.3.19	콩트
행복	학생	1929.3	단편
그림자	근우	1929.5	단편
온실화초	조선일보	1929.5.10~12	단편
누이	문예공론	1929.6	단편
백과전서의 신의의	신소설	1930.1	단편
기생 山月이	별건곤	1930.1	단편
은희부처(恩姬夫妻)	신소설	1930.5	단편
어떤날 새벽	신소설	1930.9	단편
구원의 여상(久遠의 女像)	신여성	1931.1~8	장편
결혼의 악마성	혜성	1931.4·6(2회)	단편
고향	동아일보	1931.4.21~29	단편
불도나지 안엇소 도적도 나지 안엇소 아무일도 업소	동광	1931.7	단편
봄	동방평론	1932.4	단편
불우선생(不遇先生)	삼천리	1932.4	단편
천사의 분노	신동아	1932.5	콩트
실낙원 이야기	동방평론	1932.7	단편
서글픈 이야기	신동아	1932.9	단편
코스모스 이야기	이화	1932.10	단편
슬픈 승리자	신가정	1933.1	단편
꽃나무는 심어놓고	신동아	1933.3	단편
法은 그러치만	신여성	1933.3~1934.4	장편

---

* 이태준의 전체 작품 수는 콩트 6편, 단편 63편, 중편 4편, 장편 14편이다.

작품명	발표지	발표연도	분류
미어기	동아일보	1933.7.23	콩트
제2의 운명	조선중앙일보	1933.8.25～1934.3.23	장편
아담의 후예	신동아	1933.9	단편
어떤 젊은 어미	신가정	1933.10	단편
코가 복숭아처럼 붉은 여자	조선문학	1933.10	콩트
馬夫와 敎授	학등(學燈)	1933.10	콩트
달밤	중앙	1933.11	단편
박물장사 늙은이	신가정	1934.2～7	중편
氷點下의 우울	학등	1934.3	콩트
촌뜨기	농민순보	1934.3	단편
불멸의 함성	조선중앙일보	1934.5.15～1935.3.30	장편
점경	중앙	1934.9	단편
어둠(우암노인)	개벽	1934.9	단편
애욕의 금렵구	중앙	1935.3	중편
성모(聖母)	조선중앙일보	1935.5.26～1936.1.20	장편
색시	조광	1935.11	단편
손거부(孫巨富)	신동아	1935.11	단편
순정	사해공론	1935.11	단편
三月	사해공론	1936.1	단편
가마귀	조광	1936.1	단편
황진이	조선중앙일보	1936.6.2～9.4(연재중단)	장편
바다	사해공론	1936.7	단편
장마	조광	1936.10	단편
철로(鐵路)	여성	1936.10	단편
복덕방	조광	1937.3	단편
코스모스 피는 정원	여성	1937.3～7	중편
사막의 화원	조선일보	1937.7.2	단편
화관(花冠)	조선일보	1937.7.29～12.22	장편
패강냉(浿江冷)	삼천리	1938.1	단편
영월영감(寧越令監)	문장	1939.2・3월호	단편
딸삼형제	동아일보	1939.2.5～7.17	장편
아련(阿蓮)	문장	1939.6	단편
농군(農軍)	문장	1939.7	단편

작품명	발표지	발표연도	분류
청춘무성(青春茂盛)	조선일보	1940.3.12~8.10	장편
밤길	문장	1940.5~6·7 합병호(2회)	단편
토끼이야기	문장	1941.2	단편
사상의 월야(思想의 月夜)	매일신보	1941.3.4~7.5	장편
별은 창마다	신시대	1942.1~1943.6	장편
행복에의 흰손들	조광	1942.1~1943.1	장편
사냥	춘추	1942.2	단편
석양(夕陽)	국민문학	1942.2	단편
무연(無緣)	춘추	1942.6	단편
왕자호동(王子好童)	매일신보	1942.12.22~1943.6.16	장편
석교(石橋)	국민문학	1943.1	단편
뒷방마냄	『돌다리』에 수록	1943.12	단편
제1호선박의 삽화(일문소설)	국민총력	1944.9	단편
즐거운 기억	한성일보	1945.10	단편
너	시대일보	1946.2	단편
해방 전후(解放前後)	문학	1946.8	단편
불사조(不死鳥)	현대일보	1946.3.27~7.19(연재중단)	장편
농토	삼성문화사	1948.8	장편
첫 전투	문화예술(4권)	1948.12	단편
아버지의 모시옷		1949	단편
호랑이 할머니	『첫전투』(문화전선사, 1949.11)에 수록	1949	단편
삼팔선 어느 지구에서		1949	단편
먼지	문학예술	1950.3	단편
백배천배로		1952	단편
누가 굴복하는가 보자		1952	단편
미국 대사관	『고향길』(재일본 조선인교육자동맹 문화부, 1952.12)에 수록	1952	단편
고귀한 사람들		1952	단편
네거리에 선 전신주		1952	단편
고향길		1952	단편
두 죽음	미확인	1952	단편

작가 연보[*]

| 1904 | 11월 4일 강원도 철원군 묘장면 진명리 출생. 부친 이창하(李昌夏), 모친 순 |

1904   11월 4일 강원도 철원군 묘장면 진명리 출생. 부친 이창하(李昌夏), 모친 순
       홍 안씨의 1남 2녀 중 장남. 집안은 장기 이씨(長鬐 李氏) 용담파(龍潭派). (「장
       기 이씨 가승(家乘)」에 의하면 상허의 본명은 규태(奎泰). 부친의 정실은 한양 조씨이
       고 적자로 규덕(奎悳)이 있음). 호는 상허(尙虛)·상허당주인(尙虛堂主人). 부(父)
       이창하(1876~1909)의 자(字)는 문규(文奎), 호는 매헌(梅軒). 철원공립보통
       학교 교원, 덕원감리서 주사를 역임한 개화파적 지식인.

1909   망명하는 아버지를 따라 러시아 땅 해삼위(블라디보스톡)로 이주. 8월 부친
       의 사망으로 귀국하던 중 함경북도 배기미(梨津)에 정착. 서당에서 한문
       수학.

1912   어머니 별세로 고아가 됨. 외조모 손에 이끌려 고향 철원 용담으로 귀향
       하여 친척집에 맡겨짐.

1915   안협의 오촌집에 입양. 다시 용담으로 돌아와 오촌 이용하(李龍夏)의 집에
       기거함. 철원 사립봉명학교에 입학.

1918   3월에 봉명학교를 우등으로 졸업. 철원 읍내 간이농업학교에 입학하나
       한 달 후 가출하여 여러 곳을 방랑하다 원산 등지에서 2년간 객주집 사환
       등의 일을 하며 2년여를 보냄. 외조모가 찾아와 보살핌. 이때 문학서적
       탐독. 이후 중국 안동현까지 인척 아저씨를 찾아갔다가 뜻을 이루지 못하
       고 경성으로 옴.

---

[*]   이 연보는 상허학회의 민충환·이병렬 교수 등을 비롯하여 그간 축적되어 있던 연보에, 박
      성란·박수현이 작성한 이태준 연보와 연구사를 참고하였고, 최종적으로 박진숙 교수가 오
      류를 바로잡고 일부를 추가하여 만들었다.

1920	4월 배재학당 보결생 모집에 응시하여 합격하나 입학금 마련이 어려워 등록하지 못함. 낮에는 상점 점원으로 일하며 밤에는 야학에 나가 공부함.

1920 4월 배재학당 보결생 모집에 응시하여 합격하나 입학금 마련이 어려워 등록하지 못함. 낮에는 상점 점원으로 일하며 밤에는 야학에 나가 공부함.

1921 4월 휘문고등보통학교에 입학. 고학생으로 비교적 우수한 성적을 받음. 이때 상급반에 정지용·박종화, 하급반에 박노갑, 스승으로 가람 이병기가 있었음. 습작을 시작함.

1924 『휘문』의 학예부장으로 활동. 동화 「물고기 이약이」 등 6편의 글을 『휘문』 제2호에 발표함.
6월 13일에 동맹휴교의 주모자로 지적되어 5년제 과정 중 4학년 1학기에 퇴학. 이해 가을 휘문고보 친구인 김연만의 도움으로 유학길에 오름.

1925 일본에서 단편소설 「오몽녀(五夢女)」를 『조선문단』에 투고하여 입선, 『시대일보』(7월 13일)에 발표하며 등단함.

1926 4월 동경 상지대학(上智大學) 예과에 입학. 신문·우유 배달 등을 하며 '공기만을 먹고사는' 매우 궁핍한 생활을 함. 동경에서 『반도산업』 발행. 이때 나도향, 화가 김용준·김지원 등과 교유.

1927 11월 학교를 중퇴하고 귀국함. 각 신문사와 모교를 방문하여 일자리를 구하나 취업난에 직면함.

1929 개벽사에 기자로 입사. 『학생』(1929.3~10) 창간 때부터 책임자. 『신생』 등의 잡지 편집에 관여함. 『어린이』지에 소년물과 장편(掌篇)을 다수 발표함. 9월 백산 안희제의 사장 취임에 맞춰 『중외일보』로 자리를 옮김. 사회부에서 3개월 근무 후 학예부로 옮김.

1930 이화여전 음악과를 갓 졸업한 이순옥(李順玉)과 결혼.

1931 『중외일보』(6월 19일 종간) 기자로 있다가, 신문 폐간과 함께 개제된 『중앙일보』(사장 여운형) 학예부 기자가 됨. 장녀 소명(小明) 태어남. 경성부 서대문정 2정목 7의 3 다호에 거주.

1932 이화여전(梨專, 1932~1937)·이화보육학교(梨保)·경성보육학교(京保) 등

학교에 출강하며 작문을 가르침. 장남 유백(有白) 태어남.

1933 박태원·이효석 등과 함께 '구인회(九人會)'를 조직. 1933년 3월 7일『중앙일보』에서 개제된『조선중앙일보』학예부장에 임명됨.
경성부 성북정 248번지로 이사. 이후 월북 전까지 이곳에서 거주함.

1934 차녀 소남(小楠) 태어남.

1935 1월, 8월 2회에 걸쳐 표준어사정위원회 전형위원, 기록 담당. 조선중앙일보를 퇴사, 창작에 몰두함.

1936 차남 유진(有進) 태어남.

1937 「오몽녀(五夢女)」가 나운규에 의해 영화화됨(주연 윤봉춘, 노재신. 이 작품이 춘사(春史)의 마지막 작품임).

1938 만주 지방 여행.

1939 『문장(文章)』지 편집자 겸 신인 작품의 심사를 맡음(임옥인·최태응·곽하신 등이 추천됨). 이후 황군위문작가단, 조선문인협회 등의 단체에서 활동.

1940 삼녀 소현(小賢) 태어남.

1941 제2회 조선예술상 받음(1회는 춘원(春園)이 수상).

1943 강원도 철원 안협으로 낙향. 해방 전까지 이곳에서 칩거함.

1945 문화건설중앙협의회, 문학가동맹, 남조선민전 등의 조직에 참여. 문학가동맹 부위원장,『현대일보』주간 등을 역임.

1946 2월부터 민주주의 민족전선 문화부장으로 활동. 남조선 조소문화협회 이사. 7~8월 상순 사이에 월북. 「해방전후」로 제1회 해방문학상 수상. 장남 휘문중학 입학. 8월 10일부터 10월 17일까지 '방소문화사절단'의 일원으로 소련의 모스크바, 레닌그라드 등지를 여행.

1947 5월 소련 여행기인『쏘련기행』이 남쪽에서 출간됨.

1948 8·15 북조선최고인민회의 표창장을 받음.

1949 북조선문학예술총동맹 부위원장, 국가학위수여위원회 문학분과 심사위

원이 됨. 단편 「호랑이 할머니」 발표. 이 작품은 해방 후 북한에서 발표된 '최고의 걸작'으로 평가됨.

1950   6·25동란 중 낙동강 전선까지 종군갔다가 돌아오는 길에 서울에 들러 문학동맹 사람들을 모아놓고 전과 보고 연설을 함. 10월 중순 평양수복 때 '문예총'은 강계로 소개(疏開)하였는데 이태준은 따라가지 않고 평양 시외에 숨어 있으면서 은밀히 귀순을 모색하였다고 함. 12월 국방군의 북진을 따라 문화계 인사들이 이태준을 구출하려 했으나 실패함.

1952   남로당과 함께 숙청될 위기에서 소련파 기석복(奇石福)의 후원으로 제외됨.

1954   3개월간의 사상검토 작업 중 과거를 추궁당함.

1956   소련파의 몰락과 더불어 과거 '구인회' 활동과 사상성을 이유로 1월 조선노동당 중앙위원회 상무회의 결의로 임화, 김남천과 함께 가혹한 비판을 받음. 2월 '평양시당 관할 문학예술부 열성자대회'에서 한설야에 의해 비판, 숙청당함.

1957   함흥노동신문사 교정원으로 배치됨.

1958   함흥 콘크리트 블록 공장의 파고철 수집 노동자로 배치됨.

1964   중앙당 문화부 창작 제1실 전속작가로 복귀함.

1969   김진계의 구술기록(『조국』, 현장문학사, 1991(재판))에 의하면, 1월경 강원도 장동탄광 노동자 지구에서 사회보장으로 부부가 함께 살고 있었다고 함. 이후 연도 미상이나 사망한 것으로 알려짐(북한의 원로 문학평론가 장현준과의 인터뷰 기사, 『한겨레』, 1991.12.19). 일설에는 1953년 남로당파의 숙청이 끝난 가을 자강도 산간 협동농장에서 막노동을 하다가 1960년대 초 산간 협동농장에서 병사한 것으로 알려짐(강상호, 「내가 치른 북한 숙청」, 『중앙일보』, 1993.6.7).